ERIC BERG

Totendamm

ERIC BERG

Totendamm

Kriminalroman

blanvalet

Dieser Roman ist 2018 unter dem Titel »So bitter die Rache« als Paperback im Limes Verlag erschienen.

MIX
Papier aus verantwortungsvollen Quellen
FSC® C014496

Verlagsgruppe Random House FSC® N001967

1. Auflage

Redaktion: Angela Troni
Umschlaggestaltung: www.buerosued.de
Umschlagmotive: mauritius images (Markus Lange; Ingo Boelter; imageBROKER/Günter Lenz); www.buerosued.de
JaB · Herstellung: wag
Satz: Uhl + Massopust, Aalen
Druck und Bindung: GGP Media GmbH, Pößneck
Printed in Germany
ISBN 978-3-7341-0747-4

www.blanvalet.de

Für Christian Zeller, in Freundschaft

»Kann wohl des großen Meergotts Ozean dies Blut
von meiner Hand rein waschen?«

William Shakespeare, *Macbeth*

1

Ende Mai 2016

Es wäre wohl für jeden ein seltsames, verstörendes Gefühl, in ein kleines Haus einzuziehen, in dem sechs Jahre zuvor drei Menschen ermordet worden sind. Hätte Ellen das doch nur früher gewusst …

Aber sie hat es gerade erst erfahren, rein zufällig, wenn man Dorfklatsch als Zufall bezeichnen will. Die Maklerin hat es ebenso wenig erwähnt wie der Notar, aus verständlichen Gründen, und selbst wenn, nach einem weiteren Blick auf ihr neues Zuhause ist sie sich ziemlich sicher, wie sie entschieden hätte. Es ist einfach zu schön. Ganz Heiligendamm ist einfach zu schön, um es sich von einer abstrakten Tragödie aus vergangenen Tagen kaputtmachen zu lassen.

Ellen stellt die beiden Einkaufstaschen ab, reibt sich die vom Tragen leicht geröteten Finger und blickt den breiten gepflasterten Weg hinauf, wo hinter zahlreichen Bäumen, Büschen und Sträuchern der Dachfirst zu erkennen ist. Obwohl … ist das überhaupt ihr Haus? Sie ist gerade erst eingezogen und findet sich noch nicht zurecht.

Die Anlage, die vier Häuser umfasst, liegt am Rand eines Buchenwaldes. Sonnenstrahlen dringen an diesem Frühlingsmorgen durch das junge Blattwerk und werfen Spots auf die lindgrünen Farne, das tiefe Violett der Rhododendren und das frische Gelb der Forsythien. Hunderte Iris, Tulpen und Narzissen säumen die verschlungenen Wege, zwischen den Gebäuden und zum Haupteingang. Das Gelände strahlt die Noblesse eines Kurparks aus, die jedoch durch den sie umgebenden Wald gemildert, sozusagen geerdet wird. Auch der schlechte Zustand der zu den Häusern gehörenden privaten Gärten konterkariert das gepflegte Erscheinungsbild der Anlage.

Obwohl, je länger sie verweilt und sich umsieht, desto mehr fallen ihr Anzeichen von Verfall auf, die ihr zwei Wochen zuvor beim Termin mit der Maklerin entgangen sind. Etwa ist die Siedlung von einer Mauer umgeben, die aussieht, wie von einer entstellenden Krankheit befallen. Wozu überhaupt eine Mauer, wenn der Haupteingang für Autos und Fußgänger frei passierbar ist? Gittertor und Schranke sind gewiss schon ewig nicht mehr geschlossen worden, sehr zur Freude alteingesessener Spinnenfamilien. Das Pförtnerhäuschen steht verlassen da, durch das verschmierte Fenster könnte man gefahrlos eine totale Sonnenfinsternis beobachten. Die drei Fahnenmasten daneben haben, wie zwangspensionierte Senioren, ihre Bestimmung verloren.

»Jetzt werd bloß nicht mäkelig«, raunt Ellen sich selbst zu und lässt den Blick in die andere Richtung schweifen, auf die Küste und das Meer. Wunderbar, wie sich dort, wo sie steht, alles versammelt, was Sinne erfassen können. Die Uferböschung ist nur zwei Steinwürfe entfernt, und vom Strand dringen gedämpft die Geräusche sanfter Wellen und spielender Kinder herauf, die sich mit dem Summen des Waldes vermengen. Das Meer ist wie blaues Perlglas. Alles strotzt von Leben und ist doch ganz ruhig, geradezu meditativ. Auf dem Weg die Uferböschung entlang ziehen, beinahe unwirklich, die schwarzen, stummen Silhouetten einiger Spaziergänger und Fahrradfahrer vorüber.

Wie um ein letztes gutes Argument vorzubringen, atmet sie das Gemisch aus aerosolhaltiger Brandung und moosigem Holz tief ein.

Alles richtig gemacht, denkt sie und nimmt die beiden Taschen wieder auf, um die letzten Meter hügelauf zu gehen.

Ellen ist am Morgen mit der Bäderbahn Molli, einem dampfenden Unikum mit nostalgischen Waggons und einem markanten Pfeifen aus einer anderen Zeit, nach Bad Doberan gefahren, um ein paar Lebensmittel einzukaufen. Eigentlich unvernünftig, gleich am ersten Tag nach dem Umzug einen umständlichen Ausflug zu unternehmen, doch ihre zweiundvierzig Jahre sind binnen Sekunden auf fünfundzwanzig zusammengeschmolzen. Sie wurde wieder zu jener jungen Frau, die sie mal war, abenteuerlustig und neugierig, voller Ungeduld, diesen Ort und alles, was dazugehört, zu ihrer neuen Heimat zu machen.

Im Café bekam ihre Euphorie einen unerwarteten Dämpfer versetzt. Ellen ließ sich gerade von der Chefin ein paar Tipps geben, als sie erwähnte, dass sie in die Vineta-Siedlung gezogen sei. Die Reaktion der Cafébesitzerin war ein »Oh«, und zwar eines von der Sorte, das sich wie »Autsch« anhört. Es folgte etwas, das man eine grauenhafte Geschichte hätte nennen können, hätte die Frau wenigstens mit ein paar Details aufgewartet. Doch als die Tragödie vor sechs Jahren passierte, hatte sie noch in Greifswald gewohnt und alles, was sie wusste, von einem Gast erfahren. Der Tourist hatte es wiederum von einem polnischen Saisonarbeiter erzählt bekommen.

Zog man alles ab, was unklar oder widersprüchlich war, blieben nur die Anzahl der Todesopfer übrig und die Tatsache, dass sie alle drei – merkwürdig genug – auf unterschiedliche Weise gestorben waren. Da eines der Opfer mit einem Schürhaken erschlagen worden war, ging die Polizei zunächst von mehreren Tätern aus. Allerdings fanden sich keine fremden DNA-Spuren am Tatort, und es fehlte auch nichts, weshalb Raubmord als Motiv ausschied. Irgendjemand aus dem Umfeld der Opfer war angeklagt worden, aber an diesem Punkt endete das Halbwissen der Erzählerin.

»Na ja, Hauptsache, Sie wohnen nicht im Haus ›Sorrento‹«, schloss sie. »In der Siedlung haben doch alle Häuser so komische Namen, oder? Jedenfalls herzlich willkommen bei uns. Und bis bald mal wieder, ja?«

Die Worte der Cafébesitzerin noch im Ohr, blickt Ellen auf den schmiedeeisernen Namenszug über der Haustür: *Sorrento*. Ein Städtchen am Golf von Neapel, bekannt für malerische Sonnenuntergänge und uralte Orangen- und Zitronenhaine, ist hier zum Synonym für ein brutales Verbrechen geworden.

Die anderen Häuser der Vineta-Siedlung sind durch das dichte Buschwerk kaum zu erkennen, allenfalls ragt mal ein Giebel über Hecken und Holunderbüschen heraus, oder ein Zipfel eines gelben Erkers lugt zwischen den Bäumen hervor. Beim ersten Rundgang am vorherigen Abend hat Ellen bemerkt, dass die Häuser zwar von ähnlichem Baustil, aber von unterschiedlicher Größe, Farbe und Form sind, sodass sie ein normales Dorf imitieren. Es gibt sogar einen Dorfplatz mit einer Linde und einem Brunnen, der jedoch stillgelegt ist.

Ellens Garten ist fast völlig zugewuchert, allerdings hat jemand vor Kurzem den schlimmsten Wildwuchs zurückgeschnitten, sodass man zumindest um das Haus herumgehen kann, ohne irgendwo hängen zu bleiben. Es gibt also noch viel zu tun, was sie nicht im Geringsten stört. Dann hat sie wenigstens eine Beschäftigung, die jene Grübeleien fernhält, die mit der Trennung von einem Lebenspartner einhergehen. Besonders schön – und ausschlaggebend für den Kauf des Hauses – sind die beiden Terrassen, eine große im hinteren Garten, die man vom Wohnzimmer aus betritt, und eine kleine im Vorgarten, die an die Küche grenzt. Beide sind ansprechend möbliert.

»Tris?«, ruft Ellen ins Obergeschoss hinauf, sobald sie das Haus betritt.

Es bleibt still.

Sie verstaut die Lebensmittel. Um die Küche hat sie sich schon am Vortag gekümmert. Sie hasst es, ihren morgendlichen Kaffee auf einer Baustelle zu trinken und das Mittag- und Abendessen zwischen Kisten zuzubereiten. Mit ihren zweiundvierzig Jahren ist sie bereits an die zwanzigmal umgezogen, zehnmal mehr als viele andere in achtzig Jahren, und immer war die Küche nach zwei, höchstens drei Stunden einsatzbereit. Das einfache Silberbesteck aus der Erbmasse ihrer Mutter lag in den Schubladen, die Kupfertöpfe ihres Vaters hingen an den Haken, die Backformen und altmodischen Gerätschaften der Großeltern standen in den Regalen.

Die Küche macht es ihr leicht, sich darin wohlzufühlen. Der weiße viktorianische Vitrinenschrank und der lange Tisch aus Erlenholz strahlen die Gemütlichkeit eines alten Ehepaares aus, wohingegen die Technik inklusive des imposanten Induktionsherds auf dem neuesten Stand ist.

Das gesamte Haus ist möbliert. Wer auch immer es eingerichtet hat, versteht etwas davon, wie man modernes Wohnen durch vereinzelte Antiquitäten behaglicher macht und umgekehrt Landhausstil durch futuristische Elemente vor Kitsch bewahrt. Je nach Zimmer dominiert mal das eine, mal das andere, mal die Vergangenheit und mal die Zukunft. Nur im Wohnzimmer gibt es neben einem offenen altmodischen Kamin auch ein riesiges Gemälde mit Meeresmotiv, das von einem zeitgenössischen Künstler stammt.

Ellen ertappt sich bei der Überlegung, in welchem Raum das Verbrechen wohl stattgefunden hat. Sie zieht es vor, das Geschehen von vor sechs Jahren als »Verbrechen« zu bezeichnen, da es trotz allem harmloser klingt als »Mehrfachmord« oder gar »Massaker«.

Wer wohl umgekommen ist? Und warum? Ist der Täter gefasst und verurteilt worden?

»Tris?«

Auf der Wendeltreppe ins Obergeschoss bemerkt sie, dass zwei der hölzernen, weiß lackierten Sprossen des Geländers angeknackst sind, eine war wohl sogar gebrochen. Statt sie zu ersetzen oder zu kleben, hat man sie an der Bruchstelle einfach mit einem gleichfarbigen Klebeband umwickelt. Unwillkürlich prüft sie, ob noch weitere Spuren von was auch immer auf der Treppe zu finden sind. Flecken? Schrammen?

Wenn es je welche gegeben hat, so sind sie vollständig beseitigt worden.

Eine Minute lang bleibt sie auf der Treppe stehen, bewegt sich kaum. Dann geht sie weiter und klopft an die Zimmertür ihres Sohnes.

»Tris?«

Sie öffnet, er ist nicht da. Seine Sachen sind zur Hälfte ausgepackt, offenbar hat er die Lust verloren. Tristan ist so rastlos und umtriebig wie die Kindheit, die er so gut wie hinter sich hat.

Ellens erste Vermutung bestätigt sich, als sie hinterm Haus entdeckt, dass sein Fahrrad verschwunden ist.

Mit seinen vierzehn Jahren ist Tristan in einem Alter, in dem die Kinder des einundzwanzigsten Jahrhunderts sich weigern, noch länger Kinder zu sein. Das war zu Ellens Zeit nicht anders, bloß dass sie erst mit sechzehn Jahren oder noch später rebelliert hatte. Mit vierzehn, mein Gott, da las sie die *Schatzinsel* und *Der kleine Prinz,* mühte sich in der Turnmannschaft der Schule am Balken ab, trug eine Schleife im Haar und sammelte Abziehbildchen gutaussehender Fußballer. Viel mehr interessierte sie nicht. Viel mehr gab es auch nicht.

Das hat sich geändert. Die um die Jahrtausendwende Geborenen wissen schon in der sechsten Klasse, ob sie Sarah Connor, Justin Bieber und Xavier Naidoo mögen oder grässlich finden und was genau sie grässlich oder cool an ihnen finden. Sie wissen, ob ihnen Quinoa, Red Bull und Latte macchiato schmecken und ob bei Herrenunterwäsche gerade eher Replay, Calvin Klein oder G-Star Raw angesagt ist. Sie haben zu fast allem eine Meinung, auch wenn diese hirnverbrannt ist oder wechselhaft wie der Wind, und bestehen deswegen darauf, im Grunde schon volljährig zu sein.

Ellen sorgt sich nur kurz, weil Tristan aus dem Haus gegangen ist. Bislang ist er in ganz anderen Gegenden aufgewachsen als dem beschaulichen Heiligendamm im relativ sicheren Deutschland und dort auch manchmal ausgebüchst. Da er sein neues Surfboard mitgenommen hat, geht sie davon aus, dass er es am Strand ausprobieren will. Das Meer ist ruhig und glatt, und Tristan ist ein hervorragender und leidenschaftlicher Wassersportler. Ihm wird schon nichts passieren.

Genau deswegen ist Ellen an die Ostsee gezogen und nicht etwa nach Lüneburg, woher sie stammt. Ihre dort lebende Familie besteht aus einer einzigen, ungefähr tausendjährigen Großtante, von der sie nur weiß, dass sie gerne Beethoven hört und dazu Heideschnaps trinkt. So schön Lüneburg auch ist – was soll sie dort? Oder in Berlin, wo sie vor fünfzehn Jahren ihren Mann kennengelernt hat? Tristan soll endlich die Kindheit und Jugend bekommen, die sie ihm von Herzen wünscht, an einem Ort am Meer, an dem er seinen Hobbys nachgehen und Freunde finden kann.

Sie macht sich daran, die restlichen Umzugskartons auszupacken. Viel Arbeit ist das nicht. Sie hat nur wenige Habseligkeiten mitgenommen, von denen sie die Hälfte allein deshalb überallhin mitschleppt, weil sie sie an ihre Eltern oder Großeltern erinnert, die schon lange nicht mehr leben. Am Ende ihrer Kindheit war der Tod wie ein außer Kontrolle geratener Mähdrescher in ihre Familie gefahren: Eine Blinddarmentzündung, ein Autounfall, ein Stromschlag und ein paar Krankheiten haben die Menschen, die ihr bis dahin am nächsten standen, binnen weniger Jahre dahingerafft. Zuletzt ist ihre Mutter gestorben. Sie hat sich zwei Monate nach Ellens achtzehntem Geburtstag das Leben genommen, so als habe sie nur warten wollen, bis ihre Tochter auf eigenen Füßen steht. Diesen letzten Wunsch hat Ellen ihr dann auch posthum erfüllt.

Sorgfältig packt sie die Figuren aus Meißner Porzellan aus und sucht den passenden Standort dafür. In der hellen Wohnung kommen sie gut zur Geltung.

Das Handy klingelt.

»Ellen Holst.«

Zwei Sekunden lang ist es still in der Leitung, abgesehen von dem für Überseegespräche typischen eigentümlich dumpfen Rauschen, das ihr sofort verrät, wer anruft.

»Du hast deinen Mädchennamen wieder angenommen.«

Robert klingt weder vorwurfsvoll noch beleidigt, eher müde, resigniert. Genau der richtige Tonfall, um ihren wunden Punkt zu berühren. Aggressivität würde sie trotzen. Roberts Schwäche hingegen macht sie sofort schwach.

»Den Kaufvertrag habe ich mit ›von Ehrensee‹ unterschrieben«, erklärt sie äußerlich ruhig und zugleich innerlich aufgewühlt. »Aber als ich heute Morgen das provisorische Klingelschild geschrieben habe, da … Das war rein instinktiv.«

Er braucht erneut einige Sekunden, um zu antworten. »Ich weiß, du hast die heutzutage leider selten gewordene Angewohnheit, deiner inneren Stimme nachzugeben.«

Ellen kann sich nicht helfen, sie ist immer noch verliebt in seine Sätze und die Art, wie er sie ausspricht. Robert hat die Begabung, die Sprache zu beherrschen wie ein Musiker sein Instrument. So wenig wie ein Pianist seinen Zuhörern einfach nur die Noten vom Blatt vorspielt, so wenig benutzt Robert die Sprache ausschließlich, um Informationen zu vermitteln.

Ihn zu verlassen war das Schwerste, was Ellen je getan hat. Ihre Eltern nach deren Tod loszulassen war ihr leichter gefallen, denn damals hatte sie keine Wahl gehabt. Manchmal ist es die Hölle, die Wahl zu haben.

»Mein Gott, bei dir muss es mitten in der Nacht sein«, sagt sie, als es ihr bewusst wird.

»Ich komme von einem Empfang in der spanischen Botschaft. Du weißt ja, die Spanier stellen vor zehn Uhr abends kein Essen auf den Tisch. Heute haben sie es besonders spanisch gemeint und erst um halb elf serviert. Während wir sprechen, schwappt ein ganzer Tintenfisch in einem Liter Tempranillo in meinem Magen herum.«

»Dazu Serrano-Schinken, Garnelen in Knoblauchsud, *crema catalana* …«

»Und einen *ron miel* als Absacker.«

»Das komplette Programm also.«

»In drei, vier Minuten werde ich explodieren.«

Ellen lacht, woraufhin sie einen Moment lang schweigen.

»Kann ich Tristan sprechen?«, fragt Robert. »Er geht nicht ans Telefon.«

»Er ist am Meer, und ich glaube, er hat das Handy hiergelassen.«

»Wie geht es euch?«

»Gut. Du solltest das Haus sehen. Es ist etwas …« Sie überlegt kurz, ob sie Robert gegenüber das Verbrechen erwähnen soll. *Übrigens, auf meiner Treppe wurde vor sechs Jahren jemand gekillt.* »… etwas Besonderes«, sagt sie stattdessen.

»Sicherlich. Wenn du es ausgesucht hast. Du hattest schon immer Geschmack.«

Wieder bleibt es still, aber es ist kein beklommenes, sondern ein einvernehmliches Schweigen.

Dann sagt er: »Joan würde gerne mal mit dir sprechen. Darf ich ihr deine neue Nummer geben?«

»Wer ist Joan?«

»Die Frau des amerikanischen Handelsattachés in Malaysia. Du erinnerst dich bestimmt. Ihr habt euch damals angefreundet.«

Ellen lässt sich auf das weiße Ledersofa fallen und schließt die Augen. Joan, du meine Güte. Ellen hat sie insgeheim »Schnapspraline« genannt, weil sie zuckersüß war und immer ein Aroma von teurem Alkohol verströmte. Ausgerechnet diese Person hat Robert dazu auserkoren, auf sie einzureden, dass sie zu ihm zurückkehrt. Nicht nur, dass diese Frau keineswegs ihre Freundin ist, nur weil sie mal zusammen einige viel zu starke Martinis in einer Villa am Rand von Kuala Lumpur geschlürft haben. Joan ist vielmehr der Inbegriff für das Leben, das Ellen endlich hinter sich lassen will. Ebenso gut hätte man Al Capone entsenden können, um einen jugendlichen Straftäter davon zu überzeugen, dem Verbrechen abzuschwören.

Schon merkwürdig – solange sie mit Robert allein ist, kann sie das ganze Drumherum vergessen, so als befänden sie sich in einem dunklen, schalldichten Raum, in dem es nur ihre Stimmen und Körper gibt. Die Erwähnung der Diplomatengattin ist, als hätte er einen Scheinwerfer eingeschaltet. Mit einem Mal ist all das wieder präsent, was sie zurückgelassen hat.

»Nein, Robert, ich möchte nicht mit dieser Joan reden. Offen gesagt, bin ich nie richtig warm mit ihr geworden. Sie isst mir zu gerne Schnapspralinen.«

»Wie bitte? Schnapspralinen?«

»Ach, ist nicht wichtig. Robert, ich habe hier jede Menge Arbeit, und du musst hundemüde sein. Lass uns die nächsten Tage sprechen, ja? Ich sage Tris, dass du angerufen hast.«

Nach dem Telefonat öffnet sie die Terrassentür und tritt hinaus in die Nachmittagssonne. Wie schon am Tag zuvor lässt sie sich trotz der unausgepackten Kisten von der schönen Anlage zu einem Spaziergang verlocken.

Das Licht an der Ostsee ist milder als an den Orten, an denen sie die letzten eineinhalb Dekaden gelebt hat, Orten mit einer glühenden, wabernden Sonne hinter feuchtem Dunst, Orten mit schönen Namen und hässlichen Gesichtern der Armut: Jakarta, Abidjan, Yaoundé, Antananarivo, Manila … Im Schnitt ist ihre kleine Familie alle eins Komma sieben Jahre umgezogen. Auch die Luft in Heiligendamm ist viel erfrischender, salzig und frei, nicht schwer und tröpfchenbeladen wie in den äquatorialen Tropen. Ellen hat fast vergessen, wie es ist, tief durchzuatmen und dabei für einen Moment zu glauben, sie schwebe ein paar Zentimeter über dem Boden.

Inmitten ihrer Tagträume bemerkt sie aus den Augenwinkeln zwischen den Büschen am Rand des Weges eine Bewegung – eigentlich nicht ungewöhnlich, geht doch ein Wind, in dem sich die Blütenzweige biegen. Sie hat die Stelle schon ein paar Meter hinter sich gelassen, als sie sich plötzlich umdreht.

Zwischen zwei Schlehen steht ein junger Mann, nicht älter als fünfundzwanzig, in Shorts und T-Shirt, mit einem seltsamen Grinsen im teigigen, weichen Gesicht. Er hebt die linke Hand auf Schulterhöhe, dreht ihr die Handfläche mit ausgestreckten Fingern zu und winkt, wie es Kinder oder Clowns tun.

»Hallo«, sagt er in leicht infantilem Tonfall.

Ellen nickt verhalten. »Hallo.«

»Hallo«, wiederholt er und winkt noch einmal. Dann holt er etwas aus der Hosentasche und streckt es ihr stolz entgegen. »Neues Telefon. Von heute. Ganz neu. Ist lustig.«

Sie betrachtet es höflich. Ein neues Modell, ziemlich teuer. Ellen lächelt. »Sehr schön.«

Er steckt es ein und winkt ihr ein drittes Mal zu, jedoch nicht, um sich zu verabschieden, denn er wendet sich keineswegs ab, sondern grinst und wiegt den Körper von links nach rechts, immer wieder.

Die Begegnung erwischt Ellen eiskalt, und sie überlegt, wie sie mit der Situation umgehen soll. Der junge Mann ist mental offensichtlich ein wenig… nun ja, zurückgeblieben. Darf man das so ausdrücken? Soll sie sich vorstellen? Oder einfach weitergehen?

»Ich heiße Ellen Holst.« Sie streckt die Hand aus, zieht sie jedoch aus Unsicherheit gleich wieder zurück. Ein wenig ärgert sie sich über sich selbst.

»Ellen«, wiederholt der junge Mann. »Holst.«

»Ja, genau. Und Sie?«

»Ellen. Holst. Ellen Holst.«

Ein paar Sekunden lang verharrt sie. Der junge Mann zwischen den Sträuchern wiegt sich hin und her. Er grinst. Er wiederholt ihren Namen. In Endlosschleife.

Etwas packt Ellen. Keine Hand oder Ähnliches. Nichts Physisches. Es berührt sie von innen her und bringt sie dazu, sich abzuwenden und fortzugehen, schneller als sie zuvor gelaufen ist. Vor der nächsten Biegung blickt sie sich um.

Der junge Mann ist ihr nicht gefolgt. Zwischen den Sträuchern steht er jedoch auch nicht mehr.

Das Gelände ist in drei Richtungen einigermaßen übersichtlich, nur ein paar kräftige Buchenstämme und ausladende Rhododendren bieten Versteckmöglichkeiten. Oder der Junge ist in ein nahes Haus gegangen. Das ist wohl die plausibelste Erklärung.

Sie spaziert weiter, betrachtet interessiert ihre Umgebung. Nach einer Minute, als sie ihren Garten erreicht, kommt sie wieder zur Ruhe.

Was ist nur in sie gefahren? Zwar scheint ein Gespräch mit dem Jungen unmöglich zu sein, doch sie hätte sich wenigstens verabschieden können. Ein »Tschüss« wäre ja wohl drin gewesen. Sie ist doch sonst nicht so. In ihrer Jugend hatte sie keinerlei Berührungsängste, mit der geistig behinderten Nachbarstochter ist sie völlig unbefangen umgegangen.

Und nun das.

Ellen seufzt und schüttelt die Begebenheit ab.

»Tris?«

Er ist noch immer nicht vom Strand zurückgekehrt. Wie eine kühle Böe erreicht sie ein Anflug von Sorge, lässt ihre Haut sich kurz zusammenziehen und ist im nächsten Moment auch schon wieder vorbei. Sie entspannt sich binnen eines Atemzuges, geht ins Schlafzimmer im Obergeschoss und hängt die eleganten Kleider in den Schrank, die sie aus Manila mitgebracht hat. Die anderen Sachen stammen aus der Zeit vor ihrer Ehe. Ihre Figur ist unverändert, und die meisten Stücke sind gut erhalten, ein paar Jeans, Caprihosen, leichte Pullis und Blusen.

Irgendwie hat sie ambivalente Gefühle bei dem Gedanken, sie in den kommenden Tagen zu tragen. Eine wärmende Nostalgie zieht Ellen zu ihnen hin, zugleich lässt die Kälte der Trennung sie zurückschrecken. Es wäre ein weiterer Schritt fort von Robert, und als die Emotionen in ihr aufwallen, kommt er ihr genauso groß vor wie der Flug von den Philippinen nach Deutschland. Während sie die Gegenstände einräumt, die Betten bezieht und einige Möbel verrückt, wird ihr klar, dass sie noch lange nicht angekommen ist in ihrem neuen Leben, ja, dass sie vielleicht gar nicht ankommen will.

Roberts Name hallt als ewiges Echo in ihr wider, doch sein Klang hat nichts Vergangenes, eher etwas Zukünftiges, und vor ihrem inneren Auge läuft ein Film, der nur ein einziges Motiv kennt: sein Gesicht.

Sie will zu ihm zurück.

Sie will in Heiligendamm bleiben.

Ihn nicht verlieren.

Ihn abschütteln.

Wie eine Geisteskranke sinkt sie auf die Bettkante, starrt vor sich hin und beginnt zu weinen. Was zum Teufel macht sie am anderen Ende jener Welt, in der Robert lebt? Der Ort, an dem sie gerade erst eingetroffen ist, ist nicht ihr Platz. Mit einem Mal fühlt sie sich hier so fremd, als hätten Aliens sie entführt und auf einem unbewohnten Planeten ausgesetzt. Sie ist mutterseelenallein, ohne Freunde, ohne Bezugspunkte, mit einem Sohn, der bisher kein einziges klares Wort zu ihrer Trennung von seinem Vater gesagt hat. Tris ist mit ihr gegangen, ohne sich zu beschweren, ohne ihr zuzureden. Die Last der Entscheidung trägt sie allein, und plötzlich hält sie es für möglich, davon erdrückt zu werden.

Zunächst nimmt Ellen das aufdringliche Geräusch kaum wahr, das sich langsam in ihre Verzweiflung schiebt: ein Klappern, tack-tack-tack-tack, etwa in der Geschwindigkeit, in der man vor sich hin zählt. Bildet sie es sich nur ein? Kommt es aus dem Haus? Nein, eher von draußen.

Wie sie von der Bettkante aus an den Bäumen erkennt, ist der Wind abgeflaut, daher kann sie sich das Klappern nicht erklären. Je mehr sie sich darauf konzentriert, umso deutlicher vernimmt sie noch etwas anderes: ein Summen.

Sie geht zum Fenster, blickt hinunter und findet ihre Fragen unschön beantwortet.

Der junge Mann, dem sie in der Anlage begegnet ist, steht mit dem Rücken zu ihr vor dem Gartentor und bewegt die Beine vor und zurück. Seine Flipflops verursachen auf dem Pflaster das unangenehme Klacken.

Er summt und wiegt sich dabei unentwegt vor und zurück. Was ist er – ein Wächter oder ein Belagerer? Was geht nur vor im Kopf des Jungen? Warum muss er ausgerechnet vor ihrem Garten stehen?

Sie würde ihn gerne ignorieren. Im Haus gibt es genug zu tun, um sich abzulenken. Doch die Sonne geht bereits unter, und Tris ist noch immer nicht zurück. Am liebsten würde sie ihn suchen gehen, aber ihr Sohn hasst es, wenn sie auf seine Regelverstöße mit zu großer Sorge reagiert. Strafen erträgt er eher als Bemutterung. Alle paar Minuten blickt sie zum Fenster hinaus und nimmt dabei zwangsläufig den jungen Mann wahr, der nimmermüde im gleichen Takt pendelt, eine Viertelstunde schon, dann eine halbe, eine ganze …

Ellen kämpft dagegen an, kann aber den leisen Zorn auf den summenden Belagerer nicht unterdrücken. Jedes Mal, wenn sie zum Fenster geht, hofft sie auf ihren Sohn, erblickt jedoch nur den seltsamen Burschen. Er wirkt einerseits harmlos, andererseits verunsichert er sie. Die größer werdende Sorge um Tris vermischt sich mit der irritierenden Anwesenheit des Unbekannten, auch wenn das eine mit dem anderen höchstwahrscheinlich nichts zu tun hat.

2

Juli 2010

Während er im Auto auf seine Frau wartete, betrachtete Paul die Schicksalslinie seiner Hand. Sie sprach die Wahrheit. Nach einem steilen Anstieg bis zur Mitte der Handfläche knickte sie waagerecht ab wie ein vom Sturm gebrochener Zweig und verlor sich dann in etlichen winzigen Furchen. Das war eine verblüffend realistische Spiegelung seines Lebens. Natürlich glaubte er nicht an solchen Hokuspokus, die Ähnlichkeit war purer Zufall, doch in seiner Lage bekam sogar Hokuspokus für einige Augenblicke den Anschein des Möglichen.

Als eine Amsel zwitschernd auf der Mauer neben der Tankstelle landete, ließ er das Beifahrerfenster herunter und lauschte dem Gesang. Irgendwo hatte er mal gelesen, dass Amseln eine durchschnittliche Lebenserwartung von drei Jahren haben, und ihm kam der Gedanke, dass er noch vor der Schwarzdrossel sterben könnte. Überhaupt nahm er die Lebendigkeit seiner Umwelt viel stärker wahr als früher: die Schwärme winziger Fliegen, die über der benachbarten Wiese tanzten, ein paar Bäume, deren Blätter weiß im gleißenden Sonnenlicht schimmerten, ein Hund, der neben seinem Herrchen herlief und ungeduldig auf den nächsten Befehl wartete.

Wie idyllisch das alles war. Sogar die mecklenburgischen

Tankstellen sahen besser aus als die in Berlin, von der Landschaft ganz zu schweigen. Kiefern und Birken, Holunder und Schlehen, Spazierwege und Alleen, wohin das Auge blickte.

In Berlin hatte Paul in einem Gebäude von abstoßender Hässlichkeit gearbeitet, und obwohl ihn an der Küste im Allgemeinen und in Heiligendamm im Speziellen das genaue Gegenteil erwartete, zudem gute Luft und viel Ruhe, konnte er nicht anders, als sich an seinen hektischen Arbeitsplatz neben einer vielbefahrenen Straße zurückzuwünschen. Die Sehnsucht war von der schlimmsten Sorte – der unerfüllbaren.

Vor achtzehn Monaten hatte er einen leichten Schlaganfall erlitten, ein halbes Jahr später einen zweiten, die beide keinen bleibenden Schaden hinterlassen hatten, zumindest keinen sichtbaren. Ihm jedoch kam es vor, als wäre ihm zweimal ein Blitz in den Kopf gefahren, zu den Füßen wieder ausgetreten und hätte alles dazwischen in eine vibrierende Unordnung gebracht. Er erkannte seinen Körper nicht wieder, litt seitdem unter Verdauungsproblemen, Nervosität, Übelkeit, Herzrhythmusstörungen und was sonst noch alles. Doch damit nicht genug.

Zum zweiten Mal an diesem Tag kramte er das Röntgenbild aus der Tasche. Die Metastase hatte die ungefähre Form des Plattensees in Ungarn, wo er früher so gerne Urlaub gemacht hatte, oder mit etwas Fantasie auch die Form eines schwarzen Pfeils, der sich mitten in das Organ gebohrt hatte. Zuerst die Prostata, nun die Niere. Man hatte ihn, den siebenundfünfzigjährigen Oberstaatsanwalt Derfflinger, unter Lobeshymnen sowie tausendfachen Glück- und Genesungswünschen frühpensioniert.

Als er Julia aus dem Gebäude kommen sah, steckte er das

Röntgenbild eilig weg und verstaute die Tasche hinter dem Sitz. Zu spät bemerkte er, dass er sich damit ruhig hätte Zeit lassen können. Julia sprach einen jungen Angestellten im Blaumann an. Worum es ging, konnte Paul nicht verstehen.

Tränen stiegen in ihm auf. Wie hübsch seine Frau aussah in ihrem Outfit: weißer, knielanger Einteiler mit großen roten Blüten, den transparenten rosafarbenen Schal locker um ihren blassen, schlanken Hals geschlungen, dazu silbrige Sandaletten, die ihn an ihren letzten gemeinsamen Urlaub an der italienischen Riviera erinnerten. Obwohl sie bereits im fünften Monat war, war die Schwangerschaft kaum zu erkennen.

Selbstverständlich verübelte Paul es dem jungen Mechaniker mit italienischen Vorfahren, dass er Julia hinterhersah, als sie leichtfüßig zum Auto schritt. Er hatte es schon oft erlebt, aber daran gewöhnt hatte er sich bis heute nicht. Dann fiel der Blick des Mechanikers auf ihn, und Paul las in seinen Gedanken, dass er sich fragte, ob der Mann auf dem Beifahrersitz wohl ihr Vater oder ihr Ehemann war. Seinem höhnischen Gesichtsausdruck nach entschied er sich für Letzteres, und sein Urteil stand binnen einer Sekunde fest. Paul fuhr einen nagelneuen Mercedes, hatte eine deutlich jüngere Frau und keine Haare mehr auf dem Kopf – der Inbegriff eines alten, reichen Sacks.

Man sollte annehmen, dass das schlechte Voraussetzungen für eine gute Ehe waren, wenn der eine Teil leichtlebig und der andere ordnungsliebend, der eine Teil unbekümmert und der andere eher ernst war. Aber ihre Beziehung war von Anfang an kein Tauschgeschäft à la »Du bist schön, ich habe das Geld« gewesen. Julia hatte frischen Wind in Pauls monotones Leben gebracht, dafür hatte er ihr, die zuvor ziemlich chaotisch gelebt hatte, eine gewisse Struktur gegeben.

Als Julia sich noch einmal zu dem Mechaniker umdrehte, der ihr einen ziemlich koketten Abschiedsgruß zuwarf, wäre Paul beinahe ausgestiegen. Noch vor drei Jahren hatte ihn so etwas nicht gestört. Da war er aber auch noch ein vor Energie strotzender Mann auf dem Höhepunkt seiner Karriere gewesen, der frisch verheiratet war – zum ersten Mal – und vom Ruhestand so weit entfernt schien wie der Äquator vom Polarkreis. Jetzt lag er manchmal auf dem Bett und rang um Luft. Selbst wenn er sich gar nicht regte.

»Es gab kein Wasser mit Kohlensäure mehr, also habe ich stilles gekauft«, sagte Julia, warf die Flaschen auf den Rücksitz und setzte sich ans Steuer. Mit einem Lächeln fügte sie hinzu: »Und eine Packung Kekse mit Zitronengeschmack. Die magst du doch, oder?«

»Sehr, danke.«

Solange Julia in seiner unmittelbaren Nähe war, war alles in Ordnung. In ihrer Gegenwart fühlte er sich, als könne ihm nichts etwas anhaben. Dann freute er sich, Vater zu werden, und vergaß sogar seine Krankheit für eine Weile.

»Ich habe mir eine andere Strecke nach Heiligendamm empfehlen lassen«, sagte sie.

»Habe ich mitbekommen. Der Weg führt nicht zufällig über Italien?«

»Wie süß, du bist eifersüchtig. Sieh mal hier, das ist zwar ein Umweg, aber wir müssen nicht die ganze Zeit auf der Bundesstraße fahren. Die ist so … gerade. Was meinst du?«

»Gute Idee.«

»Sicher?«

»Ganz sicher.«

»Wenn du lieber …«

»Ab die Post!«, rief er lachend und berührte die Stupsnase in ihrem noch immer leicht kindlichen Gesicht, dem man die dreißig Lebensjahre nicht ansah.

Das Glück in ihren blauen Augen und der auf seine Wange gehauchte Kuss entschädigten ihn für die Tortur des bevorstehenden Umwegs. Lieber jetzt als gleich wäre er in ihrem neuen Haus in Heiligendamm angekommen, hätte sich hingelegt und ein Nickerchen gemacht.

»Fühlst du dich gut?«, fragte sie nach einer Weile. »Du bist so still.«

»Alles bestens.«

Sollte er ihr beichten, dass er das Gefühl hatte, in seiner Brust atme die Lunge eines Spatzes? »Die Landschaft ist einfach unschlagbar«, sagte er.

»Ja, das ist sie. Du wirst sehen, das Meer und die Ruhe werden Wunder bei dir bewirken.«

»Ein wenig hoffe ich auch auf die Spezialklinik in Rostock«, schränkte er ein.

Nun war es Julia, die still wurde. Nicht, dass sie Gesprächen über seinen Gesundheitszustand auswich. Wenn es ihm schlecht ging, war sie besonders rührend zu ihm. Sie begleitete ihn zu allen wichtigen Terminen und sorgte dafür, dass er sich strikt an die Anweisungen der Ärzte hielt. Der Umzug an die Ostsee war ihre Idee gewesen. Trotzdem war sie nicht ganz bei ihm. Sie konnte nicht wirklich nachfühlen, was er durchmachte. Eine Frau in seinem Alter hätte es vielleicht eher vermocht. Aber Julia – so wenig wie ein kleines Kind den Tod begreift, so wenig begriff sie das innere Ausmaß seiner schweren Krankheit.

Von der Welt, in der er seit achtzehn Monaten lebte, hatte

sie keine Ahnung. Jener Welt, in der die Zeit gegen den Menschen arbeitet, der Körper gegen den Menschen arbeitet, der Welt des Gemetzels. Seine Frau war topfit, hübsch, voller Elan, eine Grazie, bald Mutter.

Ihre Eltern, die in Pauls Alter waren, sogar ein wenig jünger als er, lebten glücklich in Ulm, beide noch berufstätig. Und ihre Großeltern machten mehrmals im Jahr Wandertouren. Zum Club der Schwachen und Todkranken, dem er unfreiwillig beigetreten war, hatte Julia weder geistigen noch emotionalen Zugang, noch hatte sie bis vor Kurzem geahnt, dass es den Club überhaupt gab. Wie konnte sie, die gerade ein Kind in sich trug, wissen, wie sich Zukunftslosigkeit anfühlte? Wie konnte sie, die dem geliebten heranwachsenden Wesen in ihr bereitwillig von ihrer Kraft spendete, nachempfinden, dass er dem Feind, der in seinem Körper wuchs, voller Furcht und Hass begegnete? Dass er ihm nichts gönnte und dennoch nahezu hilflos zusehen musste, wie er seine Kraft anzapfte? Nein, davon verstand Julia nichts – und er wollte auch nicht, dass es so weit kam.

Heiligendamm, ihr neuer Wohnort: etwa dreihundert Einwohner, dreieinhalb Millionen weniger als Berlin, zumeist Betuchte. Das Cannes der Ostsee – so jedenfalls hatte Julia das Örtchen angepriesen, vermutlich um es ihm schmackhaft zu machen. Denn er hatte sein Haus mit dem großen Garten in Köpenick nur unwillig verkauft. Allerdings musste er zugeben, dass das 1793 gegründete älteste Seebad Kontinentaleuropas, das die »Weiße Stadt am Meer« genannt wurde, durchaus etwas hermachte, nun da es im alten Glanz erstrahlte.

»Wirklich hübsch«, sagte er, als sie das Ortsschild passierten und im Kutschentempo die Villen passierten. Seltsamerweise war er noch nie in Heiligendamm gewesen, immer nur vorbeigefahren. Doch er hatte im Internet nachgelesen und sich Bilder angeschaut.

»Marcel Proust hat hier schon Urlaub gemacht«, sagte Julia. »Außerdem Schiller, Rilke und Kafka.«

Wie jedes Mal, wenn von Kunst und Literatur die Rede war, war Paul beunruhigt. Er verstand davon so viel wie Julia vom Strafgesetzbuch, von Beugehaft, eidesstattlicher Versicherung und Revision.

»Etwa gemeinsam?«, fragte er, um seine Unsicherheit humorvoll zu überspielen.

Julia lachte. »Da ist auch schon der Wegweiser nach Vineta.«

»Der Wegweiser nach Vineta«, wiederholte Paul und ließ sich jedes Wort auf der Zunge zergehen. »Und wo geht es nach Atlantis?«

»Sieh mal an, du hast dich also mit Geschichte beschäftigt.«

Er fühlte sich äußerst wohl unter ihrem amüsierten Blick. »Ich fand, dass sich ›Vineta‹ nach Eiscreme anhört, aber so doof kann nun wirklich keiner sein, eine luxuriöse Wohnanlage nach etwas zu benennen, mit dem man sich regelmäßig bekleckert. Also habe ich gegoogelt. Vineta war eine sagenhafte Stadt, die irgendwann in der Ostsee versunken ist. Immer dasselbe mit den Immobilienunternehmen, die solche Siedlungen bauen. Sie geben ihnen hochtrabende Namen, um sie noch ein paar Prozent teurer zu machen. In Italien heißen sie wahrscheinlich nach großen Opern, in England nach siegreichen Seeschlachten und in Griechenland Achilles, Herakles oder Zeus. Wir müssen wohl froh sein, dass die Anlage nicht ›Wotan‹ heißt.«

Julia bog ab und kam abrupt zum Stehen, sodass sie beide ein bisschen durchgeschüttelt wurden.

»Entschuldigung, ich habe es erst im letzten Moment gesehen.«

»Was denn?«

»Das Schild. Wir sind da.«

»Ach.«

Sie standen in einer breiten, ansteigenden Einfahrt und blickten über den Stern auf der Motorhaube hinweg in einen blühenden, bewaldeten Garten. Nur eine Schranke trennte sie noch von diesem Paradies. Zur Linken prangte der Name der Siedlung in weißer, geschwungener Schrift auf einer meerblauen Tafel von der Größe eines Fußballtores. Daneben stachen drei Masten in die Höhe, an denen imposante blaue und gelbe Fahnen mit dem Stadtwappen im Wind flatterten. Zur Rechten stand ein nagelneues Pförtnerhäuschen und zu beiden Seiten erstreckte sich eine mit Kameras versehene Mauer.

»Nicht schlecht«, sagte Paul. »Aber wer lässt uns herein? Gibt es hier eine Klingel?«

»Der Erbauer hat gesagt, wir bekommen eine Chipkarte.«

»Der Erbauer, mächtiger Himmel.«

»So hat er sich selbst bezeichnet.«

»Hat er schon an den Pyramiden mitgewirkt, oder was?«

»Er ist eigentlich ganz nett.«

»Das da ist er aber nicht zufällig?« Paul deutete auf einen jungen Mann von nicht mal zwanzig, der neben dem Pförtnerhäuschen stand, grinste wie ein Honigkuchenpferd und winkte wie ein kleines Kind.

Er ging in das Häuschen, und siehe da, ein paar Sekunden später hob sich die Schranke.

»Ein seltsamer Pförtner«, seufzte Paul. »Aber ich will mich nicht beklagen. Hauptsache, wir gelangen in diese Festung.«

Kaum hatte er den Satz beendet, senkte sich die Schranke wieder, bevor der Mercedes sie auch nur zur Hälfte passiert hatte. Mit einem Rumms landete sie auf der Kühlerhaube.

»So ein Idiot!«, rief Paul.

Als der Junge sah, was er angerichtet hatte, rannte er erschrocken davon.

»Nicht zu fassen«, schrie Paul. »Hey du, komm zurück und mach die Schranke auf. Wird's bald.«

»Ist doch nichts passiert«, beschwichtigte Julia.

»Und wie kommen wir nun hier weg? Weit und breit ist kein Pförtner zu sehen. Vineta ist so gut gesichert, dass nicht einmal die eigenen Bewohner hineinkommen.«

Julia seufzte und öffnete die Wagentür. »Ich sehe mal nach.«

Sofort tat es ihm leid, dass er sich so gereizt gezeigt hatte und dass Julia losgehen musste. Die letzten Tage vor dem Umzug hatten ihn vollends aufgerieben, obwohl er so gut wie nichts dazu beigetragen hatte. Die Tatsache, dass seine schwangere Frau sich um all das kümmerte, was eigentlich seine Aufgabe gewesen wäre, ärgerte ihn maßlos.

Sobald sie aus seinem Sichtfeld verschwand, wurde er unruhig. Ihm fehlte dann jedes Mal etwas, so als stünde er nur auf einem Bein. Was für ein beschissenes Leben, sagte er sich. Auf alles konnte er immer nur warten, auf den nächsten Arzttermin, die nächste Übelkeit, Julias Rückkehr …

Eine halbe Minute verging, dann schwindelte ihm leicht, und langsam stieg eine brennende Säure in ihm auf. Nach einigen Sekunden glaubte er sich übergeben zu müssen, öffnete die Beifahrertür und hielt den Kopf hinaus. Seltsamerweise fiel ihm auf, dass das würfelförmige Pflaster der Einfahrt, auf die er sich übergab, aus hochwertigem, verschiedenfarbigem Basalt geschmackvoll zu einem Ornament arrangiert worden war. Die Arbeiten mussten ein kleines Vermögen gekostet haben.

Im nächsten Augenblick ergoss sich ein zweiter Schwall aus seinem Mund.

Er presste den Hinterkopf gegen den Sitz, atmete tief durch und wartete, bis die Übelkeit abklang.

Julia trat aus dem Pförtnerhäuschen, gefolgt von einem Mann in Pauls Alter in einer beigefarbenen Uniform, in der er ein bisschen wie der Paketbote einer amerikanischen Lieferfirma aussah. Nur der Gummiknüppel, der an seiner Hüfte baumelte, gab einen Hinweis auf seine wahre Funktion. Höflich blieb er einen Schritt hinter Julia stehen und öffnete ihr die Autotür, während Paul seine Tür schloss und hoffte, dass keiner das Malheur auf dem Pflaster bemerkte. Rasch schob er sich noch ein Pfefferminz in den Mund, bevor ihm der Angestellte eine dunkel behaarte Hand durch das geöffnete Fahrerfenster an Julia vorbei entgegenstreckte.

»Josip Vukasovic«, stellte er sich vor. »Herzlich willkommen, Herr Doktor Derfflinger.«

»Oh, vielen Dank.« Paul mochte es, mit seinem Titel angesprochen zu werden, den er sich einst hart erarbeitet hatte.

»Ich bin der Wachmann hier. War nur mal kurz für kleine Pförtner, bitte entschuldigen Sie.«

»Da war ein Junge, der die Schranke geöffnet und viel zu schnell wieder geschlossen hat. Sie sehen ja selbst.«

»Das war Ruben, der arme Kerl. Keine Sorge, der ist harmlos. Nichts passiert, oder? Nein, sieht gut aus. Ich hoffe, Sie hatten eine angenehme Fahrt? Ihre Rosen sind vor zwei Stunden angekommen. Ich habe den Lieferanten bis zu Ihrem Haus begleitet.«

Das Deutsch des Wachmanns war tadellos, lediglich der leichte Akzent, das Aussehen und natürlich der Name wiesen ihn als Migrant vom Balkan aus.

»Vor zwei Stunden?«, sagte Paul. »Das ist gut. Dann sind die Stöcke vermutlich schon eingepflanzt.«

Ohne die Rosen wäre Paul nicht umgezogen. Seit über zwanzig Jahren waren sie in seinem Köpenicker Garten gediehen, französische, englische, damaszenische Rosen, gelb, rot, rosa und weiß, getupft und meliert, inzwischen zu imposanten Büschen gewachsen. Mit Frauen hatte Paul nie viel Glück gehabt, seine Beziehungen hatten mal einen Monat, mal ein Jahr und im besten Fall drei Jahre gehalten. Bei seinen Rosen dagegen hatte er stets ein gutes Händchen gehabt. Einst waren sie der Ausgleich zu seiner aufreibenden Arbeit gewesen. Inzwischen waren sie zusammen mit Julia das Einzige, was ihm noch uneingeschränkt Freude bereitete, und dass seine Frau ihn bei dieser Passion unterstützte, vergrößerte sein Glück noch. Sie hatte eine Gartenbaufirma beauftragt, die Rosen auszugraben und in Heiligendamm einzupflanzen. Nachdem Paul ihr auf einem Lageplan des Gartens die Position der einzelnen Stöcke aufgezeichnet hatte, war sie eigens noch einmal zu der Firma gefahren und hatte mit dem Chef alles durchgesprochen.

Auf Paul kam nun die Herausforderung zu, die Rosen noch intensiver zu pflegen als bisher. Die empfindliche Königin der Blumen mochte keine Umzüge, schon gar nicht im Hochsommer, und die salzige Meeresluft könnte ihre Schönheit beeinträchtigen. Dies zu verhindern war eine Aufgabe, der er sich gewachsen fühlte, weit mehr als dem Kampf in seinem Inneren.

»Nochmals vielen Dank, Herr Vulk … Vulkano …? Ich habe leider Ihren Namen vergessen«, sagte Paul zerstreut.

»Einfach Josip, Herr Doktor«, antwortete der Wachmann freundlich und tippte auf das Namensschild an seiner Uniform. »Einen schönen Tag wünsche ich. Und wenn Sie etwas brauchen, Ihre Frau hat alle nötigen Informationen bekommen, auch die Telefonnummer vom Wachhaus.«

»Er heißt Vukasovic«, stellte Julia klar, nachdem sie das Fenster geschlossen hatte.

In angemessener Geschwindigkeit fuhr sie die Auffahrt hinauf, während Paul durch die Heckscheibe beobachtete, wie sich Josip Vukasovic der unansehnlichen Pfütze näherte, die er auf dem Pflaster hinterlassen hatte. Der Wachmann sah dem Auto hinterher, und Paul richtete den Blick augenblicklich starr nach vorne.

»Was ist?«, fragte Julia.

»Nichts.«

»Ein netter Mann.«

»Sehr.«

»Beruhigend, dass es einen Wachdienst gibt, oder? Um acht Uhr abends werden die Tore geschlossen. Man sieht sie tagsüber nicht, sie sind in die Mauer eingelassen. Wir haben eine Chipkarte bekommen, mit der sich die Tore und Schranken öffnen lassen. Es gibt Klingeln, Kameras und eine Gegensprechanlage. Von unserem Haus aus haben wir alles im Blick und können die Schranken auch von dort aus öffnen. Besucher müssen sich tagsüber beim Concierge melden, oder wie immer das hier heißt. Also bei Josip. Nachts übernimmt ein Sicherheitsdienst die Videoüberwachung.«

Keiner wusste besser als Paul, wie wichtig es war, Häuser gegen Einbrecher zu sichern. Siebenundzwanzig Jahre lang hatte er sich zehn Stunden am Tag mit Verbrechen beschäftigt, natürlich auch mit Einbrüchen und Raubüberfällen, deren Zahl fast überall in Deutschland stetig anstieg. Eine noble Anlage wie diese wirkte auf Diebe wie ein Magnet. Dazu die Nähe zur Grenze … Was er bislang an Maßnahmen gesehen hatte, stellte ihn jedoch zufrieden.

»Das hast du toll ausgesucht«, lobte er Julia.

»Ich weiß doch, was dir wichtig ist.«

Paul lächelte, zum ersten Mal an diesem Tag aus tiefster Überzeugung.

Auch das Haus gefiel ihm. Noch vor ein paar Jahren wäre es für seinen Geschmack ein bisschen zu verspielt gewesen. Damals hatte für ihn ein Haus weiß angestrichen zu sein, und fertig. Keine Pastellfarben, keine Erker, keine Aussparungen, keine in die Konstruktion eingelassenen Terrassen oder gar Innenhöfe, sondern klare, gerade Linien. Sein neues Zuhause erfüllte keine dieser Bedingungen. Doch Julia hatte seinen Geschmack verändert oder, wie er es lieber formulierte, erweitert.

Natürlich war Heiligendamm nicht mit Köpenick zu vergleichen: die Lage am Meer, der Hauch von Belle Époque, die noble Siedlung mit Park, der Wachdienst … Er hätte es nie von sich erwartet, aber er war dabei, sich in die kleine Villa Kunterbunt im Neubaustil zu verlieben.

Der Lieferwagen der Gartenbaufirma nahm den ganzen Privatparkplatz ein, daher stellte Julia das Auto daneben ab.

»Seltsam«, sagte Paul. »Wo sind denn die Gärtner? Und wo sind meine Rosen?«

»Vermutlich haben sie an der hinteren Terrasse angefangen, und die anderen Stöcke sind noch im Lieferwagen, wegen der Sonne.«

»Die brauchen aber lange. Typisch Berliner Arbeiter. Bloß nicht hetzen. Ick bin doch nich uff de Flucht, Meester.«

Paul meinte den Satz durchaus nicht herablassend. Alles in allem kam er gut mit der Berliner Seele zurecht, auch wenn er kein gebürtiger Hauptstädter, sondern Brandenburger war. Was ihn selbst betraf, war ihm diese Einstellung zu Arbeit und Zeit allerdings fremd.

Julia ging voraus, um die Haustür aufzuschließen, und während sie nach dem richtigen Schlüssel suchte, fiel Paul der seltsame Teenager auf, der so unbeholfen mit der Schranke hantiert hatte. Er stand ein paar Meter entfernt auf der anderen Seite des Fahrweges im Gras und winkte ihm auf kindliche Weise zu.

»Na, der hat Nerven«, sagte Paul und wandte sich ab. »Was die hier für komische Leute wohnen lassen. Hoffentlich sind nicht alle so.«

»Der Erbauer hat bei unserem Treffen gesagt, dass er sehr stolz ist, die verschiedensten Persönlichkeiten in Vineta zusammenzubringen, und er hat auch irgendwas von einem behinderten Jungen erzählt, der mit seiner Mutter hier lebt.«

»So. Würde es dir etwas ausmachen, den Bauherren nicht länger als Erbauer zu bezeichnen? Ich habe dann immer das Gefühl, es mit einem Monarchen zu tun zu haben.«

»Aber gerne. Würde es dir im Gegenzug etwas ausmachen, ein bisschen freundlicher zu dem Jungen zu sein?«

»Freundlicher? Ja, wie denn?«

»Etwa so«, sagte sie und winkte dem Jungen mit ausgestrecktem Arm zu.

Das liebte er so an seiner Frau. Vom ersten Tag an hatte sie Seiten an ihm entdeckt und hervorgebracht, von denen er gar nicht gewusst hatte, dass er sie besaß, geschweige denn dass er sie ausleben wollte. Noch vor fünf Jahren hätte man ihm mit Picknicks im Grünen, Filmkomödien oder Kirmesbesuchen nicht zu kommen brauchen. Julia veränderte ihn jeden Tag ein bisschen. Das Verrückte dabei war, dass er den nächsten Tag mit ihr, die nächste Bekehrung gar nicht erwarten konnte – auch wenn ihm manche Dinge nicht sofort leichtfielen. Sie sprühte meist vor Lebenslust. Wenn sie über eine Spreebrücke gingen, winkte sie den Touristen auf dem Ausflugsdampfer unter ihnen zu, mit jedem Taxifahrer, jeder Floristin, jeder Marktfrau kam sie ins Gespräch, und andauernd servierte sie ihm neue Lebensmittel, grünen Tee, Eselsalami, Elchbraten. Mit Julia an seiner Seite kam es Paul vor, als lernte er die Welt ein zweites Mal kennen. Er wünschte nur, er könnte ihr mehr zurückgeben.

Endlich hatte sie den richtigen Schlüssel gefunden und öffnete die Tür, sodass er einen Blick hineinwerfen konnte.

»Sehr schön.«

»Du hast ja noch gar nichts gesehen. Komm rein.«

Zögerlich setzte er einen Fuß vor den anderen, bis Julia verstand.

»Ach ja, die Rosen …« Sie lächelte nachsichtig. »Einverstanden, sehen wir erst einmal nach, was deine Königinnen machen. Sei froh, dass ich keine eifersüchtige Person bin.«

Die Arme ineinander verschränkt, schlenderten sie durch den Vorgarten, vorbei an der Küchenterrasse in Richtung der Rückseite mit dem großen Garten und einer weiteren ausladenden Terrasse. Julia erläuterte ihm, wo sie den Gartenteich anlegen, einen marokkanischen Kacheltisch mit zwei schmiedeeisernen Stühlen aufstellen und einen Kirschbaum pflanzen wollte.

»Ich mag Libellen. Ich mag es, wie sie in der Sonne glänzen. Und ich mag das Geräusch von plätscherndem Wasser.

Kannst du dir vorstellen, wie wir unter dem Kirschbaum sitzen und den Geburtstag unserer kleinen Tochter feiern? Kannst du dir vorstellen, wie wir abends den Sonnenuntergang über dem Wald genießen? Kannst du dir vorstellen …?«

Er konnte. Jedes einzelne dieser von seiner bezaubernden Frau in die Luft gezeichneten Gemälde nahm Gestalt an. Mit ihr an seiner Seite war alles möglich.

Genau in diesem Moment sah er, wie ein junger Mann auf der Rückseite des Hauses einen der Rosenstöcke in einer viel zu flach gegrabenen Mulde versenkte und mit Erde bedeckte.

»Was machen Sie denn da?«, rief Paul und stürzte auf den Gartenarbeiter zu. »Sehen Sie denn nicht, dass das Loch nicht annähernd tief genug ist?«

Der Mann war ungefähr fünfundzwanzig Jahre alt, hatte glattes, schulterlanges braunes Haar und einen athletischen Körperbau. Das Achselshirt brachte seine Muskeln besonders gut zur Geltung. In zahlreichen Rinnsalen floss ihm der Schweiß über Schläfen, Arme, Brust und Rücken.

»Das ist eine kostbare Damaszenerrose«, ergänzte Paul. »Sie haben den Wurzelballen ja nur zu drei Vierteln eingegraben, das ist viel zu wenig. Und vorgewässert haben Sie ihn auch nicht.«

»Wollte ich ja«, rechtfertigte sich der junge Mann. »Aber …«

»Wo sind überhaupt Humus und Hornspäne?«, unterbrach ihn Paul. Er konnte dem Gesicht des Jüngeren ansehen, dass er keinen Schimmer hatte, wovon die Rede war.

»Hallo und guten Tag erst mal«, sagte der Arbeiter.

»Guten Tag«, erwiderte Paul in einem Tonfall, dem man nicht anmerkte, dass er meinte, was er sagte. Verzweifelt musterte er die weiße Rose, deren Blüten erste Anzeichen von Wassermangel erkennen ließen.

Dass der Dilettant über seinen Rücken hinweg Julia anstarrte, sich kokett auf den Stiel seiner Schaufel stützte und dabei die Mundwinkel zu einem Grinsen hob, machte die Sache nicht besser.

»Was ist?«, fragte Paul barsch. »Wollen Sie vielleicht mal etwas unternehmen? Wenn Sie künftig weniger Workouts und dafür mehr Sudokus machen, werden Sie vielleicht begreifen, dass ein Job mehr ist, als die Zeit bis zum Feierabend irgendwie zu überstehen.« Jetzt erst bemerkte er, dass ein paar Meter entfernt ein Dutzend weitere Rosenstöcke unter einem Kastanienbaum wie zu einer Parade aufgestellt waren.

»Die habe ich da deponiert«, sagte der junge Mann.

»Sie müssen sie wässern und einpflanzen«, entgegnete Paul, »nicht einfach irgendwo hinstellen. Wirklich unfassbar. Ihr Dilettantismus ist mit normaler Dummheit schon nicht mehr zu erklären. Wo ist Ihr Chef? Warum arbeiten Sie allein? Holen Sie sofort jemanden her. Ich brauche dringend Wasser, viel Wasser. Nun machen Sie schon!«

Der junge Mann ließ die Schaufel fallen und trottete in provozierend gemütlichem Tempo davon, wobei Paul nicht entging, dass er mit seinem muskulösen Arm den zierlichen von Julia für den Bruchteil einer Sekunde streifte.

Paul hielt sich damit jedoch nicht lange auf, sondern begutachtete die Rosen unter dem Kastanienbaum. Dass sie im Schatten standen, hatte ihnen wenigstens einen schweren Schaden erspart.

Julia trat neben ihn und legte ihm eine Hand auf die Wange. »Beruhige dich«, bat sie sanft.

»Ich zittere nicht und knirsche auch nicht mit den Zähnen. Du siehst, ich bin völlig ruhig.«

»Das ist eine Zeitbombe auch, kurz bevor sie hochgeht.«

Er ließ einige Sekunden verstreichen, so als müsse er seine nächsten Worte erst zusammensuchen. »Ich explodiere ganz bestimmt nicht. Es geht mir gut.« Er küsste Julias Hand dort, wo der Puls schlug, und gab sie ihr sacht zurück.

Ein greller Ruf unterbrach die Intimität des Augenblicks. »Huhu … Huhu …«

Eine Frau stürmte so schnell auf Paul und seine Frau zu und umarmte sie beide, dass er zunächst nicht begriff, was überhaupt vor sich ging.

»Ich bin Hanni. Und das ist mein Mann Alfred. Wir sind die Frohweins. Das ist unser Nachname … und unser Motto.« Sie lachte schrill auf, was gar nicht zu ihrer dunklen Stimme passte. »Wir duzen uns hier alle. Mein Mann und ich wohnen gleich da drüben. Als ich Ihr Auto gesehen habe, habe ich gleich zu Alfred gesagt, komm, pack die Sachen zusammen und lass uns rübergehen. Warum lange warten?«

Hanni Frohwein, eine Frau von knapp siebzig Jahren, hatte den rosa Teint einer von Pauls englischen Rosenblüten und war ebenso füllig wie diese. Ihr imposanter Körper, zusammen mit ihrer überwältigenden Kontaktfreudigkeit, wirkte einschüchternd auf Paul. Alfred Frohwein stand in mehrerlei Hinsicht im Schatten seiner Frau. Nicht nur, dass er eher schmächtig gebaut war, er besaß auch nicht ihre Redseligkeit.

Ehe er sichs versah, drückte Hanni Frohwein Paul einen Korb mit Brot und Salz in die Hand. Julia erhielt eine Flasche ohne Etikett.

»Birnensaft, frisch gepresst. Wir haben einen Baum, der früh trägt. Und Schwangere sollen ja …« Sie breitete vor Überraschung die Arme aus. »Ach Gottchen, man sieht ja noch gar nichts. Ein Bäuchlein, mehr nicht, wie süß. Ich hatte seinerzeit schon eine Riesenkugel. Sie sind im fünften Monat, nicht wahr? Ja, wir wissen alles über Sie. Vom Erbauer natürlich, von Herrn Kessel.« Wieder lachte sie fröhlich. »Eine große Familie sind wir hier. Oder besser gesagt, wir werden es. Das geht ruck, zuck. Tom kennen Sie ja schon, nicht?« Hanni blickte sich um. »Ja, wo ist er denn?«

»Tom?«, fragte Paul.

»Tom Kessel, der Sohn des Erbauers. Ein fescher junger Mann. Oh, là, là«, sagte Hanni in Richtung von Julia. »Er wollte eigentlich mit anpacken. Ein Rockertyp mit allem Drum und Dran, auf den ersten Blick beängstigend, aber man muss ihm nur in die Augen sehen und weiß, dass er einfach nur ›irre cool‹ ist, wie man heute so sagt.«

Schrill lachte sie auf, dann fiel ihr etwas ein. »Alfred, wo hast du denn den Eimer hin? Ach, da drüben. Hol ihn doch bitte mal her.« Sie wandte sich wieder an Paul und Julia. »Wissen Sie, das war nämlich so … Tom kam vorhin zu uns rüber. Er hat zufällig mitgekriegt, dass Ihre Rosen angekommen sind … wirklich hübsche Stöcke sind das, ganz entzückend, die werden sich hier prächtig machen. Na ja, jedenfalls wollten die Angestellten der Gärtnerei auf Sie warten. Irgendwas wegen der Position der Rosenstöcke, die hatten den Zettel mit dem Plan verloren. Als Sie nicht kamen, sind die Kerle mittagessen gegangen. Tom meinte, dass die Rosen nicht so lange in der Sonne rumstehen sollten, daran sehen Sie, dass er das Herz am rechten Fleck hat. Er wollte den Blumen Wasser geben, aber aus dem Hahn an der Terrasse kam nichts raus, es ist wohl noch abgedreht. Da hat er uns gefragt, ob wir ihm einen Eimer rüberbringen könnten. Natürlich, hab ich gesagt, machen wir. Na ja, und dann sind Sie auch schon angekommen. Komisch, dass Tom nicht hier ist. Ob er schon wieder Streit mit Josip hat? Das ist der Wachmann, müssen Sie wissen.« Sie lachte auf. »Aber was rede ich, den kennen Sie bestimmt schon, unseren Josip. Wirklich ein netter Mann. Aber er und Tom sind sich mal in die Haare gekommen und … Ach, Alfred, gib doch dem netten Herrn Derfflinger den Eimer, damit er seine Rosen wässern kann. Falls Sie noch mehr Wasser brauchen … Wahrscheinlich müssen Sie nur den Haupthahn aufdrehen. Bei uns ist er in der Küche unter der Spüle.«

Ihr Redefluss endete so abrupt, dass einige Sekunden lang Stille herrschte, während sie schweigend im Kreis standen und sich gegenseitig anblickten, als wäre der Bus gerade ohne sie abgefahren. Hanni Frohweins Atem pfiff leicht, bedingt durch Korpulenz und Mitteilsamkeit.

»Also dann«, ergriff Alfred Frohwein das Wort. »Wir sollten unsere neuen Nachbarn jetzt erst einmal ankommen lassen, Hanni.«

»Du hast absolut Recht«, rief sie, als hätte ihr Mann soeben eine brillante Idee geäußert, auf die sie nie gekommen wäre.

»Unser täglicher Spaziergang steht an«, erklärte er. »Und dann kommt auch schon Hannis Lieblingskochsendung im Fernsehen.«

Sie lachte schrill. »Die verpasse ich um nichts in der Welt. Der Koch ist ja so fesch, haha. Wenn Sie etwas brauchen sollten, die Telefonnummern der Bewohner von Vineta liegen in allen Häusern aus. Einfach anrufen, ja?«

Als der Mann seine kleine Hand in die größere seiner Frau schob und die beiden äußerlich so unterschiedlichen Menschen einen kurzen vertrauten Blick wechselten, konnte Paul nicht umhin, dieses Paar zu bewundern und zu beneiden.

Würde es zwischen ihm und Julia jemals so werden? Eine solche Nähe ließ sich vermutlich nicht durch bloßen Willen herstellen. Das benötigte Zeit. Als könne er den Weg dorthin wenigstens ein bisschen abkürzen, ergriff er die Hand seiner Frau und zwinkerte ihr verliebt zu.

»Vielen Dank!«, rief er den Frohweins hinterher. »Wirklich sehr freundlich. Das Brot und alles. Nochmals danke.«

Als die Nachbarn gegangen waren, sagte Julia: »Und ich dachte, die Leute waren dir unangenehm.«

Sie spielte auf sein Unbehagen an, was körperliche Nähe anging. Er mochte es nicht, wenn wildfremde Menschen ihn umarmten. Wer mochte das überhaupt? Eigentlich wollte er von niemandem umarmt werden, außer von seiner Frau und natürlich von seinen Kindern, sollte es mal so weit sein. Auch diese Nachbarschaftsbräuche, Brot und Salz und so weiter, waren ihm eher peinlich. Nun fühlte er sich verpflichtet, die Nachbarn einzuladen, woraufhin sie ihn einladen würden und stillschweigend eine weitere Gegeneinladung erwarteten. Erfolgte sie, wären sie in einem ewigen Teufelskreis aus Einladungen gefangen, erfolgte sie nicht, würden sie als abweisend gelten.

Seltsamerweise konnte er sich die Frohweins sehr gut als seine oder sich und Julia als ihre Gäste vorstellen. Vielleicht lag es an der guten Laune, die Hanni verbreitete, oder an der geradezu sprichwörtlichen Eintracht des ältlichen Paares. Möglicherweise waren Umarmungen, selbst von Fremden, genau das, was er derzeit brauchte. Vermutlich mochte er sie auch Julias wegen. Sie hatte in den letzten Jahren einige Freundinnen verloren, weil sie sich nur noch um ihn gekümmert hatte. Somit war sie oft allein. Hanni Frohwein, wenngleich deutlich älter, war für den Anfang sicher besser als gar niemand.

»Mir ist keiner unangenehm, der mir einen Wassereimer bringt«, erwiderte er und verteilte das Nass auf den Rosenstöcken.

»Ich glaube, da ist eine Entschuldigung fällig«, sagte Julia.

»Hm?«

»Tu nicht so, als wüsstest du nicht, wovon ich rede. Der junge Mann, Tom, er hat deine Rosen gerettet.«

»Warum hat er denn nicht gleich gesagt, wer er ist?«

»Vielleicht weil du ihn nicht hast zu Wort kommen lassen. Oder weil du ihn als Dummkopf bezeichnet hast. Vielleicht ist er aber auch einfach nur zurückhaltend und bescheiden.«

»Bescheiden? Der? Deswegen trägt er wohl auch ein Shirt, das mehr freilässt als bedeckt, was?« Paul gab sich unter dem tadelnden Blick seiner Frau einen Ruck. »Andererseits … ja, er hat es nur gut mit meinen Rosen gemeint, und ich habe mich geirrt. Bei Gelegenheit werde ich mich entschuldigen.«

»Was für ein Glück, dass die Gelegenheit nur ein paar Meter entfernt ist«, sagte Julia schmunzelnd. »Du hast Frau Frohwein gehört. Die Nummer der Familie Kessel liegt im Haus.«

»Erst stauche ich die Leute der Gartenbaufirma zusammen und kümmere mich um die Rosen, dann entschuldige ich mich beim Sohn unseres erleuchteten *Erbauers*.«

»Versprochen?«

»Versprochen.«

Zufrieden schritt Julia mit ihren schlanken Beinen über den Rasen, und als Paul ihr nachblickte, zündete ein Feuerwerk des Glücks in seinem Herzen. Er hätte diesen Moment am liebsten eingefangen, ihn mit einem Foto festgehalten oder in eine Skulptur gegossen, etwas, das man später hervorholen und anfassen konnte.

Und dann wurde es wahr. Julia drehte sich noch einmal zu ihm um und lachte leise. Mein Gott, wie schön sie war, wie jung, wie froh. Er wusste, dieses Bild war für immer in sein Gedächtnis eingebrannt.

»Kannst du dir vorstellen«, rief sie belustigt, »dass in einem Berliner Mietshaus die Telefonnummern der Nachbarn in allen Wohnungen ausliegen?«

Gemeinsam lachten sie, Sekunden der Unsterblichkeit.

15:42 Uhr. Er ist online. Siebenundsechzig Kameras, in ganz Vineta verteilt, schicken ihre Bilder auf seine Computer. Er kann jetzt sehen, was in der Anlage und darum herum passiert, außer in den Häusern. Doch er bekommt auch so genug mit. Erstaunlich, was Menschen so alles tun, wenn sie sich unbeobachtet fühlen, obwohl sie eigentlich davon ausgehen müssen, dass sie beobachtet werden. Sie popeln ungeniert in der Nase, wechseln die Klamotten oder geben sich Zungenküsse, so als wären sie alleine auf weiter Flur – dabei sitzen sie in ihrem Auto vor einer roten Ampel in der Innenstadt.

In Vineta geht es ähnlich gedankenlos zu. Auch hier vergessen die Bewohner, dass sie in einer Art Glashaus sitzen, umgeben von zahlreichen Augen. Sie vergessen sogar, dass die Augen der Grund dafür sind, dass sie sich an diesem Ort und nirgendwo anders niedergelassen haben. Vineta ist sicher, und Sicherheit ist eines der wichtigsten Grundbedürfnisse des Menschen. Das Streben nach Schutz für sich selbst und die Nächsten ist der Urinstinkt aller Lebewesen. Wird er befriedigt, sei es durch eine Mauer oder eine lächerliche Autotür, gibt man sich dem wohligen Gefühl hin und stellt es nicht in Frage.

Die Kameras auf den Mauern sind groß genug, um potentielle Eindringlinge abzuschrecken und zugleich beruhigend auf die Bewohner der Anlage zu wirken, wohingegen die Kameras auf dem Gelände selbst so klein sind, dass sie niemandem auffallen. Sie haben ungefähr den Durchmesser eines Ein-Cent-Stücks und stecken zumeist in den Laternen, aber auch in einigen Bäumen.

15:49 Uhr. Hanni Frohwein kehrt von einer Fahrt zur Konditorei zurück, ein Paket mit Kuchen in den Händen. Bevor sie das Haus betritt, vertilgt sie zwei Tortenstücke binnen vier Minuten auf dem Dorfplatz. Den Fettfleck auf ihrer Bluse kaschiert sie mit einer Brosche. Zur gleichen Zeit putzt ihr Mann Alfred auf der hinteren Terrasse eine Pistole. Eine der Kameras auf der Mauer erfasst ihn. Vielleicht war er früher mal Schütze, denn er stellt sich gerne in Positur und tut so, als würde er schießen und treffen. Doch er trifft niemals. Nicht nur deshalb, weil er die Waffe nicht abfeuert, sondern weil seine Hand zittert wie ein Seismograf.

Nur einen Steinwurf entfernt küsst Rebekka Marschalk, die Mutter von Ruben, im Garten den Betreuer ihres behinderten Sohnes.

3

Mai 2016

Um einundzwanzig Uhr ruft Ellen die Polizei an. So spät ist Tristan noch nie nach Hause gekommen, ohne Bescheid zu sagen, und sie *muss* irgendetwas tun, Bemutterung hin oder her. Ihn selbst zu suchen, dafür ist es bereits zu dunkel.

Um kurz nach zweiundzwanzig Uhr klingelt ein fremder Mann bei ihr.

»Sven Forbrich, Jugendamt«, weist er sich an der Tür aus, und im selben Augenblick fällt ihr auf, dass der geistig behinderte Junge vom Gartentor verschwunden ist. Der Beamte bemerkt ihren Blick über seine Schulter. »Haben Sie etwas gesehen?«

»Nein … Nein, eigentlich … Bitte, kommen Sie herein. Wissen Sie schon irgendetwas?«

»Deswegen bin ich hier. Die Polizei hat einen Jungen aufgegriffen, der Ihrer Beschreibung entspricht. Leider weigert er sich, seinen Namen zu nennen.«

»Ich wünschte, es wäre Tristan, aber das hört sich nicht nach ihm an«, antwortet Ellen enttäuscht. »Er ist sehr offen, gar nicht scheu oder leicht verängstigt. Das kann natürlich auch ein Nachteil sein. Oh, mein Gott, ich hoffe bloß, dass er nicht …«

»Ganz ruhig, Frau Holst. Bitte setzen Sie sich. Hätten Sie ein Foto für mich?«

»Dort auf dem Regal. Ich habe es vorhin erst aufgestellt. Wie Sie sehen, ziehe ich gerade ein.«

Sven Forbrich fotografiert das Bild ab und verschickt es. »So, jetzt können wir nur warten. In ein paar Minuten, denke ich, wissen wir mehr.«

»Danke«, sagt sie.

Die Stille, die daraufhin eintritt, ist gefüllt mit Ungeduld und Ängsten. Ellen verschränkt die Hände ineinander, die so kalt sind, dass ein Schauer die Arme hinaufzieht bis zu den Schultern und von dort den Rücken hinunter. Ihr Blick fällt auf den Kamin und die schmiedeeiserne Kamingarnitur, und obwohl es Ende Mai und recht mild ist, wünscht sie sich ein kleines Feuer. Leider ist kein Holz vorhanden.

Sie zündet sich eine Zigarette an, was selten vorkommt. Eine Packung reicht ihr für zwei Monate. Wenn jedoch etwas an ihren Nerven zerrt, braucht sie einen Glimmstängel.

Tränen befeuchten ihre Lippen, werden von der Zigarette aufgesaugt, an der sie wie in Trance zieht.

»Mein Gott«, flüstert sie und vergisst, dass sie nicht allein ist. »Tris. Tris. Tris.«

Ellen hat eine vage und furchtbare Vorstellung davon, was da draußen gerade vor sich geht: Polizisten suchen womöglich den Strand nach einem ertrunkenen Kind ab. Sie muss hoffen, dass sie Tristan nicht finden, obwohl sie sich gleichzeitig danach sehnt, dass das Warten ein Ende hat.

Im Sekundentakt entstehen und zerfallen Bilder vor ihrem geistigen Auge: Tris, der von einem Auto angefahren worden ist, Tris, der in eine gefährliche Strömung geraten ist, Tris, der Ärger mit ein paar Jugendlichen bekommen hat.

Hoffentlich ist er der Junge, den die Polizei – wie sagte der

Mitarbeiter des Jugendamts? – aufgegriffen hat. Doch er kann es nicht sein. Warum sollte er seinen Namen und die Adresse verschweigen? So ist Tristan nicht. Ausgeschlossen.

»Er ist es!«, ruft Sven Forbrich in ihre Gedanken. »Ich habe gerade die Bestätigung bekommen.«

Von Ellen fällt eine solche Last ab, dass sie aufspringt. »Geht es ihm gut?«

»Er ist unverletzt.«

»Gott, bin ich froh«, ächzt sie. »Mir ist ganz schwindelig vor Erleichterung.«

»Jetzt trinken Sie erst einmal einen starken Kaffee. Ich bleibe hier, bis die Polizei Ihren Sohn vorbeigebracht hat.«

»Vielen Dank. Kaffee kommt sofort.«

Sie geht in die Küche, und eine Minute später folgt er ihr. Erst jetzt, da sie Tristan in Sicherheit weiß, nimmt sie den Beamten richtig wahr.

Wie heißt er noch gleich? Sven Fuhrmann? Wie auch immer, er scheint weder Krawatten binden zu können noch ein Bügeleisen zu besitzen, ebenso wenig wie einen Kamm. Erstaunlich, dass er trotz seines zerknautschten Äußeren und seiner eher gemächlichen Bewegungen irgendwie jungenhaft wirkt, obwohl sie ihn auf ihr Alter schätzt. Es liegt an seinem hellen, freundlichen Gesicht, das sich ein gutes Stück Jugend bewahrt hat. Irgendwie stehen ihm die in alle Richtungen abstehenden, leicht schütteren blonden Haare.

Was ihr so alles auffällt …

»Ich kann Ihnen nur nochmals danken«, sagt Ellen, als sie den Kaffee aufgießt. »Ungewöhnlich, dass die Polizei das Jugendamt eingeschaltet hat, oder? Ich muss zugeben, ich hatte ein anderes Bild von Ihren Aufgaben.«

Er setzt ein schelmisches Lächeln auf. »Ja, die meisten Leute glauben, wir verbringen unsere Zeit damit, Bürgern ihre Kinder zu entreißen. Dabei macht das nur einen kleinen Teil unserer Arbeit aus, allerdings den spektakulärsten. Ich hatte Bereitschaft, als die Polizei anrief.«

»Oh, man hat Sie doch nicht etwa aus dem Bett geklingelt?« Zu spät merkt Ellen, dass er das als Anspielung auf sein unordentliches Äußeres verstehen könnte, doch falls es so ist, lässt er sich nichts anmerken.

»Nein, ich war noch im Büro. Überstunden. Ich leite das Jugendamt.« Dankbar nimmt er die Tasse Kaffee in Empfang und räuspert sich. »In dieser Funktion muss ich Ihnen leider auch eine schlechte Nachricht überbringen.«

Diese letzten Worte erreichen Ellens Gehirn mit einer Verzögerung von mehreren Sekunden. Verwundert sucht sie den Blick ihres Gegenübers.

»Was meinen Sie damit? Ist er nun verletzt oder nicht?«

»Ich wollte Sie nicht beunruhigen. Ihr Sohn hatte keinen Unfall oder so. Man hat ihn beim Klauen erwischt. In einem Sportartikelgeschäft.«

Sie ist nicht im Geringsten schockiert. Ein paar Stunden lang hat sie insgeheim das Schlimmste für möglich gehalten. Auch wenn sie die Augen vor diesem Monster verschlossen hat, existierte es eine Weile. Mit starken Gefühlen ist es wie mit einem Brand: Auch wenn er längst gelöscht ist, liegt der beißende Geruch noch lange danach in der Luft. Man löscht die Angst, den Zorn, den Selbstvorwurf nicht einfach wie eine Kerze. In dem Moment, wenn das Monster sich gerade erst in Luft aufgelöst hat, könnte man Ellen sonst was über ihren Sohn berichten, etwa dass er ein Auto geknackt hat, und es wäre ihr egal.

»Ist gar nicht seine Art«, sagt sie nur.

Sven Forbrich lächelt sie schelmisch an. »Sie sagen das in einem Tonfall, als hätte er in einem Pornoheft geblättert.«

Ellen lacht. »Entschuldigung, wenn ich nicht ganz ernst bin.«

»Ach was, ich freue mich, wenn ich Frauen zum Lachen bringe.«

»Das geht allen Männern so. Aber nicht jedem Mann gelingt es.«

»Tja, ich bin halt verdammt gut.«

Hoppla, der geht ja ran, denkt Ellen. »Was hat Tristan denn gestohlen?«

»Es ging wohl um ein Surfboard.«

»Er hat doch schon eines. Ganz neu.«

»Vielleicht gefällt es ihm nicht. Oder er hat es im Meer verloren. Passiert Neulingen oft. Die Strömungen sind stärker, als man denkt.«

»Mein Sohn hat zwar erst vor Kurzem mit dem Surfen angefangen, aber er macht sich super. Außerdem ist er ein prima Schwimmer und fährt super Wasserski.«

»Es gibt leider keinen Zweifel, dass er stehlen wollte. Der Besitzer des Ladens hat Tristan geschnappt, als er mit dem Board auf sein Fahrrad steigen wollte. Ausgerechnet ein Board. So etwas schiebt man sich nicht einfach mal unters T-Shirt. Ein Meisterdieb wird er nicht, so viel steht fest.«

Sie lächelt amüsiert. Die lockere Art des Beamten tut ihr gut, und so plaudern sie eine Weile, in der Ellen ihren koffeinfreien Kaffee trinkt, und beides füllt wie Balsam ihren Körper von innen aus. Sie streckt die Beine aus, sinkt ein wenig tiefer in den Stuhl, greift in eine kleine Kiste, die mit Samt ausgeschlagen ist, und zieht eine schwarze Flasche hervor.

»Mir ist jetzt danach«, sagt sie.

»Mein Gott, das ist Sake!«, ruft er und prüft die Flasche genauer. »Aus der Toisho-Periode. Woher haben Sie den?«

»Ein Geschenk des japanischen Botschafters in Malaysia zu meinem vierzigsten Geburtstag. Die diplomatischen Korps schenken sich untereinander gerne praktische Dinge, und was ist praktischer als Alkohol, wenn man den ganzen Tag trinkt?«

»Der ist noch unter Kaiser Yoshihito gebrannt worden.«

»Kaiser Yoschi … Tut mir leid, ich … Sie interessieren sich für japanische Kultur?«

»Japanistik, so ist es.«

»Hätte ich nicht gedacht«, erwidert sie offen. »Sie sehen so unjapanisch aus.«

»Weil ich nicht im Kimono zur Arbeit gehe?«

Ellen lacht, während sie ihr Bild vom Beamten des Jugendamts korrigiert. Sven Forbrich sieht vielleicht aus wie ein ungemachtes Bett, aber er verfügt über Humor und ein ausgefallenes Hobby.

»Wissen Sie eigentlich, dass dieser Sake zwei-, wenn nicht dreitausend Euro wert ist?«, fragt er.

»Ja, der Botschafter hatte einen Narren an mir gefressen. Bestimmt bin ich so manche Nacht in seinen Träumen aufgetaucht.«

Ellen gießt sich einen großen Schluck Sake in die zuvor geleerte Kaffeetasse ein. Tristan geht es gut, er ist in einem Streifenwagen auf dem Weg zu ihr. Wo könnte er sicherer sein als dort? Der Rest wird sich finden.

»Sie trinken einhundert Jahre alten Sake aus einem Becher?«, fragt er.

»Nicht ganz«, korrigiert sie und füllt, bevor er etwas dagegen tun kann, seine Tasse zu einem Viertel. »*Wir* trinken einhundert Jahre alten Sake aus Bechern.«

»Für mich bitte nicht, ich …«

»Oh, nun schauen Sie mal auf die Uhr. Sie wären normalerweise gar nicht mehr im Dienst. Wohnen Sie in Heiligendamm?«

»Ja, schon, aber ich sollte …«

»Dann können Sie doch zu Fuß nach Hause gehen. Ich kann jetzt nicht hier herumsitzen, bis mein Sohn da ist. Und Sie haben so einen guten Tropfen bestimmt noch nie getrunken.«

»Das ist richtig«, bestätigt er in einem Tonfall, der seine Kapitulation bereits erahnen lässt.

»Keine Sorge, ich werde weder Sie noch mich betrunken machen. Und denken Sie bitte nicht, ich wäre Alkoholikerin. Ich trinke weniger als die meisten Leute, eigentlich nur auf Partys. Aber heute Abend bin ich eben doch eine Alkoholikerin, wenigstens für die nächste halbe Stunde. Sie verstehen? Außerdem möchte ich mich bedanken.«

Die beiden stoßen an. Eigentlich findet Ellen das Zeug grässlich, aber erstens hat sie nichts anderes im Haus, das sie auflockern würde, und zweitens wäre es kleinlich, Sven Forbrich mit einem einzigen Schluck Sake abzuspeisen. Daher schenkt sie großzügig nach.

»Leider muss ich Ihnen trotzdem ein paar Fragen über Tristan und Sie stellen. Das ist mein Job.«

»Kein Problem, fragen Sie.«

»Frau Holst, Sie haben Ihren Sohn als Tristan von Ehrensee vermisst gemeldet.«

»Stimmt. Ich heiße eigentlich ebenfalls … So steht es jedenfalls in meinem Pass. Mein Mann und ich leben getrennt.«

»Seit wann?«

»Seit einem Monat.«

»Ist Ihnen heute irgendetwas an Tristan aufgefallen? War er anders als sonst?«

»Nein, gar nicht. Wir haben zusammen gefrühstückt. Er hat nicht viel gesprochen, aber er ist ein Morgenmuffel, er redet nie viel so früh am Tag.«

»Haben Sie schon seinen Vater angerufen?«

»Das war nicht nötig. Robert und ich haben am Nachmittag telefoniert. Er lebt auf den Philippinen, und es war nicht zu erwarten, dass Tristan plötzlich bei ihm vor der Tür steht.«

»Können Sie sich erklären, warum Ihr Sohn etwas stehlen wollte?«

»Überhaupt nicht. Er bekommt genügend Taschengeld. Aber es hat kürzlich ziemlich viele Veränderungen in seinem Leben gegeben. Ich habe ihn natürlich gefragt, wie er über eine mögliche Trennung von seinem Vater denkt, ob er versteht, warum ich es tue, ob er etwas anderes von mir erwartet, Einspruch erheben will. Er sagte nur: ›Ist schon gut.‹ Das … genügte mir.«

Sie sucht den Blick des Beamten, vermutet darin eine Anklage, findet sie aber nicht.

»Ich habe nicht weiter nachgebohrt«, gibt sie zu. Und fügt einige schweigend verstrichene Sekunden später hinzu: »Ich hatte Angst, dass er seine Meinung ändern oder irgendetwas sagen könnte, das mich umstimmt.«

»Hätte er Sie denn umstimmen können?«

»Er hätte nur mit dem Finger schnippen müssen.«

Daran, dass Tristan ihren Entschluss billigt, will sie fest glauben. Ihr Sohn hatte noch nie ein richtiges Zuhause, er hat nirgendwo länger als zwei Jahre gelebt und ständig seine Freunde verloren, weil die Familie in ein anderes Land umzog, oft Tausende Kilometer entfernt. Moderne Kommunikationsmittel und soziale Medien ersetzen nun mal keine gemeinsam verbrachte Zeit mit Gleichaltrigen. Sollte er mit anderen Jungen etwa via Skype biken, kicken oder schwimmen? Wenn er wieder einmal alles hatte hinter sich lassen müssen, schossen seine traurigen Augen stets wie zwei Pfeile in ihr Herz.

Heiligendamm soll ihm endlich Stabilität geben, Normalität. Das erste Jahr würde dem zweiten den Boden bereiten, das zweite dem dritten eine feste Basis geben, das dritte dem vierten eine planbare Zukunft ermöglichen und so weiter.

Was sie getan hat, hat sie für Tristan getan.

Wirklich?

Sie trinkt einen Schluck Sake.

Lügnerin!

Ellen war nicht ehrlich zu ihrem Sohn, auch nicht zu ihrem Mann, nicht mal zu sich selbst, was den wahren Grund für ihre Rückkehr nach Deutschland angeht. Der ist in Wahrheit nämlich zutiefst egoistisch.

»Wie schmeckt der Sake?«, fragt sie ein wenig betrübt, denn Selbsterkenntnis ist meistens eine betrübliche Sache.

»Grandios.«

»Sehen Sie, mir hätte man auch eine Flasche aus dem Supermarkt für sieben neunundneunzig vorsetzen können, und ich hätte keinen Unterschied bemerkt. Ich bin eine Banausin. Wie denn, was denn?, werden Sie jetzt denken. Eine Frau, die so viel herumgekommen ist wie ich. Aber eigentlich war ich auf dieses Leben nicht vorbereitet – ferne Länder, bessere Kreise. Meine Eltern waren einfache Leute, ein Koch und eine Gardinenschneiderin, und in den Urlaub sind wir entweder an den

Titisee im Schwarzwald oder auf die Insel Fehmarn gefahren. Ich habe nur einen Hauptschulabschluss, machte danach eine Lehre als Hotelkauffrau in einem kleinen Drei-Sterne-Hotel am Rande der Lüneburger Heide. Wäre der Gasthof nicht pleitegegangen, würde ich vielleicht heute noch dort arbeiten und Bier ausschenken, statt eintausend Jahre alten Sake zu trinken.«

»Einhundert«, korrigiert Sven Forbrich und trinkt einen Schluck, den er geschmeidig im Mund verteilt.

»Ein paar Jahre später lernte ich meinen Mann kennen, Robert von Ehrensee, ein Freiherr ostpreußischer Herkunft mit einem Stammbaum bis ins Jahr zwölfhunderteinundsechzig. Nur zwei Monate älter als ich, am Anfang einer vielversprechenden Karriere, gutaussehend, mit besten Umgangsformen, hervorragend ausgebildet, belesen und trotzdem ungekünstelt und kein bisschen arrogant … Es war auf einem Charity-Event. Wir waren beide fehl am Platz bei dieser Veranstaltung, bei der Prominente in ihren Dreißigtausend-Euro-Kleidern Schecks über zehntausend Euro ablieferten, ausgestellt zwischen zwei Gläsern Champagner. Ich war Hostess, Robert der Ersatz für den kurzfristig ausgefallenen Begleiter einer Urenkelin oder Ururenkelin des letzten deutschen Kaisers. Er arbeitete damals noch als kleiner Diplomat im Auswärtigen Amt, aber seine Berufung in die Welthandelsorganisation stand unmittelbar bevor. Als sie ihn ein halbes Jahr nach unserem Kennenlernen an die Elfenbeinküste schickten, musste ich entscheiden, ob ich ihm folgte. Und nun, fünfzehn Jahre nach Beginn meines vermeintlichen Abenteuers, sitze ich in einer Küche, rauche meine Jahresration Zigaretten und trinke Schnaps, der pro Schluck ein paar hundert Euro kostet. Aus einem Becher, wie Sie richtig bemerkt haben. Ich bin nie wirklich in der Gesellschaft angekommen, in die ich gewissermaßen versehentlich hineingerutscht bin.«

Der Sake muss Ellen ohne Umweg über den Magen direkt ins Blut geschossen sein, sonst würde sie diesem fremden Mann wohl kaum ihre halbe Lebensgeschichte erzählen. Andererseits fühlt sie sich einigermaßen klar im Kopf. Vielleicht liegt es auch einfach an der Aufmerksamkeit ihres Gegenübers. Sven Forbrich scheint wirklich zuzuhören.

Als sie sich die nächste Zigarette anzündet, fällt ihr noch eine weitere Erklärung für ihre Redseligkeit ein: weil sie diese Geschichte noch nie jemandem erzählt hat und ihr kein Mensch einfällt, dem sie sie erzählen könnte. Wenn sie sie dem Mann in ihrer Küche nicht offenbart, einem Menschen, den sie heute sowieso zum letzten Mal sieht, wird sie für sehr lange Zeit darin feststecken wie ein gewaltiger Stein in einem Acker.

Ellen hat keine Freundinnen und es verlernt, welche zu gewinnen. Aber sie hat diesen Abend, an dem sie in den Abgrund gestarrt hat und der nach einem Geständnis verlangt. Morgen früh wird dieser Mann Vergangenheit sein, und sie kann so tun, als hätte sie nie mit ihm gesprochen. Trotzdem wird sie sich erleichtert fühlen, aus einem Grund, den sie sich erst noch überlegen muss.

Ellen ist drauf und dran, noch weit mehr von sich preiszugeben, als die Türglocke ertönt, eine peinlich pompöse Imitation der ersten Takte von Big Ben. Zwei Streifenpolizisten bringen Tristan vorbei. Sie kann es kaum erwarten, den Jungen in die Arme zu schließen, doch er erwidert ihre Umarmung nur halbherzig. Ohne ein Wort rennt er die Treppe hinauf, und ein paar Sekunden später knallt die Tür zu seinem Zimmer ins Schloss.

»Nehmen Sie es nicht persönlich«, tröstet der Beamte vom

Jugendamt sie. »Liebe überschwänglich zu zeigen halten viele Söhne für zu feminin, vor allem in Gegenwart von Dritten. Außerdem ist ihm die ganze Sache peinlich. Eigentlich ein gutes Zeichen. Gehen Sie also nicht zu hart mit ihm ins Gericht.«

»Nein, dafür habe ich viel zu viel Angst, dass Tristan in seinem neuen Zuhause nicht richtig ankommt.«

»Keine Sorge. Kinder, die nicht ankommen wollen, verkriechen sich in ihrem Zimmer, machen Computerspiele oder haben von früh bis spät Kopfhörer auf den Ohren. Tristan ist rausgegangen, er ist mit dem Fahrrad zum Strand gefahren, um zu surfen … Dann hat er eben Mist gebaut, alles halb so wild.«

»Na, so was. Das sagt ausgerechnet ein Vertreter des Gesetzes.«

»Ihr Junge fängt sich wieder, ganz sicher.«

Solche Worte hat Ellen gebraucht. Auf manche Menschen trifft nicht zu, was sonst gilt, nämlich dass der erste Eindruck sehr viel aussagt. So jemand steht ihr nun auf der Türschwelle gegenüber. Sie stellt fest, dass Sven Forbrich sehr schöne, freche blaugraue Augen hat, die erstaunlich intensiv und intim dreinblicken können.

Bildet sie sich das nur ein, oder zögert er, sich zu verabschieden?

Das Lächeln auf seinen Lippen verweilt noch eine ganze Weile, und kurz bildet Ellen sich ein, dass sich eine Frage auf ihnen zu formen beginnt. Doch der Augenblick zerfließt schweigend.

»Gute Nacht.«

»Gute Nacht und nochmals danke, auch fürs Zuhören.«

Ein paar Sekunden später ist sie allein. Das Haus ist still, nicht einmal eine Uhr tickt. Es ist bald Mitternacht.

Sie geht hinauf, doch durch das Schlüsselloch sieht sie kein

Licht mehr in Tristans Zimmer. Entweder er schläft oder er stellt sich schlafend. Es kommt auf das Gleiche raus – jetzt mit ihm zu sprechen würde sowieso nichts bringen.

Ellen ist müde, andererseits ist ihr Kopf mit den Bildern, Begegnungen und Geschehnissen des Tages geflutet: ein Verbrechen vor sechs Jahren, mit dem sie nichts zu tun hat und das sie dennoch beschäftigt, das schillernd blaue, weite Meer, ein behinderter Junge, Tränen auf ihren Händen, ein Mann in ihrer Küche, vor dem sie ihr Leben ausgebreitet hat. Es wird schwer werden, in dieser Nacht einzuschlafen.

Sie benetzt ihr Gesicht mit etwas Wasser, zieht sich ganz aus und tritt, nachdem sie die Lampe ausgeschaltet hat, ans Fenster, um den Rollladen zu schließen und somit auch den Mondschein auszusperren.

Dann macht sie einen Schritt zur Seite, dorthin, wo niemand sie sehen kann. In der Anlage, außerhalb des Lichtkegels einer Laterne, aber gerade noch zu erkennen, bemerkt sie den Umriss eines Mannes. Sie sieht genauer hin, bis sich ihre Augen an die Dunkelheit gewöhnt haben. Er wirkt wie ein Obdachloser, ist groß und kräftig, trägt einen Vollbart, hat lange Haare und trinkt aus einer Bierdose, die er schließlich zerquetscht und achtlos wegwirft, bevor er in der Dunkelheit verschwindet.

Zur selben Stunde, 1300 Kilometer entfernt

Malush betritt sein Land so, wie er es einst verlassen hat – in tiefer Dunkelheit. Anders kennt er es schon gar nicht mehr. Mit zehn Jahren ist er zum letzten Mal bei Tage in den schroffen weißen Kalkfelsen geklettert, über die von grünen Büschen überzogenen Berge gewandert und in die Täler hinabgestiegen, um in kristallklaren Seen zu baden. Fünfzehn Jahre ist das jetzt her. Danach hat er sein Land für Jahre nur noch in Finsternis getaucht gesehen, um schließlich nicht mehr wiederzukommen.

Der Bus, in dem Malush nach Hause zurückkehrt, kriecht die Serpentinen mit dem Getöse eines Todgeweihten mit Bronchitis im Endstadium hinauf. Ein Spiel mit dem Leben auf den engen, kurvenreichen Bergstraßen ohne Leitplanken. Die Scheinwerfer stochern in der Nacht, huschen über Geröll, leuchten in die schwarze Luft, in Abgründe.

Im Bus sitzen nur acht Fahrgäste, die alle entweder den Kopf an die Scheibe lehnen, einen Pullover oder eine Jacke zwischen sich und dem verschmierten Glas, oder die Stirn auf die Lehne des Vordersitzes gelegt haben. Vermutlich sind es Pendler, die die Woche über in Shkodra arbeiten und freitagabends in ihre abgelegenen Dörfer zurückkehren. Malush ist als Einziger wach. Er bemerkt jedes Gähnen des Fahrers, jedes Klemmen des Schalthebels, jedes flüchtende Nachttier. Früher ist seine Familie nie mit dem Bus gefahren. Dafür war kein Geld da.

Das Mädchen, das Malushs Schulter als Kissen benutzt, stößt im Schlaf einen Seufzer aus und bringt ihn damit zum Lächeln. Eigentlich tut Majlinda auch im wachen Zustand nichts anderes, sie seufzt vor Freude und Enttäuschung, vor Müdigkeit und Ahnungslosigkeit, vor Hoffnung und Trotz. Sie spricht selten.

Keiner der anderen Fahrgäste nimmt von den beiden Notiz, und falls doch, würde er Malush und Majlinda für ein Paar halten. Stundenlang passiert nichts, außer dass der Bus sich mit jedem Dorf, das er anfährt, weiter leert, bis nur noch die beiden Geschwister übrig sind. Um zehn vor drei morgens, viel später als erwartet, hält der Bus endlich zum letzten Mal, und das gedämpfte Innenlicht erlischt.

»Majlinda, wach auf! Wir sind da.«

Das Mädchen mit den verstrubbelten, langen schwarzen Haaren hebt den Kopf und blickt aus dem Fenster, wo nichts anderes zu sehen ist als die Schemen einiger winziger Häuser vor den Schemen gewaltiger Phantome: die albanischen Berge.

»Wir müssen uns beeilen«, sagt er. »In zwei Stunden geht die Sonne auf.«

Der Busfahrer schließt ohne einen letzten Gruß die Tür hinter ihnen, um den Rest der Nacht auf den Sitzen zu verbringen. Malush bleibt kurz stehen und atmet tief ein, es riecht nach wilden Kräutern, warmen Steinen und Armut.

Das Dorf ist rasch durchschritten, es umfasst nur eine einzige, etwa zweihundert Meter lange Straße, die unbeleuchtet ist. Dort wo sie endet, überqueren Bruder und Schwester eine alte, marode Steinbrücke, von der keiner mehr weiß, wann sie gebaut wurde. Auf der anderen Seite des Flusses ist die ärgste Gefahr vorüber. Aber es liegt noch ein anstrengender Weg vor ihnen, und ein paar verstreute Häuser entlang des Pfades müssen sie zur Sicherheit weiträumig umgehen.

Eine Zeit lang trottet Majlinda hinter Malush her, doch als der Pfad steiler wird, muss er sie hinter sich herziehen und immer wieder antreiben. Wie ein Vampir, der den ersten Sonnenstrahl fürchtet, hetzt er den Berg hinauf. Die Vogelrufe, die die nächtliche Stille durchbrechen, sind für ihn ernste Warnungen. Auf sie folgt der auffrischende Wind, der oft der Morgenröte vorangeht.

Neben dem Friedhof legen die Geschwister eine Verschnaufpause ein. Ihr Blick auf den Gottesacker ist identisch, voller

Skepsis, mehr noch Abneigung. Die Gräber werden gehegt und geliebt wie Babys. Malush kommt es vor, als brächten die Menschen in seinem Land den Toten mehr Fürsorge entgegen als den Lebenden. Zwei seiner Geschwister liegen hier, inzwischen vielleicht sogar mehr, er weiß es nicht.

»Gehen wir weiter«, sagt er, und diesmal muss er Majlinda nicht drängen.

Endlich erreichen sie das Plateau, auf dem sie fast ihre gesamte Kindheit verbracht haben, sehen in der Ferne das Haus, das einmal ihre ganze Welt gewesen war. In dem Grau wird es von den gewaltigen Felsen, die es umgeben, nahezu verschluckt. Es kommt Malush plötzlich kleiner vor als früher, so wie ein Adlerhorst, der sich an eine Bergwand krallt. Wie konnten sie nur zu neunt darin leben?

Genau in dem Moment, als Malush eine kleine schwarze Gestalt mit zwei Eimern aus dem Stall kommen sieht, entflammen die Bergspitzen. Gerade noch rechtzeitig hat er sein Ziel erreicht, bevor seine Freundin, die Nacht, seinem Feind, dem helllichten Tag, gewichen ist.

»Ach«, sagt seine Mutter, als sie ihre beiden Jüngsten erkennt. Sie stellt die Eimer ab, so als wollte sie die Hände frei haben zur Begrüßung. Stattdessen stemmt sie sie in die Hüften. »Wie lange ist es her?«, fragt sie Malush.

»Fünf Jahre.«

»Ich habe vergessen, wie dünn du bist. Dünn wie eine Natter.«

»Ja«, bestätigt er, nur um irgendwas zu sagen.

Seine Mutter trägt ein schwarzes Kopftuch, ein schmutziges schwarzes, knielanges Kleid und schlammverkrustete schwarze Schuhe. Jemand muss unlängst gestorben sein.

»Ich habe Majlinda mitgebracht.«

»Na ja«, sagt seine Mutter, als wüsste sie noch nicht, was sie davon halten soll. Sie erduldet die Umarmung ihrer Tochter und dass Majlinda sie mit einem aufrichtigen Lächeln bedenkt. »Kommt halt rein.«

Drinnen ist es muffig, feucht und dunkel wie auf dem Boden eines versiegten Brunnenschachts. Über dem Kaminfeuer blubbert ein Kessel, Töpfe und Kisten stehen kreuz und quer herum, ein Rest Hafergrütze trocknet auf einem Holzteller, und ein geprügelter Hund mit dem traurigsten Blick, den man sich vorstellen kann, kauert auf einem Bündel Stroh in der Ecke. Sie betreten eine eigentlich untergegangene Welt ohne Strom, ohne Telefon, beinahe alttestamentarisch, in der jeder Gegenstand eine Funktion hat, in der nichts um seiner selbst willen dort sein darf. Das einzig Heitere ist Majlindas breites Lächeln, wie man es von ihr kennt. Wenn sie nicht gerade müde ist oder einen Berg hinaufgeschleift wird, strahlt sie unentwegt.

»Vater?«, fragt Malush.

»Tot«, sagt die Mutter, während sie Wasser auf dem Gasbrenner erhitzt. Fügt dann pflichtbewusst hinzu: »Leider. Vor einem Monat. Die Familie hat ihn erwischt, du weißt schon, jene Familie, mit der wir im Blut stehen und deren Namen wir nicht aussprechen. Vorher hat er einen von ihnen erwischt. Ich wollte dir schreiben, aber wusste nicht, wohin.«

Malush denkt nicht lange über seinen Vater nach, und Majlinda lächelt einfach weiter.

»Mein Bruder?«, fragt er, sicher, dass seine Mutter weiß, von wem er spricht, denn er hat nur noch den einen.

»In Italien. Hab zuletzt vor drei Jahren von ihm gehört. Da kam ein Brief.« Sie lacht verächtlich. »Ha! Da hatte der fette

Postbote endlich mal was zu tun. Den ganzen Weg hier herauf… So hart hatte er lange nicht geschuftet.« Sie sieht sich in der Küche um. »Müsste irgendwo noch sein, der Brief. Es sei denn…« Ihr Blick haftet angestrengt auf dem Kamin. Gut möglich, dass sie das einzige Lebenszeichen ihres drittältesten Sohnes zum Feuermachen benutzt hat.

»Meine Schwestern?«, fragt Malush.

»Die Älteste ist in Tirana. Lebt mehr schlecht als recht, ihr Mann macht keinen Finger krumm. Und die andere hilft mir mit den Viechern. Die Arbeit wird mir sonst zu viel. Ist gerade oben auf den Weiden, mit dem Kind, du weißt schon, *dem* Kind.«

Er weiß genau, welches Kind. Vor fünf Jahren, bei der Geburt des Jungen, war er dabei. Es gibt Schlimmeres für ein Kleinkind, als in den albanischen Bergen aufzuwachsen.

»Denk mal«, sagt sie, »ich werde bald siebzig. So ein Mist.«

Das Gesicht seiner Mutter ist faltig, braun und oval wie ein Buchenblatt im ausgehenden Herbst, und in ihren wässrigen Augen glitzert die ganze Verachtung, die sie in den sieben Dekaden ihres Lebens angehäuft hat. Ihr erstes Kind hat sie mit achtzehn, das letzte, Majlinda, mit siebenundvierzig Jahren bekommen. Es gibt keinen Tag in ihrem Leben, an dem sie nicht gearbeitet hat, jedenfalls erinnert sie sich an keinen. Sie ist fertig mit allem. Ohne Gefühlsregung erzählt sie von Malushs Onkeln, Cousins und Neffen, die entweder in Europa verstreut sind oder auf den Friedhöfen in der Umgebung. Wie Rauchfäden ziehen die Schicksale vor Malushs geistigem Auge vorüber. Er nimmt sie kurz wahr, dann lösen sie sich auf.

Als seine Mutter aufhört zu sprechen, mustert sie ihn über einen trennenden Abgrund hinweg, der vierundvierzig Jahre Altersunterschied sowie eine gewachsene Fremdheit umfasst, da sie so gut wie nichts über ihren jüngsten Sohn weiß. Mit zwölf haben sie ihn zu einem ihrer Schwager nach Deutschland geschickt, und abgesehen von dem fünftägigen Besuch vor einigen Jahren hat sie ihn seither nie wieder gesehen und gesprochen. Mit Majlinda ist es noch schlimmer, ihre Jüngste war damals, als sie mit Malush fortging, gerade mal neun Jahre alt.

»Warum bist du hergekommen?«, fragt sie ihn.

»Ich bringe dir Geld. Das habe ich dir bei meinem letzten Besuch versprochen, und ich halte meine Versprechen.«

»Wie viel?«

»Viertausend.«

»Viertausend Lek?«

»Lek«, wiederholt er kopfschüttelnd. »Glaubst du, ich reise durch halb Europa, um dir ein neues Paar Schuhe zu spendieren?«

»Ich weiß nicht, was ich glauben soll. In deinen Augen kann man nicht lesen. Sie sind pechschwarz ... wie zugezogene Vorhänge.«

Er geht nicht darauf ein. »Viertausend Euro natürlich.«

»Das ist gut.«

Er blättert die Scheine einen nach dem anderen auf den Tisch und kann förmlich spüren, wie immer neue Gegenstände vor ihrem Auge Gestalt annehmen: eine neue Matratze, Tomatenstauden, ein weiteres Schwein, ein Knecht für den Hof. Kaum ist er fertig, greifen zehn schrundige Finger nach dem Geld und stopfen es in die Schürze.

Sie wendet den Blick Majlinda zu. »Geh mal raus, ich will mit deinem Bruder allein reden. Du kannst die Sau füttern. Aber komm ja nicht auf die Idee, einen Spaziergang zu machen, weder allein noch mit der Sau, hast du verstanden?«

Majlinda nickt gehorsam und fröhlich. Die Sau füttern, so etwas macht ihr Freude.

»Ihr könnt eine Woche bleiben«, sagt die Mutter, sobald Malush mit ihr allein ist. »Also gut, sagen wir zwei. Aber dann müsst ihr gehen, sonst liegt ihr mir zu sehr auf der Tasche. Wenn ihr in zwei Wochen nicht fort seid, tue ich euch Gift in den Tee, dann könnt ihr mal sehen.«

Sie schiebt ihm eine Tasse mit einer Flüssigkeit zu, die ihn an halb geronnenes Blut erinnert. Er erkennt sie sofort wieder. Seine Mutter sammelt die Blätter für den Tee in den Bergen, er ist süßlich und hat einen leicht bitteren Nachgeschmack.

»Es ist schlimmer geworden mit deiner Schwester, oder?«

Sie sagt niemals »meine Tochter«, »mein Sohn« oder benutzt ihre Vornamen, sondern nennt immer nur das Verwandtschaftsverhältnis, das sie zueinander haben, so als wären sie nicht aus ihrem Schoß gekommen, als wäre sie die Stiefmutter. Vielleicht ist das ihre Methode, mit all den Verlusten umzugehen. Oder sie kann ihre Kinder schlicht nicht leiden.

Er nickt. »Man kann gar nicht mehr normal mit ihr reden, was damals ja noch ging. Sie hat noch nie viel gesprochen, dafür hat sie manchmal interessante Dinge gesagt, schöne Dinge. Seit der Geschichte vor fünf, sechs Jahren nicht mehr. Echt traurig. Ich muss noch mehr auf sie Acht geben als früher.«

Seine Mutter verzieht den Mund. »Als würde dir das nicht in den Kram passen. Du hattest schon immer einen Narren an ihr gefressen, keine Ahnung, warum. Eins von den ungelösten Geheimnissen, mit denen ich gut leben und sterben kann. Bin froh, dass du damals darauf bestanden hast, deine Schwester mit nach Deutschland zu nehmen. Zwölf warst du und hast um sie gekämpft wie ein Bär. War mir sehr recht. Auf eine Idiotin aufzupassen, das hätte mir gerade noch gefehlt.«

»Sie ist keine Idiotin!«, braust er auf. »Sprich nicht so von ihr.«

Die Mutter zuckt mit den Schultern. »Meinetwegen. Wir haben sowieso schon lange genug von ihr geredet. Bist du noch beim Zirkus?«

Widerstrebend beruhigt Malush sich wieder und trinkt von dem bittersüßen Tee. »Die meiste Zeit. Ich brauche ja Geld. Außerdem macht es mir Spaß. Ich glaube, ich bin ganz gut.«

»Muskeln hast du. Man sieht es nicht gleich, weil du so dünn bist.«

Sie tastet seinen Körper ab, als wolle sie einen Maulesel kaufen. Ihre Hand auf seiner Haut fühlt sich zunächst befremdlich an, doch dann wird ihm wohl unter ihren Berührungen, und auch das kommt ihm seltsam vor.

»Artist, ja?«, fragt sie, und er nickt. »Ist doch mal was. Dein Bruder in Italien arbeitet als Hilfskoch. Ich glaub, du hast es von allen am weitesten gebracht.«

»Kunststück, wenn alle anderen es nur bis zum Friedhof gebracht haben.«

Mit allem hätte er daraufhin gerechnet, aber nicht damit, dass sie lacht. Er versteht die Frau einfach nicht. Von seinem Vater hätte er eine gescheuert bekommen, wahrscheinlich sogar zu Recht, und sie kriegt sich vor Belustigung nicht mehr ein.

Oft wird sie nicht lachen, denkt er, vielleicht alle paar Jahre einmal.

»Das haben sie sich alles selbst eingebrockt. Dein ältester Bruder musste ja unbedingt die Verlobte eines anderen schwängern. War doch klar, was dann passiert. Nun sind drei von uns und zwei von den anderen tot. Siehst du den Sessel am Fenster? Von dort hat dein Vater den ganzen Tag hinausgestarrt, neben sich die Schrotflinte, für den Fall, dass einer von *denen* sich nähert. Der Sessel war jahrelang seine Welt, die Flinte hat geblitzt und geblinkt, während ich mich um den Hof gekümmert und die ganze Drecksarbeit gemacht habe. Das alles, nur weil jemand vor langer Zeit seinen Schwanz nicht in der Hose behalten hat. Ihr Männer seid so was von dämlich, ihr lernt es nie. Und wir Frauen sind auch dämlich, weil wir euch verzeihen. Wenigstens seid ihr jetzt alle unter der Erde oder im Ausland, damit steht unser Haus nicht mehr unter dem Blut, und wir haben unsere Ruhe.«

Sie steht auf und geht zur Arbeitsplatte, wo sie ein paar Scheiben von dem selbstgebackenen Brot abschneidet, wobei sie ihren Sohn nicht aus den Augen lässt. Es ist, als wolle ihr Blick in sein Gehirn kriechen.

Eine Sekunde später heult sie auf, sie hat sich in den Finger geschnitten. Das Blut tropft auf das Schneidebrett, die Arbeitsfläche, den Küchenboden.

Malush springt auf. »Wo hast du Verbandszeug?« Kopfschütteln. »Klopapier?« Kopfschütteln. »Eine saubere Schürze, ein Küchenhandtuch?«

Mit den Augen deutet sie auf ein schmutziges Tuch neben dem Waschbecken.

»Das verdreckte Ding da, bist du verrückt?«, ruft er. »Das bringt dich glatt um, da kann ich dir gleich eins mit der Pfanne überbraten.«

»Mach doch, dann ist das auch erledigt.«

Malush verdreht die Augen. Rasch zieht er sein weißes Hemd aus, reißt es in Streifen und wickelt es in zahllosen Schichten um Daumen und Zeigefinger ihrer Hand. Achtsam führt er seine Mutter zum Küchentisch, wo sie beide auf den Notverband starren und darauf warten, dass er sich rot färbt.

»Nimm dir Brot und Käse«, sagt sie, und er tut es.

Schweigend verharren sie im Anblick ihrer verletzten Hand, nur sein leises Schmatzen durchdringt die Stille.

»Warst du noch mal dort?«, fragt sie nach einer Weile. Sie blickt Malush nicht an und erläutert ihre Frage nicht genauer. Das muss sie auch nicht.

»Nein, warum sollte ich?«

»Gespenstern soll man sich stellen. Sich mit ihnen aussöhnen.«

»Ach, wirklich? Hast du das irgendwo aufgeschnappt? Dein Leben ist voller Gespenster, und hast du dich jemals auch nur mit einem einzigen ausgesöhnt?«

»Niemals. Sieh mich heute an.«

Er weicht ihrem Blick aus und wischt lieber die Blutstropfen auf, die in der Küche verteilt sind. Dabei spürt er, wie ihr Blick auf ihm ruht, auf seinem gebräunten Rücken, den drahtigen Schultern, die oft das Gewicht von zwei Artisten tragen müssen, und den kurzen schwarzen Haaren auf seinem Hinterkopf.

»Wenn ihr geht, müsst ihr das Kind mitnehmen«, sagt seine Mutter plötzlich.

Er fährt herum. »Was? Warum denn?«

»Ich kann es nicht gebrauchen.«

»Unsinn. Bekim ist fünf. In zwei Jahren kann er sich um die Hühner kümmern und den Ziegenstall ausmisten. Hab ich auch gemacht.«

»Und ich sage dir, ich kann ihn nicht gebrauchen.«

»Das erklär mir mal.«

»Muss ich nicht. Er ist nicht mein Kind, sondern das deiner Schwester. Ich will ihn einfach nicht mehr haben. Vor zwei Jahren war er sehr krank, und jetzt stimmt irgendwas nicht mit ihm. Nimm ihn gefälligst zurück.«

»Wir reden hier nicht über einen rostigen Eimer, den man umtauscht. Du hast eingewilligt, Bekim aufzuziehen, unter der Bedingung, dass wir dir Geld geben.«

»Das hab ich doch. Und nun fliegt das Balg raus.«

»Unglaublich! Du bist so … so …«

»Gib dir keine Mühe. Du findest kein Wort, mit dem du mich beleidigen kannst. Ist mir alles egal. Liegt wahrscheinlich am Tod, der hier überall rumschleicht. Der Tod winkt mir jeden Morgen durch die Scheibe zu, wenn ich den Fensterladen in der Kammer öffne. Ich sag dir, das lässt das Herz erkalten.«

»War es denn je warm?«, entgegnet er, während er einen Bissen Brot in den Mund schiebt.

»Reiß es raus und frag es selbst. Und dann wirf es der Töle vor. Wäre der größte Leckerbissen für das Vieh, seit du damals fort bist.«

Jetzt erst erkennt Malush, dass es sich bei dem dürren, alten Köter, der phlegmatisch an der Wand kauert, um Skanderbeg handelt, jenen Hund, den er als Welpen bekommen hat und der einige Jahre lang der einzige Freund in seiner Kindheit war.

Skanderbeg hat ihn auf seinen nächtlichen Touren durch die Berge begleitet, wenn Malush es nicht mehr im Elternhaus aushielt, das sicheres Asyl und Gefängnis zugleich war. Skanderbeg hat ihm das Gesicht geleckt, wenn keiner sonst ihn liebte, niemand ein freundliches Wort übrig hatte und die ganze Welt nur aus Misstrauen, Hass und Niedertracht zu bestehen schien. Er war alles für Malush, und Malush war alles für ihn.

Vierzehn Jahre später haben sie einander nicht mehr erkannt.

»Skanderbeg«, sagt Malush, kniet sich neben das Tier auf den Boden und streichelt sein ungepflegtes Fell. Nun, da der fast blinde und taube Hirtenhund an seiner Hand schnuppert, beginnt er zu winseln, nimmt alle Kräfte zusammen und rappelt sich auf. Er wedelt mit dem Schwanz und schmiegt sich an Malushs Körper. Malush umarmt ihn. Weder stört er sich an dem erbärmlichen Gestank noch an dem klebrigen, zotteligen Fell. Er lässt sich das Gesicht abschlecken. Schließlich legt er sich zum Spielen auf den Rücken, doch mit dem greisen Hirtenhund kann man nicht mehr raufen, die Tage sind vorüber.

»Skanderbeg. Skanderbeg. Skanderbeg«, sagt Malush immer wieder, so als wolle er in einer Minute all die Male nachholen, die er den Hund gerufen hätte, wenn er eine normale Kindheit gehabt hätte und nicht vor der Blutrache ins Ausland geflohen wäre.

»Dein Vater hat ihn damals anketten müssen, zwei ganze Wochen lang, sonst wäre er dir nach«, sagt seine Mutter. »Hätte sich an der Kette beinahe aufgehängt. Hunde sind schon ziemlich dumm.«

Er wirft ihr einen kurzen Blick zu. »Für dich ist wohl jeder dumm, der Gefühle zeigt.«

»So ist es, und ich schäme mich nicht dafür.«

»Natürlich nicht, Scham ist ja auch ein Gefühl.«

Er wendet sich wieder Skanderbeg zu. Wie erbärmlich er aussieht, Malush tut es im Herzen weh. Er hätte ihn damals so gerne mitgenommen. Aber sein Onkel in Deutschland hatte klargemacht, dass er nur bereit war, Malush und seine Schwester bei sich aufzunehmen, auf keinen Fall den Hund.

»Ich dachte, du wärst längst tot«, murmelt er. »Tut mir leid, dass ich dich nicht gleich erkannt habe, alter Freund. Wo warst du, als ich vor fünf Jahren hier war?«

»Auf der Schafweide in den Bergen«, antwortet seine Mutter an Stelle des Hundes, doch Malush beachtet sie nicht. »Mit deinem Vater. Den hast du damals ja auch nicht zu Gesicht gekriegt. Seit er tot ist, wohnt deine ältere Schwester den Sommer über da oben. Mit einem jungen Hirtenhund. Und dem Kind.«

Er ignoriert sie, bis sie sich nach einer Minute neben ihn auf den Boden kniet.

»Nächstes Jahr muss das Balg zur Schule, und dann? Er ist ein Junge, verstehst du das denn nicht! Noch ein paar Jahre, und er ist alt genug…« Sie fährt sich mit der Hand über die Kehle. Ein roter Fleck hat sich auf dem Verband ausgebreitet. »Es ist nicht mehr wie früher, als ich jung war«, sagt sie. »Damals hat man sich an Regeln gehalten, wenn man in Fehde war. Alles hatte seine Ordnung, selbst das Morden. Heute dagegen, ach… Es interessiert keine Sau mehr. Sobald ein Junge bis zwanzig zählen kann, erklären sie ihn zum Mann, und er kommt auf die Liste. So einfach ist das.«

Noch einmal fährt sie sich über die Kehle, diesmal untermalt sie die Geste mit einem Zischen. Speichelspritzer landen auf Malushs Kinn. Die wenigen Zähne, die seine Mutter noch hat, sind braun oder schwarz.

»Wenn es das ist, was du willst, einen kleinen Neffen auf dem Friedhof, dann lass mir noch ein paar Scheine hier. Für die Beerdigung.«

4

Sommer 2010

Als Birgit Loh wieder einmal die Schönheit, Harmonie und Eleganz von Vineta betrachtete, konnte sie kaum glauben, wo sie einen Monat zuvor hergekommen war. Stolz erzählte die Zweiundsechzigjährige selbst Wildfremden, wo sie wohnte. Sogar beim Schuhkauf erwähnte sie beiläufig: »Meine Schwester hat dort ein Haus, ich bin bei ihr eingezogen.«

Daraufhin änderte sich so gut wie immer der Blick der Leute auf sie. Als Birgit es ihren neuen Arbeitskollegen erzählt hatte, war denen buchstäblich die Kinnlade heruntergefallen, nicht nur weil eine halbtags arbeitende Metzgereiverkäuferin in einer Fünf-Sterne-Anlage lebte, sondern weil überall die Meinung vorherrschte, da sei doch wirklich einmal etwas Besonderes entstanden, etwas absolut Neuartiges und Fortschrittliches. Der Erbauer, Gernot Kessel, dem Birgit bisher nicht begegnet war, wurde in der Presse über den grünen Klee gelobt, und die Stadt Bad Doberan sowie die Gemeinde Heiligendamm warben bereits in Broschüren mit dem außergewöhnlichen Projekt.

Das Konzept des Quartiers war tatsächlich kreativ, stellte Birgit wieder einmal fest, während sie im Eiltempo durch die von Bachläufen, Teichen, Bäumen und Beeten geprägte Anlage schritt. Man konnte unter freiem Himmel Schach und Boule spielen, außerdem Tennis und Badminton. Der Wald samt Hundegehege und Fahrradwegen war gleich nebenan, das Meer zum Greifen nah. Mittelfristig sollte auch ein Lebensmittelgeschäft hinzukommen, kein Supermarkt, sondern ein altmodischer Tante-Emma-Laden, den wohl eher eine Tante Giuseppa oder Germaine bewirtschaften würde, da dort europäische Spezialitäten angeboten werden sollten.

Bisher waren zwar erst vier Häuser bezogen, doch in zwei Jahren sollten weitere acht Einheiten fertiggestellt sein und im Jahr darauf noch einmal acht. Bevorzugt wurden Käufer mit viel Zeit, die sie in der Siedlung verbringen konnten und wollten, also weniger junge, vielbeschäftigte Familien, sondern Ruheständler, von zu Hause aus arbeitende Freiberufler und Privatiers. Menschen wie Birgits ältere Schwester Hanni und ihr Schwager Alfred. Der Wachdienst sorgte für Sicherheit, der Erbauer regelmäßig für Veranstaltungen und kleine Festlichkeiten. Dafür wurde eine monatliche Gebühr fällig, die sich gewaschen hatte, und die Gemeinschaft musste per Mehrheitsbeschluss jedem Hausbesitzerwechsel zustimmen, um zu verhindern, dass jemand einzog, der nicht hierher passte.

»Hallo, Ruben.«

Der Teenager, der etwas abseits des Weges vor einem Baum hin und her wackelte, grüßte sie mit einem kindlichen Winken.

Birgit ging auf ihn zu. »Ich hab was für dich. Hier, bitte.«

»Das sind zwei Bonbons«, sagte er und lachte. »Ruben ist ein lieber Junge.«

»Sieh mal, die Bonbons haben die Form von Tieren.«

»Lustig«, sagte er.

»Stimmt, das ist lustig. Hier, das da, das ist …«

»Ein Hahn.«

»Richtig. Und das da?«

»Kuh.«

»Super. Ich habe sie aus der Metzgerei mitgehen lassen, bitte verrat mich nicht. Die Dinger sind als Geschenk für die Kinder gedacht. Ziemlich blöde Idee, was? Wer lutscht schon gerne Geflügel?«

Sie lachten beide, und Ruben führte ihr stolz sein neuestes T-Shirt vor, von dem einem das Gesicht einer Ente in Nahaufnahme entgegenblickte.

»Das ist lustig!«, rief er.

»Ja, sehr. Mach's gut, Ruben.«

Birgit setzte ihren Weg fort. Der behinderte Junge war vermutlich der Einzige im Quartier, dem es in seinem bisherigen Leben dreckiger gegangen war als ihr. Der Gedanke war politisch nicht ganz korrekt, aber so empfand sie es nun einmal. Ruben tat ihr leid, schrecklich leid sogar. Gerade deshalb fiel es ihr leicht, sich mit ihm zu unterhalten. Eigentlich ging sie Gesprächen lieber aus dem Weg. Sie wusste meist nicht, was sie sagen sollte.

Ein paar Schritte weiter blieb sie stehen und zündete sich eine Zigarette an, worauf sie sich schon seit Stunden freute. In der Metzgerei durfte sie nicht rauchen, nicht mal draußen zwischendurch, weil sich laut ihrer Chefin »der Geruch von Zigarettenrauch unangenehm mit dem vom Fleisch vermischt«. Und zu Hause war es Birgits Schwager, der vom blauen Dunst angeblich Kopfschmerzen bekam.

Den ersten Zug behielt sie sekundenlang in der Lunge, bevor sie ihn langsam wieder ausstieß. Die Prozedur wiederholte sie noch zweimal, bevor sie nicht mehr ganz so tief und lange inhalierte. Dann endlich kam sie zur Ruhe und lächelte. Dieses kleine Lächeln nahm sie sehr bewusst wahr, da es so selten vorkam. Sie spürte deutlich, wie sich die Haut an ihren Mundwinkeln angenehm spannte und die Stirn entkrampfte, so als hätte sie eine Gesichtspackung gemacht.

Nun nahm sie auch die wohltuende Stille wahr, unterbrochen nur von Vögeln, Bienen und Zikaden und unterlegt vom kaum hörbaren Meeresrauschen. Die Schatten der Zweige huschten über ihre grauen Augen, die cremefarbene Bluse und die alte Bluejeans.

Sie drückte die Zigarette auf einem eigens dafür vorgesehenen Müllbehälter aus, wie es sie überall in der Anlage gab, benutzte ihr Mundspray und öffnete kurz darauf das Gartentor der Derfflingers. Die neu Zugezogenen waren erst vor zwei Tagen in Vineta angekommen. Daher, so vermutete Birgit, sah auch der Garten noch ein wenig zerrupft aus.

»Guten Tag, ich bin Birgit Loh, die Schwester von Hanni Frohwein, die Sie ja schon kennen«, begrüßte sie den ältlichen Mann, der ihr die Tür öffnete.

Er hatte eine graue Gesichtsfarbe und wirkte müde, was im Kontrast zu seinem übertrieben modischen Outfit stand: ein himmelblaues Hemd, weit genug geöffnet, um seine zahlreichen ergrauten Brusthaare zu präsentieren, ein Käppi, weiße Shorts und sportliche Schuhe. Er sah aus wie ein Skipper ohne Boot. Typisch Midlife-Crisis, dachte sie, obwohl er dafür eigentlich schon zu alt war.

»Guten Tag«, erwiderte er mit einem breiten Lächeln, das seine perfekten Zähne zeigte, so strahlend und weiß, dass sie nicht zu seinem übrigen Erscheinungsbild zu passen schienen.

»Hanni schickt mich, weil … Sicher haben Sie die Einladung

von Herrn Kessel schon bekommen, oder? Samstagabend gibt es einen Grillabend mit allen Bewohnern auf dem Dorfplatz. Tom, sein Sohn, hat sie heute Morgen verteilt.«

»Ich war heute noch nicht am Briefkasten«, entschuldigte er sich, und sein Blick ging über sie hinweg zum Gartentor.

»Tja, also jeder soll einen Salat mitbringen oder so. Und da hat Hanni gemeint, ich soll … Ihre Frau fragen, ob ich ihr mit was helfen kann. Ist ja doch eine gewisse … Arbeit und eine doppelte, wenn man schwanger ist. Ich könnte auch den Einkauf mit ihr erledigen. Hanni würde ja am liebsten selbst helfen, aber die Hitze … Die Hitze macht ihr schwer zu schaffen. Also, wenn Sie … Jederzeit, ja?«

Birgit bemerkte erst jetzt, dass der Blick ihres Gegenübers auf einem Punkt links hinter ihrer Schulter festgefroren war und sein Lächeln sich zu einem Ausdruck des Entsetzens verzerrt hatte.

»Das darf … Das darf doch nicht … wahr sein«, stammelte er.

Hanni wandte sich um, da drängte Paul Derfflinger sich auch schon an ihr vorbei in den Garten, wo etwa ein Dutzend Rosenstrünke knapp dreißig Zentimeter aus dem Boden ragten.

»Was haben Sie denn?«, fragte sie, doch er nahm sie gar nicht wahr.

»Julia!«, rief er laut. »Julia, komm mal raus. Ich … Ich …«

Birgit hatte von Hanni schon gehört, dass Frau Derfflinger erheblich jünger war als ihr Mann und außerdem eine zierliche, blonde Schönheit mit einem leichten schwäbischen Akzent. Besser hätte man sie auch nicht beschreiben können.

»Was ist denn, Paul?«, rief sie und hüpfte gazellenartig zur

Tür, wie man es von einer Frau im fünften Monat nicht unbedingt erwartet hätte. »Ach, guten Tag, Frau …?«

»Loh. Birgit Loh.«

»Julia!«, nörgelte ihr Mann. »Nun lass das doch. Sieh dir lieber mal das hier an.«

»Oh mein Gott!«, rief sie. »Paul! Deine Rosen! Was ist damit passiert?«

Julia Derfflinger eilte zu ihrem Mann, und gemeinsam betrachteten sie entsetzt die lange Reihe der Rosenstrünke.

Aus dem ganzen Theater schloss Birgit, dass die Sträucher am vergangenen Abend noch in voller Kraft und Blüte gestanden hatten, über Nacht aber offenbar erheblich gestutzt worden waren, und zwar nicht gerade fachmännisch. Überall lagen abgeknickte Stiele herum, außerdem jede Menge zerfetzter Blätter, ein paar verholzte Zweige.

Birgit wusste nicht, wie sie sich verhalten sollte. Schon als sie ihre Hilfe angeboten hatte, war sie sich ein bisschen dämlich vorgekommen, irgendwie überflüssig. Eine junge Frau im fünften Monat konnte ja wohl einen Salat zubereiten, ohne sich zu überanstrengen. Aber Hanni hatte darauf bestanden.

Sollte sie ihr Beileid äußern? Irgendeine Plattitüde à la »Wie konnte das passieren?« oder »Kann ich irgendetwas tun?« von sich geben? Was würde sie schon tun können?

Gerade wollte sie sagen, dass Rosen robuster waren als gedacht und sie sich in ein bis zwei Sommern erholt haben würden, als Paul Derfflinger aufschrie, dass es mindestens zwei, eher drei Jahre dauern würde. Die Verzweiflung in seiner Stimme war ergreifend. Als er dann auch noch die Hände vors Gesicht schlug und in die Arme seiner Frau sank, fühlte Birgit sich endgültig deplatziert.

»Dann lasse ich sie mal lieber allein«, sagte sie und fand den Satz selbst ziemlich blöd. Glücklicherweise hatte ihr ohnehin keiner zugehört.

Birgit hatte das Gartentor bereits passiert, als sie Paul sagen hörte: »*Er* war das.« Seine Stimme klang nun ganz anders, kalt und anklagend.

»Wie kannst du so etwas ins Blaue hinein sagen?«, entgegnete seine Frau.

»Da gehe ich jede Wette ein.«

»Du solltest am besten wissen, dass man für Beschuldigungen Beweise braucht.«

»Die finde ich, glaub mir, die finde ich.«

»Und wie?«

Birgit bedauerte, dass sie sich bereits zu weit entfernt hatte, jetzt da es um die Täterschaft ging. Obwohl das Ehepaar sie nicht weiter beachtete, wäre es ihr peinlich gewesen, einfach stehen zu bleiben und zu lauschen, zumal mit den gekappten Rosensträuchern die natürliche Sichtbegrenzung weggefallen war.

So langsam wie möglich schlenderte sie weiter und versuchte dabei noch das eine oder andere aufzuschnappen, aber etwas Erhellendes war nicht dabei. Die beiden letzten Wörter von Paul Derfflinger, die sie gerade noch vernehmen konnte, betrafen die hintere Terrasse. Dann war sie außer Hörweite. Zumindest glaubte sie das. Denn wenige Sekunden später gellte ein Schrei durch die Anlage, wie von jemandem, der in einen Abgrund stürzt.

Kurz blieb sie stehen, setzte dann aber ihren Weg fort.

So traurig dieser Vorfall auch war, ein weiteres Gefühl schlich sich in Birgits Herz. Ein Gefühl, auf das sie gewiss nicht stolz war und das sie auch nicht an die große Glocke hängen würde, von dem sie aber glaubte, dass die meisten Menschen es in vergleichbarer Situation ebenfalls entwickelten.

Die Sache war einfach spannend. Endlich war hier mal etwas los, worüber es sich zu reden und zu spekulieren lohnte.

Birgits Alltag bot kaum Abwechslung. Um sechs Uhr stand sie auf, um sieben fuhr sie mit dem Bus zur Metzgerei, zu der auch ein Imbiss gehörte. Vier Stunden lang schnitt sie Schinken, hackte Rinderkeulen in Stücke, ließ Kunden an der Geflügelleber riechen, briet Pommes frites und reichte Wurstkringel über den Tresen. Da sie erst seit wenigen Wochen in Heiligendamm lebte, verwickelten die Kunden sie kaum in Gespräche, und weil sie aus Hessen stammte und den Dialekt nicht ablegen konnte, galt sie ohnehin als Fremde. Mittags erledigte sie kleinere Einkäufe für ihre Schwester und fuhr wieder zurück. Nachmittags sahen sie sich gemeinsam Kochsendungen an und tranken anschließend Kaffee im Garten oder im Haus. Ihre freien Tage verbrachte Birgit überwiegend mit Hanni und Alfred, die sie mal hierhin und mal dorthin mitnahmen, was im Grunde ganz nett war, aber auch nicht besonders aufregend. Am Ende lief ja doch alles auf Kaffee und Kuchen hinaus.

Hanni war eigentlich eine gute Gesellschafterin, da sie nie um ein Gesprächsthema verlegen war und gerne lachte. Selten saßen sie einmal schweigend beieinander, da musste es schon besonders spät sein, oder Hanni war erkältet. Über irgendetwas dachte sie immer laut nach: ihre in Wiesbaden lebenden drei Kinder und fünf Enkelkinder, ihre Freundinnen, die nächsten Anschaffungen. Am Anfang, kurz nach Birgits Einzug, hatten sie sich noch über dies und das oder die Anlage unterhalten, aber die Nachbarn waren bald durchgekaut, und dann ging es eben doch wieder um die Kinder, Enkelkinder und deren Lebensläufe. Sie waren Hannis liebstes, unerschöpfliches Thema, wobei sie immerhin eine humorige Sichtweise auf die Dinge hatte. Langweilig im herkömmlichen Sinn wurde es mit ihr zwar nie, trotzdem war es irgendwie immer dasselbe. Hanni plapperte, und Birgit hörte zu.

Birgit hätte selbst für etwas mehr Abwechslung sorgen müssen, brachte allerdings selten selbst etwas zur Sprache. Worüber sollte sie auch reden? Die Busfahrt? Die Zubereitung von Sülze? Von ihren Kolleginnen wusste sie recht wenig, Chef und Chefin waren auch nicht besonders interessant. Kinder hatte sie keine, politische Fragen bewegten sie nicht, und über die Vergangenheit schwieg sie lieber. Hanni war die einzige Verwandte, zu der sie Kontakt hatte.

Im Grunde waren die Schwestern sehr verschieden, was allerdings nur Birgit fand, weil Hanni sich über so etwas nicht den Kopf zerbrach. Hanni aß gerne und viel, Birgit knabberte immer nur an den Speisen herum wie eine Maus und war die unbestrittene Schlankheitskönigin der Metzgerei. Hanni war eher bequem, Birgit wurde nervös, wenn sie nichts zu tun hatte. Hanni hatte ein rundliches, positives hessisches Gemüt, Birgit war stets in Habachtstellung, so als erwartete sie jederzeit einen weiteren Hinterhalt des Schicksals. Doch es funktionierte zwischen ihnen, sie stritten niemals, und keine ließ die andere je im Stich. Als Hanni sich bei einem Autounfall einen Arm und ein Bein gebrochen hatte, war Birgit monatelang für sie da gewesen. Und was Hanni für Birgit getan hatte, ließ sich mit Dankbarkeit nicht bezahlen.

Knapp vierzig Jahre war es her, in einem Sommer in den späten Siebzigern, als sie jenen Mann kennenlernte, an dem sie sich noch immer abarbeitete, und zwar im übertragenen wie im wahrsten Sinne des Wortes. Bis dahin hatte sie ein paar kleinere Liebesbeziehungen gehabt, Teenie-Romanzen, Disco-Bekanntschaften. Und dann war er in ihr Leben getreten: so was wie Superman. Sie verliebte sich Hals über Kopf in ihn. Er war wahnsinnig attraktiv, leidenschaftlich, zugleich romantisch und ehrgeizig, eine unwiderstehliche Mischung aus Macher und Träumer, und er trug sie auf Händen. Birgit war bereits mit ihm verlobt, als sie ihm bei der Verwirklichung einer seiner Träume half, nämlich ein eigenes Sportstudio zu eröffnen. Ihr ganzes Erspartes sowie das Erbe ihrer verstorbenen Eltern steckte sie in dieses Studio, gab ihr Studium auf, unterschrieb Kreditverträge und Bürgschaften – und hatte wenig später alles verloren: den Mann, das Studio, das Geld, die Arbeit, einfach alles. Schlimmer noch, sie hatte erhebliche Schulden. Wenn Hanni damals nicht gewesen wäre …

Ihre Schwester war sechs Jahre älter, hatte Krankenschwester gelernt und dann Alfred geheiratet, Inhaber von mehreren gut gehenden Weinhandlungen und Delikatessengeschäften. Hanni gab ihr ohne viel Aufhebens die Hälfte des benötigten Geldes, um die wichtigsten Gläubiger auszubezahlen, immerhin sechzigtausend Euro. Zwanzig Jahre lang arbeitete Birgit daraufhin in verschiedenen Jobs in Großküchen, Pflegeheimen und Schlachthöfen, immer ganz unten in der Hierarchie. Nach Abzug der Lebenshaltungskosten blieb ihr gerade so viel, um die Zinsen zu begleichen, allerdings nie genug, um den Kredit zu tilgen. Erst ein neues Gesetz um die Jahrtausendwende erlaubte es ihr, Privatinsolvenz anzumelden. Nach weiteren sieben entbehrungsreichen Jahren war Birgit schuldenfrei, zumindest was die offiziellen Gläubiger anging.

Hanni hatte nie auch nur einen einzigen Euro zurückverlangt, Birgit fühlte sich ihr trotzdem verpflichtet. Sie tat, was sie konnte. Mal überwies sie einhundert, mal zweihundert Euro, selten mehr, und es gab ganze Quartale, in denen sie gar nichts aufbringen konnte. So oder so, es wurde nicht darüber gesprochen.

Das Geld war die eine Seite jener unglücklichen, längst vergangenen Liebesgeschichte, die praktische Seite. Aber es gab natürlich noch eine emotionale, und dabei konnte Birgit niemand helfen.

Seither war sie keine engen Beziehungen zu Männern mehr eingegangen, auch keine oberflächlichen sexuellen. Ein paar Kandidaten hatte es zwar gegeben, doch Birgit hatte sich entweder nicht getraut oder so viel Skepsis ausgestrahlt, dass die Männer einen Rückzieher machten. Längst hatte sie sich damit abgefunden.

Vor lauter Grübeleien über die zerstörten Rosen der Derfflingers und ihre eigene Vergangenheit hatte Birgit vergessen, sich eine weitere, vielleicht die letzte Zigarette des Tages zu gönnen. Vor dem Haus ihrer Schwester wiederholte sich die Prozedur des Inhalierens, mit dem Unterschied, dass Birgit diesmal Josip Vukasovic bemerkte, der vor dem Pförtnerhaus stand und die Auffahrt hinaufblickte. Es war ihr unangenehm, von ihm beobachtet zu werden, doch obwohl sie nur zwei Schritte hätte tun müssen, um dem zu entgehen, blieb sie, wo sie war. Vor einigen Tagen hatte er sich über sie lustig gemacht, sie blöd angegrinst und abschätzig gemustert. Sie war nun mal nicht wie die anderen Bewohner von Vineta. Zuvor hatte sie stundenlang Würste an der Maschine zubereitet und daher nach Fett und Gewürzmischung gerochen.

Birgit ließ die Kippe unter dem Adlerblick des Wachmanns fallen und drückte sie mit dem Fuß aus, als wäre die Umweltverschmutzung ein Teil des Genusses, sozusagen der krönende Abschluss. Doch kaum wollte sie sich triumphierend vom Tatort entfernen, als sich die leise Furcht meldete, Vukasovic könnte sich bei Hanni und Alfred über sie beschweren, und das wollte sie auf keinen Fall. Daher pickte sie die Kippe auf.

»Oh, Schätzchen, da bist du ja wieder«, empfing Hanni sie. »Und? Was hat sie gesagt? Deinem Gesicht nach zu urteilen …«

»Noch nichts«, erwiderte Birgit. »Der Augenblick war schlecht gewählt.«

»Aha. Na, macht nichts. Die Frau Marschalk von drüben bringt bestimmt wieder Hasenfutter zu dem Fest mit. Deshalb habe ich schon alles für einen Nudelsalat besorgt, du weißt schon, meine Spezialversion mit frischem Koriander. Jetzt bräuchten wir nur noch einen Kartoffelsalat, aber damit ist die gute Frau Derfflinger überfordert, fürchte ich. Schwäbinnen können viel, aber Kartoffelsalat gehört nicht zu den Dingen, in denen sie es zur Meisterschaft gebracht haben. Sie weigern sich, ihn mit Speck zu machen, dabei ist ein Kartoffelsalat ohne Speck wie eine Hochzeit ohne Bräutigam.« Sie lachte schrill auf. »Birgit, was meinst du? Wird sie einverstanden sein, dass du ihr hilfst? Du machst den doch so lecker mit Speck. Sie wird doch deswegen nicht verärgert sein, oder?«

Birgit streckte die Hände unter den kühlenden Wasserstrahl in der Spüle und sah dabei hinaus in den blühenden, in der beginnenden Hitze flimmernden Garten. Sie hatte diesen und den nächsten Tag frei. Endlich Zeit zum Dösen, mal im Meer schwimmen, zum ersten Mal seit ihrer Ankunft. Vielleicht hörte das Leben von nun an auf, ihr Beine zu stellen und dafür auch noch ein Dankeschön zu erwarten. Vielleicht wurde am Ende ja doch noch alles gut.

Gut werden, wiederholte sie die Floskel im Geiste. Was durfte sie darunter verstehen? Sie würde weiterhin für wenig Geld arbeiten, irgendwann eine kleine Rente bekommen, den Rest ihres Lebens in einem winzigen Zimmer mit einem halb leeren Doppelbett, einem braunen Sofa und einem Fernseher verbringen, mit Hanni Kuchen essen. Eine Einladung zum Grillen wäre schon ein Highlight.

»Ich glaube«, antwortete sie ihrer Schwester, »dass Speck im Kartoffelsalat im Moment Frau Derfflingers geringstes Problem ist.«

Paul erwachte um kurz nach drei Uhr morgens. In letzter Zeit kam das häufiger vor, und er hatte gehofft, dass irgendeine geheimnisvolle Substanz in der Seeluft ihn länger schlafen ließe. Geduldig wartete er darauf, noch einmal einzunicken, versuchte angestrengt an nichts zu denken und wusste doch, dass es ihm nicht gelingen würde. Nach einer Weile krochen die Dämonen aus ihren Ecken und besetzten seine Gedanken. Das Schlimme war, dass sie ihn einerseits erschöpften und andererseits nicht zur Ruhe kommen ließen, ein zerrüttender Widerspruch, wie ihn sich kein Folterknecht grausamer hätte ausdenken können.

Da waren die Geschwulste in seinem Körper, die so nah waren, dass er sie hätte ausdrücken können wie bissige Ameisen, und denen er doch wenig anhaben konnte. Da war die Gesundheit, die ihn im Stich ließ und jeden Schritt so beschwerlich machte, als klebte Lehm an seinen Sohlen. Da war die Liebe zu Julia, die ihm seit seiner Erkrankung fragil erschien. Und da waren nun zu allem Übel auch noch die zerstörten Rosen. Seine Feinde stürzten sich von allen Seiten auf ihn, und er konnte nichts weiter tun, als mitten in der Nacht die Verzweiflung seiner Lage festzustellen.

Er richtete sich abrupt auf und setzte sich auf die Bettkante. Dabei stieß er einen Stapel mit Büchern und Zeitschriften um, der auf dem Boden lag – Fachliteratur, Rechtswesen. Jeden Abend las er, der Pensionär, irgendein Kapitel vor dem Schlafengehen, wie ein Jungspund, der für seinen bevorstehenden ersten Arbeitstag gewappnet sein will. Ein paar gesetzliche Regelungen hatte er bereits vergessen, nicht weil sein Gedächtnis nachließ, sondern weil er sein Wissen nicht mehr brauchte und nie wieder brauchen würde. Mit erbarmungsloser Logik versuchte sein Gehirn Platz zu schaffen, und so kämpfte Paul nun auch noch allabendlich gegen seinen faulen Geist.

Julia neben ihm schlief tief und ruhig. Ihr Atem war kaum zu hören. Sie lag auf der Seite, den Rücken ihm zugewandt, und alles, was er von ihr sah, waren die blonden Haare sowie die im spärlichen Mondschein leuchtende helle Haut ihres Arms. Er beugte sich zu ihr hinüber und küsste den Arm von der Handfläche aufwärts bis zur Schulter. Kaum dass seine Lippen sie berührten. Er wollte Julia keinesfalls wecken.

Als er aufstand, war es bereits 05:20 Uhr. Mehr als zwei Stunden lang hatte er gegrübelt.

Paul kochte Kaffee und beobachtete von der Terrasse aus, wie die Nacht über Heiligendamm zerbrach. Mattes graues Licht legte sich, begleitet vom Konzert der Vögel, auf den verunstalteten Garten und fügte seinen zahlreichen Schmerzen einen weiteren hinzu. Ein Sommergarten ohne Rosen, das hatte es in seinem Leben noch nie gegeben. Schon seine Großeltern hatten rund um ihr unscheinbares, nein, hässliches Häuschen in der Uckermark einen blühenden, duftenden Riegel aus Schönheit gepflanzt, und sogar seine Eltern im Plattenbau hatten es sich nicht nehmen lassen, auf ihrem kleinen Balkon zwei riesige Kletterrosen zu hegen.

Seine Wut war einer einschläfernden Melancholie gewichen. Vier bis fünf Jahre, so hatte er ausgerechnet, würde es dauern, bis die Stöcke annähernd die alte Pracht erreicht hätten. Jahre, von denen er nicht wusste, ob er sie noch hatte. Neue Stöcke in dieser Größe zu bekommen war so gut wie unmöglich, und selbst wenn es gelänge, war es nicht dasselbe. Man schläferte ja auch nicht einfach ein krankes Haustier ein und kaufte ungerührt das nächste. Er hatte viel Zeit mit diesen Lebensbegleitern verbracht, hatte sie groß werden sehen, hing an ihnen …

Das war so unfair, so gemein. Nun gut, Paul hatte dem jungen Mann Unrecht getan, das stimmte. Aber er hatte gleich am Tag nach dem Vorfall versucht, das Versprechen einzulösen, das er Julia gegeben hatte. Zweimal hatte er bei Kessels angerufen und nur die Mailbox erreicht. So eine Entschuldigung hinterließ man nicht auf Band und fertig. Daher war er zum Haus von Toms Vater gegangen. Es lag nur zwei Steinwürfe weit entfernt, er konnte von der Terrasse aus den Giebel zwischen den Baumkronen schimmern sehen. Leider hatte er niemanden angetroffen, woraufhin er in Erwägung zog, einen Brief an Tom Kessel zu schreiben. Doch er war zu müde gewesen, und bevor er sein Vorhaben anderntags in die Tat hatte umsetzen können, war es zur Katastrophe gekommen.

Wenn er doch bloß beharrlicher versucht hätte, sich zu entschuldigen. Wenn er es gar nicht erst dazu hätte kommen lassen, sich entschuldigen zu müssen. Wenn er nur nicht so angriffslustig gewesen wäre …

Man konnte es drehen und wenden, wie man wollte – die Reaktion des jungen Mannes war absolut unangemessen, ja inakzeptabel gewesen. Wenn jeder, den man versehentlich anrempelte, mit einem Tritt ins Gesicht antworten würde, wo käme man denn da hin? Für Streitfälle gab es Regeln, für die größeren das Gesetz und für die kleineren die ungeschriebenen Gesetze, der zivilisatorische Umgang miteinander. Tom Kessel hätte die Situation an Ort und Stelle bereinigen können, wenn er nur den Mund aufgemacht hätte. Er hätte sich auch am nächsten Tag bei Paul beschweren, seinen Vater oder das Ehepaar Frohwein als Vermittler einschalten können. Aber nein, bei vielen jungen Leuten galt Vernunft als langweilig und bieder, kurz, uncool. Stattdessen kam dann so etwas dabei heraus.

Paul hatte zwei weitere Stunden und vier Becher Kaffee lang das Problem hin und her gewälzt und war immer noch nicht schlüssig, wie er sich verhalten sollte. Nach Spuren hatte er bereits am Morgen nach der Untat gesucht, aber außer einigen weiß-rot melierten Blütenblättern seiner *Rosa borboniana* und zwei ganzen weißen Blütenköpfen seiner *Rosa pimpinellifolia* auf dem Gehweg nichts gefunden. Immerhin, die Fährte führte in Richtung der Kessels. Er hatte Fotos gemacht, die jedoch als Beweis nicht viel taugten. Der Wind konnte die Blüten zufällig dorthin geweht haben. Paul konnte ja wohl schlecht in die Garage oder das Gartenhäuschen der Kessels einbrechen, um nachzusehen.

Es half nichts. Er musste damit fertigwerden, wie mit so vielem anderen.

Julia war inzwischen aufgestanden, was bedeutete, dass sie frühestens in einer Stunde ansprechbar sein würde. Sie brauchte unheimlich viel Zeit im Bad, weil sie stets natürlich und jung aussehen wollte, eben wie jemand, der nicht viel Zeit im Bad brauchte.

»Guten Morgen, mein Schatz. Ich hole uns warme Croissants!«, rief er ihr zu, als sie gerade duschte.

»Oh ja, bitte. Danach ist mir jetzt.«

Danach ist ihr jeden Morgen, dachte er und schmunzelte in sich hinein. Was das Frühstück anging, war sie konservativ. Er hoffte nur, dass in der nahen Bäckerei warme Croissants zu bekommen waren.

Als er die Einfahrt zur Siedlung erreichte, schloss Josip Vukasovic gerade das Pförtnerhäuschen auf.

»Guten Morgen, Herr Doktor.«

»Guten Morgen, Herr Vukasovic.«

»Einfach Josip, Herr Doktor«, sagte der Wachmann, ging ihm entgegen und schüttelte seine Hand mit einer Innigkeit, wie man es für gewöhnlich bei Witwern tut. »Ich habe gehört, was mit Ihren Rosen passiert ist. Frau Frohwein hat es mir erzählt. Schlimme Sache. Nachts war das, ja?«

»Genau, nachts. Sie können nichts dafür.«

»Ich habe die Bänder der Überwachungskameras überprüft, aber da ist nichts Verdächtiges drauf.«

»Das habe ich auch nicht erwartet. Ein gewöhnlicher Dieb würde sich bestimmt nicht die Mühe machen, in eine alarmgesicherte Anlage einzudringen, um den Mercedes im Carport zu verschonen und dafür ein paar Rosen mitzunehmen. Es sind ja nicht nur die Stiele abgeschnitten worden, sondern auch alte, verholzte Triebe. Damit kann doch keiner was anfangen. Nein, der Angriff ist aus dem Inneren der Siedlung erfolgt und sollte blind zerstören. Ein Willkommensgruß der besonderen Art.«

»Sie meinen …?«

»Zweifellos. Und Ihre Bänder bestätigen das ja wohl auch. Keiner ist hereingekommen, keiner hinausgegangen. Da bleibt nur eine Schlussfolgerung.«

Der Wachmann blickte ihn ratlos an. »Tja, aber… Und jetzt?«

»Nichts jetzt. Meine Rosen vergammeln hier irgendwo in einer Garage oder auf einem Komposthaufen, ohne dass ich je herausfinden werde, wo.« Da kam ihm ein Gedanke. »Oder könnten Sie vielleicht …?«

»Oh nein, Herr Doktor, ausgeschlossen. So gern ich Ihnen helfen möchte, ehrlich, aber das …«

»Verständlich«, gab Paul dem höflichen Wachmann Recht. »Trotzdem, ich danke Ihnen.«

»Stimmt schon, ich habe die Schlüssel. Nur … Herr Kessel hat mir eingeschärft, dass meine Befugnisse am Gartentor der Häuser enden, außer in Notfällen.«

»Ist schon gut, Josip.«

»Ich wüsste auch gar nicht, bei wem ich nachschauen sollte.«

Auf Pauls Zunge formte sich ein Name, so bitter und heiß, dass er ihn umgehend ausspucken wollte, ihn dann aber doch hinunterschluckte. Es wäre nicht richtig, Josip Vukasovic in die Sache hineinzuziehen, einen kleinen Angestellten, der sich am Sohn des Chefs nur die Finger verbrennen würde.

»Also ich wüsste es schon«, ertönte eine Stimme aus dem Hintergrund.

Vom Pförtnerhäuschen herab stieg eine Frau. Sie war mollig, um die vierzig, hatte krauses schwarzes Haar, unter dem große Ohrringe schimmerten und klimperten, und ihre großen Brüste steckten in einem zu engen Oberteil. Dass Paul sie augenblicklich als Josips Ehefrau identifizierte, war ein Vorurteil, das in diesem Fall allerdings zutraf. Josip nannte einen Vornamen, den Paul im nächsten Atemzug bereits vergessen hatte.

»Ist natürlich Tom, Sohn vom Chef«, sagte sie. Ihr Deutsch war nicht auf demselben Niveau wie das ihres Mannes und ihr Akzent viel ausgeprägter. Sie gab Paul die Hand. »Bitte entschuldigen, Herr Doktor, dass ich einmische. Aber Tom kein guter Mensch.«

»Das kannst du doch so nicht sagen«, widersprach Josip auf eine Weise, die weder überzeugen konnte noch wollte.

»Warum nicht sagen?«, rief sie erregt. »Warum ich soll Klappe halten? Du vielleicht musst Klappe halten. Ich nicht hier arbeiten.« Sie wandte sich wieder Paul zu. »Josip kann nicht sagen, wie er will. Er seine Job brauchen. Aber ist halt so, dass Sohn vom Chef uns nicht mögen. Vielleicht weil wir Leute aus andere Land. Nicht wissen. Er nicht gut zu meine Mann. Wir ehrlich Leute, meine Mann arbeiten hier und ich jede Vormittag in eine Reinigung und zu Hause haben zwei Kinder. Tom gar nix machen, nix arbeiten, nix studieren. Mit zweiundzwanzig Jahre. Er nur rumhängen mit komische Freunde. Hören laute Musik. Böse Musik. Ich glauben, böse Freunde. So!«

Sie wirkte regelrecht befreit, das endlich einmal losgeworden zu sein, und Josips Schweigen war seine Art, ihr zuzustimmen. Vermutlich war die Familie Vukasovic auf sein Gehalt als Wachmann und Pförtner angewiesen. Als Halbtagskraft in einer Reinigung verdiente sie gewiss nicht viel, und auch sein Salär dürfte nicht allzu üppig ausfallen. Er war eindeutig in der schwächeren Position. Paul tat es nun leid, den Mann mit seiner Anfrage in Verlegenheit gebracht zu haben.

»Was sagen denn seine Eltern dazu?«, fragte er.

Josip ergriff wieder das Wort. »Der Chef ist in Ordnung. Ein anständiger Mann. Tom ist sein einziges Kind, er lässt ihm alles durchgehen. Hat ihn quasi allein großgezogen. Nach allem, was man hört, ist seine Frau schon vor langer Zeit über alle Berge. Hat einen neuen Mann, eine neue Familie, ein Luxusleben. Um Tom hat sie sich nie gekümmert. Der Chef hat nicht wieder geheiratet. Einerseits kann der Junge einem leidtun ...«

Mit jungen Menschen, denen er zwiegespalten gegenüberstand, hatte Paul in seinem Berufsleben ständig zu tun gehabt. Sie waren bedauernswert, weil sie aus einem Elternhaus kamen, in dem Kinder entweder schon in der x-ten Generation geprügelt wurden und sie nur Objekte waren, an denen ihre Eltern ihr kümmerliches Leben abreagieren konnten, oder in dem Vater und Mutter ihnen aus schlechtem Gewissen und falsch verstandener Liebe keinerlei Grenzen aufzeigten, sie keine Verantwortung lehrten. Für solche Kinder war es später sehr viel schwerer, ein normales, gesetzestreues Leben zu führen. Doch Mitleid war nicht dasselbe wie Sympathie. Aus den unschuldigen Kindern waren – wenn Paul in seiner Funktion als Staatsanwalt auf sie getroffen war – Bankräuber, Autoknacker, Schläger, Drogendealer geworden, sofern sie aus ärmeren Schichten kamen, wohingegen die aus der Mittelschicht sich in Wirtschaftskriminalität, Betrug und dergleichen versuchten. Ihnen gemeinsam war, dass sie eine aggressive Haltung gegenüber jeglicher Art von Widerstand an den Tag legten.

Darauf lief es also hinaus. Paul war einem vernachlässigten Jungen, der zu einem verzogenen, arroganten Nichtsnutz herangewachsen war, auf den Fuß getreten.

»Da kann man nichts machen, Herr Doktor«, sagte Josip,

bevor Paul seinen Weg zur Bäckerei fortsetzte. »Wir sind beide seine Opfer.«

Durch die breiten, kaum belebten Straßen des mondänen Örtchens wehte ein leichter Wind, der Paul kühl ins Gesicht schlug. Ohne erkennbaren Grund fühlte er sich mit einem Mal seltsam verlassen, wie eine Nussschale auf dem Meer. Er sehnte sich nach Köpenick zurück, in das quadratische, klobige Haus, das er nie gemocht hatte, das man gar nicht mögen *konnte* und das ihm doch vertraut gewesen war. Vielleicht war alles ein bisschen zu schnell gegangen: Er hatte die Arbeit verloren oder aufgegeben – je nach Sichtweise –, das Haus verkauft, den Wohnort gewechselt, die wenigen Freunde zurückgelassen, und das alles nur für die Gesundheit und die bevorstehende Therapie.

Er betrat die Bäckerei. »Vier Croissants bitte. Sind die noch warm?«

»Nein, leider nicht mehr.«

»Könnten Sie sie bitte aufwärmen?«

»Wenn Sie fünf Minuten warten.«

»Kein Problem. Danke sehr.«

Während Paul über ein Regal mit Schokolade und Gebäck hinweg auf die leere Straße starrte, erkannte er, was ihn so melancholisch stimmte. Recht simpel, es war ein Wort aus fünf Buchstaben, dem er zunächst keine Beachtung geschenkt hatte. Doch wie eine Schmerztablette, nur mit umgekehrter Wirkung, löste dieses Wort sich in ihm auf, traf seine Nerven, schmerzte.

So also sah man ihn: als Opfer.

Trotz all der Widrigkeiten und Schicksalsschläge der letzten Jahre war ihm nie in den Sinn gekommen, dass andere ihn als Opfer betrachten könnten. Der Wachmann hatte es sicherlich nicht böse und auch nur in Bezug auf Tom Kessel und die Rosen gemeint. Dennoch – beiläufig und unabsichtlich hatte jemand etwas in Gang gesetzt, denn vom Fremdbild zum Selbstbild ist es meist nur ein kleiner Schritt.

Ab dem Augenblick, als Paul mit den warmen Croissants auf die nahezu menschenleere Straße trat und kurz darüber nachsann, ob er sich unbemerkt an dem Pförtnerhäuschen vorbeischleichen könnte, war er tatsächlich ein Opfer, ein überwältigter, ohnmächtiger Mensch, dem seine Hilflosigkeit bewusst und peinlich war. Sich so zu fühlen war noch eine Schippe drauf auf das Gepäck, das er bereits mit sich herumschleppte. Endlich verstand er, wie es all jenen ergangen war, für die er damals als Staatsanwalt in den Prozessen gegen ihre Peiniger zwar Partei ergriffen, deren Nöte er jedoch nie wirklich nachempfunden hatte.

Als er das Pförtnerhäuschen erneut passierte, kam ihm der Wachmann aufgeregt entgegen.

»Doktor Derfflinger, Doktor Derfflinger, ich habe da etwas gefunden, Sie werden es nicht glauben. Augen werden Sie machen, das sage ich Ihnen. Ich würde es ja selbst nicht …«

»Immer mit der Ruhe. Was haben Sie denn gefunden?«, unterbrach ihn Paul. »Und wo?«

»Nachdem Sie weggegangen sind, habe ich nachgedacht«, sagte Josip und machte eine bedeutungsvolle Pause. »Und da ist mir ein Gedanke gekommen. Es gibt nämlich eine Nebenpforte, die … Ach, was rede ich lange. Ich zeige Ihnen, was ich meine.«

Paul folgte ihm quer durch die Anlage, was einige Minuten in Anspruch nahm. Sie gelangten schließlich an eine grüne Metalltür mit einem schweren Sicherheitsschloss, die inmitten der meterhohen, stacheldrahtgekrönten Mauer seltsam fremdartig wirkte.

Josip entriegelte und öffnete sie. »Sie führt in den Gespensterwald.«

Durch das Rechteck des Türrahmens blickte Paul in Buchen, Eichen und Eschen, die unter dem Wind und der salzhaltigen, feuchten Seeluft pittoreske Gestalt angenommen und dem Wald seinen Namen gegeben hatten. Sogar auf eher nüchterne Menschen, zu denen Paul sich zählte, verfehlte er nicht seine Wirkung. Der Wald hatte etwas Fantastisches, Unheimliches und zugleich Anziehendes.

Paul machte nur ein paar Schritte und war ganz woanders. Die Welt von Vineta mit ihrer künstlich hergestellten, mediterranen Farbenfreude und Leichtigkeit, mit den überbordenden Hortensien, Blumeninseln und säuberlich geschnittenen Rasenflächen lag hinter ihm. Vor ihm war das Ursprüngliche, Wilde. Das Klopfen eines Spechts, das raschelnde Laub und der Geruch von Moos und Rinde genügten, um sich in eine menschenleere Natur versetzt zu glauben.

»Gehen Sie fünfzig Meter in diese Richtung, Herr Doktor, und Sie werden Ihr blaues Wunder erleben.«

Paul gehorchte dem Wachmann. Wie in Trance, ohne zu Boden zu blicken, stapfte er über altes Laub und Zweige, quer durch die aufragenden Baumstämme. Nach einer Minute gelangte er an eine von der Sonne beschienene Stelle, etwa fünf Meter im Durchmesser, so als wolle der Himmel selbst die Schandtat offenlegen, die sich vor Pauls Füßen auftat. Denn dort lagen all die abgeschnittenen, inzwischen verdorrten Rosen aus seinem Garten. Er erkannte die *Constanze Mozart*, fast weiß, mit einem Spritzer Rosa, die so herrlich nach Seife duftete. Er hatte sie vor vierzehn Jahren im Andenken an seine Mutter gekauft, die kurz vorher verstorben war und sowohl

Pastelltöne als auch klassische Musik geliebt hatte. Daneben die *Apache*, feuerrot und edel, die ihm auf einer Bundesgartenschau aufgefallen war, woraufhin er Himmel und Hölle in Bewegung gesetzt hatte, um genau dieses herrlich gewachsene Exemplar zu ergattern. Und natürlich die *Julia*, seine eigene Kreuzung, die er in monatelanger Arbeit anlässlich ihres ersten Hochzeitstages kreiert hatte.

Wie vor dem Grab eines viel zu früh und gewaltsam verstorbenen Freundes verharrte Paul. Er empfand Trauer über die Sinnlosigkeit dieses Akts und Zorn über dessen boshafte Natur.

»Jetzt wissen wir, dass Tom es war«, sagte Josip, der langsam herantrat. »Nur zwei Leute haben den Schlüssel zu der grünen Tür, der Chef und ich. Herr Kessler kommt erst heute von seiner Reise zurück und bewahrt den Schlüssel in seinem Schreibtisch auf. Hat er mir selbst mal gesagt. Sein Sohn hat die Rosen in der Nacht abgeschnitten, sie auf eine Schubkarre gepackt und hier abgeladen.«

So sehr blutete Pauls Herz, dass ihm die praktischen Details der Tat in diesem Moment egal waren. Aber er wusste, dass sie noch wichtig werden konnten.

»Ich danke Ihnen, Josip, Sie haben mir sehr geholfen. Selbstverständlich werde ich Ihren Namen heraushalten.«

»Das wäre mir sehr lieb, Herr Doktor.«

»Nur keine Sorge. Ich werde jetzt noch einige Fotos machen und dann …«

»Was haben Sie vor?«

Paul sah den Wachmann verwundert an. »Ich gehe natürlich noch heute zur Polizei.«

12:26 Uhr. Er ist online. Während er an einem Stück Schokolade herumlutscht und in die Bildschirme blickt, fragt er sich, was ihn eigentlich so sehr daran fasziniert, andere Menschen zu beobachten. Die Heimlichkeiten, die mehr oder minder skandalösen Geschichtchen sind es jedenfalls nicht. Darauf ist er nicht aus, das sind Nebenprodukte, die nun mal anfallen, wenn man den Leuten über die Hecke schaut. Gut, Alfred Frohwein nestelt gerne an einer Waffe rum, das ist nicht toll, aber was soll's? Und die Marschalk ist erotisch aufgeladen, weil sie mit dem deutlich jüngeren Betreuer ihres Sohnes knutscht. Das passiert so oder so ähnlich Millionen Mal jeden Tag auf der ganzen Welt.

Im Grunde sind es die Details, an denen er sich erfreut, wenn er seine »Augen« einschaltet. Julia Derfflinger, die sich in der Sonne bräunt, ihr Mann Paul, der ihr mit einem neidvollen Blick aus dem Schatten dabei zusieht und sich nicht zu trauen scheint, seinen deutlich älteren Körper neben ihren zu legen. Birgit Loh, die, bevor sie das Haus ihrer Schwester betritt, noch schnell eine oder zwei Zigaretten raucht, die Stummel verächtlich in die Blumenbeete schnippt und dann Mundspray benutzt. Das hat etwas, ist irgendwie amüsant.

Echte Spannung entsteht für ihn allerdings erst aus dem Unterschied zwischen dem Bild, das diese Menschen in der Öffentlichkeit von sich abliefern, und dem, was er durch seine »Augen« über sie erfährt. Es ist herrlich, etwas über jemanden zu wissen, vom dem derjenige glaubt, es wäre sein Ureigenes, das sogar dem Ehepartner verborgen bleibt. Demjenigen gegenüberzutreten, ihm in die Augen zu sehen, mit all diesem Wissen über ihn – das ist von grandiosem Reiz. Ein unübertreffliches Spiel, in dem es nur einen Spieler und sonst nur Figuren gibt:

den biederen Alfred mit der heimlichen Liebe zu einer Waffe, den pensionierten Staatsanwalt, der sich eine jugendliche Frau genommen hat und nun unter Komplexen leidet, die unscheinbare Metzgerin, die unterwürfig und rebellisch zugleich ist…

Er steckt sich ein weiteres Stück Schokolade in den Mund und genießt.

5

Mai 2016

Seit Tristan beim Klauen erwischt wurde, sind einige Tage vergangen, in denen sie nicht mit ihm darüber gesprochen hat. Ellen will immer, aber im letzten Moment schreckt sie stets davor zurück. Ihr Sohn hat es schon schwer genug – die Trennung der Eltern, die Entfernung zum Vater, der Umzug, der fremde neue Wohnort… Außerdem wird er es nach dem Sommer mit ganz anderen Mitschülern zu tun bekommen, keine privilegierten Diplomatenkinder, sondern normale Jungen und Mädchen in einem norddeutschen Kleinstadtgymnasium. Wenn sie ihn jetzt auch noch bedrängt… Wirklich böse kann Ellen ihrem Sohn nicht sein, auch wenn sie nicht versteht, warum er es getan hat.

Doch früher oder später muss sie ihn damit konfrontieren. Ihr Zusammensein hat seither etwas Gezwungenes, wie das nun mal so ist, wenn man um eine Sache herumredet, die alle kennen, aber keiner auszusprechen wagt. Ellen weiß, sie hält das nicht mehr lange aus. Nur wann ist der richtige Zeitpunkt gekommen?

In der Kindererziehung gibt es nach Ellens Überzeugung nur zwei Grundhaltungen. Entweder man macht sich wenig Gedanken und hat auch keinen Plan, sondern reagiert aus der Stimmung heraus, in der man gerade ist. Oder, was Ellen bevorzugt, man macht sich unglaublich viele Gedanken, will alles richtig machen und stellt bald fest, dass man mitten in einem Minenfeld steht. Jeder Schritt kann einer zu viel sein, egal in welche Richtung.

Sie hat allerdings noch einen weiteren Grund, Tristan mit Samthandschuhen anzufassen. Er hat sich mit dem behinderten Nachbarsjungen angefreundet, und das freut sie ungemein. Eigentlich ist Ruben Marschalk mit seinen vierundzwanzig Jahren kein Junge mehr, aber genau das macht Ellen ja so stolz auf ihren Sohn. Tristan kümmert sich einen feuchten Kehricht darum, dass der zehn Jahre ältere Ruben in seiner geistigen Entwicklung gut fünf Jahre hinter ihm liegt. Sie spielen Federball, und Tristan bringt ihm Radfahren bei. Wie wohl die Eltern des Jungen über die Freundschaft der beiden denken? Bis jetzt hat Ellen sie noch nicht gesehen.

Tris hatte nie Berührungsängste, was andere Kinder betrifft. In Afrika und Asien hat er an Stränden immer auch einheimische Spielgefährten gefunden, die in Gegenden lebten, in denen er so etwas wie der Rolls-Royce unter lauter Eselskarren gewesen wäre. Ellen und Robert verboten ihm, diese Viertel zu betreten. An bestimmten Stränden jedoch durfte er sich treffen, mit wem er wollte, und machte ausgiebig von dieser Erlaubnis Gebrauch. Manchmal war er enttäuscht worden, etwa wenn ihm einer seiner Freunde Geld stahl. Doch was tat er daraufhin? Deponierte beim nächsten Mal von seinem Taschengeld einen kleinen Schein, der eigens dafür gedacht war, geklaut zu werden. Tristan glaubte fest daran, dass die Freundschaft zu den einheimischen Kindern und Jugendlichen nichts mit den Diebstählen zu tun hatte, ja, dass sie im Grunde gar nicht stehlen wollten, aber keine Wahl hatten.

Und nun war er selbst zum Dieb geworden. Ob es da einen Zusammenhang gab?

Ellen ist ihrem Sohn immer schon dankbar für seine Einstellung. Ihr ist es nicht so leichtgefallen, Kontakte zu Menschen aus anderen Schichten und Kulturen zu knüpfen und zu pflegen. Ihre erste Begegnung mit Ruben ist unglücklich verlaufen, und auch jetzt noch ist sie in seiner Gegenwart gehemmt, weshalb Tristan ihr schlechtes Gewissen mit seiner Gutmütigkeit gewissermaßen aufwiegt.

»Ich finde es großartig, dass du und Ruben Freunde geworden seid«, spricht sie ihn beim Mittagessen darauf an und ist sich nicht ganz sicher, ob sie das auch wirklich ernst meint. Sie würde es aber gerne. »Hat er denn noch andere Freunde?«

»Glaube nicht«, erwidert Tristan und stochert in seinen Spaghetti.

»Weißt du, was ihm fehlt?«

»Hab ihn nicht gefragt. Er ist, wie er ist.«

»Das trifft sicherlich auf jeden zu.«

Tris runzelt die Stirn. »Ist mir egal, was ihm *fehlt.*«

»Redet ihr manchmal?«

»Ab und zu.«

»Und? Wie ist das dann?«

Er lässt die Gabel auf den Teller fallen. »*Maman*«, ruft er mit französischem Akzent, denn die Familie hat in Westafrika gelebt, als Tristan sich mit drei Jahren entschied, wie er seine Mutter künftig nennen würde. »Was soll das?«

»Ich werde ja wohl noch fragen dürfen. Magst du noch ein bisschen Parmesan?«

»Ja, bitte«, sagt er nach einigen Sekunden, in denen er anscheinend beschließt, »keinen Stress zu machen«.

Eine Weile lang herrscht Schweigen.

»Ruben redet manchmal dummes Zeug«, räumt Tristan ein. »Na und? Ich kenne jede Menge Leute, die bloß dummes Zeug labern und nicht so toll sind wie er. Man kann echt Spaß mit ihm haben.«

»Was macht dir denn am meisten Spaß mit ihm?«

Tristan denkt nach. »Wenn ich ihn zum Lachen bringe oder er mich. Er ist dann irgendwie … weiß auch nicht … ein ganz anderer Mensch, so als würde ihm gar nichts fehlen.«

»Jetzt hast du aber dieses Wort benutzt, nicht ich.«

Tris zieht ein Gesicht, gibt ihr widerwillig Recht, und Ellen bemerkt glücklich, dass sie zum ersten Mal seit ihrer Abreise von den Philippinen ein richtig gutes Gespräch mit ihm führt, wie sie es früher oft getan haben. Sie sind dabei, sich wieder näherzukommen.

»Weißt du, *maman*, ich will ganz natürlich mit ihm umgehen«, sagt er.

»Das finde ich auch gut. Aber zur Natürlichkeit gehört nun einmal, dass man über alles sprechen kann und nicht lauter Fässer mit Tabus füllt, sie versiegelt und in dunkle Ecken stellt. Das schadet jeder Beziehung.«

Tris beißt auf seiner Unterlippe herum, und sie ahnt, was in ihm vorgeht. Ihre Bemerkung mit den Tabus war durchaus doppeldeutig und auch auf ihn und sein Verhalten gemünzt. Wie die meisten Teenager (und Erwachsenen) gibt er selten einen Fehler zu, und er hat sich wahrscheinlich schon oft gewundert, wieso das überhaupt von ihm erwartet wird. Dass in ihm das Blut einer Diplomatendynastie fließt, die bereits am Westfälischen Frieden mitgewirkt hat, merkt man ihm nicht an.

Seine Meinungen und Ansichten sind recht starr, und wenn

er jemanden nicht mag, gibt er es demjenigen deutlicher als nötig zu verstehen, auch seinen Lehrern. Mit dieser Einstellung hat er sich schon öfter die Noten versaut. Aber er gibt nicht nach. Er sagt: »*Maman*, Herr X ist ein Rassist«, oder: »Frau Y kann einfach nicht mit Jungs.« Ellen glaubt ihm, weil er das Herz am rechten Fleck hat, Starrsinn hin oder her. Wenigstens das hat er von seinem Vater. Und natürlich die honigbraunen Augen und Haare, die sein enorm sportliches Aussehen ein wenig abmildern. Seit sie die Philippinen verlassen haben, war Tris nicht mehr beim Friseur. Am liebsten würde sie ihm mit der Hand durch die Locken fahren und sie liebkosen.

»Okay, ich hab Mist gebaut«, sagt er. »Die Sache mit dem Surfboard, das war blöd.«

Ellen atmet durch. Sie ist froh, dass es endlich raus ist. »Sagst du mir noch, warum du das Board stehlen wolltest? Hast du deins im Wasser verloren?«

»Nein, schlimmer.« Er sieht auf seinen Teller. »Jemand hat es mir geklaut.«

»Oh«, sagt sie nur.

Er blickt sogleich wieder auf und rechtfertigt sich. »Also, da waren drei Jungs am Strand, die waren so achtzehn oder zwanzig. Ich wollte nur kurz schwimmen gehen und hab sie gefragt, ob sie auf mein Board aufpassen. Als ich wieder rauskam, waren sie weg … und mein Board auch. Das hat mich wütend gemacht. Verstehst du, *maman*, viel wütender, als einen das sowieso schon macht. Weil das … echt *beschissen* ist. In Malaysia, in Indonesien oder auf Madagaskar, da bin ich oft beklaut worden, aber das war was anderes. Das waren Kinder, die auf Müllbergen rumwühlen, nicht in die Schule gehen können und kein Geld für einen Arzt haben. Hier im reichen Deutschland gibt es zig Schulen und Krankenhäuser und für jedes beschissene Körperteil einen eigenen Arzt, und ausgerechnet hier müssen sich drei Typen in Adidas-Hosen, die genug zu essen, jeder ein Smartphone und was weiß ich noch haben, auch noch mein Board unter den Nagel reißen.«

»Und da hast du dir gedacht, dass du zum Ausgleich einen reichen Händler beklaust, weil es dem ohnehin nicht wehtut.«

»Das Geschäft liegt bombig, die verdienen sich eine goldene Nase.«

»Tristan!«

»Ich geb ja zu, dass es blöd war. Mann, ich war stinksauer. Wenn du meinst, du musst mir jetzt einen Vortrag halten, dann tu's.«

Was könnte sie ihm noch sagen? Er hat es längst begriffen. Für Ellen ist der interessanteste Aspekt der Geschichte, dass Tristan ausgerechnet die drei Jungen gebeten hat, auf sein Board aufzupassen. Nachmittags bei schönem Wetter waren bestimmt auch ältere Leute am Strand, Rentner, vielleicht sogar ein paar Familien. Tristan fühlt sich offenbar auf Augenhöhe mit Achtzehnjährigen, will einer von ihnen sein, spricht sie an, verhandelt mit ihnen. Verdammt groß fühlt er sich schon. In zwei Jahren wird er sich nichts mehr von ihr sagen lassen. Robert hatte ihn ganz gut im Griff. Zu seinem Vater hat Tristan aufgesehen. Aber zu ihr …

Ja, er liebt sie, uneingeschränkt. Seinen Respekt jedoch hat sie nicht, und ihr wird in diesem Augenblick schmerzlich bewusst, dass sie nicht viel getan hat, um ihn sich zu erwerben.

»Ich finde es gut, dass du doch noch zu mir gekommen bist.«

Erleichtert, einer Gardinenpredigt entkommen zu sein, stößt er die Gabel in die kalten Spaghetti, und bevor er sie sich in den Mund schiebt, sagt er noch schnell: »Das war die Idee von Ruben. Ich hab ihm erzählt, was ich gemacht habe, und da hat er gesagt, ich muss mit dir drüber sprechen.«

Ellen ist verblüfft. Sie hat Ruben ernste Gespräche nicht zugetraut, sondern dachte, man könne nur mit ihm spielen. Wann immer sie ihn sah, grinste, lachte und winkte er wie ein Kleinkind oder wackelte vor ihrem Gartentor hin und her.

Offenbar hat sie sich geirrt. Wieder so ein Vorurteil, über das sie sich ärgert.

»Dann verdient er gleich zwei Orden«, sagt Ellen. »Einen, weil er dir einen guten Ratschlag gegeben hat. Und den anderen, weil er es geschafft hat, dass du ihn befolgst. Das gelingt den wenigsten.«

Tristan hat den Mund wieder leer und spült kurz mit Limonade nach. »Ich will ihn nicht fragen, was mit ihm ist, *maman*«, sagt er nachdenklich, beinahe traurig. »Es interessiert mich auch nicht. Er ist mein Freund, und damit basta.«

»Basta«, wiederholt sie und lacht über dieses etwas unfreundliche Schlusswort, das ihr die Grenzen ihres Einflusses aufzeigt und sie obendrein in schlechtem Licht dastehen lässt, weil sie immer nur Rubens Behinderung sieht, Tristan hingegen Rubens Qualitäten.

Vielleicht fühlt sie sich nach dem Gespräch, als sie den Abwasch macht, deshalb hundsmiserabel. Sie muss diese seltsame, völlig irrationale Nervosität, die sie seit dem Einzug und Tristans kurzzeitigem Verschwinden befallen hat, endlich in den Griff bekommen.

Am nächsten Tag geschieht jedoch etwas, das Ellen noch weiter verunsichert. Allerdings nicht sofort. Zunächst ist es nur ein Detail, viel zu klein, um es als Ereignis oder gar Vorfall zu bezeichnen, und sie misst ihm vorerst keine Bedeutung bei.

Ein Gegenstand ist weg. Eigentlich nichts Besonderes, schließlich kommt jedem mal etwas abhanden und taucht an anderer Stelle wieder auf. Kein Grund, lange darüber nachzudenken, wäre der Gegenstand nicht derart speziell.

Es fällt ihr beim Hausputz auf, dem ersten seit dem Einzug – und wenn es nach Ellen geht, auch der letzte. Denn es ist ein Phänomen, dass ein Haus, so klein es auch sein mag, größer und größer wird, während man es putzt. Sie ist selbst schuld, hat plötzlich Lust auf die Arbeit bekommen, die ihr fünfzehn Jahre lang andere abgenommen haben. Zum Erden und Ankommen, so hat sie geglaubt, könne anstrengende Hausarbeit nicht schaden. Nach drei Stunden fühlt sie sich ausreichend geerdet und angekommen, und die Lust ist auch im dreckigen Putzwasser des Eimers ertrunken.

Müde sinkt sie aufs Sofa, blickt sich im halb fertigen Wohnzimmer um – und da bemerkt sie es.

Der schmiedeeiserne Schürhaken für den Kamin fehlt. Die Kehrschaufel ist noch da, der Besen auch. Sie erinnert sich, den Schürhaken ein paarmal in der Hand gehabt zu haben, als sie die Garnitur von rechts nach links und wieder zurück stellte, auf der Suche nach dem perfekten Erscheinungsbild für das Wohnzimmer.

Ellen steht auf, sieht im Kamin nach, sieht im Wohnzimmer nach. Ihre Müdigkeit verfliegt im selben Maß, wie sich der Kreis ihrer Suche erweitert: Küche, Esszimmer, Gästebad, Abstellkammer …

Nichts.

Schon seltsam, aber nichts, worüber sie sich lange den Kopf zerbrechen müsste. So ein Schürhaken ist ja kein Wertgegenstand. Er wird schon wieder irgendwo auftauchen, und wenn nicht, ist es auch nicht schlimm. Sie kocht sich einen Kaffee und schaut sich, entspannt und leicht gelangweilt, im Fernsehen eine Dokumentation über den Niedergang des chinesischen Kaiserhauses im neunzehnten Jahrhundert an.

Wenn es nicht ausgerechnet ein Schürhaken wäre, denkt sie mittendrin. Eine Armbanduhr, eine Sonnenbrille, eine DVD – so etwas verlegt man schon mal. Aber einen so sperrigen Gegenstand doch nicht. Eine Leselampe oder ein Badetuch würde Tristan vielleicht mit in sein Zimmer nehmen. Nur wofür könnte er einen Schürhaken gebrauchen?

Nach einigem Hin und Her entschließt sie sich, im Zimmer ihres Sohnes nachzusehen. Vorher durchsucht sie jedoch ihr eigenes, so als ob das irgendetwas an der Verletzung von Tristans Privatsphäre ändern würde.

Nichts.

Und wenn schon, versucht sie sich einzureden. Wer benötigt im nahenden Hochsommer Kaminutensilien? Bloß warum hört sie nicht auf zu suchen? Sie kann sich selbst nicht genau erklären, weshalb sie auch auf der Terrasse und im verwilderten Garten nachsieht. Haben Tristan und Ruben den Schürhaken als Machete oder was auch immer benutzt und ihn dann achtlos liegen lassen?

Nichts.

Zu guter Letzt gibt sie sich mit der Plattitüde zufrieden, der Schürhaken werde irgendwann irgendwo schon wieder auftauchen.

Ellen bekommt gerade noch den Untergang des chinesischen Kaiserhauses mit, dann geht sie duschen, föhnt sich die Haare, bereitet einen Salat zu und hätte über dem lauten Knacken beim Kauen beinahe das Klopfen an der Haustür überhört.

Sie blickt durch den Spion und atmet einmal tief durch.

»Ruben«, sagt sie und lächelt den Jungen überschwänglich an. »Hallo. Wie geht es dir?« Als er nicht reagiert, fühlt sie sich unter Zugzwang weiterzureden. »Stehst du da schon lange vor der Tür?«

Er nickt.

»Tut mir leid, ich habe dich nicht klopfen gehört. Weißt du, wir haben eine Klingel. Sieh mal hier.«

Ellen drückt einmal darauf, und Big Ben ertönt. Ruben sieht sie daraufhin an, als würde er den Sinn dieser Vorführung nicht verstehen, und Ellen versucht, ihm nicht mit dem gleichen verständnislosen Blick zu antworten.

»Tja, Ruben … Tris ist nicht da. Er ist zu dem Laden gegangen, wo er das Board klauen wollte, um sich zu entschuldigen. Bei der Gelegenheit bietet er dem Besitzer auch gleich an, ein paar Stunden für ihn zu arbeiten, Regale putzen oder so. Er wird … Er ist bestimmt bald zurück.«

Sie sieht auf die Uhr und hat den Eindruck, dass Ruben sie nicht verstanden hat. Er sieht aus, als hätte er sich im Wald verlaufen.

»Vielleicht … lerne ich bald mal deine Eltern kennen. Du wohnst in dem gelbgrünen Haus, nicht wahr? Ein sehr hübsches Haus.«

Seit sie ihm die Tür öffnete, hat er nicht ein einziges Wort gesprochen, obwohl sie absichtlich Pausen gemacht hat, sekundenlange Pausen, in denen sie überlegt hat, was sie noch sagen könnte.

»Möchtest du hier auf Tris warten? Bei einem Glas Limo?«

Das Angebot ist zwar ehrlich gemeint, aber insgeheim wünscht sie sich, dass Ruben es nicht annimmt. Sie findet einfach keinen Zugang zu diesem Jungen, und dabei spielt es keine Rolle, dass er anders ist als die Jungen, denen sie sonst begegnet. Unabsichtlich setzt er sie unter Druck, das Richtige zu sagen und zu tun. Jedes Mal schlägt ihr Herz schneller, wenn er in der Nähe ist, wie bei einem Vorstellungsgespräch. Wenn sie Rubens seltsames Verhalten benennen und einordnen könnte, dann könnte sie sich informieren und darauf einstellen.

Wie schafft Tristan das bloß? Was macht er anders als ich?, fragt Ellen sich.

Ruben antwortet nicht auf ihr Angebot. Weder macht er Anstalten wegzugehen noch hereinzukommen.

Ein paar Sekunden lang passiert gar nichts, sie stehen sich gegenüber, und Ellen schiebt die Hände in die Gesäßtaschen ihrer Hose. Plötzlich, als hätte sich ihre Erklärung von vor zwei Minuten mühsam an die richtige Stelle in seinem Gehirn vorkämpfen müssen, drückt er auf die Klingel. Spontan schließt Ellen die Tür, öffnet sie wieder und tut überrascht.

»Oh, hallo Ruben. Was machst du denn hier? Das ist ja toll, dass du mich besuchst.«

Es klappt: Er lächelt. Er winkt. Er zieht sein Handy aus der Hosentasche und lässt ein Computerspiel laufen, das sie sich ansehen soll.

»Das ist lustig, sehr lustig.«

Dann lacht er, und Ellen ist einen Moment lang glücklich. Nun versteht sie, was Tristan meinte, als er sagte, die schönsten Momente mit Ruben seien die, in denen sie sich gegenseitig zum Lachen bringen.

Doch der unbeschwerte Augenblick zerrinnt, und auf das erneute Angebot, gemeinsam auf Tristan zu warten, geht er wieder nicht ein.

»Na schön, Ruben, ich … habe noch ein bisschen was zu tun, und ich …« Sie unterbricht sich. Ob sie ihn auf den Schürhaken ansprechen soll? »Du weißt nicht zufällig, ob … ähm …« Sie denkt sich nichts dabei, die Worte fließen ihr ungeprüft aus dem Mund. »Na ja, ich vermisse den Schürhaken vom Kamin. Du und Tris, ihr habt ihn nicht zufällig für irgendetwas gebraucht? Zum Spielen oder so?«

Ruben sieht Ellen an, als hätte sie ihm eine Katastrophenmeldung überbracht, und sofort hebt sie beschwichtigend die Hände.

»Schon gut, war nur eine Frage.«

»Nichts weggenommen!«, ruft er.

»Alles in Ordnung.«

»Nichts weggenommen. Ruben ist ein lieber Junge.«

»Bitte entschuldige, es war nicht böse gemeint, ich …«

»Nichts weggenommen.«

»Ich hab's verstanden, Ruben. Du hast nichts weggenommen.«

Er verzerrt das Gesicht zu einer Grimasse, einzig die Tränen fehlen zur kompletten Verzweiflung.

»Ruben, bitte beruhige dich. Alles ist gut. Du hast nichts Schlimmes getan.«

»Nichts weggenommen. Ruben ist ein lieber Junge.«

»Richtig. Ich weiß, dass du ein lieber …«

Ruben fährt herum und rennt davon, in Richtung seines Hauses. Kurz überlegt sie, ihm nachzulaufen, aber das würde wohl alles nur noch schlimmer machen.

Ellen ist am Boden zerstört. Was hat sie sich nur dabei gedacht? Wie auch immer, sie wird es Tristan sagen müssen, und vielleicht ist nun auch der Moment gekommen, sich Rubens Eltern vorzustellen und bei der Gelegenheit Abbitte zu leisten.

Doch sie wartet erst einmal Tristans Rückkehr ab. Als er nach einer halben Stunde kommt, gesteht sie ihm alles.

»Echt, *maman*, das war ja wohl voll der Griff ins Klo.«

»Ich würde es zwar anders ausdrücken, aber es stimmt, und es tut mir auch leid.«

»Scheiße. Du bist voll unsensibel.«

»Wir können über alles reden, junger Mann, aber nicht in diesem Tonfall.«

»Kommt ja wohl dem Tonfall nahe, den du bei Ruben drauf hattest.«

»Das ist nicht wahr. Ich war sehr freundlich, hab ihm sogar eine Limo angeboten …«

»Und ihn dann einen Dieb genannt.«

»Es ist genau so passiert, wie ich es dir eben geschildert habe, und nicht anders. Ich habe ihn lediglich gefragt, ob …«

»Der Schürhaken, ich weiß. Wenn ich das Papa erzähle, dass du wegen so einem blöden Ding Terz machst.«

»Ich mache keinen Terz. Wenn du deinen Judoanzug nicht findest, fragst du mich ja auch, wo er ist.«

»Erstens ist das ein Keikogi. Und zweitens würde ich nicht die Nachbarn fragen, sondern nur dich.« Tristan verzieht das Gesicht. »Ach, egal. Lass Ruben von heute an lieber mal in Ruhe. Ich gehe gleich zu ihm rüber und erkläre ihm, dass du es nicht so gemeint hast.«

»Tu das. Unabhängig davon werde ich mich heute oder morgen mal bei seinen Eltern vorstellen.«

»Er lebt allein.«

Ellen sieht Tristan sekundenlang an. *Er lebt allein.* Der Satz ist wie ein zäher Bissen Steak, er will einfach nicht dort ankommen, wo er hin soll. »Was hast du gesagt?«

»Ich spreche doch kein Hindi. Ruben wohnt allein in dem Haus.«

»Aber er braucht … Jemand muss doch auf ihn aufpassen!«

»Fängst du schon wieder damit an! Papa ist da viel lockerer als du. Ruben braucht niemanden. Er ist dreiundzwanzig und normaler, als du denkst. Zum Beispiel kann er kochen, da staunst du, was? Gut, er hat einen Betreuer für juristischen Kram und so, das erledigt der Typ vom Jugendamt. Der, der neulich hier war und mit dem ich vor ein paar Tagen ein Gespräch wegen … na ja, wegen meiner langen Finger hatte.«

»Herr Forbrich? Wo sind denn Rubens Eltern?«

»Keine Ahnung, danach hab ich ihn nicht gefragt.« Tristan zuckt mit den Schultern und zieht die Mundwinkel nach unten. »Für Eltern interessiere ich mich nicht.«

Als sie kurz darauf durch die Anlage schlendert, fragt sich Ellen, warum sie sich mit dem Anderssein des Nachbarsjungen nicht abfinden kann. Vielleicht liegt es an dem Haus mit seiner unheimlichen Geschichte. Sie weiß nur so viel darüber, dass sie eine Gänsehaut bekommt, wenn sie daran denkt, doch sie widersteht dem Impuls, im Internet über das Verbrechen zu recherchieren. Zu viele schlechte Erfahrungen hat sie in der Vergangenheit mit solcherlei Nachforschungen gemacht. Das Internet ist ein äußerst nützliches Werkzeug, an dem man sich bei falscher Benutzung verletzen kann. Manchmal ist es besser, weniger zu wissen, und Ellen beschließt, dass ein Massaker in ihrem Haus nichts ist, dem sie nachgehen will.

Sie hat Wichtigeres zu tun, muss Tristan für das neue Schuljahr anmelden, der Garten ist in einem katastrophalen Zustand, und ein paar Dinge für den Haushalt fehlen. Darum sollte sie sich kümmern und nicht bis zur Perfektion die überreizte, verkrampfte Frau in der Ehekrise spielen.

»Hallo, Frau Holst.«

Ellen wendet sich um. »Oh, Herr Forbrich, Sie sind es. Na, so was.« Nicht gerade die höflichste Begrüßung, wie sie selbst bemerkt.

»Ich wollte nur mal nachsehen, ob alles in Ordnung ist und was Tristan so macht.«

»Wie nett. Ein neuer Service des Jugendamts?«

»Schön wär's.«

Damit hat er in aller Kürze den Grund für sein Kommen genannt und erklärt, dass er nicht von seinem Vorgesetzten geschickt worden ist. Das Wort »privat« hat er dabei vermieden. Ellen bemerkt, dass sich sein Erscheinungsbild kaum geändert hat. Ungebügelte Hemden und schief sitzende Krawatten sind offenbar ebenso ein elementarer Teil seiner Identität wie die Frisur, die aussieht, als hätte er eine Stunde im Windkanal zugebracht. Sein heiteres, jungenhaftes Gesicht macht jedoch manches wett. Er ist eine verwirrende Mischung aus Columbo, Robert Redford und *Miami Vice*, und Ellen sucht daher noch nach ihrer Meinung über ihn.

»Ich habe den Schreck überwunden. Na ja, weitgehend«, sagt sie. »Und Tristan hat freiwillig ein paar Stunden bei dem Händler Regale geputzt.«

Er nickt. »Prima Junge.«

»Als Mutter will ich nicht widersprechen, aber es wäre mir natürlich lieber gewesen, es hätte keinen Grund zum Regaleputzen gegeben.«

»Verständlich.«

Sie sind an dem entscheidenden Punkt einer Unterhaltung angelangt, an dem der Smalltalk entweder in die nächste Runde geht, wobei er sich dann endlos hinziehen kann, an dem er zugunsten eines bedeutenderen Themas verlassen oder unter höflichen Floskeln zu einem schnellen Ende gebracht wird. Nachdem er ausgedehnt Luft geholt hat, entscheidet sich Sven Forbrich für eine vierte Variante.

»Wollen wir ein Stück Richtung Meer gehen?«

Ellen zögert. Sie ist bisher nur mit Freundinnen oder der Familie am Meer spazieren gegangen. Sehr viele Dinge hat sie schon sehr lange nicht mehr gemacht, zum Beispiel mit fremden Männern ausgehen.

»Ja, gerne«, antwortet sie und fügt als Erklärung hinzu: »Ich bin noch nicht viel in Heiligendamm herumgekommen, da wird es langsam mal Zeit, nicht wahr?«

Irgendwie fühlt sie sich besser, wenn der Spaziergang einen praktischen Nutzen hat oder einen solchen zumindest vortäuscht.

Sie schlendern zunächst zur Steilküste, die allerdings nur ein paar Meter und auch nicht senkrecht, sondern als bewachsene Böschung zur See abfällt. Von dort aus spazieren sie auf verschlungenen Wegen, die sie mal in den Wald und dann wieder zurück ans Meer führen, vorbei an kleinen Pavillons, Kurhäusern, Cottages, Villen und schlossartigen Gebäuden. Sven Forbrich schildert die Historie der einzelnen Bauwerke und erklärt Ellen, dass der Name des Örtchens auf eine Sturmflut zurückgeht, bei der Doberaner Mönche durch Gebete das Schlimmste verhindert haben. Gibt es einmal nichts zu erklären, erwähnt er beiläufig, dass er aus einem kleinen Dorf in der Uckermark stamme, in Berlin Sozialpädagogik studiert und zunächst in Potsdam gearbeitet habe, dass er mit Wassersport nicht viel am Hut und sich immer schon von japanischer Kultur angezogen gefühlt habe. Alles Informationen, die wie eine Fortsetzung des Smalltalks und zugleich als Präsentation seiner Person verstanden werden können.

Als sie an der Seebrücke ankommen, geht er noch einen Schritt weiter. Er erzählt, dass er damals wegen seiner damaligen Lebensgefährtin nach Mecklenburg gezogen, aber schon seit einer Weile Single sei. Das brandende Meer im Rücken und den Blick auf die romantische Architektur des Seebads gerichtet, auf die klassizistischen Hotels und Villen, die sich wie weiße Perlen aneinanderreihen, kommt Ellen sich vor wie bei einem Date.

Sven Forbrich scheint zu bemerken, dass sie sich nicht ganz wohlfühlt, und wechselt abrupt Tonlage und Thema, weg vom Melancholischen, hin zum Munteren.

»Okay, erzählen Sie mal, was Sie die ganze Zeit so treiben.«

»Was ich so treibe? Na ja, ich … weiß nicht. Noch richte ich mich ein.«

»Suchen Sie Arbeit?«

»Eigentlich nicht. Ich … Nun ja, ich werde nach wie vor von meinem Mann gesponsert, um es mal so zu nennen. Er hält eine Immobilie an der Ostsee für eine gute Idee. Nun bin ich hier, er bleibt dort.« Sie zuckt mit den Schultern. »Was soll ich sagen? Ich bin in einer höchst komfortablen Situation, wie nur wenige andere. Das ist die Wahrheit. Und ich finde es toll.«

»Hat Ihnen schon mal jemand gesagt, dass Sie ungewöhnlich ehrlich sind?«

Sie lacht laut auf. »Nein, wie kommen Sie denn darauf? Ich war von Frauen aus dem Jetset umgeben. Wenn Sie zu denen ehrlich sind, lädt man Sie im besten Fall nicht mehr ein.«

»Und im schlimmsten setzt man einen Killer auf Sie an?«

»Zwei.«

Ellen und Sven lachen zusammen. Es ist das erste Mal seit ihrer Abreise, dass sie wieder einen unbeschwerten Augenblick erlebt.

»Sie haben wirklich Humor«, sagt sie. »Und ich dachte, das war dem Sake geschuldet.«

»Und das überrascht Sie?«

»Ob es mich überrascht? Sie sind immerhin Beamter und kommen aus der Uckermark.«

»Jetzt verstehe ich das mit den Killern. Seien Sie froh, dass ich bis zum Weihnachtsgeld warten muss, bis ich mir einen leisten kann. Waren Sie überhaupt schon mal in der Uckermark?«

»Ich glaube, ich bin mal durchgefahren.«

»Das kann nicht sein. Den letzten Fremden haben sie da kurz nach der Wende gesehen. Daraufhin haben sich die Einheimischen wochenlang in ihren Häusern eingeschlossen. Man dachte schon, eine Epidemie hätte sie hinweggerafft. Lachen Sie nicht, so war das!«

»Hören Sie schon auf. Mal im Ernst, kommt nicht Kanzlerin Merkel von dort?«

»Angela Merkel und ich. Sonst fällt mir niemand ein.«

Amüsiert wendet Ellen sich wieder dem Ozean zu und blickt in die Ferne, um nicht Sven Forbrich anzusehen. Er weiß schon so viel von ihr, weil sie ihm neulich Nacht in einer Mischung aus Sake-Rausch, Entspannung und Erlösung von Robert und ihrem sogenannten Leben erzählt hat. Da muss sie vorerst nicht noch mehr preisgeben. Doch wenn sein Blick auf ihr ruht, hat sie das Gefühl, ihm entgehe nichts.

Sie erinnert sich, früher ein heiterer Mensch gewesen zu sein, mit der Fähigkeit, nichts allzu ernst zu nehmen, schon gar nicht sich selbst. Gelacht und gelächelt hat sie zwar auch in den letzten fünfzehn Jahren viel, aber auf den zahllosen Partys und Einladungen zum Tee schwang auch immer die Erwartung mit, zu lachen und zu lächeln. In der Welt, in der sie gelebt hat, geben die Leute dem Ernst des Lebens ebenso wie dem Leid gewissermaßen einen gasförmigen Zustand. Es ist geruchlos und unsichtbar, wenngleich überall und jederzeit vorhanden.

Fünfzehn Jahre lang hat Ellen sich diesem Protokoll unterworfen. Fünfzehn Jahre – mehr als fünftausend Tage – verbrachte sie mit Champagnergläsern, Cocktailschirmchen und Teetassen, hinter Stacheldrahtmauern im Schatten von Palmen, breitkrempigen Hüten und bunten Sonnenschirmen, in den kühlen Salons von Villen, Botschaften und Golfklubs, mit einem Haufen Ladys, Contessas, Von-und-Zus …

Ein Klischee, zweifellos. Früher hat sie immer gedacht, Klischees seien die Projektionen Ahnungsloser, die sich auf Teufel komm raus ein Bild machen wollen, wie andere Menschen in anderen Dimensionen leben. Klischees waren für sie das Produkt mittelmäßiger Geschichtenerzähler und der Jünger, die ihnen glaubten. Sie wurde eines Besseren belehrt: Klischees sind erschreckend real. Kann ein Dasein im einundzwanzigsten Jahrhundert, in dem die persönliche Sinnsuche beinahe den Status einer Religion eingenommen hat, tatsächlich so hohl sein?

Ja, das kann es.

Sven stützt sich neben ihr mit den Ellenbogen auf das Geländer der Seebrücke. »Darf ich Sie etwas fragen?«

»Nur zu.«

»Sie haben Ihren Mann tatsächlich verlassen?«

»Ja, ich denke schon«, schwindelt sie, oder besser gesagt, sie hat keine andere Antwort, die sie geben könnte. »Warum wollen Sie das wissen?«

Sven beugt sich vor und küsst Ellen, bevor sie irgendetwas dagegen unternehmen kann. Und als sie etwas unternehmen könnte, tut sie es nicht.

»So!«, sagt er. »Und jetzt kaufe ich uns ein Eis.«

Die beiden haben die Schuhe ausgezogen und gehen Eis schleckend über den angenehm warmen Sand, vorbei an ein paar Kindern, die mit Luftmatratzen in den glitzernden Wellen spielen, an einer jungen Mutter in einem Strandkleid, die mit ihrer Tochter auf der Suche nach Muscheln durch die Brandung watet, und an einem Violinisten, der auf der Promenade Melodien aus der Belle Époque spielt.

Mit jemandem barfuß Seite an Seite am Strand entlangzuschlendern ist fast intimer als ein Kuss, findet Ellen. Zumindest billigt es den Kuss. Wieso lässt sie sich darauf ein? Sven Forbrich ist nicht gerade James Bond, Enrique Iglesias oder George Clooney. Mit Ausnahme seiner frechen, jungen Augen sieht er eher durchschnittlich aus, keineswegs sportlich und alles andere als elegant. Aber er sagt Dinge, die Ellen gefallen, und er hat ein heiteres Wesen. Auf irgendeine Weise zieht er sie an, und da er nicht versucht hat, den ersten Kuss gleich für mehr auszunutzen, geht es ihm wohl nicht um ein schnelles Abenteuer. Sogar das förmliche Sie behält er bei. Ganz klar, er will, dass sie den nächsten Schritt macht, und sie ertappt sich dabei, in Versuchung zu sein.

Bist du so leicht zu haben, Ellen? Da kommt der Erstbeste, und du …

Es hat auch mit der Situation zu tun, in der sie derzeit lebt. Zum ersten Mal seit langer Zeit ist sie auf sich allein gestellt, bei den größten und den kleinsten Entscheidungen, noch dazu an einem neuen Wohnort, in einer Region, die ihr nicht vertraut ist. Gewissermaßen betritt sie ein leeres Zimmer, und damit soll sie nun etwas anfangen. Nicht, dass sie nie Entscheidungen getroffen hätte. Doch Roberts Arbeit hat stets den Takt angegeben, bildete den Anfang und das Ende jeden Entschlusses. Ellen war immer nur der Spielraum dazwischen geblieben. Nun steht ihr die Welt offen, und plötzlich passiert etwas, mit dem sie nicht gerechnet hat: Sie fühlt sich einsam und schutzlos. In den letzten Wochen hat sie sich abgelenkt, mit der Suche nach dem Haus, mit dem Umzug. Jetzt, da alles erledigt ist, kriecht die Angst in ihr Herz, als wäre sie eine Kältewelle.

»Sie sehen mir nicht sonderlich glücklich aus«, stellt Sven fest. »Entweder schmeckt Ihnen das Eis nicht oder mein Kuss. Ich hoffe natürlich, es liegt am Eis. Falls ich vorhin zu aufdringlich war …«

»Nein, das ist es nicht«, sagt sie, ohne sicher zu sein, ob es vielleicht doch zutrifft.

»Der Nachmittag ist jedenfalls um einiges schöner als der Vormittag«, lenkt sie das Gespräch in eine andere Richtung. »Ich habe heute früh das ganze Haus auf den Kopf gestellt, um einen Schürhaken zu finden.«

»Im Mai?«

»Ja, im Mai«, bestätigt sie lachend. »Er war nicht da, wo er sein sollte, und das genügte mir, um zwei Stunden meines Lebens dafür zu opfern. Irgendwo muss das blöde Ding ja abgeblieben sein.«

»Vielleicht haben Sie ihn versehentlich in die Reinigung gegeben«, scherzt er. »So etwas rutscht schon mal zwischen die Hemden.«

»Tristan hat sich auch darüber lustig gemacht. Aber wenn er ihn nicht weggenommen hat und ich nicht schlafwandle, bleibt eigentlich nur Ruben übrig.«

»Ruben?«, fragt er.

»Sie müssten ihn kennen. Mein Sohn sagt, dass Sie sein Rechtsbetreuer sind, oder wie man das nennt.«

»Gerichtlich bestellter Betreuer«, korrigiert Sven murmelnd. »Für alle Rechtsgeschäfte. So will es das Gesetz. Ruben braucht einen solchen Betreuer bis zu seinem Lebensende.« Er wirkt mit einem Mal zerstreut. »Aber sagen Sie, Ihr Sohn und Ruben sind befreundet?«

»Warum auch nicht? Der Altersunterschied ist zwar groß, aber ihre Interessen sind gar nicht so verschieden. Sie können beruhigt sein, Tristan würde Ruben nie etwas Gefährliches tun lassen. Oder spricht aus Ihrer Sicht etwas anderes dagegen? Sie sehen so besorgt aus.«

»Nein, nein, ich bin nicht besorgt«, erwidert er, doch seine Heiterkeit ist verflogen. »Es ist nur so, dass Ruben schon lange keinen Freund mehr hatte. Man hat ihm mal sehr wehgetan.«

»Tatsächlich? Inwiefern?«

»Das war damals, als … Leider ein sehr düsteres Thema.«

»Hat es mit den Morden vor sechs Jahren zu tun?«

»Ach, Sie wissen davon?«

»Immerhin hat das Verbrechen in meinem Haus stattgefunden. Ich gebe allerdings zu, dass es mir lieber wäre, ich hätte nie davon erfahren. Eines der Opfer soll mit einem Schürhaken erschlagen worden sein, und jetzt fehlt unser Schürhaken. Mir ist natürlich klar, dass die Tatwaffe, sofern sie gefunden wurde, in der Asservatenkammer der Polizei liegt. Aber komisch ist es schon.«

»Ich weiß nur wenig über diese schlimme Sache. Damals war ich im Urlaub, gleich danach auf einer mehrwöchigen Fortbildung zum Jugendamtsleiter, und als ich zurückkam, war das Thema durch. Außerdem wohnte ich in Rostock, ich hatte kaum Kontakt zu den anderen Bewohnern der Anlage. Es gab einen Verdächtigen. Die Ermittlungen haben sich ewig hingezogen, und es wurde auch jemand angeklagt, aber nicht verurteilt, wenn ich es richtig in Erinnerung habe. Fragen Sie mich bitte nicht nach Details. Ich hatte sogar vergessen, dass das Verbrechen in Ihrem Haus passiert ist.«

»Was ist mit Ruben?«

»Als die Polizei nicht sofort einen Schuldigen ausmachen konnte, ging die Gerüchteküche los. Ruben hatte mit der Sache zwar nichts zu tun, denn er hatte weder ein Motiv noch war er zur Tatzeit am Ort des Verbrechens. Aber sein stundenlanges Gewackel und die Selbstgespräche flößen den Leuten nicht gerade Vertrauen ein.«

»Ja, es ist ziemlich irritierend, wenn man zum ersten Mal damit konfrontiert wird. Ich hatte Mühe, es einzuschätzen, und so ganz habe ich meinen Frieden noch nicht damit gemacht.«

»So geht es vielen, und genau das wurde Ruben zum Verhängnis. Wissen Sie, wenn Menschen mit jemandem wie ihm zu tun bekommen, dann haben sie entweder großes Mitleid oder großes Misstrauen. Vor der Tat war Ruben für die Leute von Heiligendamm nur ein seltsamer Junge, danach war er plötzlich der undurchschaubare Nachbarsjunge des Hauses, wo ein unaufgeklärter, grauenhafter Dreifachmord stattgefunden hatte. Alle gingen ihm aus dem Weg. Vereinzelt beschimpften sie ihn sogar.«

Der Mann mit den wirr abstehenden Haaren wendet Ellen sein Profil zu und blickt wieder auf die weißen Villen und das imposante Grand Hotel. Fotografierende Touristen mit Schwedenfähnchen flanieren an ihnen vorüber, einige knappe Bikinis, Sixpacks und Bierbäuche, tollende Kinder, gesetzte Herren in gebügelten Shorts und Damen mit Hut. Die Mischung ist ein wenig bizarr, aber seltsamerweise gewöhnt man sich schnell daran in diesem klassizistischen, aus der Zeit gefallenen Seebad am Anfang des einundzwanzigsten Jahrhunderts.

»Ruben liegt Ihnen sehr am Herzen, habe ich Recht?«

»Ich kenne ihn schon lange«, antwortet Sven. »Er war neun, als ich seine Betreuung übernahm. Ich war damals neu im Jugendamt, und Ruben war quasi mein erster Kunde.«

Ellen seufzt. »Ich muss Ihnen etwas beichten, Sven. Leider war auch ich nicht nett zu ihm. Als ich ihn heute Morgen fragte, ob er was über den Verbleib meines Schürhakens weiß, war er am Boden zerstört. Tristan hat mir anschließend ordentlich den Kopf gewaschen.«

»Okay, ich spreche mal mit Ruben darüber.«

»Über den Schürhaken? Um Himmels willen, bloß nicht! Ich weiß jetzt, wer der Dieb ist: Sie sind es.«

Er lacht. »Ich? Gut, lassen Sie uns nachdenken. Wie hätte ich den Schürhaken aus dem Haus schaffen können, ohne dass Sie es merken? Indem ich das gusseiserne Ding zusammengefaltet in die Tasche stecke?«

Ellen geht auf das Spiel ein. »Das nicht. Aber Sie hätten ihn sich der Länge nach in ein Hosenbein stecken können, als ich in der Küche war. Für eine Minute waren Sie allein im Wohnzimmer.«

»Klar. Nur wie hätte ich mich danach zu Ihnen an den Tisch setzen sollen? Mit einem Stock am Bein läuft und sitzt es sich eher schlecht.«

»Touché«, sagt sie und denkt einen Moment lang nach. »Sie hätten den Schürhaken rasch vor der Haustür in einem Busch verstecken und später mitnehmen können.«

»Touché«, ruft er lachend, und Ellen lässt sich davon anstecken. »Doch damit ist meine Schuld noch lange nicht erwiesen. Was war mein Motiv?«

»Tja, warum klaut jemand einen Schürhaken? Zugegeben, das ist nicht gerade ein Mitbringsel zum Muttertag. Vielleicht wollten Sie ja ein Andenken haben an die Begegnung mit einer unwiderstehlichen Frau?«

Er sieht sie mit seinen strahlenden blaugrauen Augen an. Manche Menschen müssen sich ungeheuer anstrengen, um ein einigermaßen verführerisches Lächeln hinzubekommen. Sven Forbrich zieht einfach nur den linken Mundwinkel nach oben und fertig.

Wieder küsst er sie, zärtlicher und länger als beim ersten Mal.

»Ich heiße übrigens Sven.«

Drei Tage nach seiner Ankunft hat Malush sich endlich aufgemacht, um auf Drängen seiner Mutter das Kind zu holen, Majlindas Kind, das er aber nie so nennt. Der Junge lebt mit seiner Tante von April bis Oktober in den Bergen auf einer Weide, ein paar Stunden Fußmarsch entfernt. Immer wieder hat er diesen Gang verschoben. Das Kind wird alles verändern, schwieriger machen.

Auf einem Felsen, den nur Schwindelfreie betreten sollten, macht er Rast, lässt die Beine über dem Abgrund baumeln und den Blick schweifen. Tief unter ihm glänzt der Fluss, in dem er als Junge badete, ein grünes Band zwischen grauen Bergen. Gleich daneben ist das Dorf, winzig klein in einer Falte der Erde, ein lächerliches Pünktchen, von der Welt ignoriert, in dem diejenigen leben, die ihn töten wollen, obwohl er ihnen nichts getan hat. Hier oben ist er vor ihnen sicher, selbst unter gleißender Sonne.

Malush holt seine Mundharmonika hervor. Er beherrscht Hunderte von Liedern, albanische, griechische, deutsche, alle möglichen, aber in dieser Stunde auf dem Felsen spielt er nur ein einziges und das immer wieder. So wie es für jeden Menschen nur eine erste große Liebe gibt, so ist für ihn das erste Lied, das er als Knirps gelernt hat, etwas absolut Besonderes. Zufällig ist es ein Totenlied, das *Gjama e burrave.* In der kristallklaren Luft der albanischen Berge hat es einen anderen Klang als irgendwo sonst in der Welt.

Lange denkt Malush nicht über sich nach, das tut er nie. Mindestens jeder zweite Gedanke gilt seiner Schwester. Wie wird Majlinda auf das Kind reagieren? Sie hat es neun Monate in sich getragen, aber gleich nach der Geburt haben sie es in ein anderes Zimmer des Hauses gebracht. Gesehen hat sie es nie, nicht einmal für einen kurzen Augenblick, sie hat nur die körperlichen Schmerzen gespürt und zwei Tage lang sein Schreien gehört. Dann ist Malush mit ihr nach Deutschland zurückgekehrt. Damals dachten sie, dass es so leichter für Majlinda wäre. Ist das so? Das Kind, dessen Namen sie noch nicht einmal kennt, ist für sie ein Geist.

Eine halbe Stunde später ist er am Ziel. Die Weide liegt auf einem Bergrücken und ist gesprenkelt von Felsen, Ziegen und Schafen. Malush braucht eine Weile, um seine ältere Schwester zwischen den Tieren zu finden.

Die Begrüßung fällt kurz aus, sie haben sich nicht viel zu sagen. Im Grunde sind sie wie zwei ehemalige Schüler, die mal ein Jahr in derselben Klasse waren. Den Sommer über lebt die arme, frühzeitig ergraute Frau in einem Verschlag, wo sie zwischen Käselaiben schläft und nur einmal in der Woche Besuch von einem Knecht bekommt, der sie mit Lebensmitteln versorgt – und vielleicht auch mit ein wenig Freude.

»Der Junge?«, fragt Malush.

»Weiß nicht. Irgendwo da hinten.«

»Da ist es gefährlich. Er könnte abstürzen oder sich was brechen.«

»Bis jetzt ist's gutgegangen. Willst du ein Ei?«

»Nein, danke. Ich werde ihn mitnehmen.«

»Ein Glück.«

»Ja«, sagt er. »Vor allem für den Jungen.«

Malush macht sich auf die Suche. Das Plateau ist weitläufig und unübersichtlich. Hier hat er einst das Klettern gelernt und die Angst vor großer Höhe verloren; Eigenschaften, die ihm die Arbeit als Artist ermöglichten. Vielleicht probiert sich der Junge an denselben Felsen aus, ist gelenkig wie Malush, ja, vielleicht kann er ihn für den Zirkus ausbilden.

Hinter einem Felsen am Rande der Hochebene hört er ein Kinderstimmchen, das mit sich selbst spricht. Das muss Bekim sein.

Langsam geht er um den Felsen herum, um den Jungen nicht zu erschrecken. Der sieht ihn nicht kommen, denn er blickt in die andere Richtung, auf die Konturen der Gipfel und das Heer von Schäfchenwolken, das von Norden heranrückt. Erst als er ein Geräusch hört, wendet er sich um.

Malush bleibt abrupt stehen und sieht ihn an.

Er sieht ihn an.

Sieht ihn an.

Plötzlich bricht es aus Malush heraus: ein Schrei, so laut, dass man meinen könnte, er dringt bis hinauf in die Wolken und wieder hinunter zum Fluss. Ein Schrei über alle Berge hinweg, Richtung Norden.

»Was ist los?«, fragt seine Mutter, als er mit Bekim an der Hand zurückkehrt. Sie hat sofort bemerkt, dass etwas nicht stimmt. Vielleicht ist er ihr doch nicht so fremd. Oder sie hat im Laufe der Jahre ein Gespür für alles entwickelt, was mit Tod zu tun hat.

»Nichts. Wo ist Majlinda?«

»Bei der Sau. Die beiden sind Freundinnen geworden.«

»Wir brechen noch heute Abend auf, sie, der Junge und ich. Sobald es dunkel ist. Wir laufen ins Dorf und nehmen morgen früh den ersten Bus.«

Sie rührt in einem Pilaw. Die Küche riecht nach Ziegenfleisch, ein wahres Festessen, wenn man weiß, dass sie sich sonst von Brot, Käse, eingelegtem Kohl, Tomaten und ganzen Knoblauchzehen ernährt, und zwar morgens, mittags und abends. Wüsste er es nicht besser, würde er denken, sie will ihn verwöhnen. Pilaw ist zufällig sein Leibgericht.

»Was ist denn los?«, fragt sie.

»Nichts.«

»Wenn Männer das sagen, geschieht bald ein Unglück. Na bitte, dann essen wir jetzt«, sagt sie und befiehlt ihrem Enkel: »Geh und hol deine Mutter. Sie ist im Stall.« Als er fort ist, fügt sie leise hinzu: »Hoffentlich schleppt er mir statt Majlinda nicht die Sau heran. Bei dem weiß man nie.« Sie lacht auf, kurz und boshaft. Aber als hätte sie sich daran verschluckt, trinkt sie mit zittrigen Händen einen Becher Wasser und wischt den Mund am Ärmel ab. »Ich habe kroatischen Wein da, für besondere Gelegenheiten.«

»Ich brauche keinen Wein.«

Sie stellt die staubige Flasche trotzdem auf den Tisch und bittet Malush, sie zu öffnen. Da es keinen Korkenzieher gibt, fummelt er den Korken mit einem spitzen Messer in kleinen Stücken aus dem Flaschenhals.

»So, fertig«, sagt er. »Jetzt fehlt nur noch die besondere Gelegenheit.«

Sie klatscht den Pilaw auf zwei Holzteller, und sie fangen zu essen und zu trinken an, ohne auf die anderen zu warten.

»Du gehst dorthin zurück, hab ich Recht?«

Er antwortet nicht.

»An diesen Ort.«

Er antwortet nicht.

»An den Ort des Verbrechens. Dorthin, wo deine Schwester zum Kopfkrüppel wurde.«

Er antwortet nicht.

»Und du wirst eine Dummheit machen.«

Sie essen weiter und spülen den Pilaw in großen Schlucken mit Wein hinunter. Einige Minuten lang schweigen sie, als wären sie ein altes Ehepaar, das sich nichts mehr zu sagen hat.

Plötzlich zerfällt die harte Maske ihres Gesichts, das Strenge löst sich auf, zerfließt wie geschmolzene Bronze, und ihre matten Augen beginnen zu glänzen.

»Ich werde dich nie wiedersehen«, sagt sie, stürzt sich unvermittelt auf ihn, umschließt ihn mit ihren knochigen, alten Armen und krallt die Finger in seinen Nacken. Falls sie auf einen Widerspruch hofft, erhält sie ihn nicht.

Ein paar Sekunden lang liegt Malushs junges, glattes Gesicht in ihren schrundigen Händen, und er kann sich nicht erinnern, dass es dort jemals zuvor gewesen ist. Sie sieht auf ihn hinab, so wie sie vielleicht vor fünfundzwanzig Jahren auf das Neugeborene in ihren Armen geblickt hat, vielleicht aber auch nicht.

Dann lässt sie ihn los, wendet sich ab und geht in ihre Schlafkammer, die sie an diesem Abend nicht mehr verlässt.

Als Malush sich wenig später verabschieden will, öffnet sie ihm nicht.

6

Sommer 2010

Ein Jüngling mit freiem Oberkörper in einer eng anliegenden schwarzen Badehose, die glänzende Haut wie mit Bronze lackiert. Er atmete schwer vom Training, der Schweiß rann ihm über den schlanken Körper, und als er ihn sich aus dem Gesicht wischte, trat der rechte Bizeps tennisballgroß hervor. So stand ihr Bruder inmitten der Manege vor Majlinda. Trotz der Anstrengung, die ihm in die schwarzen Augen geschrieben stand, rang er sich ein strahlendes, um Vergebung bittendes Lächeln ab.

»Es ist schon Mittag durch, und ich habe dich mal wieder versetzt. Wir wollten spazieren gehen, nicht wahr?«

Sie nickte traurig. Doch zum Zeichen, dass sie die Traurigkeit nur spielte, berührte sie Malush kurz an der Wange, dort wo neuerdings ein weicher, spärlicher Flaum wuchs.

»Du langweilst dich?«, fragte er.

Majlinda schüttelte den Kopf.

»Weißt du, ich habe den Jungs versprochen, dass wir gleich noch mal die Feuerpyramide üben. Das dauert eine knappe Stunde. Willst du so lange warten?«

Erneut verneinte sie stumm und deutete mit dem ausgestreckten rechten Arm auf einen imaginären Horizont.

»Du willst allein spazieren gehen? Na gut, wir holen es morgen nach, ja? Vielleicht findest du einen schönen Weg. Aber pass auf, geh nicht in den Wald, und bleib auf den Wegen, wo andere Menschen sind. Lass dich nicht von Fremden anquatschen, sei freundlich, aber wachsam ...«

Das Ritual der Ermahnungen war so alt wie ihr Aufenthalt in Deutschland. Malush war zwölf und sie neun gewesen, als er damit begonnen hatte, und nun waren sie zwanzig und siebzehn, und es hatte sich nichts geändert. Mit derselben Unermüdlichkeit, mit der ihr Bruder sie warnte, hörte sie sich die Warnungen so aufmerksam an wie am ersten Tag, ohne jedoch noch daran zu glauben, dass sie nötig waren.

Zum Abschied winkten sie sich noch einmal zu, bevor Malush mit langen, athletischen Schritten auf die Bühne zurückkehrte und Majlinda den Zeltplatz am Stadtrand von Bad Doberan verließ. Sie ging zum Bahnhof, um mit der Molli nach Heiligendamm zu fahren. Der Zug hatte erst Minuten zuvor die Station verlassen, und so wartete sie auf dem Bahnsteig auf den nächsten, ohne zu wissen, wann er kommen würde.

Majlinda hatte ihren Bruder nicht angelogen. Sie langweilte sich nicht, weder jetzt noch irgendwann. Sie wusste gar nicht genau, was Langeweile war, und das hatte sie allein ihm zu verdanken. Es war Malush gewesen, der sie als kleines Kind von vier, fünf Jahren mit auf seine Streifzüge in die Berge und Täler der Heimat genommen hatte, oft auf dem Esel. Das früheste Bild, an das sie sich erinnerte, zeigte Malush auf dem Esel, wie er ihr die Hand entgegenstreckt, um ihr beim Aufsteigen zu helfen. Kein Ausflug war wie der andere. Er erklärte ihr die Tierstimmen, den Ruf der Greife und die Bedeutung des Wolfsgeheuls. Stundenlang schwiegen sie und lauschten den Vögeln am Morgen, den Insekten am Nachmittag, der einsetzenden Stille bei Sonnenuntergang. Er zeigte ihr, was unter den Steinen war, auf die sie sich setzten, und erzählte dann Geschichten von Feen und Kobolden, Menschen und Göttern, sprechenden Tieren, Katastrophen und Abenteuern. Er ließ sie mit Bäumen sprechen, mit Bächen, Felsen, den Bergen. Aber er zwang sie zu nichts. Wenn sie etwas nicht wollte, wandte er sich etwas anderem zu, das ihr besser gefiel. Doch das kam seltener und seltener vor, sei es, das er Majlinda immer besser verstand oder sie immer mehr bereit war, sich auf ihn einzulassen.

So schön diese Jahre auch waren, sie endeten so abrupt, wie ein Gewitter den Frieden eines Sommernachmittags zerstört. Jemand war gestorben, ein Streit brach aus, und die Männer der Familie, auch Malush, durften das Haus nicht mehr verlassen. Majlinda ging fortan ohne ihn zur Schule, begleitet von den Schwestern, die meinten, sie wäre nicht richtig im Kopf. Warum sich mit solchen Menschen abgeben? Also sprach sie immer seltener, und siehe da, je weniger sie sagte, umso weniger kümmerte man sich um sie.

Bald ging sie allein auf Streifzug und brachte Malush jedes Mal etwas mit, einen duftenden Pinienzapfen, einen Strauß Huflattich, Bergwind in einer kleinen Schatulle … Wenn sie etwas Passendes sah, dachte sie sich eine Geschichte dazu aus, die sie Malush erzählte, und das waren beinahe die einzigen Augenblicke, in denen er noch lächelte. Nachts schlich er sich manchmal mit ihr aus dem Haus, um wenigstens ein bisschen Freiheit zu genießen, doch selbst da lastete der Fluch, der die Familie getroffen hatte, schwer auf ihm.

Als es geheißen hatte, Malush werde für lange Zeit fortgehen, hatte Majlinda tagelang geweint und gejammert, schließlich sogar geschrien, bis sie ihr erlaubten, das Elternhaus mit ihm zu verlassen. Aber in Deutschland war er nicht mehr derselbe, sondern viel ernster als früher. Vielleicht lag es an der engen Bochumer Wohnung des Onkels, am Stadtleben, am Wetter, an der verlorenen Heimat oder an der harten Arbeit. Nach der Schule musste Malush dem Onkel im Gemüseladen helfen, sechs Tage in der Woche, und Majlinda konnte nichts anderes tun, als mit ihm zu leiden.

Mit fünfzehn machte Malush den Hauptschulabschluss und bekam über einen Schulkameraden ein Praktikum beim *Circo de la luz*, dem Zirkus des Lichts. Sobald er dort fest arbeiten durfte, holte er Majlinda nach, und seither tourten sie durch Deutschland. Der Zirkus kam ohne Elefanten, Bären und Clowns aus. Mit Tanz, Musik, Gesang und Akrobatik erzählten die Artisten eine Geschichte, feurig und farbenfroh. Für zwei Stunden am Nachmittag und weitere zwei am Abend verwandelte sich das Zelt für die Zuschauer in eine Zauberwelt, für Majlinda dagegen hörte der Zauber nie auf. Das Leben mit dem Zirkus war für sie ein einziger Traum. Dort durfte sie sein, wie sie wollte, sie gehörte dazu, auch wenn sie als Einzige nicht an der Bühnenshow mitwirkte. Die anderen Mädchen waren alle Artisten oder Tänzerinnen, sie spielten Bettlerinnen, Wäscherinnen oder Prinzessinnen, während Majlinda als Eismädchen durch die Ränge ging, um mit einem Bauchladen im Sommer Eis am Stiel und im Winter heißen Punsch zu verkaufen.

»Du kannst dich nicht konzentrieren«, argumentierten die Zirkusleute auf die Frage, weshalb man sie nicht ausbildete. Dasselbe sagten auch die Lehrer in den vielen Schulen, in denen Majlinda mal für zwei, mal für vier oder sechs Wochen unterrichtet wurde, je nachdem, wie lange der Zirkus am Ort blieb.

Ja, es stimmte, ihre Gedanken schwebten frei umher, am ruhigsten waren sie in einem geschlossenen Raum vor dem Fernseher. Irgendwie schläferte fernsehen sie immer ein. Draußen dagegen, in den wimmelnden, leuchtenden lärmenden Städten ebenso wie in idyllischen Dörfern, wirbelten ihre Tagträume wie Schmetterlinge auf Pollensuche durcheinander, andere waren wie kindliche Gespenster, die einen Reigen tanzten, wieder andere zappelige Äffchen, die die Welt erkundeten. Denn die Welt amüsierte Majlinda. Natürlich, manches verstand sie nicht. Am wenigsten verstand sie allerdings die Menschen. Außer Malush natürlich. Mit den Menschen war es wie mit jenen Träumen, deren Bedeutung einem verschlossen bleibt.

Warum, zum Beispiel, starrten sie Majlinda aus den Augenwinkeln oder ganz direkt an, während sie nun seit einer Stunde auf dem Bahnsteig wartete? Weil sie ihr Gesicht in die Sonne hielt? Weil sie die bunte Patchwork-Weste trug, in der sie im Zirkus Eis verkaufte? Weil sie summte und es nicht gestattet war zu summen? In letzter Zeit kam es ihr immer öfter vor, als wohnte sie auf dem falschen Planeten, dessen Bewohner ihr fremd und unheimlich waren. Wo waren die orangefarbenen Berge, wo war der grüne Fluss, in dem sich die Pinien spiegelten?

Auch im nostalgischen Zug, der in der Geschwindigkeit des neunzehnten Jahrhunderts durch die Landschaft rumpelte, warfen die Leute ihr immer wieder Blicke zu, nicht direkt böse, aber doch sehr verwundert. Jemand hatte ein Fenster geöffnet, und der warme Wind wehte wohltuend in den Waggon, ließ Majlindas lange schwarze Haare flattern und zerrte angenehm an ihrer Hemdbluse. Sie lehnte den Kopf gegen die Scheibe, schloss die Augen und öffnete die Lippen, als könne der Wind ihre trockene Kehle befeuchten. Ein paar Haare verfingen sich in ihren Zähnen, und sie schob sie hinters Ohr.

Nach wenigen Minuten war sie in Heiligendamm. Ein junger Türke wollte ihr beim Aussteigen behilflich sein, was sie mit einer kleinen Handbewegung ablehnte. Er sagte etwas auf Türkisch zu ihr, das sie nicht verstand, also wiederholte er es auf Deutsch. Er fragte, ob sie Lust auf eine Cola habe, in der Nähe sei ein schönes Café. Sie lächelte ihn an, als hätte sie ihn wieder nicht verstanden, und ging ihres Weges.

»Schade!«, rief er ihr nach, doch diese Meinung konnte sie nicht teilen.

Majlinda interessierte sich nicht für Menschen, zumindest nur für ganz wenige. Für ihren Körper, der anscheinend Aufmerksamkeit erregte, interessierte sie sich ebenfalls nicht. Es gab ihn nun mal, und er sah nun mal so aus. Wie zwanzig wirke sie, hieß es immer wieder, und das war das einzige Kompliment, das sie gerne hörte. Die Vorstellung gefiel ihr, Malushs Zwillingsschwester zu sein.

Am Portal von Vineta angekommen, stellte sie sich die Siedlung als Burg vor. Es gab eine Mauer, dahinter einen Wald, eine beeindruckende Pforte – und einen Prinzen. Die Anlage könnte Kulisse eines mittelalterlichen Spektakels aus Feuer, Farben und waghalsiger Artistik sein, unterbrochen von Liebesszenen im dämmernden Licht. Dass ein paar Dinge nicht so ganz zu einer Burg passten, fiel Majlinda erst nach einer Weile auf. Je mehr sie darüber nachdachte, desto mehr neigte sie dazu, sich Vineta als Renaissanceschloss vorzustellen: ein verwunschener Garten, einige Pavillons, eine mit weißen Tüchern gedeckte Tafel unter schattenspendenden Bäumen, das Gelächter der Sorglosigkeit – und ein Prinz.

Oh ja, das war viel besser.

»Kann ich Ihnen helfen?«

Sie erschrak. Ein Mann in Uniform hatte sich von der Seite angeschlichen. Wahrscheinlich war er nicht geschlichen, doch sie hatte ihn nicht bemerkt.

»Sie stehen hier schon über eine halbe Stunde. Warten Sie auf jemanden?«

Sie sah ihn an. Sah ihn an.

»Ich frage mich eben … Na ja, mein Fräulein, Sie haben nirgendwo geklingelt. Da drüben ist eine Klingelanlage. Zu wem wollen Sie denn?«

Wenn Majlinda allein war und sich vorstellte, mit jemandem zu reden, dann flossen ihr die Worte ganz leicht aus dem Mund. Wenn sie aber tatsächlich mit einem Fremden reden musste, ging plötzlich gar nichts mehr.

Sie trat vor die Klingelanlage. Nur wenige Schilder waren beschriftet, sie zählte fünf. Die Wahrscheinlichkeit, zufällig den richtigen Knopf zu drücken, war also gar nicht so klein. Ihr Finger schwebte über den Namen, über Reihen von Buchstaben, deren Bedeutung sie nicht kannte. Als sie merkte, dass der Pförtner näher kam, traf sie auf gut Glück eine Entscheidung.

Einige Sekunden lang starrte sie auf den Klingelknopf, während sie den Wachmann hinter sich spürte, der über ihre Schulter blickte.

»Hallo?«, kam eine weibliche Stimme aus der Gegensprechanlage. Es war nicht die Stimme, die Majlinda kannte.

Sie begann zu schwitzen und sich zu fürchten. »Ja«, brachte sie unter Mühen hervor.

»Wer ist da?«

»Nein«, würgte Majlinda heraus.

»Nein? Hallo, wer ist denn da? Hallo?«

Der Wachmann schob sie sachte zur Seite und beugte sich vor. »Vukasovic hier. Entschuldigung, Frau Loh, das war nur ein Missverständnis.«

»So was.«

Er richtete sich wieder zu seiner einschüchternden Größe auf. »Du kannst von Glück sagen, dass es nur die Loh war, die du gestört hast. Die hat sowieso nichts zu sagen hier. Wenn du den Doktor Derfflinger aus seinem Mittagsschlaf gerissen hättest, dann hätten wir Ärger gekriegt, und zwar alle beide.« Für einen Moment wirkte er sehr streng, dann schmunzelte er. »Du kannst wohl nicht lesen? Hatte mal einen Kumpel, der auch Analphabet war. Ist eigentlich nichts Schlimmes. Aber verdammt anstrengend. Also, Mädel, nun sag schon, zu wem willst du? Ich weiß, du kannst sprechen. Komm schon, raus damit, dann helfe ich dir.«

Sollte sie es ihm sagen? Es war ihr unangenehm, denn sie hatte sich spontan entschlossen, von Bad Doberan nach Heiligendamm zu fahren, dabei mochten die Deutschen keine Überraschungsbesuche, und nun machte sie auch noch solche Umstände. Früher, zu Hause, war alles viel leichter gewesen, da hatte sie einfach so auf den Höfen der Nachbarn vorbeigeschaut, einen Becher Milch bekommen, mit den anderen Kindern die Hühner gejagt und beim Füttern der Zicklein geholfen. Im Zirkus war es dasselbe, sie klopfte an einen Wohnwagen, eine Tür tat sich auf. Hier dagegen, in der anderen Welt …

Sie schüttelte den Kopf.

»Na gut, wie du willst, ich zwinge dich zu nichts. Aber vielleicht ist derjenige, den du besuchen willst, ja zu Hause und wartet auf dich. Wir können nicht alle durchklingeln, das geht nicht. Lass mich mal raten, ist es vielleicht Ruben? Ruben Marschalk?«

Eigentlich wollte sie gar nicht zu Ruben, aber sie kannte ihn, sogar recht gut.

Majlinda nickte.

»Dacht ich's mir doch. Du bist seine kleine Freundin, was? Fein. Ruben ist noch in der Schule. Er kommt gegen drei am Nachmittag, also in etwa einer Stunde. Hier in der prallen Sonne kann ich dich nicht warten lassen. Komm mit in mein Büro. Ich habe Apfelsaft da. Magst du Apfelsaft?«

Sie fasste ein wenig Vertrauen zu dem Wachmann, außerdem war sie durstig. Malush hatte zwar gesagt, sie solle nicht mit Fremden mitgehen, aber sie fand, dass sie ab und zu auch mal etwas tun durfte, das er nicht billigte. Ruben hatte sie darauf gebracht.

»Bitte dort entlang, mein Fräulein.« Er legte die Hand ganz sanft auf ihren Rücken, etwa dorthin, wo sich die Spitzen ihrer langen Haare beim Gehen wiegten und sie manchmal kitzelten. Majlinda wusste nicht, ob sie die Berührung mochte oder nicht, zumindest war sie ungewöhnlich. Malush berührte sie allenfalls, wenn sich ihre Wangen bei Begrüßung und Abschied aneinanderschmiegten. Beim Zirkus gingen alle sehr körperlich miteinander um, das brachte die Artistik so mit sich. Von unbekannten Menschen angefasst zu werden war sie nicht gewöhnt. Trotzdem protestierte sie nicht.

Auf den fünf Stufen des Pförtnerhauses gleich neben der Einfahrt blieb sie stehen. Das Innere des Büros wirkte auf sie wie eine dunkle Höhle. Zarte blaugraue Schleier schwebten darin, aus einem Aschenbecher stieg ein dünner Rauchfaden empor.

Stickige Wärme schlug ihr entgegen, und die Bikinischönheit auf dem Wandkalender und das angebissene Wurstbrot auf dem Schreibtisch ekelten sie an. Vielleicht war es doch keine gute Idee gewesen, die Einladung anzunehmen.

»Was ist? Gefällt dir mein Arbeitsplatz nicht?«

Majlinda wäre am liebsten umgedreht. Andererseits war der Mann so nett zu ihr gewesen, und er konnte ja nichts für sein winziges Büro, außerdem hatte sie Ja gesagt, es wäre sehr unhöflich, ihn vor den Kopf zu stoßen, und sie hatte wirklich Durst.

Seine Freundlichkeit setzte sich fort, nachdem sie den Raum betreten hatten. »Setz dich, gerne auch auf meinen Stuhl. Von da aus hat man alles im Blick, die Einfahrt und einen Teil des Parks. Hier, der Apfelsaft. Siehst du, das hier sind die Monitore. Die Kameras sind in der ganzen Anlage verteilt, auf den Mauern. Sie reagieren auf Wärme und Bewegung.« Er lachte. »Na ja, wir reagieren alle auf Wärme und Bewegung, oder?«

Den Witz verstand sie nicht. Überhaupt hörte sie dem Mann nur halb zu. Der Apfelsaft war schön kalt und erfrischend, nicht zu süß, mit einem Spritzer Zitrone, die auf dem Etikett der Flasche abgebildet war, gelb und rund wie die Sonne. Majlinda tauchte das Gesicht tief in das Glas, sodass ihre Nase den Apfelsaft beinahe berührte, noch ein bisschen tiefer, noch ein bisschen tiefer, dann kitzelte die Flüssigkeit sie an der Nasenspitze, und sie lächelte.

Sie roch das verrauchte Büro nicht mehr, weder das Wurstbrot noch das Rasierwasser des Mannes, sie roch nichts anderes als die Abende in den Bäumen. Es war Spätsommer, ihre Arbeit war getan, die Weidenkörbe waren mit reifen Früchten gefüllt, die Sonne versank hinter den Bergen, eine frische Brise aus dem

Tal streichelte die Haut, und Malush hockte auf dem Ast neben ihr, wachsam und stark wie ein Adler. Dann wurde es dunkel.

Albanische Nächte sind schwärzer als deutsche, sind undurchdringlich für das menschliche Auge, und so gab es nichts weiter als Malushs Nähe, den Wind und den Duft der Äpfel. Und die Sterne. Ein ganz anderer Nachthimmel als in Deutschland, übersät mit unzähligen Sternen. Es kam vor, dass sie einschliefen auf den Bäumen unter den fernen Lichtern. Keiner fragte nach ihnen, keiner holte sie ins Haus, auch die Mutter nicht. Majlinda kam es vor, als hätte sich die Liebe der Eltern auf die älteren fünf Kinder verteilt, und für sie und Malush wäre nichts mehr übrig gewesen. Manchmal kam die Mutter doch vorbei, aber nur, um die Äpfel zu holen. »Ihr Träumer, sollen etwa die Ameisen das Obst fressen?«, schalt sie, in einem Ton, als ob es ihr egal wäre, wenn die Ameisen ihre beiden jüngsten Kinder fräßen.

Es gab keinen anderen Ort auf der ganzen Welt, an dem Majlinda sich jemals aufgehobener gefühlt hatte als auf den Apfelbäumen am Rande des schäbigen Hofes.

Eine Bewegung holte sie ins Hier und Jetzt zurück. Der Wachmann beugte sich über sie, um ihr auf der Tastatur etwas zu zeigen. Wie lange war sie in Gedanken versunken gewesen? Einige Sekunden? Eine Minute? Länger?

»Damit kann man zoomen, siehst du? Die Amsel da, die zoome ich mal für dich ran. Jetzt kannst du sogar den Wurm in ihrem Schnabel sehen.«

Um den Vorgang zu demonstrieren, beugte er sich noch ein wenig dichter über sie. Dabei streifte er mit seiner Schulter beinahe ihre Haare, und sein linker Arm legte sich auf die Stuhllehne. Ohne sie zu berühren, bedeckte er sie fast vollständig.

Sein Bauch war direkt vor ihren Augen, das Hemd zum Zerreißen gespannt.

»Toll, was? So was hast du noch nicht gesehen, oder?«

Sie sagte nichts. Kein Wort kam ihr über die Lippen, gelangte noch nicht einmal auf ihre Zunge. Es steckte irgendwo in ihrem Kopf fest, genauso wie der Wunsch, aufzustehen und den stickigen Raum zu verlassen. Stattdessen blickte sie in das Glas.

»Das interessiert dich nicht besonders, wie? Ich dachte, junge Leute wie du sind ganz vernarrt in moderne Technik, sogar die Mädchen. Aber du bist nicht wie die anderen, hab ich Recht? Du bist ein bisschen … tja, wie soll ich sagen?«

Majlinda roch seinen Atem, Zigarettenrauch mit Pfefferminz, und sie fragte sich, welches Wort er gleich aussprechen würde. Wie würde er sie beschreiben? Wie wirkte sie auf andere?

»Abgekapselt.«

Seltsam, darauf wäre sie nie gekommen.

»Aber ich finde das nicht schlimm«, schränkte der Mann ein. »Ich mag es. Du bist eben was Besonderes.« Er lachte.

Sie verstand nicht, wieso er immerzu lachte, aber sie kam nicht dazu, sich darüber Gedanken zu machen.

»Lass sie auf der Stelle los.«

Der Mann richtete sich auf und blickte zur Tür. In dem Maße, in dem Majlindas Herz einen Sprung machte, reagierten auch ihre Beine, und sie hüpfte auf.

»Tom!«, rief sie.

»Du kennst ihn?«, fragte der Wachmann. »Du hast angedeutet, dass du auf Ruben wartest. Und wieso kannst du auf einmal sprechen?«

Er berührte sie am Arm, wodurch sie erschrak und ihm versehentlich den restlichen Apfelsaft über den Ärmel schüttete.

»Hey, so ein Mist! Was soll das?«

»Ich hab gesagt, du sollst sie loslassen!«, blaffte Tom.

»Bis eben hab ich sie nicht angefasst, damit das klar ist.« Während er sich den Ärmel trocknete, sah der Mann Majlinda auffordernd an. »Sag es ihm. Na los, sag's ihm.«

Sie konnte nicht. Keinen Ton brachte sie hervor, noch nicht einmal ein Nicken, obwohl er Recht hatte. Er hatte sie nicht angefasst, von der Berührung am Rücken abgesehen.

»Du Wichser hattest es auf sie abgesehen«, sagte Tom, und seine Stimme war so laut, dass sie den Raum erbeben ließ.

Der Wachmann rückte seine Uniform zurecht. »Das muss ich mir nicht bieten lassen. Nur weil Sie der Sohn vom Chef sind, gibt Ihnen das nicht das Recht, in diesem Ton mit mir zu sprechen. Ich habe dem Mädchen nur etwas zu trinken …«

»Halt die Fresse, befummelt hast du sie!«

»Das ist nicht wahr!«, brüllte der Wachmann in der gleichen Tonlage zurück.

Majlinda konnte noch immer nichts tun. Sie stand genau zwischen den Männern, bis Tom sie fürsorglich aufforderte, hinter ihn zu treten, so als erwartete er, dass gleich die Fetzen fliegen.

Die beiden Streithähne waren sehr unterschiedlich. Tom war nur ein paar Jahre älter als Majlindas Bruder, schlank und athletisch, voller Tattoos. Er trug eine Lederjacke ohne etwas drunter, auf Kniehöhe abgerissene Jeans, hatte dunkel behaarte Beine. Ihm gegenüber der etwa doppelt so alte Mann, kahlköpfig und mit Bauchansatz. Das Einzige, womit er hätte imponieren können, waren Uniform und Gummiknüppel. Doch seltsamerweise verstärkte beides nur den Eindruck seiner Unterlegenheit.

»Hör zu, Mädchen, du sagst deinem Freund jetzt, dass ich nur freundlich zu dir war und dich nicht angefasst habe.«

Alles, was von diesem Satz bei Majlinda hängen blieb, war das Wort »Freund«. Sie hatte nur noch Augen für Tom. Er war sagenhaft, er war stark, er war mutig. Er war wie die Helden in den Shows im Zirkus, er stand direkt vor ihr und verteidigte sie, das Eismädchen.

»Sag es ihm!«, befahl der Mann erneut.

Majlinda hatte längst vergessen, was sie sagen sollte, und selbst wenn es ihr wieder eingefallen wäre, so hatte sie keine Lust zu sprechen.

»Ah, jetzt verstehe ich«, sagte der Wachmann an Tom gewandt. »Das haben Sie und das kleine Luder ausgeheckt, um mich bei Ihrem Vater anzuschwärzen. Aber das lasse ich nicht auf mir sitzen. Ich rede mit Ihrem Vater, dann werden wir ja sehen, wem er glaubt.«

»Hör auf, dich hinter meinem Vater zu verstecken.«

»Das sagt gerade der Richtige. Wenn er nicht wäre, hätte ich längst …«

»Was hättest du? Vergiss meinen Vater, das hier ist eine Sache zwischen dir und mir. Na los, komm schon. Was ist, hast du Schiss? Hätte ich an deiner Stelle auch, wenn ich wüsste, dass mir gleich ein paar Zähne fehlen werden. Fang an, ich schenk dir den ersten Schlag.«

Majlindas Aufmerksamkeit wurde nach draußen gelenkt, wo an diesem windstillen Tag unverhofft eine mächtige Böe vom Meer her wie eine Welle auf die Küste schlug, das Laub zum Rauschen und die Baumstämme zum Knarren brachte. Wie wunderschön es war, den Eschen zuzusehen. Eschen nahmen den Wind anders auf als andere Bäume, sie spielten mit ihm, ja, manchmal war es, als drehten ihre Zweige sich um den Wind und nicht umgekehrt.

So schnell die Böe gekommen war, so schnell war sie auch vergangen, und sie hinterließ eine große Stille, größer noch – so kam es Majlinda vor – als die vor ihrer Ankunft.

Als sie sich wieder dem Büro zuwandte, rückte der Wachmann gerade die verrutschte Hose zurecht und schob das Hemd in den Gürtel.

»Ich muss Sie jetzt auffordern zu gehen. Zutritt für Unbefugte verboten.«

Tom lachte. Er hatte eine schöne Stimme, dunkel, vital und erotisch. So klang auch sein Lachen, vielleicht ein klein wenig schmutzig, aber wirklich nur ein klein wenig, gerade so viel, dass Majlinda es aufregend fand.

Sie verließen den Raum und gingen, ohne sich noch einmal umzuwenden, quer durch die Anlage.

»Dieser verdammte Wichser! Ich wünschte, er hätte zugeschlagen, dann hätte ich seine perversen Neigungen aus ihm rausgeprügelt. Neulich sind wir schon mal aneinandergeraten, da hat er hinter dem Pförtnerhaus Siesta gehalten oder wie die das auf dem Balkan nennen. Der Typ macht andauernd Pause, Kaffeepause, Zigarettenpause, Pinkelpause … was weiß ich. Da hab ich ›fauler Sack‹ zu ihm gesagt und dass er fürs Aufpassen bezahlt wird und nicht, um den Umsatz der Kaffee- und Zigarettenindustrie zu steigern. So was ist natürlich kein Grund, jemandem die Birne einzuschlagen, aber heute war ich nah dran, das wäre ein guter Grund gewesen. Hab's nur deinetwegen nicht gemacht. Ist kein schöner Anblick, wenn jemand die Fresse poliert kriegt.«

Majlinda lächelte und hakte sich ein. Tom hatte die Angewohnheit, beim Gehen die Hände in die Hosentaschen zu schieben. Das sah wahnsinnig gut aus, entspannt und zugleich aufreizend.

Von einer Sekunde zur anderen änderte sich der Ausdruck in seiner Stimme, von Angriffslust zu Sanftheit. »Wieso bist du überhaupt hier? Ruben ist noch in der Schule. Du kannst bei mir zu Hause auf ihn warten, wenn du willst. Aber ich hab nur wenig Zeit. Mein Vater veranstaltet heute einen Grillabend, ich muss noch die Hardware besorgen, Kohlen und den Scheiß. Und dann alles aufbauen … Ich hab eine Idee, ich schicke Ruben eine SMS, dass du bei mir bist. Dann musst du nicht bei ihm vorm Haus rumstehen. Selbst wenn seine Mutter dich reinlässt, sie ist eine hochnäsige Ziege, findest du nicht auch? Oder kennst du sie noch gar nicht? Hast nichts verpasst. Aber früher oder später führt da kein Weg dran vorbei.«

Majlinda hatte wirklich nichts gegen Ruben. Er war ein lieber Kerl, gab sich Mühe, hatte schöne Einfälle … Ihm hatte sie es zu verdanken, dass sie Tom kennengelernt hatte. Ruben war zum dritten oder vierten Mal im Zirkus gewesen, immer in derselben Show. Er war Majlinda aufgefallen, zum einen weil er bei den spektakulären Nummern immer richtig mitfieberte, zum anderen weil er jedes Mal Eis kaufte, und zwar nicht nur eins, sondern mehrere. An dem Abend, als er sie angesprochen hatte, war er mit einem Mann dort gewesen, Sven hieß der, sein Betreuer, wie sie später erfahren hatte. Wozu er einen Betreuer brauchte, verstand Majlinda nicht, aber so war es nun einmal. Sie hatte sich mit Ruben in einer Eisdiele verabredet, ohne Sven, den er als seinen Freund bezeichnete. Sein anderer Freund war Tom, und den stellte er ihr bald darauf vor.

Sie waren vor Toms Haus angekommen, dem größten in der Siedlung, einer Villa mit Säulen und einer Veranda.

»Du kannst im Garten warten, im Wohnzimmer oder in meinem Zimmer, ganz wie du willst. In meinem Zimmer ist es am spannendsten, der Rest vom Haus ist zum Sterben langweilig, protzig halt.«

Sie sah ihn betrübt an, was sie sehr gut konnte. Malush sagte, dass sie den heitersten und den traurigsten Blick der Welt hatte, je nachdem wie es in ihrem Herzen aussah.

»Tut mir wirklich leid«, seufzte er. »Aber es ist echt blöd. Mein Alter verlangt sonst nie was von mir, da kann ich ihn jetzt nicht hängen lassen. Ich denke, in einer Stunde ist Ruben da.«

Tom hatte nicht zu viel versprochen, sein Zimmer war tatsächlich aufregend, ein herrliches Chaos aus Auspuffrohren, Klamotten, Werkzeug, schief hängenden Postern. Es roch nach Socken, doch das störte Majlinda nicht, da es Toms Socken waren. Er schien ein Sammler zu sein, überall lagen Motorteile, Sonnenbrillen, Schallplatten und Computer. Eine ganze Wand war vollgestellt mit mehr oder weniger alten Bildschirmen, zwischen deren Monotonie die Reste von Sandwiches, Marmeladenbroten und Chips für Abwechslung sorgten. Sie setzte sich auf den Bürostuhl und imitierte auf den diversen Tastaturen den Klaviermann vom Zirkus, wozu sie eine erfundene Melodie trällerte.

»Vorsicht!«, rief Tom. »Ein paar von den Dingern sind ziemlich empfindlich. Die wurden gebaut, bevor du auf die Welt kamst.«

Sie nahm sich ein Pommesstäbchen vom Teller. Es schmeckte abgestanden, aber auch das war ihr egal. Sie schmatzte wie ein zufriedenes Kind und lachte.

»Wie du siehst, bastele ich gerne«, erklärte er. »Manche Leute restaurieren alte Möbel. Ich richte alte Computer wieder her. Nenn mich verrückt, aber damit kann ich ganze Tage verbringen.«

Nicht zum ersten Mal fiel ihr auf, wie schwer sie sich damit tat, andere Menschen einzuschätzen. Allzu oft erweckten sie den Anschein, jemand zu sein, der sie nicht waren, und Majlinda verstand nicht, warum. Die einen gaben mittels Kleidung, Mimik oder Tätowierungen vor, harte, streitlustige Kerle zu sein, doch in Wahrheit waren sie völlig harmlos, ja, sogar richtig nett. So jemand war Tom. Andere wiederum …

Sie dachte an Ruben, verdrängte den Gedanken jedoch mit einer Nachdrücklichkeit, die ungewöhnlich für sie war.

Halb aus Zerstreutheit, halb aus dem Wunsch nach Geborgenheit lehnte sie den Kopf gegen Toms Bauch.

»Du … äh … ich …«, stotterte er. »Weißt du was, ich bringe dich zurück nach Hause, mit dem Auto oder dem Motorrad, ganz wie du willst. Damit fährst du doch so gerne, stimmt's?«

Und ob. Toms Auto war lustig, es machte mehr Lärm als der Donner und war so flach, dass selbst ein Kleinwüchsiger darüber hinwegschauen könnte, wenn er sich auf die Zehenspitzen stellte. Na ja, fast jedenfalls. Dennoch zeigte Majlinda entschlossen und voller Vorfreude auf das Motorrad.

»Du willst also auf meinem Baby nach Hause reiten? Ist mir ein Vergnügen, Lady.«

Er schwang sich auf die Maschine. »Hier, setz den Helm auf.«

Sie ließ sich Zeit. Das Bild war zu faszinierend, um es sofort wieder loszulassen. Zwei Wochen zuvor war das der Moment gewesen, als sie sich in Tom verliebt hatte: er auf dem Motorrad, breitbeinig und männlich, mit verwegenem Lächeln.

»Gefällt dir die Maschine? Ist 'ne Ducati. Die geht ab, sage ich dir. Wirst ja gleich sehen. Oder soll ich vorsichtig fahren? Ganz wie du willst.«

Sie schüttelte den Kopf.

»Okay. Worauf wartest du? Steig auf. Und gut festhalten, ja? Das wird ein Spaß. Vor allem, wenn wir am Pförtnerhaus vorbeifahren.«

Er ließ den Motor an, ein Zittern ging durch Majlindas Körper, das sich noch verstärkte, als sie die Hände um Toms Taille legte.

Doch dann …

»Scheiße!«, fluchte er und stieg ab. »Guck dir das an! Der Vorderreifen. Platt.« Auf Knien befühlte er Reifen und Felge. »Der ist zerstochen worden, ganz klar. So ein verdammtes Arschloch.«

Ein paar Augenblicke lang starrte er auf das Elend, so als würde er gleich jemanden beerdigen. Dass Tom so ratlos, so schwach aussehen konnte, hätte Majlinda nie gedacht. Doch es war nur ein Moment.

»Der kann was erleben«, sagte er. »Dieser Scheißkerl! Wenn er glaubt, dass ich ihm nichts tue, nur weil er …« Er unterbrach sich und sah zu Majlinda hoch. »Das zu reparieren wird eine Weile dauern. Komm, ich fahre dich schnell mit dem Auto.«

Sie winkte ab, aber er ließ sich nicht davon abbringen.

Während der zehnminütigen Fahrt redete er sehr wenig, ein paar Flüche ausgenommen. Er hatte einen konkreten Verdacht, wer das getan haben könnte, sprach ihn aber nicht aus.

Kurz vor dem Zirkusgelände fragte er: »Du hast doch niemandem von der Sache mit den Rosen erzählt, oder? Dem Wachmann oder sonst wem? Das wäre nämlich nicht gut.«

Sie lächelte. Die Worte, die sonst in ihr feststeckten, sprudelten plötzlich wie selbstverständlich hervor. »Das bleibt für immer unser Geheimnis.« Sie fand, dieser Satz hörte sich toll an.

Auf dem Gelände war Malush gerade dabei, mit den anderen Artisten zu baden – so nannten sie es, wenn sie sich nach dem Training gegenseitig mit einem Schlauch abduschten. Triefend nass und nur mit einem Schurz bekleidet, kam er zum Auto. Er zog die Augenbrauen zusammen, als er Tom sah, und auch für jemanden, der ihn nicht so gut wie Majlinda kannte, war sein Argwohn deutlich zu spüren. Aber sie wusste, dass er nicht wie andere ältere Brüder war. Er hatte sie niemals am Herumstreunen gehindert oder ihre Freiheiten auf andere Weise eingeschränkt. Wer in seiner Kindheit wie er unter Verfolgungen und Zwängen hatte leiden müssen, der wurde entweder wie seine Verfolger oder das genaue Gegenteil. Malush hatte sich entschieden, ein fürsorglicher, aber kein tyrannischer Bruder zu sein.

»Hi, ich bringe dir deine Schwester zurück«, sagte Tom und deutete einen militärischen Gruß an. »Malush, oder? Ich bin Tom, ein Freund von Majlinda. Mann, ich habe euch Jungs neulich im Zirkus gesehen. Ist echt irre, was ihr da macht, ich bin aus dem Staunen gar nicht mehr rausgekommen. Majlinda hat dich mir gezeigt, sie war ganz stolz auf dich. Und ich irgendwie auch, obwohl ich dich ja gar nicht kannte. Bin noch immer schwer beeindruckt.«

»Danke. Cooles Auto.«

»Ein alter Ford, hab ich vor ein paar Monaten günstig erstanden. Viel macht er noch nicht her. Ich suche ständig passendes Zubehör, um ihn aufzumöbeln.«

»Ich hör mich mal um. Du bist … Majlindas Freund?«

»Ich doch nicht. Sie hat …« Tom warf ihr einen unsicheren Seitenblick zu. »Hoffentlich verrate ich jetzt nicht zu viel. Majlinda ist mit einem Nachbarn von mir befreundet. Aber hey, Kumpel, Ruben ist echt easy, bei dem ist deine Schwester in guten Händen, keine Sorge. Ich würd's nicht sagen, wenn es nicht so wäre. Er ist ein bisschen wie Majlinda, du weißt schon, ein Träumer, der fasst sie nicht mal an. Ehrlich, Ruben ist prima. Wir können ja mal alle zusammen … weiß auch nicht, irgendwas machen. Ach so, und hey, wenn ich Majlinda mal abholen soll oder Ruben herbringen, sag mir einfach Bescheid, ich mach's gerne. Eine Weile seid ihr ja noch hier, oder?«

»Ja, eine Weile.«

Langsam entspannten sich Malushs Augenbrauen. Er mochte es nicht, wenn um die Dinge herumgequatscht wurde, und Toms lockere, offene Art flößte ihm Vertrauen ein.

Tom legte ihm den Arm um die Schultern und führte ihn ein paar Meter weiter, damit Majlinda ihn nicht hören konnte.

Konnte sie aber doch, wenn auch nur leise und unvollständig.

»Für Ruben lege ich die Hand ins Feuer«, beteuerte Tom noch einmal. »Aber nicht alle sind wie er, und ich bin nicht immer zur Stelle. Was Ruben angeht, er kann Majlinda nicht beschützen. Sie sollte Vineta, unsere Anlage in Heiligendamm, nicht mehr ohne Begleitung betreten.«

Dösend sonnte sich Birgit auf einer Liege im Garten hinter dem Haus, als sich ein Schatten auf ihre geschlossenen Augen legte. Das war eigentlich nichts Besonderes. Die ganze Zeit schon durchstreifte eine Wolkenkarawane das Blau des Himmels, trübte von Zeit zu Zeit die schmerzende Helligkeit kurz ein und linderte das leichte Brennen auf der vom Winter gebleichten Haut, bevor sie gemächlich weiterzog und die Sonne wieder mit voller Kraft auf die Siedlung Vineta schien. Doch diesmal war der Schatten anders, er wurde von einem leichten Luftzug und dem flüchtigen Aroma von Moschus begleitet. Birgit öffnete die Augen – und erblickte die schwarze Silhouette eines Mannes.

Sie sprang auf, stolperte und stieß dabei den Beistelltisch samt Aschenbecher und Eistee um.

Zwei Meter weiter erlangte sie das Gleichgewicht wieder und sah den Fremden mit pochendem Herzen und angehaltenem Atem an. Halb ängstlich und halb verärgert wollte sie ihn gerade anfauchen, wer er sei, wie er in den Garten gekommen sei und was er dort zu suchen habe. Doch er kam ihr zuvor.

»Oh weh, ich habe Sie aufgeschreckt. Wie ungeschickt von mir. Bitte verzeihen Sie.«

In diesem Moment wurde ihr klar, wer ihr gegenüberstand. Es lag an seiner Ausdrucksweise – o weh, ungeschickt, aufgeschreckt. Hanni hatte sie schon darauf vorbereitet, dass der Erbauer von Vineta einen gewöhnungsbedürftigen Sprachstil pflegte, verspielt und angestaubt wie ein Bukett aus Wachsblumen. Dazu passte auch seine Kleidung, der schwarze Anzug, aus dessen Brusttasche ein fliederfarbenes Tuch quoll, und die Lackschuhe, zwei Fremdkörper auf dem von Klee und Gänseblümchen übersäten Rasen. Statt einer Krawatte trug er ein Halstuch mit Paisleymuster.

Im selben Moment wurde Birgit aber noch etwas anderes klar, dass sie nämlich nur einen Bikini anhatte, ein altes Ding, in dem sie so unvorteilhaft aussah, dass sie es niemals an den Strand angezogen hätte. Ihr Körper war weiß und schwammig wie Mozzarella, und so stand sie nun vor dem etwa sechzigjährigen Mann mit dem exakt gezogenen Seitenscheitel, der wie zum Tanztee geschniegelt war.

Dieses Missverhältnis nahm sie ihm übel – genauso wie die Tatsache, dass er einfach so in den Garten eingedrungen war.

»Gestatten Sie, dass ich mich vorstelle: Mein Name ist Kessel, Gernot Kessel, ich bin …«

Sie unterbrach ihn unfreiwillig, denn sie musste niesen. Das passierte immer, wenn sie aufgeregt war, und stets sieben Mal. In ihrer Kindheit hatte sie mehrere Allergietests über sich ergehen lassen, aber alle Ergebnisse waren negativ gewesen. Damit blieb nur die Psyche übrig.

»Gesundheit. Ich darf mich wiederholen: Kessel, Gernot, der Erbauer.«

Sie fand es ziemlich albern, dass er sich als Erbauer vorstellte und noch dazu seinen Nachnamen dehnte, ihn also Kesseel aussprach. Außerdem war es in dieser Situation unpassend, dass er ihr die Hand hinstreckte, so als begegneten sie sich bei einem Abendessen von gemeinsamen Freunden. Sie war halb nackt und er in Festrobe. Das wollte sie ihm einfach nicht verzeihen, auch wenn sie seine Hand nach kurzem Zögern ergriff.

»Sehr angenehm, Frau … Ich nehme an, ich habe das Vergnügen mit Frau Loh?«

»Äh, ja« antwortete sie. »Birgit Loh, ich bin … die Schwester von meiner Schwester, ich meine, die Schwester von Hanni … Hanni Frohwein.«

»Ganz reizend. Die liebe Hanni hat beim Vorstellungsgespräch für den Hauskauf erwähnt, dass Sie ebenfalls hier wohnen werden. Ich darf Ihnen sagen, dass das Foto, das sie vorlegte, Ihnen nicht annähernd gerecht wird.«

Machte er sich etwa über sie lustig? Über ihr Gestammel? Ihr Erscheinungsbild? Ihr Niesen?

Nun war es aber genug! »Ich stehe noch unter Schock«, sagte Birgit und nahm sich zusammen. »Normalerweise kommen Leute nicht einfach so hier rein.«

»Oh, das Gartentor stand offen. Außerdem habe ich avisiert, dass ich vorbeischauen werde. Ich hatte Ihnen einen Zettel im Briefkasten hinterlassen. Wissen Sie, hier in Vineta sehen wir die Dinge leichter, verstehen Sie? Das ist der Vorteil einer nach außen so gut geschützten Anlage, dass man im Inneren einen … wie soll ich sagen … familiären Umgang pflegen kann. Ihre Frau Schwester und Ihr Herr Schwager sind wohl nicht zu Hause?«

»Sie sind über den Nachmittag weggefahren.«

»Haben Sie geschlafen? An diesem idyllischen Plätzchen nickt man schnell ein, nicht wahr?«

Sie widersprach ihm nicht. So unwohl hatte sie sich schon lange nicht mehr gefühlt.

»Ich wollte Sie um einen Gefallen bitten«, sagte er.

»Mich?«, fragte sie überrascht, so als wäre sie noch nie um etwas gebeten worden.

»Ich hoffe, ich darf Sie damit belästigen. Wie Sie vielleicht erfahren haben, findet heute unser Barbecue statt, auf das ich mich schon freue, ja, geradezu übermäßig freue. Leider hatte ich in den vergangenen Wochen so viel zu tun, dass ich erst jetzt dazu komme, diesen Abend zu veranstalten, der den Beginn unseres gemeinschaftlichen Miteinanders als Nachbarn und … ich darf sagen … als Vineta-Familie begründen soll.«

Du lieber Himmel, dachte sie. Solche Bandwurmsätze brachte sie ja noch nicht einmal zu Papier, geschweige denn dass sie sie aussprach.

»Und wo komme ich da ins Spiel?«, fragte sie.

»Pardon?«

»Sie sagten etwas von einem Gefallen.«

»Oh ja, in der Tat«, sagte er und lachte, wobei seine makellos weißen, geraden Zähne in der Sonne glänzten. »Wie mir Ihre Frau Schwester freundlicherweise anvertraut hat, arbeiten Sie in einer Metzgerei, nicht weit von hier. Ich kenne mich mit Fleisch leider überhaupt nicht aus, jedenfalls nicht als Einkäufer, sondern nur als Konsument, und da möchte ich Sie bitten, ob Sie vielleicht das Grillgut besorgen könnten. Wo Sie doch vom Fach sind … Das wäre mir eine große Hilfe.«

»Natürlich«, erwiderte Birgit aus einem Reflex der Höflichkeit heraus, den sie sogleich bereute. Sie hatte sich auf ein Sonnenbad gefreut und auf etwas Ruhe. Es kam nicht oft vor, dass Hanni und Alfred ohne sie wegfuhren und Birgit das Haus und den Garten einmal für sich hatte. Noch dazu hatte der Störenfried es eigentlich nicht verdient, den Wunsch erfüllt zu bekommen.

»Eigentlich muss man das bestellen«, schränkte sie ein.

»Ach, wirklich? Ich bin sicher, dass Sie das irgendwie hinbekommen.«

Er öffnete seine Brieftasche, in der mehr Hunderter steckten als in Birgits Geldbeutel Münzen. Fünf davon überreichte er ihr.

»Wird das reichen?«, fragte er. »Wir sind etwa zwanzig Personen.«

»Fünfhundert Euro für zwanzig Personen?«, fragte sie zweifelnd. »Möchten Sie, dass ich zwei Dutzend Porterhouse-Steaks besorge?«

»Ach, das Übliche, das überlasse ich ganz Ihnen. Sollte etwas übrig bleiben, geben Sie es mir einfach heute Abend wieder. Zum Dank würde ich Sie in den nächsten Tagen gerne in ein Restaurant ausführen, sofern Sie mir dies gestatten.«

Das Angebot kam für Birgit so überraschend, dass ihr Mund sich sekundenlang öffnete und schloss und wieder öffnete, ohne dass ein Laut herauskam. Dann fiel ihr auf, dass sie die Augen unnatürlich weit aufgerissen hatte.

»Darf ich hoffen, dass Sie meine Einladung überdenken werden?«

Birgit hatte das Gefühl, sie stünde auf Sand, der von Wellen unter ihr fortgezogen wird. Ein Mann wie dieser, der sich Kesseel nannte und Paisleytücher trug, hatte sonst gewiss mit ganz anderen Frauen zu tun, Frauen ohne Geburtsdatum, Frauen von Welt, Frauen, die auf sich Acht gaben, als wären sie aus Seidenpapier gefertigt, Frauen, die sündteure Lippenstifte benutzten, für die Birgit eine Woche lang hätte arbeiten müssen.

Einen Moment lang ging Birgit ihre Existenz auf die Nerven. Sie fühlte sich grau, abgenutzt.

»Nun denn, verehrte Frau Loh, dann möchte ich Sie nicht länger stören. Wir sehen uns heute Abend.« Er drehte sich um.

Sie rief: »Ja!«

Ohne sich noch einmal umzuwenden, hob er im Gehen kurz die Hand.

Birgit rief noch einmal und noch lauter: »Ja! Ich würde sehr gerne mit Ihnen in ein Restaurant gehen.«

Er wandte sich ihr zu und lächelte. »Wie freundlich Sie sind. Mögen Sie Meeresfrüchte? Wundervoll, da kenne ich etwas sehr

Schönes. Ich gebe Ihnen dann Nachricht. Aber nun darf ich mich empfehlen.«

Nachdem er gegangen war, blieb Birgit einige Minuten lang genau dort stehen, wo sie war. Dann musste sie sieben Mal niesen.

⊸o⊷

Sex mit Sven, das bedeutete für Rebekka, einmal pro Woche vom Bus überfahren zu werden. Jedenfalls fühlte sie sich danach so. Und bekam nach einer Woche wieder Sehnsucht nach dem Bus.

Sechzehn Uhr, der Wecker klingelte. Für Rebekka war es eine körperliche Anstrengung, nach ihm zu greifen.

»In einer halben Stunde kommt Ruben von der Schule. Wir müssen uns beeilen.«

Zwei Jahre ging das nun schon mit ihnen, meistens freitags, natürlich ohne Wissen ihres Sohnes. Sven war Rubens vom Familiengericht und Jugendamt bestellter Betreuer und irgendwie auch sein Freund geworden, aber eben *sein* Freund, nicht der seiner Mutter. Der Junge wäre vermutlich beleidigt und traurig, wenn er von dem Verhältnis erfahren würde. Es gab also keinen Anlass, es ihm zu sagen. Sven hatte nie versucht, mehr daraus zu machen, vielleicht auch um sich eine Abfuhr zu ersparen. Rebekka hatte nicht die Absicht, etwas daran zu ändern. Es genügte ihr vollkommen, alle paar Tage zum Mond zu fliegen und in der übrigen Zeit mit beiden Beinen fest auf der Erde zu stehen.

Sie sah Sven vom Bett aus dabei zu, wie er seine verstreut herumliegenden Sachen zusammensuchte. Heimlich grinste sie in sich hinein. Man sah es ihm nicht an. Man sah es diesem vierunddreißigjährigen Bürokraten mit dem schütteren Haar und den schlecht sitzenden Anzügen wirklich nicht an. Außerhalb des Schlafzimmers war dieser Mann von einer Durchschnittlichkeit, die nicht zu überbieten war. Darum hatte es auch mehrere Jahre gedauert, bis Rebekka mehr in ihm gesehen hatte als einen Formularausfüller, und noch einmal ein Jahr, bis sie ihn verführt hatte. Anfangs war sie sich dabei ein bisschen blöd vorgekommen. Sie, eine gepflegte, beruflich erfolgreiche Frau in den Vierzigern, buhlte um einen zehn Jahre jüngeren und nicht gerade attraktiven niederen Beamten. Mehr als einmal hatte sie sich gefragt, ob sie noch ganz bei Trost war, immerhin hatte sie früher mit Selfmade-Millionären Verhältnisse gehabt. Ihr Instinkt hatte sie jedoch beharrlich bleiben lassen, und er hatte sie nicht enttäuscht.

Sie ging zum Fenster und räkelte sich.

»Rebekka, ich kann eine Socke nicht finden.«

Sie gähnte. »So viele Möglichkeiten gibt es ja nicht, wo sie sein könnte.«

»Ich habe schon überall gesucht. Die eine Socke lag auf der Treppe.«

»Ich muss das wirklich nicht im Detail wissen.«

»Wenn du mir helfen würdest …«

Sie beschloss, den Satz zu überhören, und öffnete den Kleiderschrank, um von einer drei Meter langen Stange zwei Kleidungsstücke herunterzuziehen. Sie mochte sanfte Farben, Erdtöne, und entschied sich für eine Kombination aus einer naturfarbenen Baumwollhose und einer bequemen walnussbraunen Hemdbluse, die sie auf Höhe des Bauchnabels verknotete. Für das Barbecue am Abend genau das Richtige, leger, frech und trotzdem stilvoll.

»Ich kann die Socke nicht finden.«

»Siehst du mich so an, weil du denkst, ich hätte sie mir zwischen die Brüste geschoben, oder weil du hoffst, dass ich dir eine neue stricke? Geh halt ohne Socken. Socken in Sandalen sind ohnehin was für Pauschaltouristen.«

»Das sind keine Sandalen, sondern Segelschuhe, und die Socken sind Schlupfsocken.«

Rebekka überließ Sven seinem Sockenproblem und ging hinunter in die Küche, die Uhr im Blick. In fünfzehn Minuten käme Ruben von der Schule. Der Bus setzte ihn immer genau zur selben Zeit direkt vor der Siedlung ab. Das Institut für lernbehinderte Kinder nahe Rostock hielt sich aus Überzeugung an einen strikten Stunden- und Wochenplan, der die Konzentration förderte.

Für das Barbecue bereitete Rebekka einen Raukesalat zu, schnippelte Möhren und Kirschtomaten hinein und rührte eine Vinaigrette aus einem Dutzend Zutaten an.

Als sie aus dem Küchenfenster sah, hielt sie kurz inne, weil sie Gernot Kessel erblickte, der an ihrem Haus vorbeiging und direkt davor innehielt. Offensichtlich kam er von Rebekkas direkten Nachbarn, den Frohweins. Irgendetwas schien ihm nicht zu gefallen, vielleicht die Nadelgehölze, die derzeit etwa einen Meter fünfzig hoch waren, aber in zwei, drei Jahren eine Höhe erreicht haben würden, die es unmöglich machte, in den Vorgarten zu schauen. Die Statuten von Vineta, die denen einer Kleingartenkolonie ähnelten, schlossen so etwas aus, und bei der Unterzeichnung des Kaufvertrages war Rebekka noch gewillt gewesen, diese einzuhalten. Man hatte sich ja regelrecht bewerben müssen, und die Konkurrenz war ebenso groß gewesen wie die Auflagen zur Nutzung.

Er war schon ein seltsamer Mensch, dieser Gernot Kessel, und damit meinte sie nicht sein Äußeres oder das umständliche Getue.

Als sie einmal vom Einkaufen zurückgekommen war, hatte sie ihn auf ihrem Grundstück angetroffen. Er flötete eine fadenscheinige Erklärung, er habe seinen Besuch avisiert und wolle sich nach ihrem und Rubens Befinden erkundigen. Auch hatte er Ruben schon mehrfach in sein Haus eingeladen, ihm etwas zu naschen gegeben, Geschenke gemacht. Des Öfteren hinterließ er bunte Haftnotizen an ihrer Haustür oder am Briefkasten, auf denen kleine Nettigkeiten standen, man könnte sie auch Nichtigkeiten nennen: welch schöne Blumen sie gepflanzt habe, wie hübsch die Orchidee auf dem Fensterbrett blühe... Oder er stellte Fragen, was sie zu diesem oder jenem Thema die Anlage betreffend meine. Avancen machte er ihr keine, so konnte man das nicht nennen. Aber er war sehr präsent, für ihren Geschmack ein wenig zu präsent. Ja, und dann war da noch die Sache mit der Kamera.

Rebekka hatte irgendwann festgestellt, dass eine der Überwachungskameras ihren Garten erfasste. So weit, so gut, das mochte ja noch angehen, wenn es der Sicherheit diente. Jedoch kam es ihr so vor, als ließe sich die Kamera auch auf den Wintergarten richten, und der war nun mal Teil ihres Hauses. Sie reklamierte, es wurde Besserung gelobt, nichts passierte, sie reklamierte erneut, dasselbe Spiel. Schließlich kletterte sie auf eine Leiter und stülpte einen Müllsack über das Gerät.

Bis dato hatte sich niemand beschwert, doch jetzt, beim Anblick der verbotenen Nadelgehölze, schürzte Gernot Kessel missfällig die Lippen und hinterließ eine Haftnotiz an ihrem Briefkasten.

Während Rebekka die Zutaten für den Salat in eine Schüssel gab, kam ihr ein Gedanke. Was, wenn die Auswahl der Bewohner von Vineta nicht zufällig erfolgt war, wenn ihr eine irgendwie geartete Vorstellung des Erbauers zugrunde lag? Wie die Architektur, so könnte er auch die menschliche Zusammensetzung konzipiert haben. Das war eine spannende Frage. Was hatte sie mit ihren neuen Nachbarn gemeinsam? Gab es etwas Verbindendes? Welche Besonderheit zeichnete jeden Einzelnen aus?

Die Frohweins: Sie fand Hanni bisweilen recht anstrengend, selbst wenn sie nicht mit ihr zusammentraf. Das Lachen der gesprächigen Rentnerin schien allgegenwärtig, es drang sogar aus der Ferne durch die geschlossenen Fenster. Sie kannte diesen Typ Frau zur Genüge, der Warmherzigkeit vor allem mittels der Kochkünste ausdrückt. Wegen ihrer humorigen Redseligkeit hatte niemand ernsthaft etwas gegen sie, aber genauso freute sich auch keiner von ganzem Herzen, mit ihr zusammenzutreffen.

Hannis Ehemann Alfred fiel nicht ins Gewicht, sie wusste auch nicht warum, und mit ihrer Schwester Birgit hatte Rebekka bisher kaum zu tun gehabt. Die Ärmste erinnerte sie an etwas, das man nach Jahren unter all dem alten Kram im Keller oder auf dem Speicher entdeckt, ein Möbelstück vielleicht, verstaubt, verkratzt und abgenutzt, das man aus Mitleid oder Sentimentalität lächelnd betrachtet, bevor man überlegt, was man nun eigentlich damit anfangen soll.

Die Derfflingers: Julia strahlte diese besondere Art von Glück aus, die jenen Menschen eigen ist, die sich auf die Zukunft freuen. Schwangere hatten diesen Ausdruck oft. Damit stand die junge Frau im krassen Gegensatz zu ihrem Mann Paul, den Rebekka als steif und wichtigtuerisch wahrnahm.

Und dann gab es noch sie selbst und Ruben, die Marschalks: eine allein erziehende Mutter, die das Glück hatte, einen Job mit weitgehend freier Zeiteinteilung zu haben. Als Autorin und Übersetzerin konnte sie von zu Hause aus arbeiten, ihr Fachgebiet waren Lebenshilfebücher wie *99 Wege zum Glück* oder *Leben im Einklang mit dir*. Am meisten bedeutete ihr jenes Buch, in dem sie ihre Erfahrungen bei der Erziehung eines geistig behinderten Kindes schilderte und in dem sie vor der ganzen Welt ihre Schuld gestanden hatte.

Die Honorare reichten hinten und vorne nicht, aber Rebekka hatte mehr als einmal erlebt, dass das Leben ein Fenster öffnet, wo es eine Tür zuschlägt. Rubens Vater, ein vermögender, inzwischen betagter Brasilianer, mit dem sie eine kurze Affäre gehabt hatte, vergaß bei der Verteilung eines Teils seines Vermögens auch seine diversen unehelichen Kinder nicht, sogar Ruben, den er wegen des Handicaps nie besucht hatte. Mit diesem Geld – und der vormundschaftlichen Erlaubnis des Jugendamts in Person von Sven – war es Rebekka möglich gewesen, in Vineta ein Haus samt Grundstück zu erwerben. Der günstige Preis hatte ebenfalls eine Rolle gespielt, und das war auch so eine Sache. An den örtlichen Immobilienpreisen gemessen, hatte Gernot Kessel die Häuser unter Wert verkauft. Entweder brauchte er das Geld dringend, oder es steckte etwas anderes dahinter – womit Rebekka wieder am Anfang ihrer Überlegungen stand.

Sie konnte jedoch nicht erkennen, was sie und ihr Sohn mit einem ehemaligen Staatsanwalt, seiner schwangeren Frau oder dem pensionierten Delikatessenhändlerehepaar gemeinsam hatten.

»Hallo, Mutti.«

Ruben winkte ihr schon vom Gartentor aus zu, mit einer Begeisterung, als wäre er wochenlang fort gewesen. So war es immer. Sie tat es ihm gleich, nicht um ihn zu spiegeln, sondern weil sie sich ehrlich freute, ihn wieder wohlbehalten zu Hause zu wissen. Wenn ihr überschwängliches Winken ihm Freude bereitete, wieso sollte sie es ihm verweigern? Es gehörte nun einmal zu seiner Art, seine Gefühle überdeutlich zu zeigen, und dem hatte sie sich angepasst.

Sven öffnete ihm nicht die Tür, obwohl er gleich dahinter in der Diele wartete. Erstens sollte Ruben jeden Tag kleine Geschicklichkeitsübungen machen, etwa den Schlüssel ins Schloss stecken. Zweitens war Sven für Ruben nach wie vor Gast im Haus, und Gäste öffneten nach Rebekkas Überzeugung nun einmal nicht den Hausbewohnern die Tür.

Svens Anwesenheit an diesem Nachmittag war mit dem Barbecue begründet, zu dem Ruben ihn eingeladen hatte. Außerdem hatte er ein paar Unterlagen mitgebracht, die er mit dem Jungen und ihr durchsprechen wollte, nichts Wichtiges, aber selbst Kleinigkeiten bedurften Svens Genehmigung. Ruben war siebzehn, bald achtzehn Jahre alt, doch selbst volljährig stünde er weiterhin teilweise unter Vormundschaft, was sich bis zu seinem Lebensende aller Voraussicht nach nicht ändern würde.

Sie gingen die Papiere zusammen durch, Rubens Antrag auf Erhöhung seines Taschengelds von fünfzig Euro pro Woche auf achtzig sowie den Abschlussbericht über seine schulische Entwicklung. In wenigen Monaten würde seine Schulzeit enden, dann mussten sie sehen, wie es weiterging.

»Möchten Sie einen Kaffee, Herr Forbrich?«

»Sehr gerne, vielen Dank.«

In Rubens Beisein ging Rebekka mit ihrem Liebhaber um,

als wäre der Pastor zu Gast. Das war ein im doppelten Wortsinn komisches Gefühl, aber auch prickelnd. Wunderbar, diese unterschiedlichen Rollen – eben noch ungestüm und schmutzig, jetzt der Bürokrat und die Hausfrau. Das hatte was.

Der Kaffee war schnell gemacht, aber Rebekka war beunruhigt wegen der fehlenden Socke. Was, wenn Ruben sie auf Rebekkas Schreibtisch oder neben dem Toaster fand? Sie ging noch einmal die Stellen ab, wo sie am Nachmittag Sex gehabt hatten – soweit sie sich erinnerte, denn es ging dabei immer ein bisschen drunter und drüber. Doch sie fand nichts.

Nach der Besprechung spielten sie zu dritt noch zwei Partien *Mensch ärgere dich nicht*, wovon Ruben nie genug bekam, das Rebekka inzwischen aber nicht mehr sehen konnte.

Doch Ruben rief immer: »Das ist lustig, das ist lustig!« und klatschte dabei voller Freude. Was sollte sie da schon machen? Sie hatte ein Dutzend weiterer Brettspiele gekauft, auch einige Karten- und Computerspiele, doch mit mäßigem Erfolg. Meistens landeten sie am Ende bei *Mensch ärgere dich nicht*, und natürlich spielte Rebekka jedes Mal noch eine und noch eine Partie mit ihm, bis einer von beiden erschöpft vom Stuhl fiel.

Nicht jedoch an diesem Tag. Das Barbecue stand an, und Rebekka, die vorher nicht richtig Lust darauf gehabt hatte, war plötzlich ganz angetan von dem Gedanken, ins Freie zu kommen.

»Ich will nicht weg«, sagte Ruben. »Weiterspielen.«

»Tom kommt auch zu dem Fest.«

»Oh, das wird lustig, das wird lustig!«, rief Ruben und hüpfte im Zimmer herum.

»Also gut, Abmarsch. Ich habe Rucolasalat, Grillgemüse und Seehechtfilets vorbereitet«, sagte sie stolz, gab Sven eine Schüssel und nahm selbst zwei Teller.

»Darf ich auch etwas tragen?«, fragte Ruben.

Sie zögerte eine Sekunde, nur eine einzige Sekunde, die ihr schon schrecklich leidtat. »Natürlich. Das ist sehr lieb von dir. Was möchtest du tragen?«

»Die Schüssel da.«

»Na, dann los.«

Sie hatte die Haustür noch nicht abgeschlossen, da ertönte ein Knall von der Sorte, die sie schon lange nicht mehr erschreckte.

»Schade«, sagte Ruben traurig. »Tut mir leid.«

»Ist nicht schlimm.«

War es wirklich nicht. Sie kaufte seit etwa zehn Jahren nur noch unverwüstliches Hartplastik und kein Porzellan oder Glas mehr, und wenngleich der Raukesalat auf dem Gartenweg verstreut war und allenfalls noch die Schnecken erfreuen würde, hatte sie ja noch den Teller mit Grillgemüse und den Fisch. Trotzdem wäre es schön gewesen, mal einen Tag ohne Pannen zu überstehen.

»Lass liegen, mein Schatz, das räumen wir später auf.«

Einen besseren Ort für ein Grillfest als den Dorfplatz von Vineta konnte man sich kaum vorstellen. Man betrat das Areal durch Spaliere, die in ein paar Jahren von Clematis zugewuchert sein würden, und tauchte in eine andere Welt ein. Es gab einen sprudelnden Steinbrunnen, Bänke und Tische im Schatten junger Linden und alter Pappeln, bunte Girlanden, Büsche von Jasmin, Orangenbäumchen in riesigen Terrakottatöpfen und Reihen von Sommerflieder, die Schmetterlinge anlockten. In der Luft lag der mineralische Geruch der aufgeheizten Pflastersteine. Der Dorfplatz war der höchste Punkt der Siedlung, und man hörte leise das Meer rauschen.

Sie waren die Letzten. Alle anderen hatten sich bereits versammelt und standen mit einem Glas Sekt in der Hand in Grüppchen beieinander. Fast jeder hatte jemanden mitgebracht: Gernot Kessel den Architekten, der seine Vorstellungen in Stein verwandelt hatte, sowie dessen Frau, die glaubte, Balenciaga wäre das Richtige für ein Barbecue; die Frohweins ein Rentnerpaar aus dem Umland, das aussah, als wäre es früher die beste Kundschaft der Delikatessenläden gewesen; und Tom einen Kumpel, der ihm beim Grillen half, ein Grizzly in Jeans, sowie dessen Freundin, die dreinblickte, als wäre sie versehentlich auf einer Party des Hochadels gelandet.

Nur die Derfflingers schienen alleine gekommen zu sein. Julia beobachtete Tom beim Grillen, während ihr Mann Paul sich ein wenig abseits hielt und leicht mürrisch wirkte, so als hätte er hier die Aufsicht. Dass sich Rebekka, nachdem sie die anderen kurz im Vorbeigehen begrüßt hatte, ausgerechnet zu ihm gesellte, hing mit dem Ausschlussprinzip zusammen. Das Frohwein-Geschnatter würde sie an diesem Abend noch lange genug ertragen müssen, und Gernot Kessel wollte sie für den Moment auch lieber aus dem Weg gehen. Paul Derfflinger kannte sie noch am wenigsten.

Bevor sie sich, Ruben und Sven vorstellen konnte, stürzte ihr Sohn an ihr vorbei quer über den Platz. Mit feuchten Augen beobachtete sie, wie der fünf Jahre ältere Tom ihn begrüßte.

»Hey, Kumpel, wie geht's?«

Danach vollführten die beiden ihr übliches, von amerikanischen Jugendfilmen inspiriertes Ritual, das aus einer komplizierten Reihenfolge von knuffenden Fäusten und Fingerzeichen bestand. Abgeschlossen wurde es von einer festen, männlichen Umarmung. Manchmal versteckte Ruben sich daraufhin kurz hinter einem Baum und kam wieder hervor, um noch einmal von Tom auf diese Weise begrüßt zu werden. In solchen Momenten vergaß er sogar Sven, und das wollte etwas heißen.

Rebekka war froh, dass Ruben von der Nachbarschaft so gut aufgenommen worden war. Sie war sich bewusst, dass er kein »normales« Bild abgab. Oft konnte er nicht stillhalten, wandte sich abrupt ab, umarmte einen Baum oder wackelte hin und her, schrie grundlos irgendein Wort heraus, drückte sich unklar oder verworren aus, und ob er jemandem die Hand gab oder nicht, war ein Glücksspiel. Zufrieden stellte Rebekka fest, dass Julia Derfflinger die gleiche positive Einstellung hatte und mit wenigen Worten eine Vertrautheit zu Ruben herstellen konnte, wie es sonst nur wenige vermochten. Sie scherzte ganz natürlich mit ihm.

Das alles beobachtete sie, während sie und Sven mit Paul Derfflinger ins Gespräch kamen. Er war offensichtlich angespannt und verzog kaum eine Miene, selbst als Gernot Kessel eine kleine Rede schwang. Leider waren auch die »kleinen Reden« des Erbauers von Pathos triefende Elegien, weshalb Rebekka ihm am liebsten schnörkellose, ja harte Literatur empfohlen hätte. Diese weihevolle Stimme und das wiederkehrende Gerede von der Nachbarschaftsfamilie taten ein Übriges, und Rebekka hätte sich beinahe nach einer Partie *Mensch ärgere dich nicht* gesehnt.

Dummerweise gesellte sich Kessel nach dem viel zu späten Ende seiner Rede ausgerechnet zu ihr, begleitet von Hannis Schwester, die er mit sanfter Gewalt am Arm führte.

»Meine liebe Frau Marschalk, wie entzückend Sie aussehen. Ich habe bereits die Speisen bewundert, die Sie mitgebracht haben und die höchste lukullische Genüsse versprechen.«

»Vielen Dank, Herr Kessel«, kommentierte sie das bombastische Lob. »Aber ich habe keine Ente à l'Orange zubereitet, sondern nur Grillgemüse.«

Sie hatte schon herausgefunden, dass er es nicht mochte, korrigiert zu werden. Zudem hatte sie seinen Namen so ausgesprochen, wie jeder vernünftige Mensch außerhalb des französischen Sprachraums es tun würde.

Er räusperte sich und ging sofort zu einem anderen Thema über. »Haben Sie schon von unserem neuesten Vorhaben gehört? Wie wäre es, wenn ein jeder sein Haus nach einem idyllischen Ort am Meer benennt, an dem er schon mal war? Orte wie … Zum Beispiel habe ich mich immer in Wismar wohlgefühlt. Und in Brighton. Und in Göteborg. Haus Brighton, Haus Göteborg, das hört sich doch gleich ganz anders an als Hausnummer vier, finden Sie nicht? Und wissen Sie, von wem diese grandiose Idee stammt? Von unserer geschätzten Nachbarin, Frau Loh.«

Die Genannte hätte nicht überraschter dreinblicken können, wenn Gernot Kessel sie als die Leiterin der ersten bemannten Marsmission vorgestellt hätte.

»Von mir? Nein. Nein, nein. Ich … Ich erinnere mich nicht.«

»Aber gewiss doch, meine Liebe. Sie haben mich gefragt, ob die einzelnen Viertel der Siedlung, die sich zum Teil noch im Bau befinden, Namen bekommen.«

»Ja schon, aber …«

»Somit waren Sie mein *spiritus rector.*«

Rebekka war sich sicher, dass die Hochgelobte dieses Wort noch nie gehört hatte.

»Frau Marschalk, was fällt Ihnen dazu ein?«, fragte er.

»Da hätte ich die Qual der Wahl. In meinen Zwanzigern, bevor ich mit Ruben schwanger wurde, bin ich viel in Frankreich,

Brasilien und Italien herumgekommen. Haus Sevilla vielleicht. Haus Venezia … Etwas Italienisches würde gut zu dem grünweißen Anstrich meines Hauses passen.«

»Eine hübsche Idee. Ich selbst tendiere zu Haus Sorrento. Ich habe so gute Erinnerungen an den Ort. Und Sie, lieber Herr Derfflinger? Ihr Haus hat einen blau-weißen Anstrich. Vielleicht etwas Griechisches? Oder etwas Französisches, da Ihre Haustür rot ist. Saint-Malo oder Nizza«, schlug Gernot vor. »Biarritz, Antibes …«

»Ich muss Ihnen leider berichten«, unterbrach der Angesprochene mit düsterer Stimme, »dass jemand in der Nacht einen Anschlag auf meine Rosen verübt hat.«

»Ein Anschlag?«, folgte das Echo zeitgleich aus Rebekkas, Kessels und Birgit Lohs Kehlen. Nur Sven schien von dieser Nachricht und dem verwendeten Begriff wenig überrascht.

»Anders lässt es sich nicht nennen«, beharrte Paul. »Alle Strauchrosen sind bis zur Veredelung gekappt. Einfach abgesägt. Die im Vorgarten und die hinten auch. Das ist ein herber Verlust, ein Akt der Niedertracht.«

»Da stimme ich Ihnen zu«, sagte Kessel. »Ich habe zwar schon davon gehört, war aber anderweitig beschäftigt.«

Für die letzte Bemerkung empfing der Erbauer einen unfreundlichen Blick des Trauernden.

Um keinen Streit aufkommen zu lassen, sagte Rebekka versöhnlich: »Wie kann so etwas nachts passieren? Wo doch das Tor verschlossen ist. Und auch das Motiv ist mir schleierhaft.«

»Ganz recht«, sagte Paul und sah sie fest an. »Es gibt überhaupt keinen Grund, sich an meinen Rosen zu vergreifen, es sei denn, ein Spinner wollte mir eins auswischen. Das war keiner von außen, sondern jemand aus der Anlage.«

»Oh«, stöhnte Gernot Kessel. »Das ist … Oh, das ist aber … Oh.«

Rebekka hätte es nicht besser ausdrücken können. Einer von ihnen? Es war nicht gerade nett, so einen Verdacht zu äußern, noch dazu auf dem Fest. Da sie keine Alternative zu dieser Theorie anzubieten hatte, wollte sie vorschlagen, zunächst einmal den Wächter zu befragen. Doch dann bemerkte sie Pauls finsteren Blick, der hinüber zum Grill ging.

Alles in ihr krampfte sich zusammen. Er verdächtigte Ruben. Nur weil ihr Sohn anders war, weil er ab und zu unberechenbare Dinge tat, traute dieser pensionierte Ankläger ihm alles zu. Als Einziger hatte er bisher kein Wort mit ihrem Sohn gesprochen, ihm noch keine freundliche Geste gezeigt. Tom, Hanni Frohwein, deren blasse Schwester, jeder war nett zu Ruben. Selbst der seltsame Gernot Kessel – man konnte über ihn sagen, was man wollte – war außerordentlich liebenswürdig zum jüngsten Bewohner von Vineta und hatte sogar ein weiteres Gartenfest zu Rubens achtzehntem Geburtstag in wenigen Wochen angekündigt.

Es war überhaupt nicht Rebekkas Art, einen Streit zu beginnen. Sie verabscheute Konflikte, und wenn sie einmal ärgerlich war, flossen die unguten Gefühle meist rasch wieder ab wie Schmutzwasser aus einer Badewanne. Sie stellte sich in solchen Momenten stets vor, den Stöpsel zu ziehen. In der kurzen Zeit, die es brauchte, um den Geist wieder sauber zu bekommen, zog sie es vor, auf Abstand zu gehen.

»Entschuldigen Sie mich.«

Es war typisch für sie, sich ausgerechnet Julia als nächste Gesprächspartnerin auszusuchen, die Frau jenes Mannes, der sie gerade indirekt beleidigt und angegriffen hatte. Rebekka glaubte an positive und negative Energien, an ein inneres Fluidum, eine Aura. Wenn die Aura eines Menschen gestört war, und das war bei Paul Derfflinger definitiv der Fall, gab es dafür eine Ursache. Sie konnte solchen Leuten nicht lange böse sein, im Gegenteil, sie wollte ihnen helfen, die Balance wiederzufinden.

»Sie haben einen liebenswerten Sohn«, sagte Julia, als Rebekka an ihre Seite trat.

»Ich habe gesehen, dass Sie sich lange mit ihm unterhalten haben.«

»Er hat Humor. Er hat mich gefragt, ob ich mein Kind Ruben nennen werde. Ich sagte, es müsse erst einmal ein Sohn werden, um ihn nach ihm zu benennen. Da meinte er: ›Abgemacht.‹ Ist das nicht drollig? Er ist ein Schatz.«

»Ja, das ist er. Ich bin dankbar für jeden Tag, den ich mit ihm habe. Natürlich dürfen Sie nicht alles zu ernst nehmen, was er sagt. Fühlen Sie sich also bitte nicht verpflichtet, Ihren Sohn nach ihm zu nennen.«

Sie lachten, und Rebekka hatte ein gutes Gefühl mit Julia. Mit ihr konnte man reden, durchaus auch intim, obwohl sie sich so gut wie nicht kannten.

»Ihr Mann wirkt ein wenig … unausgeglichen. Er scheint sich gar nicht zu amüsieren. Hat ihm die Sache mit den Rosen derart zugesetzt?«

Julia seufzte, und sie entfernten sich noch ein paar Schritte von den anderen Gästen.

»Die Rosen sind eine Sache. Sicherlich, das hat ihn getroffen, aber …« Sie seufzte erneut. »Er hat Krebs, ist in Behandlung.«

»Oh, das wusste ich nicht.«

»Keiner weiß das. Außer Herr Kessel, bei ihm war ich ganz

offen, um sicher zu sein, dass wir den Zuschlag für das Haus bekommen. Paul braucht Ruhe, verstehen Sie? Das Meer, die Luft, das Gefühl von Sicherheit und Geborgenheit.«

»Wie Recht Sie haben. Eine friedliche Umgebung, in der man sich wohlfühlt, ist unverzichtbar, um mit sich ins Reine zu kommen. Das wiederum ist die Voraussetzung jedweder Heilung.«

»So habe ich das noch gar nicht gesehen. Es war mehr ein Instinkt.«

»Der war goldrichtig.«

»Nett, dass Sie das sagen. Jedenfalls, nun wissen Sie es. Die Krankheit wirkt sich natürlich auf sein Gemüt aus. Er hat Sie doch hoffentlich nicht vor den Kopf gestoßen?«

»Schon ein wenig. Aber das ist vergessen.«

Es war nicht der beste Augenblick, um ein neues Glas Sekt in die Hand gedrückt zu bekommen, angesichts des düsteren Themas. Doch Alfred Frohwein ließ es sich nicht nehmen, Julia zu verwöhnen.

»Schwäbischer Sekt«, murmelte er augenzwinkernd. »Den gebe *ich* aus. Ein Stück Heimat extra für Sie, nicht wahr? Ist ein Restbestand von meinen Delikatessengeschäften.«

»Das ist aber sehr lieb von Ihnen, Herr Frohwein«, bedankte Julia sich.

»Nicht der Rede wert. Genießen Sie ihn.« Wieder zwinkerte er, bevor er sich entfernte.

»Das sollten Sie nicht«, sagte Rebekka zu Julia.

»Wie bitte?«

»Den Sekt trinken. Sie wissen sicherlich … Alkohol in der Schwangerschaft.«

»Oh, aber es ist doch nur ein Gläschen, mein erstes seit Wochen.«

»Das kann bereits ein Gläschen zu viel sein.«

»Ist das nicht übertrieben? Bis Anfang der Siebziger wusste man nicht einmal, dass viel Alkohol während der Schwangerschaft schadet. Alle Frauen haben getrunken, und trotzdem sind nicht lauter Kretins auf die Welt gekommen.«

»Ich rechne es Ihnen hoch an, dass Sie mich nicht nach Rubens Behinderung gefragt haben. Aber Sie waren sehr offen zu mir, und nun will ich es zu Ihnen sein. Ich habe in der Schwangerschaft getrunken.«

»Sie meinen …?«

»Fetales Alkoholsyndrom. Es ist allein meine Schuld. Ich liebe meinen Sohn so, wie er ist, aber ich habe ihm ein normales Leben verbaut.«

Wenige Tage nach dem Barbecue saß Paul beim Arzt und wartete auf das Ergebnis der Untersuchung. Die Rostocker Krebsklinik war nagelneu oder sah zumindest so aus, hatte einen hervorragenden Ruf und freundliches Personal. Im Arztzimmer roch es nicht nach Medizin, nirgendwo stand eines dieser grässlichen Skelette herum, und die Bilder an der Wand zeigten nicht die menschliche Anatomie, sondern Bachläufe, Seen und, wie in einer Hafenstadt nicht anders zu erwarten, Küsten, Strände und das Meer. Um die Wohlfühlatmosphäre perfekt zu machen, nahm sich der Arzt sehr viel Zeit für Paul. Fachausdrücke, die Mediziner aus Routine oder Wichtigtuerei gerne benutzen, kamen ihm nicht über die Lippen. Alles war gut verständlich, er erläuterte die Auswertungen mit geduldiger, ja, sanfter Stimme. Sogar den weißen Kittel hatte er abgelegt. Kurz, Paul wurde so behandelt, wie gesunde Menschen glauben, dass schwerkranke Patienten behandelt werden sollten, nämlich kompetent, würdevoll und einfühlsam.

Alles Quatsch, dachte Paul, während die Sekretärin des Oberarztes ihm lächelnd ein Mineralwasser samt Zitronenscheibe servierte. Es war ihm in diesem Moment piepegal, ob man freundlich zu ihm war. Sie hätten ihn auch in ein Zimmer setzen können, das einem Verhörraum ähnelte, und ein Roboter statt eines geduldigen Medikus hätte ihm das Ergebnis überreicht. Er wollte nur eines wissen: Würde er in sechs Monaten sein Kind in den Armen halten können?

Während der Arzt ihm die Therapie erklärte, musste er immer wieder an den kleinen Trieb denken, den er am Morgen, als er aus dem Haus gegangen war, an einem der Stöcke entdeckt hatte. Eine Woche war es nun her, dass die Rosen brutal gestutzt worden waren, und schon bildete sich aus dem verholzten Stock ein erster junger Trieb, saftig grün, nicht länger als ein Fingernagel.

»Es gibt also Anlass zur Hoffnung«, resümierte der Oberarzt im blauen Anzug.

Was für eine schöne Formulierung! Rechtsanwälte verwenden sie gerne, um ihren Mandanten Mut zu machen. Paul hatte das in seinem Berufsleben tausendmal mitbekommen, besonders bei den Fällen, in denen eine Verurteilung so gut wie sicher war. Was hätten die Advokaten auch sonst sagen sollen? Es ist alles verloren, Sie gehen garantiert für zehn Jahre in den Bau und verlieren Ihr Haus, um den Schadenersatz bezahlen zu können? Sie wären ihre Klienten im Nu losgeworden.

Natürlich gab es Anlass zur Hoffnung, den gab es schließlich immer, selbst wenn man im Schützengraben lag, einem die

Granaten um die Ohren flogen und links und rechts die Kameraden starben. Nur half es nicht, gesagt zu bekommen, dass die Überlebenswahrscheinlichkeit bei dreißig Prozent lag. Sie hätte auch bei zwanzig oder vierzig Prozent liegen können, das hätte nichts geändert. Alles unter fünfzig Prozent war Mist. Ein solcher Hoffnungsanlass war wie ein Fisch im Ozean, den man mit den Händen zu fangen versuchte. All die Phrasen waren zum Verzweifeln, auch die zum Abschied.

»Sie sind hier in guten Händen.«

Das behauptete auch der Teufel am Höllentor. Das behaupteten auch Trickbetrüger, die ihre Opfer dazu brachten, fünfzigtausend Euro in eine Goldmine in Sambia zu investieren, und am nächsten Tag über alle Berge waren. Einen von ihnen hatte Paul mal angeklagt und für acht Jahre von der Menschheit ferngehalten. Sicherlich, das hier war etwas anderes, der Oberarzt glaubte an das, was er sagte, hundertprozentig. Und er war Spezialist, hatte schon oft geheilt.

Ja, es gab einen Anlass zur Hoffnung.

Es gab ihn.

Es gab ihn.

Es gab aber auch die Angst, und die war kein Fisch im Ozean, die war überall. Die Angst zu sterben.

Sterben.

»Davon bin ich überzeugt. Vielen Dank, Herr Doktor.«

Hohles Geschwätz ohne Bedeutung. Bloße Reflexe, von der Zivilisation erwartet und antrainiert. Mit gutem Grund. Wenn jeder Trauernde, Ängstliche oder Verzweifelte um sich schlagen würde, wären die Straßen voll mit Tollwütigen. Benimmregeln wirken wie Gesetze, sie geben Struktur und Ordnung, auch wenn man sie manchmal über den Haufen werfen möchte.

Die Mineralwasserreklame zum Beispiel, die die halbe Litfaßsäule einnahm: vier Menschen, zwei Generationen im Sommergarten, lachend um einen Tisch versammelt, im Hintergrund spielende Kinder. War es denn zu viel verlangt, eine kleine Scheibe davon abzubekommen?

Paul hatte als Staatsanwalt Tausende Verbrecher hinter Gitter gebracht und damit der Allgemeinheit gedient. Er hatte nie jemandem ein Haar gekrümmt, niemanden über den Tisch gezogen, zu Weihnachten stets dem Roten Kreuz gespendet. Er hatte seine Eltern nicht nur anständig behandelt, sondern auch anständig begraben, hatte seine Rosen geliebt und liebte Julia. Wieso wollte ihm das Leben die Freude nehmen, sein Kind aufwachsen zu sehen?

Das Plakat an der Litfaßsäule tat ihm geradezu körperlich weh, dennoch riss er es nicht herunter. Er war auch nicht unfreundlich zu der Bedienung im Restaurant, die ihm zehn Minuten seines Lebens stahl, in denen er vergeblich versuchte, sie an seinen Tisch zu lotsen und eine Bestellung aufzugeben. Er funktionierte anstandslos.

Vom Restaurant aus rief er Julia an.

»Wie war es beim Arzt?«, fragte sie, kaum dass er Hallo gesagt hatte.

»Er meinte, es gibt allen Anlass zu reichlich Hoffnung«, schmückte er das Resultat mit Füllwörtern und Adjektiven aus.

Sie seufzte erleichtert. »Ich hab es immer gewusst. Du wirst sehen, wie gut dir unser neues Zuhause bekommt. Von jetzt an geht es bergauf.«

»Ja«, sagte er.

Dann besprachen sie die Ergebnisse im Einzelnen, wobei Paul vage blieb, ohne dass Julia es bemerkte.

»Gut, dass du gleich angerufen hast. Jetzt kann ich mich schlafen legen. Weck mich bitte nicht, wenn du zurückkommst, ich nehme eine Tablette. Und bevor du fragst: Nein, sie schadet nicht dem Kind, es ist ein für Schwangere geeignetes pflanzliches Präparat. Rebekka hat es mir empfohlen.«

»Welche Rebekka?«

»Unsere Nachbarin. Ich habe mich auf dem Fest mit ihr angefreundet.«

»Ach, die«, sagte Paul und beendete das Gespräch daraufhin so schnell wie möglich. Er hatte nichts gegen die Marschalk, mal davon abgesehen, dass sie Übersetzerin und Autorin war. Von Kulturschaffenden hielt Paul sich fern, in ihrer Gegenwart fühlte er sich minderbemittelt, und Lebenshilferatgeber hielt er zu neunundneunzig Prozent für Mumpitz. Immerhin, sie hatte Julia den Alkohol ausgeredet, was ihm sehr recht war. Aber er wurde nicht gerne an das Barbecue erinnert. Dieses Thema hatten Julia und er in den letzten Tagen umschifft, denn er hatte sich an jenem Abend allen gegenüber mürrisch verhalten und zudem das Versprechen nicht eingelöst, das er Julia im Vorfeld gegeben hatte.

»Zahlen bitte.«

Um vierzehn Uhr hatte er einen Termin mit dem Oberstaatsanwalt in dessen Büro. Sie kannten sich von der Humboldt-Universität, wo sie gemeinsam studiert, sich danach allerdings aus den Augen verloren hatten. Praktisch waren sie ein Jahrgang, was ihnen nach Pauls Meinung kaum anzusehen war. Ihm gegenüber saß ein Mann, der den nächsten Berlin-Marathon ohne weiteres hätte laufen können.

»Ruderst du noch?«, fragte sein alter Kamerad.

Paul hatte fast vergessen, dass er diesen Sport mal betrieben hatte. »Nein. Der Schlaganfall, du weißt.«

»Ich habe von deiner Frühpensionierung gehört. Aber du hast dir das beste Fleckchen zum Altwerden ausgesucht.«

Altwerden, dachte Paul. Vor einem Jahr hätte er dieses Wort noch weit von sich gewiesen. Inzwischen hatte es seinen behäbigen Klang verloren. Er wäre froh, wenn er alt werden würde. Erneut fiel ihm der Rosentrieb ein. Was für ein vorwitziges Kerlchen. Er kam zum Eigentlichen. »Hast du dir den Fall mal angesehen?«

»Wie versprochen.« Der Oberstaatsanwalt schlug die Akte auf und beugte sich darüber, als wolle er hineinkotzen.

»Rosen«, sagte er nur.

Er schwieg.

Las.

Blätterte um.

Las.

Hob den Kopf.

Diesen Blick kannte Paul, und zwar von dem Polizeibeamten, der die Anzeige vor einigen Tagen aufgenommen hatte, sowie von dessen Vorgesetzten, mit dem Paul früher einmal beruflich zu tun gehabt hatte und der ihn sogleich wiedererkannte. Es war kein verächtlicher Blick, so schlimm war es zum Glück nicht. Keiner machte sich über Paul und seine Rosen lustig, kein Mundwinkel zuckte ironisch, keine Augenbraue hob sich. Der professionelle Blick übermittelte lediglich die schlichte Botschaft: Es bestand kein Anlass zur Hoffnung.

»Du weißt selbst, wie das ist«, sagte sein ehemaliger Kollege. »Die Rosen wurden weder gestohlen noch zerstört. Gut, die Stiele sind weg. Aber Stiele wachsen nach.«

»Was ist mit Vandalismus?«, fragte Paul bestimmt. »Mein Büro hat früher solche Vergehen konsequent verfolgt.«

»Das tun wir auch, im Rahmen unserer Möglichkeiten. Weißt du, wie viele Anzeigen wegen Vandalismus wir zu bearbeiten haben? Züge, Autos, Gartenhäuschen, Straßenlaternen, Gleisanlagen … Ich gebe zu, Rosen sind mal etwas Neues. Obwohl, genau genommen nicht. Aus Parkanlagen werden andauernd Pflanzen geklaut. Jemand gräbt sie mitten in der Nacht aus und dekoriert damit seinen Biergarten, alles schon da gewesen. Und wenn die Dinger verrecken, werfen sie sie in den Park zurück. Ja, so läuft das heutzutage. Du weißt Bescheid. Es gibt wenig, was wir dagegen tun können.«

»Aber ich weiß, wer es war.«

»Ja, das steht hier. Tom Kessel, der Sohn des berühmten Hoteliers Kessel.«

»So berühmt nun auch wieder nicht.«

»Hier in der Region kennt man ihn. Immerhin hat er mal mehrere Luxushotels besessen.«

»Ich habe nicht ihn angezeigt, sondern seinen Nichtsnutz von Sohn.«

»Ist mir schon klar. Ich weiß nur nicht, was du erwartest. Im besten Fall bekommst du hundert oder zweihundert Euro Schmerzensgeld. Lass es dreihundert sein. Das ist den Ärger nicht wert, den Aufwand. Falls der Richter deine Behauptung überhaupt anerkennt. Eine Seitentür, ein Schlüssel, ein Wachmann, den du nicht mit hineinziehen willst … Ehrlich, Paul, genieß lieber die Pension. Du wirst Vater, habe ich gehört? Hast eine junge Frau? Mannomann, alter Knabe, das ist doch was.«

Er klappte die Mappe zu. »Lass mich dir einen Rat geben. Zieh die Anzeige zurück, dünge die Rosen, und du wirst sehen, in einem Jahr, wenn dein Söhnchen oder Töchterchen über den Rasen krabbelt, sind die Stöcke so schön wie eh und je.«

Auf der Rückfahrt dachte Paul ernsthaft darüber nach, dem Rat zu folgen. Er saß in einem Taxi, das ihn gut und gerne fünfzig Euro kosten würde, aber bequem war – kein Warten, kein Umsteigen, nur ein geschwätziger Fahrer, der nicht verstand, dass Paul sich um die Verkehrsprobleme von Rostock und Umgebung einen Kehricht scherte. Innerhalb von zehn Minuten hatte er ihn durch beharrliches Schweigen so weit erzogen, dass er den Mund hielt und Paul in Ruhe das Für und Wider eines Nachgebens abwägen konnte.

Viel Wider gab es da nicht. Einen Rüpel zur Raison bringen? Die Welt war voller Rüpel. Was waren schon dreihundert Euro für den Sohn eines Hoteliers? Paul würden sie nicht reicher und den Rüpel nicht ärmer machen. Für ein Zurückziehen der Anzeige sprach viel, allem voran dass er damit Julia besänftigte, die von Anfang an dagegen gewesen war. Als er seinen Kopf durchgesetzt hatte, hatte sie ihn beschworen, Herrn Kessel wenigstens persönlich davon zu unterrichten und ihm die Sache zu erklären. Er versprach es – und enttäuschte sie erneut.

Für das Barbecue hatte er es sich fest vorgenommen, doch dann … Wie hätte das gehen sollen? »Guten Tag, Herr Kessel, vielen Dank für die Einladung, was für ein schöner Abend, der Champagner schmeckt hervorragend, ich habe übrigens Ihren Sohn angezeigt.«

Er konnte nicht aufhören, an den kleinen Trieb zu denken, stellte sich vor, ihn zu berühren, den Racker zu bewundern, der sich aus dem alten Holz gebohrt hatte. Gleich würde er nachsehen, ob es auch an anderen Stöcken neue Triebe gab.

Sie erreichten Heiligendamm, und Paul öffnete das Fenster. Normalerweise hatte er kein Auge für die liebliche oder herbe Schönheit von Landschaften, für Farben und Stimmungen, trotzdem atmete er die Luft tief ein. Sie roch nach gar nichts, es war einfach nur Luft. War das nicht herrlich?

Ja, er hatte Hoffnung, tatsächlich. Sie war ganz frisch, in dem Moment entstanden, als das Taxi auf die Einfahrt von Vineta zufuhr, Josip Vukasovic winkend grüßte, die Schranke sich hob und das Taxi annähernd geräuschlos durch die saubere, blühende Anlage rollte. Paul freute sich auf Julia, die gerade Mittagsschlaf hielt, darauf, ihr nachher mitzuteilen, dass er die Anzeige zurückziehen würde – und dass sehr, sehr viel Hoffnung bestand.

Als er das Gartentor öffnete, wandte er sich sofort dem Rosenstock links davon zu und ging in die Hocke.

Der Trieb war bräunlich verfärbt.

Verkümmert.

Dann entdeckte er die kleinen weißen Körnchen, die überall um die Stöcke herum auf die Erde gestreut und mit Wasser übergossen worden waren. Das war Salz, Gift für jede Pflanze.

Keine der Rosen würde überleben.

7

Juni 2016

Die gute alte Sitte, dass neu Zugezogene sich bei den Nachbarn vorstellen, hat Ellen nie praktiziert. In ihrer Zeit in Lüneburg fand sie sich zu jung für das biedere Brauchtum, und in dem Hamburger Hochhaus, in dem sie danach wohnte, sagten die Mieter sich allenfalls im Aufzug Guten Tag, wollten ansonsten aber nichts miteinander zu tun haben. Später, als Roberts Gattin, galten sowieso andere Regeln, da bestimmte das Protokoll, da wurde man herumgereicht, kaum dass man angekommen war. In der Woche darauf gab es einen großen Empfang, und von da an ging alles den üblichen Gang. Man lud ein und wurde eingeladen. Das war's.

Ein ziemlich hohles Dasein, rückblickend betrachtet. Natürlich hatte sie sich das in der entsprechenden Lebenslage nicht eingestanden, ebenso wenig wie alle anderen, denn dann hätten sie eigentlich gleich den Gashahn aufdrehen müssen. Die Frauen redeten sich lieber ein, dass sie eine wichtige Mission an der Seite ihrer Gatten erfüllten, indem sie sie auf Empfänge der Staatsführung begleiteten und mit geheucheltem Interesse den Worten der First Lady lauschten, die ein paar Jahre zuvor noch eine Prostituierte gewesen war, die sich zur richtigen Zeit dem richtigen Obristen in die Arme geworfen hatte. Natürlich hielten sie sich darüber hinaus alle für unverzichtbare Repräsentanten ihrer stolzen Nationen, indem sie am 21. April, 4. Juli, 14. Juli, 3. Oktober und so weiter unter dem Fahnenmast die Hymne schmetterten.

Ein einziges Mal hatte Ellen sich nützlich machen wollen und am Nationalfeiertag des Landes, in dem sie damals lebte, ein Bankett für die Armen organisiert. Als Robert es mitbekam, war es schon zu spät – zweihundert Frauen, Männer und Kinder saßen bereits im Garten und schlugen sich zum ersten Mal seit Jahren den Bauch voll. Er versuchte, sich nichts anmerken zu lassen, aber sie spürte, dass etwas nicht stimmte. Zwei Tage später teilte ihr eine ihrer »Freundinnen« mit heimlicher Genugtuung mit, dass Robert zu einem wütenden Minister zitiert worden war, der ihn angeschrien hatte, ob er glaube, die Regierung bekomme ihre Leute nicht selbst satt. Dass genau das zutraf, spielte keine Rolle, denn in der Welt der Diplomatie ist die Wahrheit nicht von Belang.

Das liegt Gott sei Dank hinter mir, denkt Ellen, als sie sich auf den Weg zu den Anwohnern macht. In gewisser Weise sieht sie diesen Gang als Hommage an ihr neues, normales Leben. Einen Plausch mit den Nachbarn halten, sich kennenlernen und im Idealfall erste Bekanntschaften schließen, die zu Freundschaften werden. Trotzdem muss sie sich überwinden, und gäbe es keinen konkreten Grund, würde die Schwerkraft der Bequemlichkeit Ellen vermutlich zu Hause halten. Aber in den letzten beiden Nächten war es ziemlich laut in der Anlage, Musik und Gelächter bis in die frühen Morgenstunden. Der Lärm kam von Rubens Nachbarn, den Frohweins, doch bevor Ellen ihnen mit einer Beschwerde kommt, will sie sich erst mit ihren Nachbarn beratschlagen.

In geschwungener, floraler Schrift steht »KESSEL« auf der Klingel. Sie hat in den vergangenen Tagen mehrmals bemerkt, dass Kartons mit Lebensmitteln zu dem Haus geliefert werden, was für ältere Bewohner spricht.

Keiner öffnet. Trotzdem hat sie das Gefühl, dass jemand zu Hause ist, da sie meint, ein Geräusch gehört zu haben, ein Zischen und ein seltsam blechernes Knacken. Eigentlich hat sie es immer schon töricht gefunden, ein zweites Mal zu klingeln, wenn sich nach dem ersten nichts tut, denn entweder ist wirklich keiner zu Hause oder derjenige will nicht gestört werden. Aber nun macht sie es doch. Es ist das gleiche pompöse Big-Ben-Ding-Dong, das ihr in ihrem eigenen Haus auf die Nerven geht.

Ellen sieht sich um. Der Vorgarten ist zwar nicht verwahrlost, aber ziemlich schlicht für ein so großes Haus. Hier und da blättert der Verputz von der Fassade, trotzdem kann man das Anwesen immer noch prächtig nennen. Die beiden Garagentore sind geschlossen – offenbar schon recht lange, dem Rost an den Griffen und Schlössern nach zu urteilen.

Die Dummheit, ein drittes Mal zu klingeln, begeht Ellen nicht, und sie widersteht auch der Versuchung, sich noch einmal umzuwenden und die Fenster nach einer Bewegung abzusuchen. Irgendetwas sagt ihr, dass sie damit durchaus Erfolg hätte, was sie jedoch nur beunruhigen würde.

Damit bleiben die Frohweins, denn Ruben kennt Ellen ja bereits. Die übrigen Häuser, die einmal zu Vineta gehört haben und die Siedlung groß und bekannt machen sollten, sind noch vor Baufertigstellung an verschiedene Investoren verkauft worden, wie die Maklerin bei der Besichtigung erwähnte. Im Grunde hat Vineta zu existieren aufgehört, falls es überhaupt jemals existiert hat, denn vier bewohnte Häuser sind kaum eine

Wohnanlage zu nennen. Irgendein Traum scheint da geplatzt zu sein.

Das vierte Haus hat Ellen bisher kaum beachtet, was auch daran liegt, dass es hinter hohem Gehölz versteckt ist. Selbst vom Gartentor aus ist es kaum zu sehen. Die langen, gebogenen Äste des wunderschönen weißen Flieders erstrecken sich bis über den Gehweg. Ellen muss sich ducken und ein paar Zweige beiseiteschieben, um das Grundstück zu betreten.

Dass sie jemanden antreffen wird, ist ihr schnell klar. Im Carport steht ein offenes Cabriolet, nichts Teures, ein Peugeot, daneben ein heruntergekommener Kleinwagen, und aus dem hinteren Garten dringen die Geräusche einer fröhlichen Party – wenn man deutschen Rap, einen Rülpser, die lauten Stimmen von mindestens vier Leuten und die Übertragung eines Formel-1-Rennens als fröhliche Angelegenheit ansehen möchte.

Höflich klingelt Ellen an der Haustür. Vor dieser Geräuschkulisse wirkt die Big-Ben-Glocke vollends fehl am Platz.

Ein paar Sekunden später steht ein junger Mann vor ihr, nicht älter als zwanzig, der eine Boxershorts mit dem Motiv der britischen Flagge trägt. Zwar hat Ellen trotz oder wegen ihrer vierzig Jahre nichts gegen gut gebaute männliche Oberkörper einzuwenden, aber dieser junge Mann ist ihr sofort unsympathisch. Es liegt an seinem motzig verzogenen Mund, der keine Worte benötigt, um zu sagen: Was willst du denn hier, du alte Kuh?

»Ja?«

Es braucht nur dieses kurze Wörtchen, damit Ellen seine Alkoholfahne riecht. Sie tippt auf Wodka-Red-Bull.

»Guten Tag, mein Name ist Ellen Holst. Ich wohne da drüben, bin erst vor Kurzem hier eingezogen und wollte mich vorstellen. Ist Herr oder Frau Frohwein zu Hause?«

»Olli!«, schallt es ins Haus, so laut, dass eine Sekunde lang sogar die Musik übertönt wird. »Olli! Olli!« Und schon hat er die Schnauze voll. »Wissen Sie was, gehen Sie einfach durch. Er ist im Garten. Na, da lang, Sie finden es schon.«

Damit ist er in der Küche verschwunden, wo er zusammen mit einer Gleichaltrigen irgendetwas mixt. Das Haus ist verwinkelter als ihres und hat mehr Räume. Dafür fehlen die Offenheit und Großzügigkeit, außerdem Wintergarten und Kamin. Im Wohnzimmer sieht es aus wie bei Hempels unterm Sofa, wie bei jungen Leuten so üblich: alte Socken auf dem Sofa, überquellende Taschen auf dem Boden, gebrauchte Gläser und Pizzaschachteln auf den Tischen. Dafür ist das Esszimmer wie geleckt, es scheint für Olli und seine Kumpanen der uninteressanteste Ort im ganzen Haus zu sein. Von dort ist es nur noch ein Schritt bis auf die Terrasse und in den Garten, wo sich vier halbnackte junge Leute tummeln. Einer hat ein Bier in der Hand und schaut sich das Rennen im Fernsehen an, während seine Freundin ihre Hand ziemlich weit oben auf seinem Oberschenkel geparkt hat. Vermutlich wünscht sie sich nichts sehnlicher, als dass endlich jemand diesen blöden Großen Preis von Sonst wo gewinnt und die Glotze ausgeschaltet werden kann. Eine weitere junge Frau versucht zweierlei, nämlich das Gleichgewicht zu behalten und auf den Rapsong zu tanzen, was ihr nur unzulänglich gelingt. Der andere junge Mann steht an einem imposanten Steingrill und legt Burger auf.

Ellen erstarrt.

Sie erstarrt nicht deswegen, weil der Rennwagenbegeisterte rülpst. Auch nicht, weil seine Freundin ihre Hand noch höher schiebt. Schon gar nicht, weil das tanzende Mädchen stolpert und ein Schwall Funken aus dem Grill in die Höhe schießt.

»Der am Grill ist Oliver Frohwein«, sagt der junge Mann, der ihr die Tür geöffnet hat und jetzt zwei randvoll gefüllte Biergläser mit orangefarbenem Inhalt und Cocktailschirmchen auf die Terrasse jongliert. »Olli, hier will jemand zu dir.«

Ellens Blick fixiert den Gegenstand, mit dem Oliver Frohwein in der Kohle stochert. Es ist ihr Schürhaken.

Genau genommen ist es irgendein Schürhaken, aber er sieht genauso aus wie ihrer, und dieses Haus hat keinen Kamin.

»Tagchen, was gibt's?«, sagt er und lässt sich nicht bei der Arbeit stören.

»Ich bin … Ihre neue Nachbarin.«

»Macht ja nichts«, erwidert er und bringt damit ein paar der anderen zum Lachen.

»Ich wollte nur … Wohnen Sie hier?«

»Nö, nur ein paar Wochen. Bin der Enkel. Und das sind meine Freunde. Sonst noch Auskünfte erwünscht?«

»Ach so. Ich …«

»Falls wir zu laut sind«, er wendet sich ihr zu und grinst, »dann gewöhnen Sie sich besser dran. Wir feiern unser Abi und hören damit auch nicht auf, jedenfalls nicht bis zum Herbst.«

Erneut brandet Gelächter über den Rasen. Es ist offensichtlich, dass der Spross der Frohweins den Ballermann kurzerhand nach Heiligendamm verlagert hat. Ein Promille dürfte er um diese Uhrzeit bereits haben, aber ein paar Stellen vor oder hinter dem Komma sind über den Tag garantiert noch drin.

»Ich wollte eigentlich nur Hallo sagen und …«

»Hallo«, schallt es gelangweilt aus zwei oder drei Kehlen.

»… muss nun aber feststellen, dass Sie vermutlich meinen Schürhaken als Grillhilfe benutzen. Ich vermisse ihn nämlich. Darf ich mal sehen?«

Sie geht auf den jungen Mann zu. Es handelt sich wohl tatsächlich um ihren Schürhaken, denn es ist dasselbe Fabrikat, und er ist nagelneu, von der Asche abgesehen, die von Olivers Gestochere stammt. »Ja, es ist definitiv meiner.«

»Du feierst wohl gerade Gehirnfasching, was? Lass das Ding los, Oma.«

Im Grunde ist Ellen der Schürhaken egal. Es geht gar nicht um den Gegenstand, sondern darum, wie er in den Besitz dieses schlecht erzogenen Rowdys gekommen ist.

»Dieses Haus hat keinen Kamin«, sagt sie. »Darum müsste sogar Ihnen einleuchten, dass …«

»Benny, wo hast du das Ding her?«, fragt er seinen Kumpel, der sich nur widerwillig von dem Formel-1-Spektakel losreißt.

»Von deiner ollen Tante.«

»Birgit?«

»Ich hab nach dem Zubehör für den Grill gesucht und nix gefunden, da kam sie um die Ecke und hat mir das Ding in die Hand gedrückt. Und jetzt lass mich in Ruhe mit dem Scheiß.«

»Okay«, sagt Olli zu Ellen. »Meine Großtante hat es irgendwoher, ich brauch das Ding, und solange ich es brauche, gehört es mir, Ende Gelände. Sag mal, ist das eigentlich dein Spast, der hier immer rumhängt?«

»Nein, aber nennen Sie ihn nicht so. Wo finde ich Ihre Großtante?«

»Irgendwo bei den toten Schweinen.«

»Wie bitte?«

»In der Fleischerei. Ach, nee, heut ist ja Sonntag. Dann in ihrem Zimmer. Erster Stock, erste Tür links nach der Treppe. Wenn du sie siehst, sag ihr, wir brauchen morgen dringend 'ne neue Fuhre Grillwürste.«

Den Teufel wird sie tun.

Bevor Ellen nach oben geht, hört sie noch, wie eines der Mädchen giggelt: »Der geht es doch gar nicht um das Schürdings. Die ist hier, um knackige Männerärsche zu bestaunen.«

Na, hundertprozentig, denkt Ellen, und fast im selben Moment bleibt ihr Blick an einem weiteren Diebesgut hängen. Das Surfboard ihres Sohnes hängt an einer Wand. Sie erkennt es sofort an den blauen Blitzen, und um jeden Zweifel zu zerstreuen, sieht sie auf der Unterseite nach, wo sie Tristans Initialen und das Wappen der Ehrensees hat aufdrucken lassen.

Ausgerechnet denen hat Tristan das Board anvertraut! Nur wie sind sie an den Schürhaken gekommen?

Die Frau, die Ellen im Obergeschoss die Tür öffnet, ist um die siebzig und ergraut, wobei das durchaus mehrdeutig zu verstehen ist. Nicht nur die Haare, auch die Zähne, der Blick, die Körperhaltung, aus allem ist jegliche Spannung gewichen. Birgit Lohs Händedruck fühlt sich an, als würde Ellen Wasser die Hand geben. Die Frau hat nicht das geringste Interesse am Besuch der neuen Nachbarin, und vermutlich ist es nicht Höflichkeit, sondern Automatismus geschuldet, das sie sich auf ein Gespräch einlässt.

Im Raum hängt der Rauch einer ganzen Packung Zigaretten, trotzdem ist das Fenster – kaum größer als ein Pizzablech – geschlossen. Obwohl es nur ein Bett, ein kleines Sofa mit Beistelltisch, einen Fernseher und einen kleinen Kleiderschrank gibt, ist das Zimmer so gut wie voll.

»Ich würde Ihnen ja etwas anbieten, aber es gibt keine sauberen Tassen mehr«, sagt die Frau und setzt sich auf den einzigen Stuhl. Sie stellt ein Tablett auf ihren Schoß, auf dem eine Tasse Kaffee und eine Scheibe Brot mit Käse stehen. »Falls es um meinen Großneffen und seine Freunde geht, ich habe den Lärm von letzter Nacht gehört. Aber glauben Sie mir, es gibt nichts, was ich dagegen tun könnte. Auf mich hört hier keiner.«

Da Ellen sich nicht auf das Bett setzen möchte, bleibt sie stehen, wodurch sie einen Teil des Fernsehers verdeckt, in dem gerade das Vormittagsprogramm eines Privatsenders läuft. Der Ton bleibt auf mittlerer Lautstärke.

»Ich möchte Sie nicht stören«, sagt Ellen und weiß, dass sie genau das tut. »Ich will nur kurz Hallo sagen.«

»Ja«, antwortet Birgit Loh und sieht ungerührt dabei zu, wie einen Reality-TV-Polizisten eine Faust ins Gesicht trifft, woraufhin er stark blutet.

»Wie gesagt, ich bin in Haus Nummer zwei eingezogen. Wissen Sie zufällig, wer früher dort gewohnt hat?«

»Ja. Bin hier schon eine Weile.«

»Der Voreigentümer heißt Derfflinger, aber er hat sich beim Notar vertreten lassen, und ich weiß nicht … Können Sie mir sagen, was damals passiert ist?«

Die Frau spült einen Bissen des Käsebrots mit Kaffee hinunter und schüttelt den Kopf.

»Waren Sie persönlich betroffen?«

»Persönlich betroffen«, wiederholt die Frau, als müsse sie die Bedeutung dieser Worte erst noch enträtseln. »Persönlich betroffen.«

Der Schläger im Reality-TV wird in Handschellen abgeführt und schreit dabei wie am Spieß. Die Frau stellt den Ton lauter statt leiser, was einer Aufforderung gleichkommt, sie in Ruhe zu lassen.

»Eines noch«, sagt Ellen. »Der Schürhaken, den Sie einem der Jungen gegeben haben, woher haben Sie den?«

»Der was?«

»Schürhaken«, brüllt Ellen gegen den Lärm aus dem Fernseher an.

Frau Loh zuckt mit den Schultern. »Der lag auf dem Rücksitz von Olivers Cabrio. Eines der Mädchen hat ihn mir in die Hand gedrückt, das Scheißding stört, hat sie gesagt. Ich habe es dann weggeräumt und erst heute wieder hervorgeholt, als die jungen Leute grillen wollten. Warum?«

»Weil es meiner ist.«

»Nehmen Sie ihn gerne wieder mit.«

»Das würde ich ja, wenn ...«

Sie seufzt. Das hat doch alles keinen Sinn.

Im Erdgeschoss klemmt Ellen sich das Surfboard unter den Arm und verlässt das Haus der Frohweins. Sie zittert, denn auch wenn sie eigentlich keine Diebin ist, aufregend ist es schon, was sie gerade tut.

Vor ihrer Haustür wackelt Ruben auf und ab und führt Selbstgespräche.

»Hallo Ruben, wartest du auf Tristan? Er wollte ein bisschen mit dem Fahrrad herumfahren und schöne Bilder machen. Zum Mittagessen um eins ist er sicher zurück.«

»Ruben ist ein lieber Junge. *Mensch ärgere dich nicht* spielen.«

»Wir beide? Ich muss leider kochen. Es gibt Kaninchen. Du bist natürlich eingeladen. Wir spielen ein andermal, ja? Siehst du dieses Ding hier? Das haben unsere netten Nachbarn entwendet, genauso wie den Schürhaken, nach dem ich dich dummerweise gefragt habe. Du nimmst mir das nicht übel, oder?«

»Ruben ist ein lieber Junge.«

Auf einmal fühlt sie sich solidarisch mit dem jungen Mann.

Dass der ungehobelte Kerl ihn Spast genannt hat, macht sie wütend.

»Bitte sag Tristan nichts von dem Surfboard. Vierzehnjährige reagieren empfindlich, wenn Mütter für sie die Kastanien aus dem Feuer holen. Du verstehst mich doch, oder?«

Ruben geht nicht darauf ein. Traurig sagt er: »So hat es damals angefangen. Etwas ist weggekommen. Nicht lustig. So hat es angefangen. Und dann waren alle tot.«

Am Abend desselben Tages

Fünf Tage hat die Reise aus dem albanischen Dorf an die Ostsee gedauert, rund einhundertzwanzig Stunden in Bussen, Zügen, auf Bahnhöfen und versteckt in einem Kleintransporter. Malush hat kaum geschlafen und nicht geduscht. Trotzdem fühlt er sich gut, munter genug, um seinem Neffen und dem alten Hund zum ersten Mal das Meer zu zeigen. Was für ein Augenblick, als Skanderbeg in die Wellen springt, während Malush und Bekim Hand in Hand am Strand von Kühlungsborn stehen und beobachten, wie die sinkende Sonne die See entzündet, den Himmel, ja die ganze Welt.

»Macht es zisch, wenn die Sonne im Meer untergeht?«, fragt der Junge.

Sie sprechen Albanisch miteinander, die einzige Sprache, die der Fünfjährige jemals gehört hat.

Ein paar ältere Strandspaziergänger gehen vorbei und lächeln sie wohlwollend an. Malush und Bekim geben ein friedliches Bild ab, das Bild einer Familie, in der man sich liebt und in der man Hunde mag, und das rührt die Herzen. In diesem Moment sind Malush und Bekim keine Albaner, keine Ausländer, sondern Teil einer Gemeinschaft, sie sind für diese Leute Vater und Sohn, die zusammen mit ihnen die romantische Stunde genießen.

»Sehen wir mal, ob es zisch macht«, sagt Malush und geht in die Hocke. Fast Wange an Wange verharren sie. Malush kann die Wärme des Jungen spüren, seine Aufregung, als der Feuerball sich der unendlichen Wasserfläche nähert.

»Gleich ist es so weit, siehst du? Gleich … gleich … gleich …«

Malush stößt einen zischenden Laut aus und kitzelt Bekim, der hell aufjault und ein paar Meter über den Sand davonläuft, bevor Malush ihn einfangen und durch die Luft wirbeln kann, begleitet von Skanderbegs Bellen.

Der Junge will gar nicht mehr aufhören zu lachen, Malush kennt das schon. Das geht manchmal minutenlang so. Bekim hat jedoch die Eigenart, plötzlich innezuhalten, so als sei ihm gerade ein trüber, schmerzhafter Gedanke gekommen.

»Onkel Malush, erzählst du mir eine Geschichte?«, fragt er vorsichtig, als hätte Malush ihm den Wunsch jemals verweigert. Er hat ihm andauernd Geschichten erzählt, schon die ganze Reise über, auch wenn er hundemüde war. Und so sitzen sie am Strand, während die Farben erlöschen und es dunkel und kalt wird um sie herum, und Malush erzählt seinem Neffen dieselben Märchen und Sagen wie damals Majlinda.

»Noch eine Geschichte, Onkel Malush.« Der Junge wird nicht satt davon, er hungert nach Worten wie andere Kinder nach Bonbons. Malush gibt sie ihm. Erst als die Kälte der Nacht durchdringend wird, als sie stärker wird als die Worte, gehen sie nach Hause.

Sie haben ein Zimmer in einem Hostel reserviert, aber in

der Saison sind die Preise gepfeffert, daher müssen sie sich einschränken. Majlinda hat einen Teller mit Pommes frites auf den Tisch gestellt, dazu Leitungswasser. Die Pommes sind kalt, dafür ist das Wasser unangenehm warm. Malush holt frisches und öffnet eine Dose Königsberger Klopse für den Hund. Als er zum Tisch zurückkehrt, geht ein Schub von Traurigkeit durch ihn hindurch. Er wünscht sich so sehr, sie könnten eine Familie sein, eine richtige Familie, aber das ist nicht möglich. Seine Schwester und ihr Sohn beachten sich fast gar nicht.

Es ist nicht so, dass Majlinda ihn ablehnen würde, sie begreift ja vielleicht nicht einmal, wer ihr da gegenübersitzt. Sie lächelt die ganze Zeit über, sechzehn Stunden am Tag lächelt sie den Portier an, den Fernseher, Malush, Bekim, den Spiegel, wildfremde Leute… Beständig wie eine Muttergottes an der Decke einer orthodoxen Kirche und ebenso nichtssagend. Bekim spürt das, er kann mit dieser Frau, die er Tante nennt, nichts anfangen. Und er spürt noch mehr, nämlich dass sie gar keine Tante, sondern dass etwas von ihr auch in ihm ist, und das macht ihm Angst. Oft, wenn er Malush ansieht, scheint er rufen zu wollen: *Rette mich!*

Nach Mitternacht wird das Licht gelöscht. Majlinda und Bekim schlafen im Doppelbett, Malush und der Hund auf dem Boden. Nachdem Malush eine Stunde wach gelegen hat, steht er auf, gibt Skanderbeg einen Kuss und verlässt leise das Zimmer.

Der Weg durch den Wald und an der Küste entlang von Kühlungsborn nach Heiligendamm ist im Dunkeln nicht leicht zu gehen. Malush hat eine Taschenlampe dabei, die er allerdings nicht benutzen will, um keine Aufmerksamkeit auf sich zu ziehen. Er hat jedoch das Talent, sich Wege mühelos zu merken, das hat er sich in den Nächten angeeignet, in denen er durch die albanischen Berge streifte. Vor sechs Jahren ist er viel um Kühlungsborn und Bad Doberan herumgelaufen. Das kommt ihm nun zugute.

Um zu bemerken, dass Vineta sich stark verändert hat, braucht es kein Tageslicht. Die Schranken sind weg, ein Großteil der Laternen im Einfahrtsbereich ist abgeschaltet oder kaputt, die Kameras sind deinstalliert … Nichtsdestotrotz ist Malush vorsichtig. Er ist es gewöhnt, nicht den einfachsten Weg zu nehmen, geht lieber auf Nummer sicher, und so taucht er jenseits der Anlage ins Gebüsch und schiebt sich langsam an der Mauer entlang. Damals war dort alles abgesägt, was einem Eindringling hätte helfen können, die Mauer zu erklimmen. Inzwischen sind zahlreiche Büsche herangewachsen, deren Äste jedoch noch zu dünn sind, um Malush zu stützen. Kein Problem für ihn. Nicht umsonst hat er jahrelang als Artist im Zirkus gearbeitet. Mit etwas Anlauf springt er aus dem Stand einen Meter fünfzig hoch, bekommt die obere Kante der Mauer zu fassen und sitzt im nächsten Moment darauf. Die Aktion bringt ihn noch nicht einmal zum Schwitzen.

Trotzdem verweilt er kurz, sondiert das Gelände. Mattes Licht fällt auf die Wege, in den Häusern ist es dunkel. Malush kann sie nicht komplett einsehen, das ist aber auch nicht notwendig. Ihn interessiert nur ein einziges Haus.

Um in dessen Garten zu gelangen, springt er von der Mauer über ein Nadelgehölz hinweg auf den Rasen, wo er sich abrollt. Alles ist ruhig.

Eine Böe rauscht durch die Nacht, vergeht, hinterlässt eine leise quietschende Schaukel. Sie ist eingerostet, nutzlos für denjenigen, der sie einst installierte, aber umso wertvoller für Malush. Vom Gestänge auf den Balkon – für die meisten illusorisch, für Malush ein Katzensprung. Für das gekippte Fenster benötigt Malush Draht und eine Minute. Nicht dass er Erfahrung als Einbrecher hätte, aber im Zirkus war er unter anderem Entfesselungskünstler und hat sich die wichtigsten Fertigkeiten selbst beigebracht.

Er steht in einem leeren Schlafzimmer mit einem unbezogenen Doppelbett, einem riesigen, offen stehenden leeren Kleiderschrank und schokobraunen Wänden. Exakt drei Minuten lang setzt er sich auf die Matratze. So lange brauchen seine Augen, um sich an die Dunkelheit zu gewöhnen. Dann verlässt er das Schlafzimmer.

Er öffnet eine Tür – ein kleines Bad.

Eine zweite Tür – ein Arbeitszimmer mit Schreibtisch, jedoch ohne Computer, Stifte und dergleichen.

Ein dritter Raum – unbenutzt wie der, durch den Malush hereingekommen ist.

Die vierte Tür bringt ihn weiter. Jemand schnarcht leise, es ist eher ein Schnaufen wie das von Skanderbeg. Geräuschlos nähert sich Malush der Quelle.

Er erkennt den Jungen, der mit offenem Mund und einer Stoffente im Arm schläft, sofort wieder. Ein solches Gesicht vergisst man nicht: weich, beinahe schwammig. Seine Zähne sind allerdings schlechter als damals, und der Grund dafür liegt auf dem Nachttisch: ein halbes Dutzend angebrochener Packungen Schokoriegel, Gummibärchen und Schaumküsse. Sie verdecken zur Hälfte ein Handy, das Malush an sich nimmt.

Absichtlich lässt er die Tür offen, als er den Raum verlässt. Im Erdgeschoss entdeckt er das Haustelefon, das er zusammen mit dem Handy unter dem Polster des Sofas versteckt. Dann legt er die Schalter des Sicherungskastens um und holt die Taschenlampe hervor.

Nun muss er nur noch etwas Zerbrechliches in die Finger bekommen. Er wird auf dem Couchtisch fündig, wo ein Porzellanbecher mit Biene-Maja-Motiv steht, aus dem Kakao getrunken wurde.

Er ist so weit.

Malush lässt die Tasse auf die Kacheln des Wohnzimmers fallen, wo sie krachend zerbirst.

Nun muss er nur noch warten.

»Hallo?«

Der Junge hat das Geräusch gehört. Das Licht geht nicht an. Das Handy liegt nicht auf dem Nachttisch.

»Hallo?«

Ruben bewegt sich tapsig, Malush mit seinem feinen Gehör verfolgt jeden Schritt vom Schlafzimmer bis zur Treppe. Auch dort versucht Ruben mehrmals vergeblich, das Licht anzumachen. Er hat nur wenige Möglichkeiten. Entweder bleibt er oben und schließt sich im Bad ein, oder er wartet eine Weile auf der Treppe. Er könnte auch ein Fenster öffnen und um Hilfe rufen. Aber er weiß nicht, was vor sich geht. Vielleicht ist ja nur die Sicherung herausgeflogen, was den Knall verursacht hat, von dem er erwachte, und das Handy hat er vielleicht unten im Wohnzimmer liegenlassen. Alles ganz harmlos. Andererseits … warum sollte die Sicherung herausfliegen?

Wie tickt jemand, der anders ist? Jemand, der sich in stundenlangen monotonen Bewegungen ergeht, der in seinem Alter noch mit Stofftieren schläft und aus Biene-Maja-Tassen trinkt?

Ruben betritt die erste Stufe, die zweite … Seine Stimme wird weinerlich. »Hallo? Jemand da?«

Die dritte, die vierte, die fünfte Stufe. Es sind zwölf, weiß Malush.

Seine Sinne sind jetzt scharf wie die Krallen eines Adlers. Er kann Rubens Schweiß riechen, seine Angst. Im Grunde verhält der Junge sich so widersprüchlich wie die meisten anderen Menschen. Er fürchtet sich vor dem, was er eventuell im Erdgeschoss vorfinden wird, und trotzdem muss er es mit eigenen Augen sehen. Er kann nicht abwarten. Er kann auch nicht die Klappe halten. Immer wieder fragt er, ob da jemand sei, doch würde er eine Antwort erhalten, verfiele er in Panik. Er will gar keine Antwort, niemand will das, der im Stockfinsteren »Hallo« ruft. Trotzdem tut man es.

Zehn, elf, zwölf. Er ist unten angekommen, tastet erneut nach einem Lichtschalter und stöhnt, als sich noch immer nichts tut.

In diesem Moment schaltet Malush die Taschenlampe an. Er steht ungefähr vier Meter von Ruben entfernt und trifft ihn mit dem Lichtstrahl auf Anhieb direkt ins Gesicht.

Geblendet wankt Ruben zurück, stößt gegen die unterste Stufe und fällt auf die Treppe. Halb sitzt und halb liegt er da, unfähig sich zu bewegen. Ins Licht starrt er wie das Kaninchen auf die Schlange, auch als die Quelle des Strahls sich ihm langsam nähert.

»Nichts tun«, sagt er mit grotesk verzerrtem Mund. »Nein, nichts tun.«

Etwa zwei Meter von Ruben entfernt bleibt Malush stehen. Urplötzlich reißt er die Taschenlampe herum, hält sie sich unters Kinn und leuchtet sein Gesicht an.

Ruben schreit grell auf.

8

Sommer 2010

Austern, Wildkräutersalat mit Limonenbuttercroutons, Krebsschaumsüppchen, überbackene Jakobsmuscheln – nichts davon hatte Birgit jemals zuvor gegessen. Es war fast ein bisschen zu viel des Guten, was der Erbauer ihr da im teuersten Fischrestaurant der Gegend vorsetzen ließ. Seine Erwartungshaltung an die Qualität der Speisen war genauso hoch wie die Erwartungshaltung, mit der er Birgit anblickte, wenn sie sich die erste Gabel oder den ersten Löffel in den Mund schob. Natürlich musste sie dann jedes Mal völlig überwältigt sein, wieder und wieder.

Das war nicht sehr originell. Gernot Kessel war wesentlich einfallsreicher, wenn es darum ging, die diversen Geschmacksexplosionen zu beschreiben. In Wahrheit explodierte gar nichts in Birgits Mund. Na ja, es schmeckte nicht übel, doch weder erschloss sich ihr, wo beim Champagner die Apfelnote und beim Rotwein die Vereinigung von Tabak, Lavendel und Schokolade zu finden waren, noch warum sich Tabak, Lavendel und Schokolade überhaupt vereinigen sollten.

Die Fragen nahmen kein Ende. Sollte sie, genau wie er, den kleinen Finger abspreizen, wenn sie das Glas hob, oder gehörte sich das nicht für eine Frau? Wie aß man eine Auster, ohne zu kleckern?

Nicht weniger problematisch erging es ihr mit der Konversation. Oh, sie war sehr erlesen. Ihr Tischherr hatte die halbe Welt bereist und fand Gefallen daran, diese Tatsache in die Unterhaltung einzustreuen wie die Limonenbuttercroutons, die er mehrfach nachbestellte und ihr immer wieder aufdrängte, obwohl sie sie schon nicht mehr sehen konnte. Außerdem war er ein erfolgreicher Hotelier, Selfmade-Millionär, Investor, leidenschaftlicher Golfspieler, Sammler von Porzellankunst… Gourmet nicht zu vergessen und was für einer. Von all dem verstand Birgit nichts. Das allein wäre nicht schlimm, Verschiedenheit war immerhin die Würze des Lebens. Das Drama bestand darin, dass nichts davon sie wirklich interessierte.

Umgekehrt hatte sie ihm wenig zu erzählen. Ihre Arbeit in der Metzgerei war nicht gerade das ideale Gesprächsthema für ein Dinner mit Austern, ihr abgebrochenes Germanistikstudium lag vierzig Jahre zurück, und auch sonst fiel ihr nichts ein. Sie hatte keine Hobbys, war nie groß gereist. Das einzig Aufregende in Birgits Leben war ihre erste und einzige Liebe, ihr grandioses Erblühen und ebenso grandioses Scheitern. Alles danach war nichts weiter als ein stiller, wenig heroischer Kampf, den Tag zu überstehen, die Wochen, Monate und Jahre.

Mal davon abgesehen, dass sie Gernot Kessel nicht gut genug kannte, um ihn einzuweihen, war das nichts, worüber sie sprechen wollte, mit niemandem. Zu sehr hatte sie sich an das Schweigen über diese Tragödie gewöhnt, an das ihre Schwester, ihr Schwager und sie selbst sich hielten. Sie hatte das Schweigen sogar lieb gewonnen. Wer wird schon gerne an einen schlimmen Fehler erinnert? Wenn man über etwas nicht spricht, so hatte sie festgestellt, verliert es seine feste Konsistenz. Es verflüchtigt sich, verschwindet aus dem Blickfeld, und man nimmt nur ab und zu noch einen schwachen beißenden Geruch davon wahr.

Wie an diesem Abend. Allein die Tatsache, dass sie zum letzten Mal vor etwa fünfunddreißig Jahren von einem Mann zum Essen eingeladen worden war – jenem Mann, der ihr Leben ruinieren und somit bestimmen sollte –, erinnerte sie an diese unglückselige Episode.

Sogar Gernot Kessel, der sie im Grunde nicht kannte, bemerkte ihre Unfähigkeit, von ihrem Leben zu berichten. Er versuchte ihr Brücken zu bauen, zum Beispiel indem er beim Hauptgang auf Hannis und Alfreds Delikatessengeschäfte zu sprechen kam. Unglücklicherweise hatte Birgit mit den Läden nie etwas zu tun gehabt.

Gernots Bemühungen brachten Birgit nur noch mehr in Verlegenheit, sie fühlte sich fehl am Platz, genierte sich für ihren knittrigen schwarzen Hosenanzug, der überhaupt nicht in diese Atmosphäre passte. Sie hatte das Gefühl, nach Metzgerei zu riechen, und wurde immer schweigsamer, was er mit weiteren Details aus seinem abwechslungsreichen Leben kompensierte, woraufhin sie noch schweigsamer wurde. Sie befanden sich definitiv in einer Abwärtsspirale.

Als das Dessert kam, passierte etwas Unerwartetes. Gernot Kessel starrte auf seine Maronencreme, und Birgit dachte schon, es sei damit etwas nicht in Ordnung.

Da sah er sie an und sagte: »Wissen Sie, Birgit ... Ich darf Sie doch Birgit nennen? Wissen Sie, Birgit, je älter ich werde, desto mehr wird mir bewusst, dass ich ein facettenreiches Leben geführt habe, in dem eine Facette immer gefehlt hat: Wärme. Man könnte sicherlich noch weitere Synonyme dafür finden, aber Wärme trifft es am besten. Meine Mutter ist früh gestorben, mein Vater hat mich Disziplin und Geschäftssinn gelehrt, sonst aber auch nichts, und meine Frau, besser gesagt meine Exfrau… Nun ja… Wie dem auch sei. Fürs Alter hatte ich immer einen Traum, nämlich in einer großen Gemeinschaft zu leben, in der man sich gegenseitig hilft und füreinander eintritt. Mein Ideal ist die italienische Familie. Nennen Sie mich naiv, aber die Großfamilien in den südeuropäischen Ländern sind für mich wahre Sehnsuchtsorte. Diese Kohärenz… wunderbar.«

Er seufzte, nahm den Dessertlöffel auf und legte ihn sogleich zurück.

»Leider konnte ich mir diesen Traum nicht erfüllen, weshalb ich beschloss, eine Gemeinschaft zu gründen. Inzwischen habe ich alles verkauft, sämtliche Hotels, Beteiligungen, Investments, um Vineta zu bauen. Ich will nicht behaupten, dass ich jeden Cent hineinstecke, trotzdem kommt ein hübsches Sümmchen zusammen. Aber das spielt keine Rolle. Die Jahre, die mir bleiben, will ich unter Freunden verbringen. Sonst war alles davor irgendwie… nur Zeitvertreib, ohne Bedeutung. Ich meine, alles sollte auf ein Ziel zulaufen, nicht wahr? Eine Erfüllung, wenn Sie so wollen.«

Er nahm den Dessertlöffel wieder auf und tauchte ihn in die Nachspeise.

»Wie Sie, liebe Birgit, nach meiner kleinen Rede eben zweifellos bemerkt haben, ist Vineta eigentlich nur ein Surrogat für mich, wenn auch ein bedeutendes.«

Dieses Wort war Birgit kein Begriff, dennoch verstand sie, was er meinte. Er hatte ihr eine Seite von sich gezeigt, die bisher wohl nur die wenigsten kannten. Für sie gehörte es zu den intimsten Dingen, jemandem einen Lebenstraum zu gestehen. Denn das ist ein großes Wort, man gibt unendlich viel von sich preis, und wenn man scheitert, ist die Niederlage gewaltig und die Scham erdrückend. Wer wusste das besser als sie, die ihren Lebenstraum lange hinter sich hatte?

»Wie gut ich Sie verstehe«, sagte sie, weil sie zum ersten Mal an diesem Abend wirklich etwas sagen wollte.

Daraufhin löffelten sie schweigsam die Maronencreme.

Als sie eine Dreiviertelstunde später in Gernots Bentley – einem übertrieben edlen Wagen – darauf warteten, dass sich das Tor von Vineta öffnete, fragte er sie, ob sie noch Lust auf einen Schlummertrunk in seinem Haus habe. So wie neunzig Prozent des Abends verlaufen waren, hätte sie Müdigkeit vorgeschoben. Nun aber war sie sich nicht mehr sicher, und wenn Birgit sich nicht sicher war, liefen die Dinge immer so, wie die anderen es wollten.

»Ich habe einen exzellenten Port, am Gaumen entfalten sich Karamell und Rosinen. Oder Cognac? Womöglich Gin? Ich habe den besten, einen Monkey 47 aus dem Schwarzwald. Nein, Sie bevorzugen sicher einen Port, oder?«

Birgit bevorzugte es, keine Entscheidungen zu treffen. »Ich vertraue Ihrem Gespür, das Richtige für mich zu finden.«

»Gut gesagt.«

Bevor sie vor Gernots Haus parkten, stellte er noch rasch einen Präsentkorb vor die Tür der Derfflingers, Spreewaldgurken und exquisite Schokolade für Julia. Morgen würde er sich bei den Nachbarn erkundigen, ob alles zu ihrer Zufriedenheit sei, und sich wie ein Kind über eine positive Antwort freuen.

Die Einrichtung seines Hauses, des mit Abstand größten in Vineta, war eine Mischung aus Palazzo und Porzellanmuseum. Überall standen Vitrinen mit dem weißen Gold, während sich das richtige Gold auf prunkvollen Stühlen, Bilderrahmen und

Staubfängern fand, von denen es reichlich gab. Mit den meisten Objekten seiner Sammlung konnte Birgit nichts anfangen, sie waren entweder abstrakt oder Kitsch, zumindest in ihren Augen.

»Französisches Rokoko, meine Liebe. In jeder Hinsicht von höchster Kostbarkeit.«

»Ja, sehr schön.«

»Gehen wir ins Arbeitszimmer. Dort bewahre ich die Stücke der Königlich Preußischen Manufaktur auf. Und den Port.«

Das Arbeitszimmer war von besonderer Schwere. Birgit hätte darin mit Büchern und Aktenordnern gepflasterte Wände vermutet. Stattdessen gab es eine Wand, an der vor einer nachtblauen Tapete lediglich eine chinesische Vase auf einem Sockel stand. Mit dem Schreibtisch hätten vier muskulöse Möbelpacker ihre Mühe gehabt, und die Orientteppiche waren dick wie Kissen.

»Hierhin ziehe ich mich zurück, wenn ich ganz ich selbst sein will.«

»Ach so.«

»Gefällt es Ihnen?«

»Ja, es ist sehr… einnehmend.« Sie lachte nervös. »Von einem Arbeitszimmer erwartet man das gar nicht.«

Zufrieden holte er den Portwein aus einem aufklappbaren antiken Globus und schenkte zwei Gläser ein. Das Zeug klebte wie Hustensaft, aber erstaunlicherweise schmeckte Birgit die angekündigten Aromen von Karamell und Rosinen heraus.

Tom kam herein, und erst in diesem Moment fiel Birgit auf, dass Gernot seinen Sohn den ganzen Abend lang nicht ein einziges Mal erwähnt hatte. Er hatte kurz über seine Frau gesprochen und den Begriff Familie erwähnt. Toms Name war jedoch nicht gefallen.

»Hi Paps«, sagte er und zu Birgit: »Hallo, wie geht's?« Er schien sich nur kurz zu wundern, dass sein Vater Besuch hatte. »Hier, lies mal.«

»Was ist das? Hat das nicht Zeit bis morgen?«

»Schon. Aber morgen fragst du, warum ich ihn dir nicht gleich gezeigt habe.«

»Nun hast du ihn mir ja gezeigt. Wir haben Besuch, wie du siehst.«

»Es geht um Vineta.«

Dieses Argument zog. Gernot setzte seine Lesebrille auf, und Birgit bestaunte die Vitrine mit dem preußischen Porzellan. Wie seltsam fremdartig Tom in diesem Raum aussieht, dachte sie. Wie eine Bierdose zwischen einem englischen Teeservice. Sie versuchte, sich sein Zimmer vorzustellen, die Poster von Rockgruppen und Motorradherstellern, das ungemachte Bett, die Jeans auf dem Boden, Zigarettenasche auf dem Nachttisch … So deplatziert wie er selbst. Und wie sie, denn war sie im Grunde nicht ebenso ein Fremdkörper in diesem Haus? Nun gut, sie hatte sich für den Abend schick gemacht, was bedeutete, dass sie einen schwarzen Hosenanzug und eine von Hanni geliehene Perlenkette trug, ein Ensemble, das sich auch für Beerdigungen eignete.

»Aber wie … kommt er denn … Wie kommt er denn dazu, so etwas zu machen?«, fragte Gernot perplex.

»Der Kerl ist ein arrogantes Arschloch«, erwiderte Tom.

Das war keine Antwort, die einen Feingeist zufriedenstellen konnte. Entgeistert blickte Gernot zu Birgit.

»Paul Derfflinger hat Tom wegen Vandalismus und Sachbeschädigung angezeigt. Ich verstehe das nicht.«

»Oh«, sagte Birgit, fand das dann aber doch zu schwach.

»Vielleicht geht es um seine Rosen? Ich war zufällig dabei, als er erzählte, dass jemand sie abgeschnitten hat. Er war ziemlich sauer, gelinde gesagt.«

»Ja, aber … Wie kommt er auf Tom?« Er wandte sich wieder seinem Sohn zu. »Wie kommt er auf dich?«

»Weiß ich doch nicht!«

»Ist er zu dir gekommen? Hat er dich beschuldigt?«

»Nein, seit seinem Einzug haben wir kein Wort gewechselt.«

»Fest steht, dass jemand aus dem Inneren der Anlage die Rosen zerstört hat. Das meint zumindest Herr Vukasovic.«

»Klar behauptet er das, damit ist er nämlich fein raus. Dein Herr Vukasovic ist so sehr ein guter Wachmann, wie ich ein guter Stenotypist bin.«

»Neulich hast du ihn faul genannt, da er den ganzen Tag nur hinter seinem Häuschen herumlungert. Ein paar Tage später war er ein Schwerenöter, und jetzt soll er auch noch ein Vandale und Dieb sein? Woran wirst du ihm morgen die Schuld geben? An den steigenden Mietpreisen in den Großstädten?«

»Ja, warum nicht?«

»Ich glaube, du hast ein Problem mit seiner Herkunft, das ist alles.«

»So ein Quatsch. Meinetwegen kann er aus Timbuktu kommen.«

»Diese Diskussion ist fruchtlos.«

»Dann mache ich es kurz. Schalte deinen Anwalt ein, der soll das mit der Anzeige regeln.«

»Das kommt überhaupt nicht in Frage. Wenn man Anwälte beauftragt, entwickeln die Dinge eine Eigendynamik.«

»Na und, sollen sie doch.«

Gernot seufzte, als würde er an einem kleinen Kind verzweifeln. »Wir sprechen morgen darüber«, sagte er

Tom interessierte die Anzeige offenbar nicht genug, um zu widersprechen. Er ließ sogar den Brief zurück, als er ging.

»Liebe Birgit, darf ich Ihnen gestehen, dass mich diese Nachricht zutiefst enttäuscht. Eine Anzeige ist doch nun wirklich das letzte, wenn nicht allerletzte Mittel. Wieso hat Herr Derfflinger nicht mit mir gesprochen?«

»Er verdächtigt nicht Sie, sondern Tom.«

»Na, dann eben mit Tom. So geht das nicht. Man kann doch nicht einfach … Was geht denn nur in ihm vor?«

»Um seine Rosen hat er geweint wie um einen treuen Hund. Ich kann mir vorstellen, dass er zutiefst betrübt ist.«

Birgit fiel auf, dass sie anfing, ein wenig wie Gernot zu sprechen, was angesichts ihrer Vergangenheit in eher rustikalen Jobs erstaunlich war. Phrasen wie *Ich kann mir vorstellen* und Wörter wie *betrübt* gehörten seit dem Abbruch ihres Germanistikstudiums vor vierzig Jahren nicht mehr zu ihrem Repertoire. Aber für Gernot griff sie gerne in die Mottenkiste und schöpfte zudem aus dem Fundus ihrer Bettlektüren, Romanen von Jane Austen, den Brontë-Schwestern, George Eliot, Balzac, Hedwig Courths-Mahler, kurz, aus Liebesromanen des neunzehnten Jahrhunderts, die es ihr angetan hatten.

»Wenn Sie möchten, dann spreche ich mal mit ihm«, sagte sie und wusste beim nächsten Atemzug schon nicht mehr, warum sie dieses Angebot gemacht hatte. Empfand sie tatsächlich Mitleid mit diesem komischen Kauz, der sich wegen derlei Streitigkeiten wie nach einer verlorenen Schlacht niedergeschlagen in den Sessel plumpsen ließ? Sie setzte sich ihm gegenüber. »Es besteht die Möglichkeit … Entschuldigung, wenn ich das so offen ausspreche. Haben Sie schon einmal daran gedacht, dass Herr Derfflinger vielleicht Recht hat und Tom die Rosen tatsächlich zerstört hat?«

Gernot nickte eine Weile stumm und traurig vor sich hin. »Seine Mutter ist gegangen, da war er fünf«, sagte er, als würde das alles erklären.

Was familiäre Dinge angeht, ist Gernot kein großer Geschichtenerzähler, dachte Birgit, die sich Toms Jugend selbst ausmalen musste. Ihre Meinung über den jungen Mann war zwiegespalten. Dass er Ruben mochte und den aufdringlichen Wachmann Josip Vukasovic nicht, brachte ihm zwei Pluspunkte ein. Tom grüßte immer, war hilfsbereit, und auch sonst konnte sie nichts Schlechtes über ihn sagen. Seine Freunde hingegen mochte sie nicht: Typen mit Motorrädern, die die Erde erzittern ließen, und mit Gesichtern, die Birgit erzittern ließen.

»Würden Sie mich einen klitzekleinen Moment entschuldigen?«

»Natürlich. Ich wollte sowieso gerade gehen, es ist schon spät.«

»Nein, bitte bleiben Sie. Ich genieße es, mich mit Ihnen zu unterhalten. Ich bin in fünf Minuten zurück. Nehmen Sie noch einen Port? Nein? Falls doch, bitte.«

Er stellte die Flasche in Birgits Griffweite und verließ das Arbeitszimmer, vermutlich um noch einmal mit seinem Sohn zu sprechen. Als er hinausging, stieß der dabei entstehende Luftzug eine andere Tür einen Spaltbreit auf. Birgit hatte sie bisher nicht beachtet, da sie wie die Wand tapeziert war und deshalb kaum auffiel.

Eine Minute lang versuchte Birgit die Tür zu ignorieren. Doch sie hatte nichts zu tun, das Glas war leer, und noch einen

Portwein wollte sie nicht. Um sich abzulenken, zählte sie zusammen, was sie bisher getrunken hatte: einen Pernod, zwei Gläser Champagner, eine halbe Flasche hessischen Riesling, einen pfälzischen Eiswein zum Dessert und nun noch den Port. Kein Wunder, dass sie daran dachte, einen Blick in das Nebenzimmer zu werfen. Nüchtern wäre ihr diese Idee niemals gekommen.

Was sich dort wohl befand? Sie vermutete, jene Bücher und Aktenordner, die sie im Arbeitszimmer vermisste. Es wäre doch interessant zu wissen, was Gernot gerne las. Sie selbst las alles außer Erotik, das waren doch nur moderne Märchen, Fantasien, auf deren Erfüllung jeder hoffte und an die keiner glaubte.

Sie stand auf, ging quer durch den Raum und gab der Tür einen winzigen Schubs, gerade stark genug, um sie ein paar Zentimeter mehr zu öffnen.

Zu ihrer Überraschung ging das Licht automatisch an. Sie blickte in einen nicht allzu großen quadratischen Raum, in dem drei Dutzend nummerierte und betriebsbereite Monitore standen, wie sechsunddreißig große Augen, die nur darauf zu warten schienen, endlich zu sehen.

Sie schauderte.

Als Birgit eine Stunde später ihr eigenes Zimmer betrat, kam es ihr unglaublich klein vor. Ihr war nie zuvor aufgefallen, dass sie darin keine drei Schritte gehen konnte, ohne gegen eine Wand oder ein Möbelstück zu stoßen. Das Doppelbett, die Kommode, das Zweisitzersofa mit Beistelltisch und der Kleiderschrank, halb so breit wie die Spannweite ihrer Arme – das war ihr Reich. Zweisternehotels hatten in etwa die gleiche Ausstattung. Natürlich war alles recht neu, Hanni hatte ihr die meisten Möbel spendiert. In der funzeligen Beleuchtung wirkten die Dinge allerdings schäbig, so ganz anders als in dem Haus, aus dem sie gerade gekommen war. Dort hatten die Räume Weite und die Gegenstände Wirkung. Man konnte Gernot Kessel nicht absprechen, einen Stil zu haben, auch wenn dieser nicht jedermanns Geschmack war.

Wie zuvorkommend er zu mir war, dachte Birgit, während sie sich für die Nacht umzog. Das teure Essen, der Champagner, der ganze Luxus war ein Erlebnis, ungewöhnlich und angenehm, bedeutete ihr jedoch nicht halb so viel wie die Tatsache, dass Gernot sich regelrecht um sie bemüht hatte. Das war nicht zu übersehen gewesen. Im Restaurant hatte er sein Leben vor ihr ausgebreitet wie eine schillernde Schmuckkollektion, und bei ihm zu Hause hatte er ihr einen Einblick in seine Gefühlswelt gegeben, seine Verletzlichkeit. Vor dem Abend hatte sie den ehemaligen Hotelkönig als harten Geschäftsmann eingeschätzt, der mit allen Wassern gewaschen ist. Gernot Kessel schien ihr vielmehr zerbrechlich zu sein wie das Porzellan in seinen Vitrinen. Nachdem er erfahren hatte, dass einer seiner Nachbarn seinen Sohn verklagt – und noch mehr nach dem zehnminütigen zweiten Gespräch mit Tom –, war er ziemlich durch den Wind gewesen. Birgit hatte ihn jedoch nicht mehr darauf angesprochen, zum einen weil sie fand, das gehe sie nichts an, und zum anderen weil sie immerzu den Raum mit den Monitoren vor Augen hatte.

Sie schüttelte den Gedanken an diese Entdeckung ab, mit der es ihr ähnlich ging wie mit den abstrakten Porzellanfiguren: Sie wusste nicht, was sie zu bedeuten hatte.

Jemand klopfte dreimal leise an die Tür, dann schlüpfte Hanni herein. Sie trug ihr Lieblingsnegligé in Rosa mit weißen Besätzen, in dem sie noch voluminöser aussah als bei Tag.

»Ich habe dich gehört. Na, wo wart ihr essen? Lass mich raten, in Rostock, im besten Hotel der Stadt, und es gab erst Foie gras, dann irgendwas mit Trüffeln, ein saftiges Entrecote …«

»Es gab Fisch. In tausend Variationen.«

»So? Da hätte ich ihn anders eingeschätzt. Na ja, dann habe ich ja nichts verpasst. Er hätte Alfred und mich ruhig auch einladen können. Aber ich gönne es dir natürlich, hihi. Und, wie findest du ihn? War es amüsant?«

»Wir sind um halb sieben losgefahren, und jetzt ist es nach Mitternacht, das sagt wohl alles.«

Hanni kicherte wieder. »Dann hat es dir also gefallen?«

»Es war ein netter Abend.«

»Nur *nett* oder noch ein bisschen mehr?«

»Nett.«

»Aha. Und er?«

»Gernot ist amüsanter, als ich dachte.«

»Natürlich ist er das. Allein sein Einstecktuch ist amüsant, diese komischen explosiven Kreationen in seinem …«

»So habe ich das nicht gemeint«, unterbrach sie ihre Schwester. »Gernot ist unterhaltsam. Wir haben eine Weile gebraucht, um uns aufeinander einzustellen, aber ich glaube, wir haben eine Wellenlänge.«

»Eine Wellenlänge«, wiederholte Hanni mit spitzen Lippen. »Wie zwei Funkgeräte.«

»Ja, ja, mach dich nur darüber lustig.«

Hanni setzte sich neben Birgit aufs Bett und umarmte sie. »So habe ich das doch nicht gemeint, Schätzchen. Nicht böse sein. Aber du musst zugeben, dass du heute Morgen keine Lust auf die Einladung hattest.«

»Stimmt. Gemessen an unserer ersten Begegnung war der Abend ein voller Erfolg.«

»Das freut mich. Es wäre so schön, wenn du jemanden kennenlernen würdest, der dich verwöhnt.«

»Davon kann nach einem Abendessen keine Rede sein«, sagte Birgit und versuchte so zu tun, als wäre sie verärgert.

»Und ob davon die Rede sein kann«, widersprach Hanni belustigt. »Sieh mal, er hat vor eurem Dinner diese Haftnotiz an unseren Briefkasten geklebt … wie sehr er mir und Alfred zu Dank verpflichtet ist, dass wir dich mitgebracht haben. Na, wenn das nichts zu bedeuten hat, dann will ich nicht Hanni Frohwein heißen.«

Sie klopfte sich auf die Schenkel und stieß ihr berühmt-berüchtigtes Lachen aus, das manchmal sogar auf Birgit ansteckend wirkte. So auch heute. Ihr gefiel der Gedanke, dass sie mit ihrer Schwester endlich einmal über einen Mann sprechen konnte.

»Oh, da fällt mir ein«, sagte Hanni, als sie halb aus der Tür war, »Ariadne hat angerufen. Sie will ein paar Tage bei uns verbringen, mit ihrem neuen Freund. Ich möchte die beiden nicht auf Luftmatratzen schlafen lassen, und in dem Zimmerchen unterm Dach steht nur ein Einzelbett.«

Ariadne war Hannis zweiundzwanzigjährige Enkelin, die zusammen mit ihrem Bruder Oliver Hannis absoluter Liebling war. Um es vorsichtig auszudrücken, stand Ariadne eher auf das Steigenberger als auf Camping. Birgit konnte sich das Telefonat gut vorstellen. »Ach, Omi, echt kein Platz? Mama sagt, du hast ein Gästezimmer … Soso, da wohnt Großtante Birgit. Kannst du da nicht irgendwas machen? Ich hab dich lieb. Bussi, Bussi.«

»Ich ziehe morgen unters Dach«, bot Birgit an.

»O Schätzchen, das würdest du tun?«

»Kein Problem. Wozu brauche ich ein Doppelbett?«

»Du Liebe, du. Es ist ja auch nur für ein paar Tage. Du kannst gerne Alfreds und mein Bad benutzen.«

Als Birgit wieder allein war und zum vorläufig letzten Mal in ihrem Bett einzuschlafen versuchte, stellte sie sich vor, wie es wäre, neben Gernot Kessel zu liegen. Das war zwar ein verrückter Gedanke, aber so unerwartet lebensecht, dass er sie zugleich amüsierte und erschreckte. Sie musste sieben Mal niesen.

9

Juni 2016

Ellen fällt beinahe aus dem Bett, als mitten in der Nacht die Türglocke ertönt, nicht einmal, nicht zweimal, sondern unentwegt. Zu dieser Stunde bekommt sogar die Big-Ben-Melodie etwas Bedrohliches. Jeder weiß: Wenn um 01:42 Uhr jemand Sturm klingelt, ist etwas Schlimmes passiert. Daher ist es nicht erstaunlich, dass Ellen und ihr Sohn sich an der Hand nehmen, als sie gemeinsam die Treppe hinuntergehen. Das ist sonst gar nicht Tristans Art.

Wie um zu beweisen, dass er trotz allem seinen Mann steht, fragt er: »Hast du nicht behauptet, das hier wäre eine ruhige Gegend?«

»Bleib hinter mir.«

»Warum? Das ist nicht gefährlich.«

»Tu, was ich sage.«

»Wenn jemand klingelt, hat er nichts Böses vor. Sonst würde er die Tür eintreten.«

»Das ist die Logik deines Vaters, mit der man mich bitte nicht mitten in der Nacht behelligen sollte.«

In diesem Moment verstummt die Klingel. Kurz darauf donnert eine Faust gegen das massive Holz.

»Aufmachen. Tristan, aufmachen.«

»Das ist Ruben«, sagt Tristan, stürmt an Ellen vorbei und öffnet die Tür.

Als würde Ruben von einer Horde zähnefletschender Hunde verfolgt, stürmt er ins Haus und fällt hin.

Tristan ist sofort bei ihm, während Ellen einen Blick nach draußen wirft.

»Da ist niemand weit und breit.«

»Ruben, was ist los?«, fragt Tristan.

»Ein … ein Mann in meinem Haus.«

Ellen schließt die Haustür. »Einbrecher? Oder diese widerlichen Halbstarken? Warte mal, hat der Mann einen Vollbart und sieht zerlumpt aus? Der lungert nämlich ab und zu in der Anlage herum.«

»Ein Mann mit keinem Bart«, sagt Ruben, wobei er fast weint. »Er darf nicht in mein Haus. Das darf er nicht.«

»Natürlich nicht. Ich rufe bei der Polizei an.«

»Nein!«, platzt es aus dem Jungen heraus, und in seiner Stimme, die eben noch ängstlich und verletzlich klang, schwingt etwas Heftiges mit. »Ich will Sven. Nur Sven.«

Für den nächsten Abend ist Ellen mit Sven zum Essen verabredet, jetzt sieht sie ihn früher als erwartet. Er war ziemlich überrascht, als sie ihn mitten in der Nacht anrief, hat aber keine Sekunde gezögert vorbeizukommen, als er hörte, was passiert ist. Eine halbe Stunde hat er mit Ruben in ihrer Küche zugebracht, wo sie ein Gespräch unter vier Augen führten, und als er herauskommt, sieht er nachdenklich aus, irgendwie mitgenommen.

»Alles in Ordnung?«, fragt sie.

»Geht schon. Hast du einen Drink?«

»Gin Pahit? Ich könnte selbst einen gebrauchen. Den tausend Jahre alten Sake habe ich auch noch.«

»Hundert«, korrigiert er. »Ich nehme einen.«

Selbst für seine Verhältnisse ist Sven nachlässig gekleidet. Das Hemd steht zwei, drei Knöpfe zu weit offen, der halbe Kragen ist hochgeschlagen und das Sakko so knittrig, als hätte er es aus einer Kleiderspende gefischt.

Optisch ist er das Gegenteil von Tristans Vater. Robert würde niemals so herumlaufen, nicht mal zu Hause, nicht mal wenn er der letzte Mensch auf Erden wäre. Auch sonst haben die beiden wenig gemein. Hier der hochrangige, eloquente Verhandlungsführer der Welthandelsorganisation, dort der mittlere Beamte. Allein wie forsch Sven sich bei ihrem Spaziergang neulich an sie herangemacht hat – unvorstellbar für einen galanten Menschen wie Robert. Ellen steht eigentlich nicht auf solche Überfälle, hat sie zumindest gedacht. Jedem anderen Mann würde sie ein solches Verhalten übelnehmen, wenn nicht sofort, dann am nächsten Tag. Sven jedoch nicht. Er hat etwas an sich … Schwer, es in einen klaren Gedanken zu fassen. Er kleidet sich so, wie er sich kleidet, weil er es will, nicht weil andere es wollen oder aus irgendeinem Grund meinen, es wäre angebracht. Seine Unabhängigkeit ist erfrischend.

Schon verrückt, einen Freigeist hätte sie zuallerletzt in einer Behörde vermutet.

Der Drink fließt in winzigen Schlucken ihre Kehle hinunter, erwärmt den Mundraum, die Brust, den Bauch, so als würden überall kleine Flammen in ihrem Körper auflodern. Die Wirkung steigt ihr in den Kopf, und nach ein paar Minuten fällt die Anspannung von ihr ab.

Nachdem er den Sake getrunken hat, sagt Sven: »Ich gehe jetzt mal rüber zu Rubens Haus.«

»Bitte nicht! Das ist viel zu gefährlich und außerdem Sache der Polizei. Hat das nicht bis morgen Zeit?«

»Der Einbrecher ist längst über alle Berge, und Ruben will keine Polizei.«

»Deine Rücksichtnahme in allen Ehren, aber findest du nicht, dass Rubens Leine zu lang ist? Du und Tristan könnt mir gerne vorwerfen, dass ich ein überheblicher Mensch bin, aber Ruben hat für mich weder die nötige Reife noch die emotionale Stabilität, solche Entscheidungen zu treffen.«

»Du hast du sehr schön formuliert. Und jetzt sehe ich drüben nach dem Rechten.«

»Warte, ich komme mit.«

»Nein, ich gehe lieber allein.«

»Entweder ist der Einbrecher über alle Berge und es ist nicht gefährlich, oder es ist gefährlich und ich rufe jetzt die Eins-Eins-Null an.«

Er denkt eine Sekunde nach. »Also schön, komm mit.«

»Es gibt keine Spuren für ein gewaltsames Eindringen«, sagt Sven und stemmt die Hände in die Hüften, wodurch sein knittriges Leinensakko nach hinten geschoben wird, das weit offen stehende Hemd sich spannt und den Blick auf seine blond behaarte Brust freigibt. »Die Fenster sind allesamt geschlossen oder gekippt, Balkon- und Terrassentür sind verriegelt, nur die Haustür nicht, aber das ist logisch, weil Ruben ja geflüchtet ist. Es scheint auch nichts zu fehlen.«

Ellen steht mitten in Rubens Wohnzimmer und ist ein bisschen erstaunt von der Inneneinrichtung: ein hochwertiger Dielenboden mit ausgeprägter Maserung, eine große Sitzlandschaft in einem warmen Orangerot, cremefarbene Wände … Alles ist abgerundet, die Kanten der Möbel, Türen, Klinken, Bilder. Man könnte annehmen, dies sei so, um Ruben vor Verletzungen zu schützen, doch die verwendeten Farben und Materialien deuten auf ein anthroposophisches Konzept hin. Da der Sofabezug und einige Schränke deutliche Abnutzungserscheinungen aufweisen, geht Ellen davon aus, dass nicht Ruben, sondern seine Eltern das Haus eingerichtet haben. Dennoch ist alles sauber, ja, geradezu blitzblank, sieht man einmal von der zerbrochenen Tasse auf dem Boden ab.

»Entweder hat Ruben einen Putzfimmel«, sagt Ellen, »oder eine Putzfrau. Und die könnte einen Schlüssel haben.«

Sven lächelt. »So ist es, Miss Marple. Es gibt eine Putzfrau, eine ziemlich resolute sogar, sowohl körperlich als auch vom Charakter. Ich habe sie selbst vor Jahren eingestellt. Sie kommt zweimal wöchentlich für drei Stunden und hat tatsächlich einen Schlüssel, aber ich lege meine Hand für die Frau ins Feuer.«

»Aha, ist sie eine Verehrerin von dir?«

»Eher das Gegenteil. Vor zwei Jahren war Rubens Taschengeld für einen ganzen Monat weg, sechshundert Euro, und als ich sie vorsichtig darauf ansprach, ist sie ins Polnische verfallen. Sie hat mich beschimpft, und erst nachdem ich ihr einen Kaffee und ein Erdbeertörtchen spendiert hatte, war sie wieder friedlich. Später stellte sich heraus, dass Ruben das Geld für eine Sonnenbrille ausgegeben hatte.«

»Eine Sonnenbrille für sechshundert Euro?«

»Er hat kein Verhältnis zu Geld, denkt sich nichts dabei. Er hatte vergessen, die Brille gekauft zu haben. So ist er nun mal.«

Ja, denkt sich Ellen, das passt zu Ruben. Mal denkt er, etwas sei weg, das gar nicht weg ist, und mal ist ein Einbrecher da, der nichts klaut. Die Schubladen und Schränke wurden nicht durchwühlt.

»Wenn ich ehrlich bin«, sagt sie, »war mein erster Gedanke, dass die Jungs aus der Nachbarschaft bei ihm eingestiegen sind. Das sind üble Rowdys. Sie haben Tristans Surfboard gestohlen, und irgendwie sind sie auch an meinen Schürhaken gekommen. Ich habe dir davon erzählt.«

»Wie? Die waren das?«

»Lange Geschichte, ich habe die Sachen bei ihnen im Haus gefunden. Wenigstens das Surfboard habe ich zurückgeholt. Vielleicht denken sie, dass Ruben es hat. Ach, ich weiß nicht. Eigentlich halte ich sie nicht für intelligent genug, hier einzubrechen, ohne Spuren zu hinterlassen. Sie hätten mit Sicherheit irgendetwas kaputt gemacht. Dennoch, Ruben hat mich gewarnt, als ich stolz wie Bolle mit dem Surfboard ankam.«

»Wie meinst du das … gewarnt?«

»Er meinte, dass vor sechs Jahren auch Dinge in der Anlage gestohlen wurden, kurz bevor … Na ja, du weißt schon. Vor sechs Jahren war dieser Oliver von nebenan allerdings erst dreizehn.«

»Das hat Ruben gesagt?«

»Was? Dass Sachen weggekommen sind? Ja. Stimmt es denn nicht?«

Nachdenklich geht Sven in dem anthroposophischen Wohnzimmer herum und setzt sich schließlich aufs Sofa. »Ich weiß nicht. Wie gesagt, ich hatte so gut wie keinen Kontakt zu den Leuten hier. Außer zu Ruben natürlich.«

»Und zu seiner Mutter, nehme ich an.«

Er sieht Ellen an. »Ja, zu der auch.«

»Ich finde, du solltest sie ausfindig machen und benachrichtigen. Ruben ist völlig verängstigt und weigert sich, in sein Haus zurückzukehren. Bevor du gekommen bist, hat Tristan ihm angeboten, dass er ein paar Tage bei uns bleiben kann.«

»Er wird bei dir wohnen?«

»Wieso nicht? Das konnte ich ihm wohl schlecht abschlagen.«

»Sicherlich«, stimmt Sven in einem Tonfall zu, in dem ein »aber« steckt, das sich nicht hervortraut.

»Nur länger als eine Woche sollte es nicht dauern«, ergänzt sie. »Was ist denn nun mit seiner Mutter?«

»Ich werde… versuchen, sie zu kontaktieren. In der Zwischenzeit organisiere ich eine andere Unterkunft für Ruben.«

»Wie gesagt, für ein paar Tage ist es kein Problem. Oder… Sven, gibt es etwas, das ich wissen müsste?«

Die Analyse ist einfach, das Resultat allerdings weitreichend. Es gibt nur drei Möglichkeiten. Erstens: Ruben hat gelogen. Dann wäre er ein hervorragender Schauspieler. Seine Panik war täuschend echt. Nur was hätte er davon? Zweitens: Es war tatsächlich jemand im Haus, der seltsamerweise alle Hinweise beseitigt hat. Wieso sollte er das tun? Drittens: Ruben hat sich den Eindringling nur eingebildet.

Tristan würde ihr ins Gesicht springen, wenn sie auch nur versuchte, die letzte Möglichkeit in Betracht zu ziehen. Sie selbst fühlte sich ebenfalls nicht gut dabei, wild herumzuspekulieren. Doch was wissen sie und Tristan schon über Rubens Behinderung? So gut wie nichts.

»Ellen, alles, was Ruben mir erzählt, ist vertraulich«, antwortet Sven nach einigem Zögern. »Als sein bestellter Betreuer bin ich zu Verschwiegenheit verpflichtet.«

»Verstehe«, sagt sie und setzt sich neben Sven auf das Sofa. Es stimmt, sie versteht es wirklich. Aber worüber haben Sven und Ruben eine halbe Stunde lang in der Küche gesprochen? Sven ist kein Psychologe, er kann keine geistigen Behinderungen behandeln.

»Was fehlt Ruben eigentlich? Wie heißt das, was er hat?«

»Ich darf nicht darüber sprechen.«

»Das macht mich ganz verrückt. Ich finde den Gedanken, dass ein Freund meines Sohnes Wahnvorstellungen haben könnte, nicht gerade beruhigend. Immerhin wird er bei mir wohnen.«

»Nein, wird er nicht. Ich finde bis morgen eine andere Unterkunft für ihn.«

Ellen springt auf. »Also habe ich Recht, ja? Er halluziniert. Ist das gefährlich? Ich meine …«

»Nein, nein, nein«, erwidert Sven leicht gereizt. »Er ist nicht … Er würde nie … Versteh das bitte nicht so, als wäre er irgendwie … Wenn er heute Nacht bei euch schläft, ist das völlig in Ordnung«, lautet das Resümee seines Gestammels.

Ellen ist verunsichert. Ein Teil von ihr findet, dass sie sich keine Sorgen machen muss. Ein anderer Teil möchte Ruben nicht im Haus haben. Ein dritter macht ihr Vorwürfe, und zwar abwechselnd wegen des ersten und des zweiten Teils.

»Jetzt komm mal runter«, sagt Sven beschwichtigend und zieht sie zurück aufs Sofa. »Setz dich und beruhige dich. Tief durchatmen und entspannen. In dieser Umgebung sollte dir das nicht schwerfallen.«

Das Gegenteil ist der Fall. Die gedeckten Farben und abgerundeten Kanten machen sie eher nervös, warum auch immer, und sie sehnt sich nach einem Martini.

»Ich kümmere mich um alles«, verspricht Sven. »Und jetzt schließ die Augen.«

»Warum?«

»Stell dich nicht so an und mach die Augen zu.«

Ellen lächelt. »Ich weiß, was dann passiert.«

»Ach ja? Augen zu.«

Endlich schließt sie die Augen und beherzigt sogar den Rat, tief durchzuatmen und sich zu entspannen. Sie nimmt ein leises Knistern wahr, dann einen Moment lang gar nichts und schließlich zwei Hände auf ihrem Gesicht. Als sie die Augen wieder öffnet, sitzt Sven mit freiem Oberkörper neben ihr. Er ist weder gebräunt noch muskulös – Ellens Mann ging zweimal in der Woche ins Fitness-Center –, trotzdem fühlt sie sich von ihm ungewöhnlich stark angezogen.

»Was hast du vor?«, fragt sie. »Wir können hier doch nicht … Das geht doch nicht.«

»Ruben trinkt Kakao in deiner Küche, wir haben Sex in seinem Wohnzimmer. Ich finde, das geht.«

Wieder küsst Sven sie, und zum ersten Mal in ihrem Leben macht Ellen die Erfahrung, dass ein guter Kuss – ein verdammt guter Kuss – überzeugender ist als zwei gute Argumente.

10

Sommer 2010

Majlinda räkelte sich mit geschlossenen Augen im trockenen Gras. Bilder blitzten auf, aus der Vergangenheit ebenso wie Gegenwärtiges, Fantasien und Zukunftsträume, Erlebtes und Erhofftes, in so schneller Folge, dass sie sich ineinander verwoben. Da waren die verwaschenen Spiegelungen der Pinien in dem grünen Fluss ihrer Kindheit, die gierigen Zungen der zutraulichen Lämmer, ihre Hand in einer männlichen, die Rosttöne des Herbstes, die Nächte voller schwarzer Tinte, eine zärtliche Berührung ihrer Brust. Außerdem Gerüche wie das Blut der vom Vater geschlachteten Kaninchen, das Stroh alter Körbe verflocht sich mit dem toten Laub des vorigen Jahres, das vom nahen Wald heranwehte, mit dem schweren Duft des Augusts, den Ausdünstungen der Erde an einem warmen Nachmittag.

Sie war von diesen Gerüchen durchdrungen, tauchte ganz und gar ein in die Bilder. Sie dachte an Malush, wie er seine Angel in den Fluss warf oder einen Felsen erkletterte, wie er sich auf der Bühne reckte und streckte, seine Messer schärfte, breitbeinig auf einem Pferd oder einem Esel saß. Dann dachte sie an Tom, an seine wuscheligen Haare, in denen man ein Geldstück verlieren konnte, die Jeansjacke, die nach seinem Körper roch, das Motorrad … Es war, als würden Malush und Tom miteinander ringen. Hin und wieder tat Tom Dinge, die Malush mal getan hatte, und Malush tat Dinge, die typisch für Tom waren.

Als sie die Lider aufschlug, blickte Majlinda direkt in die Sonne, die nun tiefer stand und beinahe die Bäume berührte. Sie liebte diese Stunde, wenn die Hitze ihre Kraft verlor und das Licht sich gelblich verflüssigte. Der Nachmittag wurde dann seltsam still, fast träge, und man durfte sich allerlei Träumen hingeben. Wo auch immer der Zirkus gastierte, suchte Majlinda sich ein abgelegenes Plätzchen, an dem sie der Natur beim Leben und Vergehen zusah. Erinnerungen und Hoffnungen, verstorbene und geliebte Menschen, sie alle waberten an diesen einsamen Orten um Majlinda herum. Stundenlang war das ihr Glück.

Diesmal hatte sie den Ort nicht selbst gefunden. Vor ein paar Tagen hatte Tom ihr die Wiese gezeigt, wo er mit seinen Freunden heimlich grillte.

Sie wandte den Kopf zur anderen Seite. Ruben stand ein paar Meter von ihr entfernt, wackelte beinahe geräuschlos hin und her und sah sie dabei an. Als ihre Blicke sich begegneten, stoppte er seine monotone Bewegung. Sie hatte ihm gesagt, er solle es ihr nachmachen, solle versuchen, sich der Natur und den Träumen hinzugeben. Die vertrockneten Grashalme in seinem Haar deuteten darauf hin, dass er sich wie sie auf dem Boden gewälzt hatte, doch wahrscheinlich nur kurz. Er hatte nichts dabei empfunden. Die Prozedur war ihm fremd, vielleicht machte sie ihm sogar Angst.

»Majlinda.«

Sie legte den Zeigefinger auf die Lippen. Die Stimmen der Insekten waren ihr genug.

»Majlinda.«

»Scht«, zischte sie sanft.

»Majlinda.«

Wenn Ruben im *Circo de la luz* die Augen kaum von der Bühne und dem Feuerzauber abwenden konnte, wenn er wie sie mit den Helden litt, dann war sie annähernd eins mit ihm. Selbst wenn er hin und her wackelte, wie er es oft tat, fühlte sie sich ihm nah, obwohl sie nicht verstand, wieso. Er war viel aufgekratzter als sie, geradezu hektisch. Süchtig nach Bewegung und Spiel, wollte er herumlaufen, schwimmen oder Quatsch machen, führte ihr sein Handy vor, seine Shirts mit Zeichentrick- und Filmfiguren … »Lustig«, rief er immer, »das ist ja so lustig.«

»Majlinda! Musst mitkommen, Majlinda. Muss dir was zeigen.«

Im Sitzen wandte sie sich von der Sonne ab in Richtung Norden. Von dem Hügel aus konnte sie über Heidekraut und niedriges Gebüsch hinweg bis zum Meer sehen, mehr noch, man erfasste sogar einen Teil von Heiligendamm, ein Stück Strand, Wellenbrecher, Wald, Felsen und Geröll, die versengte Landschaft, Schiffe – alles auf einmal.

»Wunderschön«, murmelte sie.

»Majlinda! Musst mitkommen! Bitte mitkommen.«

Der Ort hatte eine intime Ausstrahlung auf sie. Sie streckte sich wieder aus, berührte ihre Haare, streichelte Arme und Beine, badete in der Wärme des Grases.

»Komm, Majlinda, komm. Hab eine Überraschung.«

Ruben nahm ihre Hand und versuchte sie hochzuziehen, doch es gelang ihm nicht. Malush oder Tom wäre das nicht passiert, dachte sie.

»Majlinda, komm«, sagte er ein wenig ärgerlich. »Meine Überraschung.«

»Ach, Ruben …«

Er zerrte an ihrer Hand. »Majlinda, komm, das wird lustig.«

»Und dann hat er für dieses Mädchen eine Geburtstagsfeier in unserem Haus ausgerichtet, mit Ballons, Konfetti und dem ganzen Kram, den er sich von seinem Taschengeld zusammengespart hatte. Sogar den Schokoladenkuchen hat er selbst gemacht, ich habe ihm nur ein klitzekleines bisschen geholfen. Dann hat er mich, Sven, also Herrn Forbrich, Tom Kessel und die Frohweins eingeladen. Aber das Beste ist: Majlinda hatte gar keinen Geburtstag, und Ruben wusste das. Er sagte: ›Ist egal, Geburtstag ist lustig, das ist lustig.‹«

Rebekka lachte in die Kaffeetasse, in der sich ihr fröhliches Gesicht spiegelte. Ihr Sohn hatte seine erste Freundin, und das machte sie überglücklich. Eine jugendliche Liebe, mein Gott, das war so … normal, und das Normale war in Rubens Fall das Besondere. Den meisten Eltern wäre es nicht egal gewesen, wen ihr Sohn mit nach Hause bringt. Rebekka war es ziemlich egal. Ruben hätte sich auch in eine zehn Jahre ältere Lehrerin verlieben dürfen, für Rebekka war das Entscheidende, dass er sich verliebte. Sie hatte immer Hoffnung gehabt und Zweifel gehegt, was das anging. Die Psychiaterin hatte gesagt, womöglich bleibe er auf dem Stand eines Zehnjährigen, und Zehnjährige verlieben sich nun einmal nicht auf diese Weise. Oder seine Entwicklung erlebe einen Schub, und der war nun offensichtlich eingetreten. Das war die beste Nachricht seit Langem. Da war es Nebensache, dass dieses seltsame albanische Zirkusmädchen in seiner geistigen Entwicklung zu ihm passte.

»Ich spüre, sie hat ein gutes Wesen«, sagte Rebekka. »Genau wie mein Ruben, eine kristallklare Aura, frei von jeglicher Trübung, ohne negative Energie. Das ist sehr wichtig, wissen Sie?«

Sie blickte Julia Derfflinger über den Rand der Kaffeetasse hinweg an. Wie ein erschöpfter Schmetterling saß die junge Frau in ihrem rosaroten Kleid auf der Sofakante, als fühle sie sich in ihrem eigenen Wohnzimmer fehl am Platz.

»Ist Ihnen nicht gut?«

»Doch, doch.«

»Irgendetwas stimmt doch nicht mit Ihnen.«

»Nein, bitte, es ist alles in Ordnung. Erzählen Sie weiter. Rechnen Sie damit, dass es etwas Ernstes wird zwischen den beiden?«

Rebekka lachte. »Sie meinen, Ruben hat meine künftige Schwiegertochter zum Kindergeburtstag eingeladen? Aber nein. Denn jetzt kommt das Beste: Majlinda wird schon bald mit dem Zirkus weiterziehen, ich bezweifle, dass ihr älterer Bruder sie zurücklassen wird. Er war bei der Feier dabei und hat *Mensch ärgere dich nicht* mit uns gespielt. Dabei habe ich ihn beobachtet. Er hat zwar das Gesicht und den Körper eines jungen Gottes, aber er ist äußerst misstrauisch. So etwas spüre ich. Er wird seine Schwester nicht in Rubens Obhut geben, und selbst wenn, Majlinda wird es nicht wollen. Sie schwärmt insgeheim für Tom. Ihn sieht sie mit ganz anderen Augen an als Ruben, aber mein lieber Sohn ist zu arglos, um es zu merken.«

»Hört sich an, als würden bald Tränen fließen. Macht Ihnen das keine Sorgen?«

»Ach, wissen Sie, Liebe und Liebeskummer sind die zwei Seiten einer Medaille. Natürlich will ich, dass es Ruben gutgeht, aber zu einer normalen Entwicklung gehören Enttäuschungen dazu. Irgendwann wird er schon die Richtige finden. Bald wird er achtzehn, dann kann er machen, was er will.«

»Wirklich?«

»Bisher bin ich seine Erziehungsberechtigte, und Sven, ich meine, Herr Forbrich, ist sein Betreuer für alle Rechtsgeschäfte. Künftig hat Ruben nur noch den Rechtsbetreuer, und ob eine Eheschließung ein Rechtsgeschäft ist … Damit habe ich mich noch nie beschäftigt. Wenn Ruben wirklich eine Frau finden sollte, wäre ich der glücklichste Mensch auf Erden. Dann wüsste ich, dass er wenigstens ein halbwegs normales Leben führen kann und ich ihm mit meiner Leichtsinnigkeit während der Schwangerschaft nicht alles verbaut habe.«

Julia schenkte vorsichtig nach. »So sollten Sie nicht denken. Haben Sie eben nicht selbst gesagt, dass Ruben eine unaggressive, freundliche Natur hat?«

»Aura, sagte ich.«

»Wer weiß, welche Aura er hätte, wenn er nicht …«

»… behindert wäre. Nur zu, sprechen Sie es aus, ich habe nichts dagegen. Irgendein Wort muss man ja verwenden, um seinen Zustand auszudrücken. Man muss die Tatsachen benennen, und das gilt auch für meine Schuld. Bitte verstehen Sie mich nicht falsch, Julia, Sie sind sehr nett und wollen mich trösten. Aber das ist unnötig. Ich habe meine Schuld akzeptiert, ich lebe jeden Tag damit.«

Einige Sekunden lang sagte keiner etwas, und Rebekka bemerkte die Schwere, die ihr Redeschwall hinterlassen hatte.

»Es tut mir leid«, sagte sie. »Ich komme Ihnen mit solchen Sachen, dabei haben Sie mit sich selbst genug zu tun. Ich sage es Ihnen ganz direkt: Sie sehen abgespannt aus. Irgendetwas ist doch mit Ihnen.«

»Schwangerschaftsübelkeit«, sagte Julia nur knapp. »Reden wir über etwas Angenehmeres.«

»Nein, nein«, widersprach Rebekka. »Da ist mehr.«

Julia seufzte. »Na ja, Pauls Krankheit… Heute hat seine Therapie begonnen, Bestrahlungen und Medikamente. Das Auf und Ab könnte noch schlimmer werden.«

»Sicherlich, aber Sie tragen eine große Verantwortung für Ihr Kind. Wer weiß das besser als ich? Sie dürfen nicht ein halbes Jahr lang unglücklich sein. Das wirkt sich unmittelbar auf das Ungeborene aus. Und Ihrem Mann helfen Sie damit auch nicht.«

Julia wirkte nach diesen Sätzen noch niedergeschlagener, und Rebekka griff nach der Tragetasche, die sie mitgebracht hatte. Aus einem Karton holte sie einen violetten, kristallinen Stein hervor, etwa so groß und rund wie ein Handball, allerdings deutlich schwerer.

»Ich möchte Ihnen diesen Amethyst schenken, meine Liebe.«

»Das kann ich nicht annehmen«, sagte Julia staunend.

»Oh doch. Betrachten Sie es als vorgezogenes Geschenk zur Geburt Ihres Kindes. Amethyste wirken reinigend und beruhigend, außerdem schenken sie inneren Frieden. Genau das brauchen Sie jetzt. Der Stein sollte an einem zentralen Platz stehen. Wie wäre es dort drüben?« Rebekka ging zu der bauchnabelhohen Säule, auf der eine Gipsbüste stand. »Wer ist das, Julius Cäsar?«

»Cicero.«

»Du lieber Himmel.«

»Ein Jurist, wie mein Mann.«

»Ja und von besonderer Strenge. Gefällt Ihnen der Stein?«

»Er ist wundervoll. Aber…«

»Dann schicken wir Cicero ins Exil.«

Rebekka stellte die Büste zur Seite und platzierte den Amethyst, der in ihren Augen nicht nur ein schmuckvoller Farbtupfer inmitten von Schwarz und Weiß war, sondern auch von heilender Wirkung. Neben dem Kamin aus Naturstein machte er sich besonders gut, sie musste nur die schmiedeeiserne Garnitur verrücken. Na bitte!

»Sieht doch gleich ganz anders aus, oder?« Rebekka setzte sich neben Julia und ergriff ihre Hand. »So eine Schwangerschaft ist nicht nur ein körperlicher Vorgang, sondern auch ein seelischer und spiritueller. Das wird oft nicht berücksichtigt. Man ist viel empfindsamer und benötigt jeden Zuspruch, jede Stärkung. Der Stein hat eine positive Wirkung, zugleich ist er ein Symbol dafür, dass Sie in Ihrem neuen Zuhause, das auch das Ihres Kindes werden soll, langsam ankommen. Verstehen Sie?«

Julia, die zuvor leicht beunruhigt gewirkt hatte, lächelte nun. »Ich weiß, ich bin die Jüngere, aber wollen wir uns vielleicht duzen?«

Rebekka war sehr zufrieden. Wie Julia hatte sie bisher keine Freundin in der Umgebung gefunden, und sie mochte die bezaubernde, wenn auch durch den Umzug, die Schwangerschaft und schwere Zeiten verunsicherte junge Frau.

»Horche aufmerksam in dich hinein, meditiere, sprich mit deinem Kind, spüre seine Anwesenheit auch seelisch. Und sei keine perfekte Hausfrau mehr, sondern gib euch beiden mehr Zeit. Das muss auch dein Mann einsehen.«

Wenn man vom Teufel sprach. In diesem Moment kam Paul Derfflinger nach Hause. Er hatte die Tür noch nicht hinter sich geschlossen, da rief er schon durchs Haus.

»Julia!«

»Hier, im Wohnzimmer.«

»Du glaubst nicht, was passiert ist. Mein Stern wurde gestohlen.« Als Paul das Wohnzimmer betrat und Rebekka sah, stutzte er. »Oh. Guten Tag, Frau Marschalk.«

»Guten Tag, Herr Derfflinger.«

»Julia, mein Stern ist weg.«

»Welcher Stern? Was viel wichtiger ist: Wie war die Therapie?«

»Grauenhaft. Mein Mercedes-Stern ist weg. Dabei war er heute Morgen noch da, als ich etwas aus dem Auto geholt habe. In den letzten Stunden muss ihn jemand gestohlen haben. Hast du etwas bemerkt?«

»Nein, ich war nicht draußen. Heute Morgen habe ich Galettes gebacken, dann ein bisschen geschlafen, und seit einer Stunde ist Rebekka hier.«

»Ich werde Josip fragen, wer heute Vineta betreten und verlassen hat. Aber es wird nichts herauskommen. Dabei ist klar, wer das war.«

»Den Stern kann man bestimmt nachbestellen.«

»Das ist nicht der Punkt!«, rief Paul ungehalten.

An dieser Stelle mischte Rebekka sich ein. »Ihrer Frau geht es heute nicht so gut. Sie sollten solche Dinge vorläufig von ihr fernhalten.«

Damit hatte sie offenbar genau den richtigen Ton getroffen, denn Paul Derfflinger verstummte auf der Stelle. Dann bemerkte er, dass der Cicero nicht mehr an seinem Platz stand, und warf einen wenig erfreuten Blick auf den Amethyst und Rebekka, die die Verantwortung dafür trug. Doch er war vorläufig gezähmt.

»Ich gehe erst einmal duschen. Es klingt verrückt, aber die Strahlen, die sie in mich reinjagen, riechen irgendwie faulig. Seltsam, oder? Ich kann mir das auch nicht erklären.«

Rebekka wurde einfach nicht warm mit Julias Mann. Er verkörperte in Reinkultur einen Typus, mit dem sie noch nie klargekommen war: den Paragrafenhengst um die sechzig, für den jeder Verwaltungsakt ein Heiligtum ist, der auf Law-and-Order pocht, Anstand und Moral mit Löffeln gefressen hat, alles besser weiß und sich eine dreißig Jahre jüngere Frau gönnt. Dennoch, als sie ihm nachsah, wie er gebeugt und schlurfend das Wohnzimmer verließ, tat er ihr leid. Schlaganfälle, Krebs, so etwas wünschte man niemandem.

Sie wandte sich wieder an Julia. »Ich bringe dir noch ein paar Entspannungstechniken bei, einverstanden?«

Sie hatten soeben zur Vorbereitung ein paar Möbel verrückt und Uhren und Schmuck abgelegt, als Paul im Bademantel noch einmal ins Wohnzimmer kam.

»Julia, warum hast du den Duschvorhang abgenommen?«

»Ich habe ihn nicht abgenommen« antwortete sie irritiert. »Heute Morgen war er noch da. Du hast ihn bestimmt übersehen.«

»Wie übersieht man denn bitte schön einen Duschvorhang?«

»Er muss da sein.«

»Ist er aber nicht.« Paul überlegte einen Moment. »Du weißt, was das heißt? Jemand war im Haus, während du geschlafen hast.«

Paul wusste, wie lächerlich sich das anhörte. Dass jemand seine Rosenstöcke verstümmelt und später mit Salz abgetötet hatte – nun gut, daran konnte man mit ein bisschen gutem Willen glauben, das war ein Akt von Vandalismus, böswilliger Zerstörung.

Dass jemand seinen Mercedes-Stern gestohlen hatte, war hingegen schon wahrscheinlicher, weil es gar nicht so selten vorkam. Dahinter steckten meistens Souvenirjäger oder Sozialneider, auch wenn es diese beiden Spezies in einer luxuriösen, videoüberwachten Anlage wie Vineta kaum geben dürfte. Aber wieso um alles in der Welt sollte jemand einen Duschvorhang stehlen? Und wie?

Umso dankbarer war Paul, in Josip Vukasovic einen Zuhörer zu haben, der ihn nicht für verrückt hielt.

»Klare Sache«, sagte Josip. Er stand mit Paul neben dem Pförtnerhäuschen und rauchte eine Zigarette nach der anderen. »Er hat Ihre Rosen kaputt gemacht, Sie haben ihn angezeigt, und jetzt rächt er sich.«

Paul war hundeelend zumute. Er konnte die Übelkeit, die von seiner Krankheit und der Behandlung hervorgerufen wurde, nicht mehr von dem flauen Gefühl in der Magengrube unterscheiden, das von der Eskalation des Streits mit Tom Kessel herrührte. Der blaue Dunst, der aus Josips Mund und Nasenlöchern strömte, trug auch nicht gerade zur Besserung bei. Doch Paul traute sich nicht zu protestieren. Der Wachmann war sein einziger Verbündeter, und er wollte ihn nicht mit kleinlichen Bitten verprellen.

»Verstehen Sie, Herr Doktor? Den Stern hat er Ihnen geklaut, weil Sie das ärgert. Über so was ärgert sich jeder Mercedes-Fahrer. Dass einen Mann wie Sie ein verschwundener Duschvorhang nicht umhaut, das weiß er natürlich. Ihm geht es um etwas ganz anderes. Er will Sie verunsichern. Stück für Stück nimmt er Ihnen alles, was Ihnen etwas bedeutet. Jeder will sich zu Hause sicher fühlen. Aber für einen ehemaligen Staatsanwalt, der in eine gesicherte Wohnanlage zieht, ist Sicherheit noch wichtiger. Das ist Ihr halbes Leben, stimmt doch?«

Paul musste dem Wächter Recht geben. Nach der Zerstörung der Rosen waren Trauer und Wut in ihm gewesen. Diesmal war er jedoch nervös und eingeschüchtert. Ein Fremder war in seine Intimsphäre eingedrungen, in das Innerste und Persönlichste seiner Burg, noch dazu als Julia geschlafen hatte. Pauls geliebte Frau, die sein Kind in sich trug, war allein mit einem Eindringling gewesen – eine unheimliche Vorstellung.

»Duschvorhang hin oder her«, ergänzte Josip. »Er hätte auch was anderes stehlen können, ein Schmuckstück oder das Silberbesteck. Das hat er absichtlich nicht gemacht. Der Wert war ihm völlig egal. Er hat nach etwas gesucht, das Sie schnell vermissen, und einen Duschvorhang hat man nun mal jeden Tag in der Hand. Er verhöhnt Sie, Herr Doktor, das liegt auf der Hand. Er lacht sich gerade krumm und schief.«

Da ist etwas dran, dachte Paul. Trotzdem, überzeugt war er noch nicht. Als Staatsanwalt lernt man, dass die Dinge nicht immer so sind, wie sie scheinen. Warum ein zweiter Anschlag auf die Rosen, mit Salz? Zu dem Zeitpunkt hatte Paul ja noch keine Anzeige erstattet. Und wieso am heutigen Tage gleich zwei Racheakte? Es sah aus, als wolle der Täter Paul herausfordern, sich in ihn verbeißen, und dafür kam nur Tom Kessel in Frage.

Eigentlich.

War es nicht möglich, dass sich ein verurteilter Täter an ihm rächen wollte?

»Haben Sie heute irgendetwas Ungewöhnliches bemerkt, Josip? Hat vielleicht ein Besucher die Anlage betreten, der noch nie hier war?«

»Sie meinen einen Freund von Tom Kessel?«

»Lassen wir Tom Kessel mal beiseite.«

»Heute nicht. Neulich war ein Albaner da, aber der war die ganze Zeit bei den Marschalks, glaube ich.«

»Kann jemand die Kameras überlisten und über die Mauern klettern?«

»Na ja, die Kameras in der Anlage sind noch nicht in Betrieb. Es gab Ärger mit Frau Marschalk, die sich beobachtet fühlte, da haben wir lieber abgewartet. Die Kameras auf den Mauern arbeiten einwandfrei, und überall sind Bewegungs- und Alarmsensoren. Ich hätte mitbekommen, wenn jemand über die Mauer gestiegen wäre.«

»Aha, na dann … Was, wenn Sie Ihren Posten mal kurz verlassen müssen? Toilettengang und so?«

»Tja, also … Theoretisch könnte in der Zeit jemand reinhuschen. Aber wenn ich mal kurz weg bin, sehe ich mir hinterher immer das Band der Überwachungskamera im Schnelldurchlauf an, um sicherzugehen.«

»Und da war nichts?«

»Nein.« Josip zündete die nächste Zigarette an. »Jetzt mal ehrlich, Herr Doktor. Glauben Sie wirklich, wenn jemand mit viel Mühe und Geschicklichkeit hier eindringt, dass er dann bloß einen Mercedes-Stern und einen Duschvorhang stiehlt?«

Paul fuhr sich mit der Hand durch die spärlichen grauen Haare, die ihm geblieben waren und womöglich bald ausfallen würden. Er würde müde und fiebrig werden, die Haut und seine Nägel würden sich verändern, und er hätte keinen Appetit mehr, nicht mal auf ein Steak oder Julias Galettes. Obwohl er nicht viel essen würde, hätte er unter Verstopfung zu leiden. Unter Umständen würde er sich andauernd erbrechen, manchmal würde er es sogar herbeisehnen, weil es die stundenlange Übelkeit wenigstens kurzzeitig beendete.

Das alles ging ihm durch den Kopf, das alles hatte er zu bedenken. Vielleicht war es besser, die Anzeige zurückzuziehen und dafür zu sorgen, dass sich so etwas nicht wiederholte. Er und Julia mussten vorsichtiger sein, die Schlösser austauschen …

»Mir ist nicht klar, wie er ins Haus gelangt ist. Ich meine, wir haben Sicherheitsschlösser und eine codierte Alarmanlage.«

»Ach, *das* macht Ihnen Kopfzerbrechen. Kommen Sie, ich zeige Ihnen etwas.«

Josip führte Paul ins Pförtnerhaus und deutete auf den in die Wand eingelassenen Safe. »Da sind alle Schlüssel und Codes drin, für jedes einzelne Haus in der Siedlung. Nur meine Kollegen, Herr Kessel und ich haben die Kombination für den Safe.«

»Soll das heißen, ein Einbrecher muss nur den Tresor knacken und schon kommt er überall rein?«

Was das anging, konnte Josip ihn beruhigen. Zwei Kameras an der Decke waren auf den Tresor gerichtet, die sich nach zwanzig Uhr automatisch einschalteten. In dem unwahrscheinlichen Fall, dass jemand nachts unbemerkt von den Kameras die Mauer überwand, ins von innen verschlossene Pförtnerhaus eindrang, den Wachmann überwältigte und sich am Tresor zu schaffen machte, wären innerhalb von wenigen Minuten die Sicherheitsfirma alarmiert und die Polizei zur Stelle.

»Aber Josip, das schließt Tom Kessel als Täter nahezu aus. Selbst wenn er die Kombination des Safes herausfinden würde, weil sein Vater sie irgendwo notiert hat, wie sollte er den Safe unbemerkt öffnen?«

»Jetzt sage ich Ihnen etwas, das unter uns bleiben muss.« Josip kam dicht heran, und ein Schwall Zigarettenrauch, untermalt von Schweiß, erreichte Pauls Nase.

»Der Chef, Herr Kessel«, murmelte Josip verschwörerisch, »hat einen identischen Safe in seinem Haus, und ich spreche nicht nur von der Hardware, sondern auch vom Inhalt. Er muss nur mal unaufmerksam sein, und schon nutzt sein Sohn das aus.«

»Also, das ist ja … Wieso hat Herr Kessel meinen Schlüssel und meine Codes?«

»Steht alles im Kleingedruckten, Herr Doktor, und kommt gar nicht so selten vor. Das funktioniert wie in einem Apartmenthaus, da hat der Hauswart ja auch den Generalschlüssel für jede Wohnung, sogar für die Eigentumswohnungen. Falls es brennt oder ein Sicherheitsalarm ausgelöst wird, kommt man schnell ins Haus. Eigentlich eine sinnvolle Sache.«

»Das finde ich gar nicht. Meinetwegen soll die Sicherheitsfirma die Codes haben, aber keinesfalls der Vorbesitzer, und nichts anderes ist Herr Kessel in meinen Augen.«

»Ich glaube, das sieht er anders. Herr Doktor, Sie lassen mich doch nicht hängen? Ich habe Ihnen das unter der Hand erzählt, in aller Freundschaft. Wir müssen zusammenhalten.«

»Sicher, sicher.«

Zum ersten Mal im Leben war Paul ratlos. Eine innere Stimme sagte ihm, dass es die Sache nicht wert sei, eine andere, dass er das nicht auf sich beruhen lassen dürfe. Sollte er nachgeben, nur weil er alt war und sein Gegner jung, nur weil er krank war und sein Gegner stark?

»Leider habe ich keine Beweise«, sagte er mehr zu sich als zu dem Wachmann.

»Genau darauf setzen solche Typen«, erwiderte Josip und blies blauen Rauch durch die Nasenlöcher. »Dass man fair zu ihnen ist, obwohl sie alles andere als fair sind. Und auf noch etwas setzen sie: dass man aufgibt. Ja, so ist das, Herr Doktor, so ist das.«

Natürlich gingen Paul die letzten Worte Josips auf dem Nachhauseweg durch den Kopf. Etliche Beispiele aus seinem Berufsleben fielen ihm ein, in denen er nichts oder so gut wie nichts erreicht hatte. Wie viele Verfahren wegen schwerer Kapitalverbrechen hatte er einstellen müssen, weil Zeugen Angst bekamen, ihre Aussage vor Gericht zu wiederholen? Wie viele Vergewaltiger waren ungestraft nach Hause gegangen, weil das Opfer den Täter zwar mit großer Wahrscheinlichkeit, aber nicht hundertprozentig identifizieren konnte? Wie oft hatten Einbrecher lediglich ein paar Monate auf Bewährung bekommen und am Ausgang des Gerichtsgebäudes höhnisch gelacht, während die Opfer jahrelang unter Angstzuständen zu leiden hatten und immer wieder die Wohnung wechseln mussten? Wenn mal ein gewalttätiger Räuber verurteilt wurde, weil die Zeugen standhaft und souverän waren und der Richter das Strafmaß ausschöpfte, war er bei guter Führung trotzdem nach ein paar Jahren wieder draußen, sofern er seine Tat »bereute« und um Gnade bat.

Wäre es nicht viel fairer, die Täter müssten dasselbe durchleiden wie diejenigen, denen sie die Gesundheit und die Freude am Leben genommen hatten? Rund die Hälfte von ihnen wurde rückfällig, aber die Geschädigten litten manchmal das ganze Leben. Den Verbrechern wurde alles Mögliche zuteil: eine Ausbildung im Knast, Förderungsprogramme zur Wiedereingliederung, ein Bewährungshelfer, wohingegen der Staat die Bürger, die er nicht hatte schützen können, mit Psychotherapie und Medikamenten abspeiste.

War das fair?

Die Frustrationen kamen wieder hoch, die jeder Polizeibeamte, jeder Staatsanwalt kennt, Bilder von feixenden Drogenhändlern, Menschenhändlern, Geldwäschern, Totschlägern und Zuhältern, die alle auf die Unterbezahlung und Milde des Systems hoffen, ja, darauf zählen durften.

Unbewusst war Paul bis zum Haus der Kessels gegangen, auf das er nachdenklich blickte. Sollte er das Gespräch mit dem jungen Mann suchen? Hatten sie sich nicht genug gegenseitig geschädigt? Obwohl, was hatte Tom Kessel schon erduldet? Er hatte eine Anzeige im Briefkasten gehabt, das war alles. Paul hatte seine Rosen unwiederbringlich verloren, und Julia war zutiefst beunruhigt, weil jemand in ihr Haus eingedrungen war. Sie steckte das nicht so einfach weg, und er litt darunter, dass er sie nicht hatte schützen können.

Ein Schub, eher ein Stoß, ging ihm vom Magen in die Brust und stieg in einer Sekunde bis zur Kehle hinauf. Er konnte sich gerade noch auf den Rasen flüchten und an einem Holunderbaum festhalten, bevor das Frühstück aus ihm herausquoll.

Die Pfütze zu seinen Füßen, die Spritzer auf den Schuhen und der Geschmack in seinem Mund widerten ihn an.

Paul wandte sich ab und blickte wieder zu dem prachtvollen, italienisch angehauchten Haus mit den Säulen, Erkern und Andeutungen von Türmen hinüber, eine Villa, wie sie auch am Comer See stehen könnte, doppelt so groß wie das Haus, in dem er mit Julia lebte.

Was, wenn die Übelkeit nicht nur mit der Behandlung zu tun hatte, sondern auch von dem Gefühl der Unterlegenheit herrührte? Er reagierte immer nur: auf das Verbrechen, den vorzeitigen Ruhestand, die Krankheit, Tom Kessels Terror … Würde er in diesem Palast um eine Versöhnung nachsuchen, es wäre ein Canossa-Gang, ein Akt der Unterwerfung, mit dem er niemals glücklich würde. Er hatte es satt, immer der Passive zu sein, der Abwägende, der ewige, machtlose Ankläger, dem die Genugtuung versagt blieb.

Paul legte die Hände um die dünne Stange von Toms Motorrad, an der ein Rückspiegel angebracht war, und zog mit aller Kraft daran. Sie löste sich nicht, war massiv, doch Paul ließ nicht locker. Ein paar Sekunden später gab es einen Ruck, er taumelte einen Schritt zurück und betrachtete die Stange, um die seine Finger sich krallten. Der Schreck, der darauf folgte, war so groß, dass er sie fallen ließ, Schmerz schoss durch seinen Körper.

Befremdet blickte er hinab und stöhnte. Das war seine erste Straftat. Im Alter von acht Jahren hatte er aus einem Laden eine Packung Kaugummis im Wert von vier Pfennigen geklaut. In der Nacht bekam er ein so schlechtes Gewissen, dass er am nächsten Tag noch einmal in den Laden ging, Kaugummis kaufte und sie unbemerkt zurücklegte, um das Unrecht eins zu eins wiedergutzumachen. Und vor zwanzig Jahren war er einmal über eine rote Ampel gefahren, weil er dachte, er schaffe es noch bei Gelb. Sonst gab es nichts, nicht einmal Ordnungswidrigkeiten. Darum war das, was soeben passiert war, zutiefst verstörend und quälend.

Er hob das linke Bein, und als wolle er den Schmerz ausmerzen, trat er auf den Rückspiegel. Einmal, zweimal, dreimal, viermal. Es funktionierte, der Schmerz verschwand. Er fühlte sich gut wie lange nicht mehr, als der zerkratzte, verbogene Spiegel auseinanderbrach. Dennoch hörte er nicht damit auf, ihn zu zerstören, bis er in den Augenwinkeln eine Gestalt wahrnahm.

Es war Birgit Loh.

11

Juni 2016

Man sollte meinen, dass ein als »Gespensterwald« bezeichneter Forst nicht der richtige Ort für einen Spaziergang ist, wenn man erst kürzlich erfahren hat, dass der neue Hausgast entweder ein Lügner, ein Fantast oder ein Verfolgter ist. Auf Ellen hat der Küstenwald allerdings eher eine märchenhafte Ausstrahlung mit seinen dicht stehenden, von Sturm und Sand blank geputzten und bizarr geformten Baumstämmen. Vom Strand aus gesehen erhebt er sich wie ein Bollwerk gegen den manchmal peitschenden Ostseewind. Einmal darin, erwartet man, eher eine Elfe als ein Gespenst zu erblicken.

Das Meer dahinter ist ein Kraftfeld, ganz gleich ob es schäumt oder, wie an diesem Tag, ruhig daliegt, bleiern unter dem bedeckten Himmel. Ellen wird nicht satt, es zu betrachten und Energie daraus zu ziehen. Sie hat sich immer schon zur Weite hingezogen gefühlt, zu offenen Landschaften, vermutlich eine Folge ihrer Kindheit in der Lüneburger Heide. Die Weite, findet sie, hat ihre eigene Melodie. Mal ist sie leise wie ein Wiegenlied, mal klangvoll wie ein Oratorium. Keine Stadt, kein Tal, kein Wald kann da mithalten, sie wirken anders. Hier an der Küste hat Ellen alles – malerische Städte, pittoreske Wälder und vor allem eine Unendlichkeit, die sie am liebsten umarmen würde.

Umso größer wird der Abstand zu den vergangenen fünfzehn Jahren, zu den Mauern, der klebrigen Wärme und den Ausdünstungen der stetig an Menschen und Armut wachsenden Städte. Mit den knarrenden Bäumen, dem Frühlingsduft des Waldes im Rücken und der Ewigkeit vor Augen begreift sie, dass sie nicht Robert verlassen hat, sondern seine Art zu leben.

Dieser Unterschied ist wichtig, vor allem wegen dem, was zwei Tage zuvor in Rubens Wohnzimmer passiert ist. Vereinfacht gesagt, hatte sie dort den besten Sex ihres Lebens, und das ist nicht übertrieben. Sven war leidenschaftlich, energisch und manchmal beinahe hart, doch nie zu hart und energisch. Es war, als hätte er die Grenze dessen, an die er gehen konnte, instinktiv gespürt. Dass sie sich in einem fremden Haus liebten, hat Ellens Lust sogar noch gesteigert, was sie vorher nicht für möglich gehalten hätte. Sie hält sich für ganz und gar nicht promiskuitiv. Mit Robert hat sie es stets nur im eigenen Schlafzimmer gemacht oder im Hotel, wenn sie auf Reisen waren.

Gestern hat sie Sven zum Abendessen eingeladen, danach schlug er ihr einen Verdauungsspaziergang durch die Anlage vor. Es war nur ein Synonym, denn an seinem Blick erkannte sie, worauf es hinauslaufen würde. Sie ließ sich darauf ein, und genauso kam es. Sie hatten Sex zwischen Holunderbüschen, im Mondschein, und anschließend noch mal in seinem Auto.

Wie zwei Teenager. Ja, Sven verstand es, eine Frau zwei Jahrzehnte jünger zu machen. So weit, so perfekt.

Zum Abschied hat er ihr dann die Broschüre gegeben, die sie nun in der Hand hält, eine Veröffentlichung des Tourismusverbandes über die anstehenden Feste in der Region, darunter ein Frühlingsfest in Nienhagen, zu dem er sie eingeladen hat. Ein paar Buden, mecklenburgische Spezialitäten, Kunsthandwerk,

Bier, Wein, Cidre und die Fröhlichkeit von Menschen, die sich auf den bevorstehenden Sommer freuen – genau das, wonach ihr der Sinn steht.

Ellen setzt sich auf eine Bank im Schatten, zieht die Weste ein wenig enger um den Körper und versucht an nichts Spezielles zu denken, einfach den Moment und die frische Luft zu genießen, nur zu fühlen. Ja, sie kann sich ein solches Leben sehr gut vorstellen. Wie ein Triptychon steht es ihr vor Augen: ein Halbtagsjob, Dorffeste, etwas Gartenarbeit. Keine Umzüge, keine hochkarätige Gesellschaft mehr, stattdessen ganz normale Leute mit ganz normalen Problemen. Sie hat Lust, den Wandel der Jahreszeiten mit allen Sinnen zu zelebrieren, hat Lust zu pflanzen und zu kochen, Gestecke zu basteln, mit den Händen zu arbeiten, bei Wind und Wetter rauszugehen. Vielleicht romantisiert sie das alles zu sehr, aber es ist eine Vision, an die sie glauben will.

So weit, so perfekt.

Wenn sie nicht Robert verlassen hat, sondern das Leben, das sie mit ihm geführt hat, dann wendet sie sich im Umkehrschluss vielleicht nur dem Leben zu, das Sven verkörpert, und nicht ihm. Liebt sie Sven? Hat sie je aufgehört, Robert zu lieben?

Irgendwie schizophren, bei Robert bleiben zu wollen und trotzdem zu gehen, einen Mann zu verletzen und ihm dann nachzutrauern. Sie brauchte ihn, sie liebte ihn, sie sehnte sich nach etwas anderem und entfernte sich von ihm. Es geschah langsam, ohne den Tropfen, der das Fass zum Überlaufen bringt. Eines Morgens wachte sie auf und befand, dass sie dieses überkandidelte Dasein, nach dem sich so manche Frau sehnt, nicht mehr aushielt.

Doch erst jetzt bemerkt sie, dass sich so viel gar nicht verändert hat, sieht man einmal von Oberflächlichkeiten wie dem Wohnort und den Turbulenzen der letzten Wochen ab. Sie hat früher in luxuriösen Wohnanlagen gewohnt und ist erneut in eine solche gezogen. Sogar eine Mauer gibt es, ähnlich wie jene, die sie damals so grässlich fand. Die Parkanlage nicht zu vergessen, die hübschen, perfekt kreisförmigen Blumeninseln im sattgrünen Gras, an die sie sich in den letzten fünfzehn Jahren gewöhnt hat.

Beispiele gibt es genug dafür, dass sie ihr Leben gar nicht so sehr auf den Kopf gestellt hat, wie sie meinte.

Seit dem Ausflug nach Bad Doberan am ersten Tag hat sie die Anlage kaum verlassen. Einmal ist sie mit dem Taxi zum Supermarkt gefahren, ein anderes Mal zum Einwohnermeldeamt, ein paar kurze Spaziergänge, und das war's, beinahe so, als würde sie noch immer im Diplomatenviertel eines der zehn ärmsten Länder der Welt leben.

Nachmittags, manchmal auch früher, bekommt sie regelmäßig Lust auf einen Gin Pahit oder einen Martini mit einem Spritzer Orangenbitter, den ihre Freundinnen und sie so gerne getrunken haben. Seltsamerweise vermisst sie das einschläfernde Einerlei, das sie damals als nervtötend empfand, das im Rückblick aber auch wohltuend berechenbar war. Sie gefiel sich in der Rolle der Spötterin, die sich insgeheim über den eigenen elitären Club lustig machte. Jetzt, nachdem sie glaubt ausgetreten zu sein, stellt sie dagegen befremdet fest, dass sie die Grundzüge der Clubstruktur beibehalten hat.

Sie hat Angst, so einfach ist das. Angst, Robert zu verlieren, und Angst, zu ihm zurückzukehren. Angst, sich in Sven zu verlieben, und Angst, allein zu sein. Angst, in Heiligendamm anzukommen, und Angst, den Ort wieder zu verlassen.

Wenn man bedenkt, wie großartig die letzten Tage mit Sven waren – wieso zögert sie? Vielleicht projiziert sie ihre derzeitige Unsicherheit auf ihr Umfeld, weshalb sie Geheimnisse sieht, wo keine sind. Aber wieso weicht er ihr jedes Mal aus, wenn sie ihn auf Rubens Mutter anspricht? Gestern beim gemeinsamen Abendessen war ein unterschwelliger Groll zwischen Ruben und ihm zu spüren. Ging es nur darum, dass Ruben sich weigerte, zu Sven oder in eine andere Unterkunft zu ziehen, und lieber Tristans Angebot annahm, noch ein paar Tage bei ihnen zu wohnen?

Ein paar Schritte von Ellens Haus entfernt pflanzt ein Gärtner Margeriten in den Park, die wie ein trotziger Versuch wirken, die seltsame Agonie von Vineta aufzuhalten. Er ist jung, arbeitet mit freiem Oberkörper und ist der erste Angestellte, den sie in der Anlage zu Gesicht bekommt. Erst als Ellen sich ihm nähert, sieht sie, dass er nicht alleine ist. Der große, bärtige Mann, der gelegentlich – immer nur nachts – in der Anlage umherstreift und zerdrückte Bierdosen in die Landschaft wirft, steht neben ihm. Als er Ellen bemerkt, geht er weg.

Sie spricht den Gärtner an. »Guten Tag, verzeihen Sie. Ellen Holst, mein Name. Ich wohne gleich dort drüben. Kennen Sie den Herrn, der gerade mit Ihnen gesprochen hat?«

»Das ist seit heute mein Arbeitgeber und schon länger Ihr Nachbar.«

»Ach, das ist Herr Kessel? Ich habe ihn bisher nicht zu Gesicht bekommen, er lebt sehr zurückgezogen. Jetzt weiß ich auch, warum. Er sieht nicht aus, als würde er in einer Villa wohnen.«

Der Gärtner ist vermutlich zu integer, um seinen verwahrlosten Arbeitgeber zu kritisieren. »Ihr Garten«, sagt er, »sieht auch nicht aus, als würde er zu Ihrem Haus gehören.«

»Da haben Sie leider Recht. Na ja, ich würde schon gerne mehr daraus machen. Die vielen abgestorbenen Büsche sehen aus wie Rosen, aber ich bin mir nicht sicher. Solange die mit Wurzeln und allem Drum und Dran im Boden stecken, komme ich nicht voran, und da frage ich mich … Vielleicht haben Sie ja noch ein bisschen Zeit übrig und könnten sie ausgraben? Ginge das?«

»Ja, klar, kann ich machen. Ich sage Ihnen die Tage Bescheid.«

»Sehr gut. Nochmals Danke, Herr …«

Er lächelt sie an, seine Zähne sind strahlend weiß und heben sich vom bronzenen Teint seines Gesichts ab.

»Malush«, sagt er. »Einfach Malush.«

Etwas später am selben Tag

Malush schleudert das Messer über eine Distanz von zehn Schritten und trifft ins Schwarze, in die Mitte der Kreidemarkierung auf dem Baumstamm. Mit jedem Wurf erhöht er die Distanz um zwei Schritte und trifft jedes Mal die Fläche, die nicht größer ist als eine Untertasse. Wie die meisten seiner Fertigkeiten hat er auch diese im Alter zwischen neun und zwölf erlernt, in jener dunklen Zeit, als er im Haus seiner Eltern gefangen war, als ihm die Stunden wie Tage erschienen und ein Tag wie eine Woche, wie es so ist, wenn man sich nicht zu beschäftigen weiß. Damals balancierte er auf der Bettkante, ein Jahr lang ging es gut, so lange, bis sie brach. Wie ein Marder kletterte er auf dem Dach herum, wie ein Pirat hangelte er an

Seilen, wie Robin Hood schoss er Pfeile mit einem selbst gebastelten Bogen. Er hatte die Geschicklichkeit eines Abenteurers und lebte das Leben eines Kerkerhäftlings.

Treffer! Auch aus zwanzig Schritten Entfernung ist Malush ein sicherer Werfer, obwohl er einige Stunden lang schwere körperliche Arbeit als Gärtner verrichtet hat und seine Muskeln langsam ermüden. Noch vor ein paar Jahren hätte er gewollt, dass Majlinda stolz auf ihn ist und ihm applaudiert, wenn er solche Kunststücke fertigbringt. Inzwischen hat er sich daran gewöhnt, dass die Bewunderung ausbleibt. Er ist ernster geworden, ausgeglichener. Beifall bedeutet ihm nichts mehr – ein Glück, denn er erhält noch nicht einmal mehr Aufmerksamkeit. Majlinda sitzt im Gras und kämmt sich seit einer halben Stunde die schwarzen Haare, befindet sich in ihrer eigenen Wirklichkeit, zu der niemand Zugang hat.

Man sieht das Meer, Wellenbrecher, eine heideähnliche Landschaft, das Grand Hotel blitzt durch das Geäst.

Vielleicht, denkt Malush, ist es genau hier passiert, hat sie ihn hier empfangen, ihren Sohn Bekim, der nur ein paar Meter von ihr entfernt mit dem Hund schmust und der für sie dennoch so weit weg ist, als wäre er tot geboren.

»Malush?«, ruft der Junge. »Kannst du den Vogel da oben abschießen?«

Ärgerlich blickt er den Fünfjährigen an. »Was hat der Vogel uns getan? Ich werde ihn ganz sicher nicht abschießen. Das wäre grausam und gemein.«

Malush ist laut geworden, woraufhin der Junge um einige Zentimeter schrumpft und beinahe zu weinen anfängt. Bekim ist bisher gewissermaßen in der Wildnis aufgewachsen, in einer lieblosen Barbarei, geschlagen von den Großeltern und vermutlich auch von der Tante. Sich zu ducken und zu heulen ist seine einzige Verteidigungsstrategie. Nie streckt er einem mal trotzig die Zunge heraus, nie stampft er mit dem Fuß auf oder sagt »Doch!«, sondern ist von erschreckender Nachgiebigkeit, um nicht zu sagen Feigheit, sobald er auf Widerstand trifft.

Das ist nicht nur die Erziehung, denkt Malush, das ist auch das Blut oder, wie es in modernen, aufgeklärten Gesellschaften heißt, das Erbgut.

Er hätte es schon bei der Geburt des Jungen erkennen müssen. Die Zeichen waren unverkennbar: die leicht gebräunte Haut, die hellen, wässrigen Augen, das fliehende Kinn. Er hat es übersehen, weil er es nicht wahrhaben wollte, und er wollte es nicht wahrhaben, weil es bedeutet hätte, sich einen Fehler einzugestehen. Wie zum Trotz hatte er seinem Neffen den Namen Bekim gegeben, was so viel wie Segen oder Segnung bedeutet, so als ob man mit einem Namen die dunkle Wahrheit schöner machen könnte.

»Wer ist der Vater?«, hatte ihr Vater damals von Majlinda wissen wollen. »Sag es, Tochter, wie heißt der Schweinehund?«

Doch Majlinda war verstummt, erloschen.

»Was ist mir dir, Malush?«, donnerte der Vater, jener Mann, der zwei Söhne und zehn Jahre seines Lebens an eine Blutfehde verloren hatte. »Kennst du seinen Namen?«

»Ja, Vater.«

»Sag mir etwas, das mir guttut.«

»Er ist tot.«

»Ist das wahr?«

»Ja, Vater.«

»Wenn du mich anlügst, sollst du verdammt sein. Ist das auch wirklich wahr?«

»Ja, Vater.«

»Schwöre es.«

»Ich schwöre.«

»Das ist mein Sohn. Richtig gemacht.«

Falsch gemacht. Heute war er stark genug, den Irrtum, den katastrophalen Irrtum zu erkennen, und er bereitete sich darauf vor, dafür zu büßen.

Aus dreißig Schritten Entfernung trifft er erneut ins Ziel.

12

Sommer 2010

Einige Tage, nachdem Paul das Motorrad demoliert hatte, saßen die Beteiligten beisammen. Gernot Kessel hatte auf die Bedenkzeit bestanden, damit die Gemüter sich beruhigen konnten, und Paul hatte auf sein Haus als Treffpunkt bestanden, weil er dort Hoheitsrechte hatte. Lediglich die Frage, wer die Beteiligten waren, blieb offen. Gernot und Tom Kessel waren gesetzt, ebenso Paul und Julia, außerdem Josip Vukasovic. Paul sah allerdings nicht ein, warum Birgit Loh dabei sein sollte, nur weil sie ihn zufällig auf frischer Tat ertappt hatte. Das Ganze ging sie nichts an. Doch Gernot Kessel bestand auf ihrer Teilnahme.

Da der Erbauer die nervige Angewohnheit hatte, die Häuser seiner Nachbarn nie ohne ein Mitbringsel zu betreten, überreichte Birgit Paul zur Begrüßung in ihrer beider Namen einen Gedichtband mit »Tröstlicher Poesie«, wie der Titel versprach.

Julia schenkte Eistee ein und setzte ein stetes, sanftes Lächeln auf wie die Mona Lisa, so als seien gute Freunde an diesem heißen Mittag zusammengekommen. Dabei hätte ein Außenstehender sich gefragt, was den Schnösel im Zweireiher, den Rocker mit Ohrringen, den Uniformierten mit schlecht sitzender Hose, die junge Frau im luftigen Sommerkleid von Chanel, die ergraute Metzgereiverkäuferin mit dem Staatsanwalt im Ruhestand verband. Vermutlich hätte derjenige auf eine Familie getippt, weil man sich die bekanntlich nicht aussuchen kann, ebenso wenig wie Nachbarn.

»Der Eistee schmeckt ungewohnt«, stellte Birgit Loh fest. »Gar nicht nach Minze.«

»Ich habe Kardamom dazugetan. Es ist ein ayurvedisches Rezept«, erklärte Julia. »Ich habe es von Rebekka. Sie besitzt eine ganze Kiste mit originellen Rezepten.«

»Das kann ich mir vorstellen«, erwiderte Birgit. »Sie macht auf mich wirklich den Eindruck, als würde sie alles ein wenig anders handhaben, als man es normalerweise tut.«

»Ich finde den Tee sehr lecker«, beharrte Julia.

Die Männer hatten die Unterhaltung der Frauen ungläubig verfolgt. Seit Tagen lag eine offene Auseinandersetzung in der Luft, nun standen sie endlich kurz davor, und die Damen hatten nichts anderes im Sinn, als über Eistee zu schwadronieren.

»Mit den Rosen hat alles angefangen«, eröffnete Paul die Aussprache. »Wenn Ihr Sohn sich nicht wie ein Vandale aufgeführt hätte …«

»Ich bin anwesend«, sagte Tom. »Reden Sie nicht über mich, als wäre ich nicht da.«

»Wie Sie wollen, junger Mann.«

»Und nennen Sie mich bitte Tom oder Herr Kessel. Oder wollen Sie, dass ich Sie mit ›alter Mann‹ anspreche?«

»Sie haben meine Rosen zerstört.«

»Hab ich nicht. Außerdem vergessen Sie da was.«

»Bitte sehr, es stimmt, dass ich unfreundlich zu Ihnen war. Ich war voreilig und bereue es. Aber wenn man von einem Papierkügelchen am Kopf getroffen wird, kann man als Reaktion darauf nicht eine Pumpgun zum Einsatz bringen. Genau das haben Sie getan.«

»Ich sage es noch mal: Ich war's nicht.«

»Ach ja, die Rosen haben sich also selbst massakriert, oder wie?«

»Sie gehen mir mit Ihren beschissenen Rosen langsam auf die Nerven.«

»Und Sie gehen mir mit Ihrem …«

»Bitte, bitte«, versuchte der Erbauer zu beschwichtigen. Er sah unglücklich aus, was sich darin äußerte, dass er ein Gesicht zog, als müsse er eine Windel wechseln. »Wir können über alles in Ruhe reden. Vielleicht bringen wir eine Ordnung in die Diskussion und beginnen mit dem jüngsten Vorfall.«

Das tat Paul sehr ungern, aus einem einzigen Grund, der nichts mit Scham oder Reue zu tun hatte. Mit Julia hatte er darüber noch nicht gesprochen. Nun ja, informiert hatte er sie schon, und zwar unmittelbar danach. Doch Julia hatte sich nach kurzem Überlegen einfach wieder ihrem Buch zugewandt, und Paul hatte nicht den Mut gefunden, ihr seine Handlungsweise zu erklären.

Nicht den Mut gefunden? Wohl eher nicht den Willen. Denn nur Stunden nach dem Vorfall war etwas Seltsames mit ihm passiert. Zum ersten Mal seit Langem hatte er sich richtig gut gefühlt. Natürlich war es nicht angenehm gewesen, erwischt zu werden. Doch die Peinlichkeit war nur von kurzer Dauer, und danach verschwand sie wie eine spröde, trockene Masse unter einem Zuckerguss. Endlich einmal hatte er zurückgeschlagen, hatte sich nicht alles gefallen lassen. Hatte nicht einfach etwas hingenommen, so wie er seine Schlaganfälle, die Tumore und die Pensionierung hatte hinnehmen müssen, außerdem den

Umzug an die Ostsee, die Verbannung Ciceros, den Tod der Rosen … Man konnte nicht alles mit ihm machen. Er war noch lebendig, verdammt noch mal, er war noch nicht begraben.

Es wäre hoffnungslos gewesen, es Julia zu erklären. Sie würde es nicht verstehen, so jung, feminin und leichtlebig, wie sie war.

»Wenn Sie denken, dass ich mein Tun bereue, können Sie lange warten«, sagte Paul. »Im Gegenteil, nach allem, was mir genommen wurde, halte ich meine Reaktion für äußerst maßvoll. Ein Rückspiegel … lächerlich. Da schraubt man einen neuen dran und fertig. Meine Rosen dagegen … Ich weiß, für Sie ist eine Rose nur eine Pflanze, Sie halten meine Neigung für eine fixe Idee. Aber angenommen, Sie hätten einen Hund, den ich erschlagen habe, würden Sie dann auch sagen, den ersetze ich beim nächstbesten Besuch im Tierheim? Das ist etwas anderes, finden Sie? Wo ziehen Sie die Grenze? Bei einem Kaninchen, einem Leguan? Wer sagt, dass Ihre Grenze die gültige ist? Nur weil ich mir nichts aus Hunden mache, habe ich nicht das Recht, den Ihren zu töten. Meine Rosen bedeuteten mir sehr viel, egal wie Sie darüber denken. Vielleicht gibt es ja etwas, das Sie bedeutsam finden: den Ehering Ihrer verstorbenen Mutter oder die Weihnachtskrippe aus Ihrer Kindheit. Glauben Sie, mit zweihundert Euro sind diese Dinge zu ersetzen? Mir wurde etwas Wertvolles genommen, etwas Unersetzliches. Ja, lächeln Sie nur, das zeigt Ihre Ignoranz.«

»Ich lächele nicht«, sagte Gernot Kessel.

»Sie nicht, aber Ihr Sohn. Gut, jetzt nicht mehr. Eben hat er gelächelt, ich habe es genau gesehen. Es hat ihm nicht gereicht, meine Rosen zu stutzen, er musste sie abtöten.«

»Kann man den irgendwo abschalten?«, fragte Tom. »Oder wenigstens auf stumm stellen?«

»Tom, bitte«, mahnte sein Vater.

»Der Typ hört nicht zu, der quasselt immer nur. Ich habe Ihre Rosen nicht abgetötet, kriegen Sie das endlich in Ihren Schädel. Okay, ich hab den blöden Mercedes-Stern geklaut.«

Er griff in seinen alten, verwaschenen Rucksack und warf Paul den Stern zu. Er war noch nicht mal angekratzt.

»Ich hatte vor, ihn in zwei, drei Wochen in Ihren Briefkasten zu werfen oder irgend so was. Das wär's dann auch schon gewesen. Sozusagen meine Retourkutsche für die zerstochenen Reifen von meinem Motorrad. Sonst hab ich nix gemacht.«

»Welche Reifen?«, fragte Paul. »Und was ist mit meinem Duschvorhang?«

Tom verdrehte die Augen. »*What the fuck!* Wurde Ihr Duschvorhang etwa auch abgetötet?«

»Darüber brauchen Sie keine Witze zu machen, junger Mann. Er wurde gestohlen. Während meine Frau geschlafen hat. Wissen Sie, was das bedeutet?«

»Ja«, entgegnete Tom. »Dass Sie sich dringend in Behandlung begeben sollten, alter Mann.«

»Lächeln Sie nicht!« Paul warf den Stern quer über den Tisch, wo er Tom nur knapp verfehlte und dann scheppernd auf die Fliesen der Terrasse fiel. »Sie haben gelächelt, das dürfen Sie nicht. Nach allem, was Sie mir genommen haben, nehmen Sie mir nicht auch noch meine Ehre, ja! Ich bin völlig klar im Kopf, also behandeln Sie mich nicht wie einen Idioten, so wie Ihren Freund, diesen … diesen …«

Gernot Kessel erhob sich. »Das reicht«, sagte er höflich, aber bestimmt. »Wir befinden uns auf einem Niveau, das mich sehr traurig stimmt. Tom, du wirst Herrn Derfflinger die Rosen ersetzen.«

»Nö.«

»Paul, bitte lassen Sie mir bis nächste Woche eine Liste mit zehn Rosensorten zukommen. Ich werde Ihnen hochwertige mehrjährige Stöcke besorgen, und wenn Sie es wünschen, wird Tom sie persönlich einpflanzen.«

»Fällt mir nicht im Traum ein!«, rief Tom.

»Dann werde ich es übernehmen«, erwiderte sein Vater.

Für einen winzigen Augenblick wurde der Ernst der Situation von einem komischen Bild unterbrochen, der Vorstellung von Gernot Kessel, der in Jeans und Gummistiefeln mit einem Spaten Löcher aushob.

»Was den Duschvorhang angeht, weiß ich nicht, wie mein Sohn den hätte stehlen sollen. Daher haben Sie doch bitte die Güte, lieber Paul, ihn auf eigene Rechnung zu ersetzen.«

»Nein, diese Güte habe ich nicht«, widersprach der Pensionär mit bebender Stimme. »Wie ich erfahren habe, befinden sich Generalschlüssel zu unseren Häusern in Ihrem Besitz.«

»Ah, ich verstehe«, sagte Gernot Kessel und warf einen Blick auf Josip, der sofort errötete. »Herr Vukasovic, wenn Sie so freundlich wären, uns zu verlassen.« Er wartete, bis der Wachmann gegangen war. »Fakt ist, lieber Paul, dass besagter Generalschlüssel sich in meinem Safe befindet, zu dem außer mir nur mein Anwalt die Kombination kennt. Er hat es nun wirklich nicht nötig zu stehlen, da er den Leuten auf legalem Weg genügend Geld aus der Tasche zieht, wie ich aus eigener leidvoller Erfahrung versichern kann. Soweit mir bekannt, ist er ebenso wenig ein Duschvorhangfetischist wie ich.«

Birgit platzte mit einem lauten Lacher dazwischen, der Gernot für einen Moment aus dem Konzept brachte.

»Was nun die Existenz der Schlüssel angeht, so ist dies ein

rechtmäßiger Umstand. Offenbar haben Sie noch nicht ganz verstanden, mein lieber Paul, dass Sie sich in meiner Anlage befinden. Noch nicht einmal der Garten gehört Ihnen, auch wenn Ihnen die Gestaltung desselben innerhalb gewisser Grenzen obliegt. Lediglich das Haus ist Ihr Eigentum, allerdings bin ich berechtigt, zum Schutz der Anlage gewisse Maßnahmen zu ergreifen. Ein Generalschlüssel gehört nun einmal dazu. Bedauerlich, dass gewisse Leute daraus etwas Dubioses machen und Sie gegen mich beeinflussen wollen, obgleich ich nur Ihr Wohl im Auge habe. Ich habe Sie hier aufgenommen und …«

»Aufgenommen?«, blaffte Paul. »Sie haben mir ein Haus verkauft, mehr nicht.«

»Ich habe Sie hier aufgenommen …«, wiederholte Gernot und konnte den Satz abermals nicht zu Ende führen.

Paul rief: »Patienten werden aufgenommen. Oder Insassen. Ich bin Ihr Nachbar, Herr Kessel, nicht Ihr Krüppel oder Gefangener, und damit hat es sich.«

Gernot Kessel stand der Schock ins Gesicht geschrieben, so sehr, dass Paul von einem Triumphgefühl wie von einer Woge erfasst wurde. Der Zurechtgewiesene blickte nacheinander in die Gesichter der Anwesenden.

»Ich habe einen Fehler gemacht«, murmelte er. »Einen schrecklichen Fehler, den ich umgehend korrigieren werde.«

Wenig später waren Paul und Julia allein. Eigentlich konnte er zufrieden mit dem Ergebnis sein. Er hatte den Stern zurück und würde neue Rosen bekommen, vom zertrümmerten Rückspiegel war keine Rede mehr, und der Erbauer war gestutzt. Trotzdem war Paul nicht in Siegesstimmung, die Woge des Triumphs war abgeflacht. Lag es nur an Julia, die schweigsam den Tisch abräumte?

Nein, etwas fehlte ihm. Er war so schön in Fahrt gewesen, und nun kam es ihm vor, als hätte ein automatisches Bremssystem ihn auf Tempo dreißig gedrosselt.

»Du sagst ja gar nichts, Julia.«

»Du hast die Contenance verloren, deine Mitte.«

»Meine Mitte! Herrje, das hört sich an, als käme es aus dem Mund deiner neuen Freundin, die dir Steine ins Wohnzimmer stellt und dich mit Lebenshilfeweisheiten überschüttet, die, nebenbei gesagt, nur denjenigen reicher machen, der darüber Bücher schreibt.«

»Lass Rebekka aus dem Spiel«, ermahnte sie ihn ärgerlich, was er sonst nicht von ihr kannte.

Bei Julia wurde er immer ganz zahm, sogar einsichtig. Ja, er war zu weit gegangen, als er den Stern nach Tom Kessel geworfen hatte. Toms arrogantes Lächeln war unerträglich gewesen, da war es einfach so über ihn gekommen.

»Entschuldige bitte.«

»Du entschuldigst dich bei der Falschen«, erwiderte sie. »Zu Josip müsstest du gehen, den du in die Pfanne gehauen hast. Und zu Tom, den du zuerst angeblafft und dann ohne Beweise beschuldigt hast.«

»Aber ich habe von seinem Vater gewissermaßen Recht bekommen«, hielt er dagegen.

»Bei dem müsstest du dich auch entschuldigen, so wie du ihn abgekanzelt hast. Glaubst du, dass mich das beeindruckt? Wofür hältst du mich? Ehrlich, Paul, ich erkenne dich nicht wieder.«

Vor diesem Satz hatte er seit Jahren größte Angst. Die einzige Frau, die er je geliebt hatte, die Mutter seines einzigen Kindes, erkannte ihn nicht wieder. Plötzlich war der Horizont, der einige Tage lang hell gewesen war, wieder dunkel, die Farben leuchteten nicht mehr. Mit einem Mal hatte er sogar vergessen, wie sich Selbstbewusstsein, Sorglosigkeit, Zufriedenheit anfühlten. Es kam ihm vor, als hätte es all das für ihn nie gegeben.

Verzweifelt warb er um Verständnis. »Mein Leben rinnt mir durch die Finger, mein Stolz, meine Kraft, und du erwartest, dass ich Contenance bewahre?«

»Ja«, sagte sie. »Genau das erwarte ich. Wenn ich einen jugendlichen Haudegen hätte heiraten wollen, dann hätte ich es ja wohl getan.«

13

Juni 2016

Tagelang liegt Malush auf der Lauer. Man sieht es ihm nicht an, er verbirgt sich nicht in Büschen oder dunklen Ecken, sondern geht seiner neuen Arbeit nach. Das Messer hat er stets dabei, es steckt in derselben Tasche wie die Gartenschaufel, mit der er Margeriten und Begonien in den Park von Vineta pflanzt. Das Haus, in dem Ruben sich versteckt, hat er immer im Auge. Natürlich kann Malush ihn nicht sehen, aber er weiß, dass Ruben da drin ist, so wie Ruben weiß, dass Malush da draußen ist. Er verbirgt seine Anwesenheit nicht, im Gegenteil, pfeifend pflanzt er die Blumen, singend stutzt er den verblühten Flieder.

Ruben könnte rufen: »Der da, der will mir ans Leder.« Doch Malush ist sich sicher, dass es nicht dazu kommen wird, denn dann müsste Ruben der Polizei einiges erklären, und so viel Mumm hat er nicht. Sollte er es doch tun, hat er keine Beweise, nur eine verwirrende Geschichte, erzählt von einem Verwirrten.

Für Malush wäre es ein Leichtes, in das Haus der Familie Holst einzubrechen, aber er gärtnert lieber um das Grundstück herum, pfeift und singt und weiß bei jedem Ton, dass der Junge da drin ihn hört. So sind sie sich ganz nah, ohne sich zu berühren, jeder ist sich der Gegenwart des anderen bewusst, der eine in ängstlicher, der andere in hoffnungsvoller Erwartung der Rache.

Endlich, am Freitagnachmittag, klingelt Malush bei Ellen Holst und bringt ihr Blumen vorbei.

»Dürfen Sie das denn?«, fragt die Hausherrin und riecht an dem bunten Strauß. »Mir Blumen aus dem Park schenken?«

Malush zuckt nur mit den Achseln und lässt seine Augen und Zähne die strahlende Überzeugungsarbeit leisten. Er ist sich seiner Wirkung durchaus bewusst, die dadurch verstärkt wird, dass er einwandfreies Deutsch spricht und ein sauberes Poloshirt trägt.

Während seine linke Hand in die Hosentasche mit dem Messer gleitet, sucht sein Blick die Treppe ab, wo ein ungeübtes Auge nichts erkennen würde, das seine jedoch den Schatten eines Oberkörpers an der Wand wahrnimmt. Aus ihm heraus erwächst ein zweiter Schatten, kleiner und schmaler, Schritte sind zu hören, Socken auf der Holztreppe, dann kommt der Sohn der Hausherrin zum Vorschein, der ihn skeptisch beäugt.

»Mit Blumen sieht die Welt gleich anders aus«, sagt Malush. »Tut mir nur leid, dass so viele Nelken dabei sind.«

»Wieso tut Ihnen das leid?«

»Man sagt doch, dass es Totenblumen sind.«

»Richtig, wenn Sie es erwähnen … Halb so wild. Darauf gebe ich nichts. Mein Mann trägt gerne eine Nelke im Knopfloch, und er ist quicklebendig.«

Malushs Finger krallen sich um das Messer. »Mir hat die leuchtende Farbe gut gefallen, dieses Blutrot.«

»Ja. Zusammen mit dem weißen Flieder kommen die Nelken besonders schön zur Geltung. Sie haben ein gutes Auge.«

»Geht so. Besser, Sie stellen sie gleich in eine Vase.«

»Sie haben Recht. Wollen Sie kurz reinkommen?«

Sie wendet ihm den Rücken zu und geht voraus ins Haus.

Malush lässt das Messer in der Hosentasche aufschnappen und tritt ein. Er geht zwei, drei, vier Schritte hinter ihr her, vorbei an ihrem Sohn, der ihn ansieht wie ein junger Löwe, der zum ersten Mal einer Schlange begegnet und nicht recht weiß, was er von ihr halten soll.

Malush zieht das Messer aus der Tasche. »Warten Sie.« Er geht auf die Frau zu.

Eine Sekunde später ertönt im Obergeschoss ein Schrei, dann fällt eine Tür ins Schloss. Der Sohn wendet sich zur Treppe, dann wieder seiner Mutter zu, die über die Blumen hinweg die Augen verdreht.

»Entschuldigung, wir haben einen nervösen Gast. Bei uns geht es gerade ein bisschen drunter und drüber.«

»Ich wollte nur noch mal die Stängel kürzen. Frisch geschnitten halten sie am längsten.«

»Das erledige ich schon … Malush, nicht wahr?«

»Ja, genau. Wenn es Ihnen passt, kann ich am Wochenende die Rosenstöcke in Ihrem Garten ausgraben.«

»Das wäre wunderbar. Sie sind ein Engel.«

Er klappt das Messer zu und steckt es in die Tasche zurück. Sein Lächeln schlägt alle Rekorde.

Wie versprochen gräbt er am Wochenende den Garten um, hebt alte, verholzte Wurzeln aus dem Erdreich und schafft sie mit einem Schubkarren vom Grundstück. Von Zeit zu Zeit bewegt sich eine Jalousie im Obergeschoss, was er bemerkt, ohne gezielt darauf zu achten. Seine Botschaft ist auch so klar, er kommt Ruben näher und näher.

Ellen Holst ist die ganze Zeit über entweder im Haus oder auf der Terrasse, sie sieht fern, liest, sieht fern, trinkt, löst Kreuzworträtsel, trinkt, nimmt eine Lieferung Lebensmittel entgegen, schreibt E-Mails, starrt vor sich hin, liest und trinkt … Dafür dass sie keine zehn Minuten stillsitzen kann, tut sie erstaunlich wenig. Sie weiß nicht, wohin mit sich, doch scheint ihr dieser Zustand lieber zu sein als jeder andere. Es macht ihr auch nichts aus, die Cocktails in der Nähe von jemandem zu genießen, der schwer schuftet. Den meisten deutschen Frauen ist es nach Malushs Erfahrung eher unangenehm, der Putzfrau bei der Arbeit zuzusehen, sie ziehen sich entweder zurück oder gehen shoppen. Nicht so diese Frau. Sie ist wenigstens ehrlich und zeigt ganz offen, dass sie lieber trinkt, anstatt zu arbeiten. Warum auch nicht?

Er mag sie gerne. Sie ist von einer Höflichkeit, die mit jedem Drink zunimmt, ein- oder zweimal hat er sogar den Verdacht, sie würde ihn am liebsten auf ein Glas einladen. Er kann ihre Einsamkeit spüren. Und er spürt, dass sie einen Kampf ausficht, einen ganz anderen natürlich als Malush, der eine schwere Schuld mit sich herumträgt und sich fragt, ob er sie mit dem, was er vorhat, vergrößert oder verkleinert. Auf seltsame Weise fühlt er sich verbunden mit ihr, die ganz woanders steht als er, doch ebenso ihren Platz im Dasein verloren zu haben scheint.

Ein einziges Mal in diesen Tagen hört er sie lachen, als Rubens Betreuer sie überraschend besucht. Der Mann scheint ihr gutzutun, sie haben etwas am Laufen. Allerdings ahnt sie nicht, dass er dieses eine Mal nicht nur ihretwegen ins Haus kommt. Als sie Mittagessen kocht und abgelenkt ist, kommt Sven Forbrich im Garten auf Malush zu. Sie kennen sich flüchtig von früher.

Er kommt ohne Umschweife zur Sache. »Was soll das? Warum sind Sie hier? Sie machen Ruben Angst.«

»Wenn Sie wissen, dass ich ihm Angst mache, dann wissen Sie auch, warum ich hier bin.«

Sven Forbrich überreicht ihm ein Kuvert, nachdem er sich vergewissert hat, dass ihm niemand zusieht, außer Ruben, der das Geschehen Nägel kauend hinter einem Fenster im ersten Stock beobachtet.

»Eintausend Euro«, stellt Malush fest, spuckt in das Kuvert und drückt es Sven Forbrich wieder in die Hand. »Ich will vierzigtausend.«

»Sind Sie wahnsinnig? Über solche Mittel verfügt er nicht. Er lebt mehr oder weniger von den Alimenten seines brasilianischen Vaters.«

»Ruben gehört doch das Haus, oder? Das kann er beleihen.«

»Sie sind wahnsinnig?«

»Schon möglich. Na und?«

Jede Stunde bringt ihn seiner Tat näher, was ihm die Kraft zurückgibt, die ihm die Arbeit mit dem Spaten raubt. Vielleicht ist es die Monotonie, mit der er wie ein Totengräber das Werkzeug wieder und wieder in den Boden rammt, die ihn halluzinieren lässt. Plötzlich hat er Sehnsucht nach dem Wein, den seine Mutter ihm zum Abschied serviert hat. Er war sauer, quasi untrinkbar. Malush sehnt sich nach ihrer rauen, scheinbar herzlosen Stimme und ihren von Arbeit und Armut verkratzten schwarzen Händen. Er sehnt sich nach dem Land, das ihn vertrieben hat und das dennoch die ganze Zeit über nach ihm ruft, das großartigste Land der Welt, in dem zu leben schwierig, für manche gar unmöglich ist.

»Alle Achtung«, lobt ihn die Hausherrin. »Sie haben gearbeitet wie ein Berserker. Werden Sie denn nie müde?«

»Tja, wenn ich mir etwas vorgenommen habe …«

»Wir haben dreihundert Euro ausgemacht, aber ich finde, Sie haben sich einen zusätzlichen grünen Schein verdient.«

Er mag diese Frau wirklich, ihre Großzügigkeit, die ihr peinlich ist, ihre Rastlosigkeit, die offene Art, wie sie mit ihrem Sohn umgeht, ihr Gästebad, in dem die Fotos an der Wand Stationen ihres Lebens vom Babyalter bis zur Gegenwart zeigen. Er mag sogar den Geruch von Gin, den sie manchmal wie ein Parfüm verströmt.

»Könnten Sie auch den Zaun streichen und ein Beet ausheben?«

»Klar. Ich mache mich gleich morgen an die Arbeit.«

Hoffentlich muss er ihr und ihrem Sohn nicht wehtun.

Einen Tag später

Georg Hofstadt ist ein gemütlicher, beleibter Mann, der sich nur ungern bewegt und vielleicht auch aus diesem Grund seinen Beruf ergriffen hat. Er ist Notar.

»Frau von Ehrensee, guten Tag. Wie schön, Sie wiederzusehen.«

Zur Begrüßung steht er nicht auf, sondern beugt sich nur ein wenig über den Schreibtisch und lässt sich sogleich zurückfallen. Sein Atem geht schwer, als hätte er soeben einen Umzugskarton in den vierten Stock geschleppt.

Ellen hat vor einigen Wochen bei ihm den Kaufvertrag für das Haus unterzeichnet. Nur die Maklerin war bei dem Termin anwesend, der Verkäufer nicht, ein gewisser Herr Derfflinger, dem angeblich eine Schlüsselrolle bei den Morden vor sechs

Jahren zukommt. Am Tag zuvor hat Ellen sich endlich einen Ruck gegeben und im Internet zu dem Verbrechen recherchiert. Bis dahin hatte sie es vermieden, weil es leichter war, den gruseligen Gedanken zu unterdrücken, dass das damalige Geschehen mit den jüngsten Ereignissen in der Anlage zusammenhängen könnte, als ihn zuzulassen. Aber die Bemerkung, die Ruben neulich in Bezug auf verschwundene Gegenstände gemacht hat, war zu unheimlich, um sie unbeachtet zu lassen.

»Ich würde gerne mit dem Vorbesitzer in Kontakt treten«, richtet sie ihre Bitte an den Notar.

»Stimmt etwas nicht? Sie wissen, dass Sie das Haus ›gekauft wie gesehen‹ erworben haben«, fragt er nach.

»Darum geht es nicht. Es ist eine … persönliche Angelegenheit. Wäre es Ihnen möglich, mir Herrn Derfflingers Adresse und Telefonnummer zu geben? Oder könnten Sie ihm, falls Ihnen das nicht erlaubt ist, wenigstens meine Bitte übermitteln?«

Er gibt drei Stück Würfelzucker in seine Tasse und erinnert sich daran, dass Ellen ihren Kaffee nur mit einem Schluck Milch trinkt. Seine Bewegungen sind derart langsam, dass man jede einzelne vorausahnen kann.

»Ich würde Ihre Bitte gerne erfüllen«, sagt er nach einer gefühlten Ewigkeit und rührt den Zuckerbrei gemächlich um. »Leider ist das in diesem Fall unmöglich. Nicht einmal ich vermag Herrn Derfflinger noch zu erreichen.«

»Warum? Ist er mit unbekannter Adresse verzogen?«

Notar Hofstadt trinkt seinen Kaffee mit abgespreiztem kleinem Finger. »So könnte man es auch sagen«, erwidert er. »Herr Derfflinger ist vor einigen Wochen verstorben, kurz nach dem Verkauf seines Hauses. Ich weiß es selbst erst seit ein paar Tagen.«

Eine bedrückende Nachricht, weniger aus menschlicher Bestürzung, denn Ellen hat Paul Derfflinger nie persönlich kennengelernt. Sie hat sich allerdings etwas von ihm erhofft, das man am ehesten mit einer Phrase beschreibt: ein wenig Licht im Dunkel. Sie kann ihre Beunruhigung nicht in Worte fassen. Es ist mehr die Summe der offenen Fragen und Merkwürdigkeiten, die sie zunehmend nervöser macht, die Nachbarn, die sich abschotten, der eskalierende Streit mit anderen Bewohnern der Anlage, die Diebstähle, Rubens Panik, und das alles vor dem Hintergrund, dass Ellen in einem Haus lebt, in dem ein unaufgeklärtes Verbrechen stattgefunden hat, umgeben von Menschen, die damals schon in der Anlage lebten.

»Er ist nach langem Kampf dem Krebs erlegen«, schildert der Notar und gönnt sich eine Mozartkugel. »Möchten Sie auch eine?«

»Nein, danke.«

»Allerdings war das nur die letzte Ursache. Wie heißt es noch mal? Viele Hunde sind des Bären Tod. Herr Derfflinger hat mehr Kämpfe ausgefochten als jeder andere. Sie haben sicherlich schon gehört, dass er des dreifachen Mordes angeklagt war.«

»Seit gestern weiß ich es. Das Verbrechen fand in seinem Haus statt, und er hat überlebt. Das wirft Fragen auf.«

»Das hat die Polizei auch so gesehen. Allerdings schien es anfangs, als käme er um eine Anklage herum. Die Staatsanwaltschaft zögerte es hinaus, ein ehemaliger Kollege, Sie verstehen? Herr Derfflinger hatte Freunde, Beziehungen. Doch der Druck wurde zu groß. Außerdem die Indizien. Herr Derfflinger hatte mit so gut wie jedem in der Anlage Streit, dazu die Fingerabdrücke, die überall dort waren, wo sie nicht sein sollten, und schließlich … Man hat ihn gewissermaßen inmitten des Massakers gefunden, völlig verstört.«

»Wer hat ihn denn gefunden?«

»Ein Wachmann. Offenbar wurde Alarm ausgelöst.«

»Die Opfer waren Nachbarn, richtig?«

Der Notar denkt nach, während er eine weitere Mozartkugel lutscht.

»Eines der Opfer wurde von hinten erstochen, eine Frau wurde erschlagen, ich habe bloß vergessen, womit. Irgendeine Skulptur oder Büste. Nicht zu vergessen Herrn Derfflingers Frau. Ihr Mörder hat sie quer durchs Haus gejagt, wie die Untersuchungen ergaben. Er hat sie mit einem Schürhaken erschlagen, sie war schwanger, äußerst tragisch.«

»Furchtbar, grauenhaft.«

Ellen spricht die Adjektive mit besonderer Abscheu aus. Trotzdem hat sie sofort das Gefühl, nicht die richtigen Wörter gefunden zu haben. Sie sind zu abgenutzt. Immerhin geht es um ein Massaker, eine blutige, tödliche Verfolgungsjagd quer durch jenes Haus, in dem Ellen ihr neues Leben zu gestalten versucht.

»Sie sehen aus, als bräuchten Sie noch einen Kaffee.«

»Danke, es geht schon. Mein Gott, wenn man sich das ausmalt … Das darf man gar nicht, sonst wird man verrückt. Herr Derfflinger wurde, soviel ich weiß, schließlich doch noch angeklagt. Aber der Prozess musste wegen seiner fortgeschrittenen Krankheit mehrfach verschoben werden.«

»So ist es. Er hat stets seine Unschuld beteuert. Das meinte ich vorhin mit den vielen Hunden. Er hat nicht nur gegen den Krebs, sondern auch gegen jene Justiz gekämpft, deren Mitglied er noch wenige Jahre zuvor war. Das war hart für ihn … und teuer. Er behielt das Haus so lange wie möglich, auch wenn er aus verständlichen Gründen nicht mehr dort wohnte, sondern in einer kleinen Wohnung in Berlin. Doch der Prozess und die Therapien … Er klammerte sich an jeden Strohhalm. Vor wenigen Monaten fuhr er sogar nach Indien zu einem Fakir, angeblich ein zweiter Jesus. Gebracht hat es ihm nichts, außer Schulden. Ein Verbrechen, wenn Sie mich fragen, so mit den Ängsten und Hoffnungen der Menschen zu spielen. Am meisten hat Herrn Derfflinger jedoch etwas anderes zu schaffen gemacht.«

»Was sollte ihm mehr zu schaffen gemacht haben, als eines Dreifachmordes beschuldigt zu werden? Sie machen mich neugierig.«

Der Notar lehnt sich in seinem riesigen Bürosessel zurück, die Mozartkugeln, von denen er eine weitere gemächlich auspackt, gerade noch in Reichweite. »Nur mal angenommen, Sie werden eines Mordes beschuldigt, den Sie nicht begangen haben. Selbstverständlich sind Sie dann von dem Willen getragen, Ihre Unschuld in die Welt hinauszuschreien. Doch zugleich und noch viel mehr quält Sie der entsetzliche Gedanke, dass irgendwo da draußen jemand frei herumläuft, der Ihnen das Liebste genommen hat. Mehr noch als der Krebs hat ihn dieser Gedanke aufgefressen.«

»Schön und gut, aber … glauben Sie ihm, Herr Doktor Hofstadt? Glauben Sie, dass er unschuldig war?«

Der Blick des Notars fällt auf den Rollladenschrank am anderen Ende des Raumes. Einen Augenblick lang scheint er den verwegenen Plan zu hegen, sich aus dem Sessel zu erheben, betätigt dann aber die Sprechanlage und ruft seine Sekretärin herein. »Frau Reinhards, wo haben wir die Derfflinger-Briefe? Oder sind die schon raus?«

»Nein, sie sind noch im Rollladenschrank.«

»Ach, wirklich? Da Sie da gerade stehen, wären Sie so freundlich? Vielen Dank.«

Nachdem die Sekretärin gegangen ist, liegen sechs versandfertige Briefe auf dem Schreibtisch. Der oberste ist an Birgit Loh adressiert.

»Herr Derfflinger hat Briefe an seine Schwiegereltern, einige seiner früheren Nachbarn und andere Beteiligte verfasst. Hier, Josip Vukasovic, Rebekka Marschalk …«

»Wissen Sie zufällig, wo Rebekka Marschalk wohnt?«, unterbricht ihn Ellen. »Könnten Sie mir die Adresse geben?«

»Warum nicht? Frau Marschalk ist keine Mandantin von mir. Es war eine Herausforderung, sie zu ermitteln. Dorf Arche, das ist eine Siedlung an der Oder. Sie werden die Leute dort reichlich seltsam finden. Um auf die Briefe zurückzukommen … Natürlich kenne ich den genauen Wortlaut nicht, aber ich habe eine ungefähre Vorstellung vom Inhalt.«

Er schiebt eine Mozartkugel in die rechte Backe. »Einen Tag vor seinem Tod habe ich ein letztes Mal mit Herrn Derfflinger in der Klinik telefoniert, und erneut beteuerte er seine Unschuld. Ein Mensch, der den Tod vor Augen hat und genau weiß, dass er am nächsten, übernächsten oder am Tag darauf seinen letzten Atemzug tun wird. Frau von Ehrensee, glauben Sie allen Ernstes, dass so jemand sich noch die Mühe machen würde zu lügen?«

14

Sommer 2010

Die Hitzewelle war für die Ostseeregion sehr ungewöhnlich. In einem normalen August putzte die Sonne den Himmel und das Meer blau, während der Wind ein paar weiße Wolken und Frische mitbrachte. Es war warm, aber nicht heiß, und gelegentlich verhinderte ein kühler Regentag, dass man die mecklenburgisch-vorpommerschen Strände mit der Riviera verwechselte. Aus dem einen Tag wurden auch schon mal zwei oder drei. Die erfahrenen Touristen kalkulierten die Wetterwechsel ein, und die Einheimischen hatten sie bereits in der DNA programmiert, sie gehörten gewissermaßen zum Kulturgut.

Zwei Wochen ohne Niederschlag mochten ja noch angehen, das kam vor. Doch siebzehn nahezu windstille Tage in Folge mit Temperaturen um die dreißig Grad, daran konnten sich nur die Älteren erinnern. Das Hochdruckgebiet über Polen erwies sich als äußerst stabil gegen die Angriffe des Tiefs über England, und so kam es, dass der August an Nordsee und Rhein verregnet war, wohingegen über der Elbe und dem baltischen Meer jedes Wölkchen von der Sonne aufgefressen wurde, bevor es auch nur daran denken konnte, seine nasse Fracht loszuwerden.

Wie neuerdings üblich, duschte Birgit zweimal hintereinander, nicht kalt oder lauwarm, wie man bei der Hitze annehmen könnte, sondern heiß. Sie seifte sich auch nicht einfach ein zweites Mal ein, sondern duschte, trocknete sich ab, cremte sich ein, roch an ihrer Haut und wiederholte die Prozedur ein weiteres, gelegentlich sogar ein drittes Mal. Anders wurde sie den Metzgereigeruch nicht los, diese Mischung aus Fleisch, Gewürzen und dem heißem Öl vom Imbiss. Er setzte sich überall fest, in den Haaren, unter den Fingernägeln, in den Achselhöhlen. Früher hatte sie das nicht gestört, sie hatte den Geruch entweder nicht wahrgenommen oder ignoriert, so genau wusste sie das nicht mehr, obwohl es erst wenige Wochen her war. Erst seit sie sich mit Gernot traf, war sie für ihren Körper sensibilisiert – und so gar nicht mit ihm zufrieden.

Als sie auf die Terrasse trat, döste Hanni auf ihrer elektrischen Gartenliege, die einem Krankenbett ähnelte. Man konnte sie hoch und runter fahren, auf Knopfdruck neigte sie sich sogar in die eine oder andere Richtung, um das Aufstehen zu erleichtern. Reglos ruhten Hannis Hände auf ihrer Brust, genauer auf einem Kreuzworträtselheft, als wäre es ein Gebetbuch. Man hätte sie für aufgebahrt halten können, würde der Ventilator ihr nicht beständig Luft zufächeln.

»Hallo.«

Statt einer Antwort winkte Hanni nur mit dem kleinen Finger und gab ein Geräusch von sich, das man nicht zwingend für einen menschlichen Laut halten musste.

»Gibt's was Neues?«, fragte Birgit.

Ihr Schwager blickte kurz von seinem Magazin auf, in das er sich gleich wieder vertiefte. Er saß ein paar Schritte von ihnen entfernt im Schatten eines tannengrünen Sonnenschirms, links neben sich Koch- und Feinschmeckerzeitschriften, rechts Autozeitschriften. Die einen waren pure Beschäftigung mit der Vergangenheit, denn Alfred kochte nicht mehr und auch Hanni hatte ein festes Repertoire an Gerichten. Die anderen waren pure Beschäftigung mit Illusionen, denn er würde niemals ein solches Auto besitzen, da Hanni ihm nur einen Kombi genehmigt hatte.

»Birgit?«, fragte Hanni mit schwacher Stimme und geschlossenen Augen, so als sähe sie schon das Himmelstor. »Zwei Dinge machen mir zu schaffen. Nein, eigentlich drei. Erstens, kannst du bitte die Pasteten fertig machen? Ich schaffe es einfach nicht. Die Hitze ist unerträglich.«

»Mir ist schleierhaft, wieso ihr nicht ins Haus geht und die Klimaanlage einschaltet.«

»Schnupfen«, stöhnte Hanni. »Davon bekomme ich Schnupfen, und Alfred sagt, der Temperaturwechsel belastet seinen Kreislauf. Machst du bitte die Pasteten? Ich weiß, du bist unverwüstlich.«

»Du meinst die komischen Blätterteigtaschen mit dem Loch in der Mitte?«

Hanni befeuchtete die Lippen. »Hackbällchenpasteten, Liebes.«

»Ich habe nirgendwo Hackbällchen gesehen.«

»Genau darum geht es. Du bist Metzgerin und weißt, wie man Hackbällchen macht, oder?«

»Klar weiß ich das.«

Birgit fiel auf, dass sie in letzter Zeit kecker geworden war. Dank Gernot entdeckte sie neue Seiten an sich oder zumindest Seiten, die unter einer dicken Staubschicht verborgen gewesen waren und nun von dem frischen Wind in ihrem Leben zum Vorschein gebracht wurden. Jedoch ging es noch nicht so weit, dass sie Hanni eine Bitte abgeschlagen hätte.

»Du bist ein Schatz«, seufzte Hanni, die Birgits Gereiztheit entweder nicht wahrnahm oder nicht wahrhaben wollte. Sie schloss wieder die Augen. »Ich sage dir noch genau, wie du sie zubereiten musst. Das ist wichtig, weißt du? Die sind nämlich für Ruben. Wir gehen doch nachher alle zusammen zu seiner Geburtstagsfeier. Der arme Junge bekommt von seiner Mutter bestimmt keine richtige Torte, nur Möhrenkuchen oder so ein Zeugs, und na ja, da dachte ich, ich mache ihm meine Pasteten, die isst er doch so gerne. Achtzehn Stück, mit Kerzen drauf. Zuerst wollte ich ihm eine Torte backen, aber dann hätte es zwei Geburtstagskuchen gegeben, und die Marschalk hätte eine Schnute gezogen. Wo die mich doch sowieso nicht mag, ich weiß auch nicht warum, aber so ist es. Vielleicht bin ich der Dame nicht intellektuell genug. Oder weil ich ihrem Sohn ab und zu was zustecke. Essen, meine ich. Die Hackfleischbällchen werden ihm schmecken, das ist mal was anderes, was denkst du? Ach, bestimmt wird er sich freuen, er ist nicht so etepetete wie seine Mutter, ein bisschen komisch vielleicht mit seiner ewigen Winkerei, aber was soll's, mich stört es nicht, besser einer winkt freundlich, als mir den Stinkefinger zu zeigen, so wie die jungen Leute heute. Ich habe extra viel Butter für den Teig genommen. Für die Bällchen brauchst du eine Gewürzmischung, aber nimm ja nicht den fertigen Kram, du musst die Gewürze im Mörser zermahlen. Dazu brauchst du …«

Es war ein Phänomen, denn sogar im scheintoten Zustand konnte Hanni einen Redeschwall erzeugen.

»Hast du alles notiert, Liebes?«

»Hab ich.«

»Schaffst du es bis achtzehn Uhr?«

»Das werde ich wohl müssen. Übrigens, hat jemand für mich

angerufen? Oder ist wer vorbeigekommen und hat nach mir gefragt?«

»Nein«, antwortete Hanni, wobei sie die Vokale ins Endlose zog. »Es ist auch keine Brieftaube gelandet. Es war alles wie immer.«

Alles wie immer. Diese drei Wörter waren wie ein Kissen, das sich auf Birgits Gesicht legte und in das sie atmen musste. Sie saß auf ihrem Stuhl, drehte scheinbar gelangweilt ein Wasserglas in der Hand, sah mit gleichgültigem Blick Hanni auf der Liege zerfließen wie einen Pudding und erlebte gleichzeitig einen Augenblick unbestimmter, maßloser Trauer.

Mein Gott, alles wie immer.

»Römischer Kaiser mit vier Buchstaben?«, murmelte Hanni.

»W… wie bitte?« Birgit versuchte, zu sich zu kommen.

»Das macht mir außerdem zu schaffen. Ich brauche nur noch einen Lösungsbuchstaben, dann habe ich das Rätsel geknackt und gewinne vielleicht ein Wochenende in Tirol. Am schwersten macht mir aber die dritte Sache zu schaffen. So geht das nicht weiter mit dir, Birgit, du machst dich ja völlig verrückt wegen diesem Kerl… Entschuldigung, diesem Mann. Ja, ja, denk nicht, es fällt mir nicht auf. Natürlich fällt es mir auf, spätestens seit du ganz anders sprichst. Du klingst, als würdest du im Ritz Konversation mit Lord Sowieso machen. Das bist nicht mehr du.«

»Ich bin immer ich, egal wie ich rede.«

»Früher hast du dich nicht so geschwollen ausgedrückt.«

»Früher habe ich mich überhaupt nicht ausgedrückt.«

»Und dann diese Frisur wie Doris Day.«

Hanni giggelte laut, wobei ihr draller Körper erbebte, bevor er wieder zerfloss.

»Das Grau hat dir gut gestanden, ganz im Ernst, wir hatten uns alle daran gewöhnt, und plötzlich stehst du mit diesem blonden Ballon auf dem Kopf in der Metzgerei. Und alles für die Katz. Er ruft nicht mehr an, oder? Na und? Das war zu erwarten. Er hat bekommen, was er wollte. Hat er doch? Ihr wart intim, hm?«

Birgit hatte keine Lust, mit ihrer Schwester darüber zu sprechen, erst recht nicht, wenn sie wie im Koma vor ihr lag, und gleich dreimal nicht, wenn die Antwort peinlich war.

Gernots einziger körperlicher Annäherungsversuch hatte nämlich aus einem Wangenkuss bestanden, der in etwas schwer zu Beschreibendes übergegangen war. Dafür gab es kein Wort, zumindest keines, das Birgit bekannt wäre. Gernot hatte ihr ganzes Gesicht abgeküsst – falls man das so nennen konnte, denn es war eher ein Knabbern oder ein Weiden. Sie verhielt sich ganz ruhig und schwitzte dennoch, allein wegen der Lufttemperatur. Vermutlich war es für Gernot eine recht salzige Angelegenheit. Nach einer Minute ergriff sie die Initiative, beendete das Weiden und gab ihm einen dicken Kuss auf die Lippen, der ihn verlegen gemacht hatte.

»Ja«, antwortete Birgit zögerlich. »Intim waren wir durchaus.«

»Siehst du. Er hat bekommen, was er wollte. Prinzen, Parkwächter, Partylöwen, Pillendreher, ganz egal, alle Männer wollen nur das Eine, und damit meine ich bestimmt nicht, dass sie eine Ehefrau wollen.« Wieder giggelte Hanni, wieder spannte sich ihr Körper, und wieder dauerte es nur Sekunden.

»Sie sind Echsen, Instinkttiere. Sex und Fressen, Fressen und Sex.«

Birgits Schwager blickte erneut gelangweilt von seiner Zeitschrift auf, einer Echse so sehr ähnelnd wie sein Kombi einem Ferrari. Er und sie dachten das Gleiche. Hannis Ratschläge taugten nie etwas. Niemand hatte je einen Rat von ihr befolgt, keiner erinnerte sich am nächsten Tag noch, wovon sie gesprochen hatte, nur ihr schrilles Lachen verfolgte einen bis in die Träume.

»Diese Beschreibung trifft ja wohl kaum auf Gernot zu«, widersprach Birgit.

»Dein Gernot ist auch nur ein Mann. Glaubst du, weil er Lackschuhe und ein Einstecktuch trägt und weiß, wie man einer Dame die Hand küsst, macht das einen Gentleman aus ihm? Solche Männer gibt es nur im Film.«

»Du hast ein völlig falsches Bild von ihm. Er ist ein Mensch mit Manieren.«

»Was sind gute Manieren anderes als Heuchelei? Er hat Bindungsangst, das ist sonnenklar. Er nutzt dich aus, genau wie dein Verlobter vor dreißig Jahren. Oder sind es schon vierzig? Dir geht es doch nicht schlecht, oder? Warum willst du dich noch einmal ins Unglück stürzen? Ach, Schätzchen, würdest du bitte den Ventilator auf meine Füße richten? Sie sind ganz heiß.«

Birgit stand auf. »Ich richte den Ventilator auf deine heißen Füße, und danach kaufe ich Hackfleisch ein, das ich würze, zu achtzehn Bällchen forme und auf achtzehn Pasteten setze, um danach achtzehn Geburtstagskerzen in die Bällchen zu stecken. Das alles tue ich unter der Bedingung, dass wir nie wieder über Gernot sprechen, nicht einmal über sein Einstecktuch, das es dir angetan zu haben scheint.«

»Liebes, bitte nicht böse sein. Ich meine es doch nur gut. Bei deiner Vorgeschichte … Wirst du wenigstens über meine Worte nachdenken?«

»Das habe ich schon«, antwortete Birgit im Gehen. »Römischer Kaiser mit vier Buchstaben: Nero.«

Als Birgit die Haustür hinter sich schloss und in Richtung Pforte ging, wurde ihr kurz schwarz vor Augen, und sie musste sich an einem Baum abstützen.

In einem hatte Hanni Recht, Birgits Kontakt zu Gernot war abgebrochen. Nach dem unbefriedigenden Gespräch mit Paul Derfflinger hatte er sich geknickt verabschiedet und seither nicht mehr gemeldet. Ein paarmal war sie drauf und dran gewesen ihn anzurufen, aber bisher hatte stets er angerufen und das mehrmals täglich. Weil er so beschäftigt war, fürchtete sie ihn zu stören, und das war das Letzte, was sie wollte. Nach nunmehr zwei Tagen war sie sich jedoch nicht mehr sicher, ob sein Verhalten nicht einen anderen Grund hatte.

Was hatte er während des Treffens mit den Derfflingers noch mal gesagt? Er habe Fehler gemacht, die er zu korrigieren gedenke, oder so ähnlich. Hatte er Birgit dabei angesehen? Im Nachhinein kam es ihr so vor. Hatte er sich wirklich auf sie bezogen?

Zweifellos hatte sie etwas falsch gemacht, sonst würde ein Mann mit seinem Benehmen sie nicht so lange zappeln lassen. War sie zu schüchtern gewesen, als er kürzlich den ersten körperlichen Annäherungsversuch gemacht hatte? Oder zu forsch? Oder hatte sie gelacht, obwohl sie nicht hätte lachen sollen?

Sie roch an ihrem Handrücken. Haftete noch immer der Gestank der Metzgerei an ihrer Haut? Sie hatte ihr Möglichstes versucht, nicht nur in dieser Hinsicht. Ein neues Haarspray, das etwas Glanz auf ihr Haupt bringen sollte, ein neues Parfüm, zwei Blusen, Schuhe, Gesichtscreme … Wenn man allerdings dreißig Jahre als unscheinbares Entlein verbracht hat, können einem bei der Verwandlung in einen Schwan Fehler unterlaufen, und man steht am Ende eher als dumme Gans da. Waren diese neuen Blusen und Stöckelschuhe nicht etwas zu gewagt, fast schon nuttig? Ebenso der Lippenstift. Mein Gott, so viele Jahre war sie ohne ausgekommen, und dann gleich knallrot, das konnte ja nicht gutgehen.

Wieso war sie nicht sie selbst geblieben? Aber was sollte das bedeuten – sie selbst? Eine traurige Gestalt, eine ledige Witwe? Das war wohl kaum die Art Frau, die Gernot sich an seiner Seite vorstellte.

Seit dieses entsetzliche Schweigen eingetreten war, seit ihr Handy nicht mehr klingelte, unterdrückte Birgit die Angst, zum zweiten Mal zu stranden, allein zu sein, diesmal allerdings mit großer Endgültigkeit. Sie hatte sich abgelenkt, indem sie das Haus vom Keller bis zum Dach putzte. Ihre Großnichte Ariadne war mit ihrer Clique zu Besuch da gewesen und hatte ein Chaos hinterlassen, das Birgit bis aufs letzte Fitzelchen beseitigte, sodass das Haus hinterher sauberer war als vorher. Und sie hatte eine neue Frisur ausprobiert, die sie so zu föhnen versuchte, wie es der Friseur getan hatte, was sich als stundenlanges, klebriges und am Ende desaströses Unterfangen erwies. Nun würde sie also Hackbällchenpasteten machen, bei zweiunddreißig Grad im Schatten.

»He, Sie!«, rief Josip Vukasovic und schoss wie eine Tarantel aus seiner Pförtnerhöhle. »Sie haben es geschafft. Sind Sie jetzt zufrieden?«

»Wovon reden Sie?«

»Der Chef hat mir gekündigt. Das waren Ihre Intrigen und die von dem arroganten Rocker. Den Rest hat mir das Plappermaul Derfflinger besorgt, der dem Chef unbedingt unter die Nase reiben musste, was ich ihm im Vertrauen erzählt habe. Was habe ich Ihnen getan, hm? Geilen Sie sich daran auf, einen anständigen Kroaten in die Pfanne zu hauen? Na, wie ist das für Sie? Ein gutes Gefühl, hm? Haben Sie was gegen Ausländer? Ja, ganz toll, seien Sie stolz drauf.«

Er fasste sie hart am Handgelenk, aber Birgit entwand sich energisch seinem Griff.

»Lassen Sie mich los, Sie Grobian. Sie sind ja verrückt. Gehen Sie mir aus dem Weg.«

»Schreckschraube!«

»Arschloch«, gab sie zurück und traute ihren Ohren nicht. Hatte wirklich sie dieses Wort benutzt?

Erschrocken über ihre eigene Courage setzte sie ihren Weg fort, blickte sich aber mehrmals um. Weniger weil sie fürchtete, der wütende Wachmann könnte ihr folgen, sondern vielmehr um sicherzustellen, dass niemand den rustikalen Wortwechsel mit angehört hatte. In den meisten ihrer Jobs der letzten dreißig Jahre – Großküche, Schlachthof, Pflegeheim – hatte ein rauer Umgangston geherrscht, den sie allerdings nie übernommen hatte. Immer war sie die Stille, Schüchterne gewesen.

Dieser Idiot! Birgit gönnte ihm die Kündigung von Herzen. Doch im nächsten Moment überkam sie die Angst, dass sie in gewisser Weise im selben Boot wie Vukasovic saß, dass Gernot sie aus seinem Leben entfernen würde oder dass er es vielleicht schon getan hatte.

Gegen sechs Uhr abends trafen die Gäste für Rubens Geburtstagsfeier ein, pünktlich zwar, aber völlig geschafft. Es war so schwülheiß wie in einem türkischen Bad. Die Haare hingen feucht in die Stirn, die Kleidung klebte auf der Haut, und selbst Deo und Parfüm nahmen einem nicht die Angst, unangenehm zu riechen. Ob wegen der Hitze so viele Leute nicht vorbeikamen? Rebekka hatte Rubens ganze Schulklasse eingeladen, neun Kinder in seinem Alter, doch nur zwei waren mit ihren Eltern gekommen – ein Junge, der alle paar Sekunden seltsame, unzusammenhängende Worte und Flüche ausstieß, sowie ein autistisches Mädchen, das nicht davon abzubringen war, alle möglichen Gegenstände auf dem Rasen kreisförmig anzuordnen und gegen jede Annäherung zu verteidigen. Vermutlich hätte die Geburtstagsgesellschaft weitere Kinder mit derartigen Störungen gar nicht vertragen, trotzdem war es enttäuschend. Sogar die beiden Gäste beschäftigten sich mehr miteinander als mit demjenigen, der sie eingeladen hatte.

»Ruben hat nur wenige Freunde.« Das waren mehr oder weniger die Worte, die Rebekka stets von den Lehrern und Direktoren hörte. Wirklich sagen wollten sie jedoch: Ruben hat keine Freunde. Zumindest nicht an der Schule.

Immerhin, er hatte Sven und Tom. Doch auch sie waren an jenem Abend anders, irgendwie in sich gekehrt. Rebekka hatte gehört, dass Tom Streit mit seinem Vater und Paul Derfflinger hatte, aber sie war zu sehr mit den Geburtstagsvorbereitungen beschäftigt gewesen, um Näheres in Erfahrung zu bringen. Tom begrüßte Ruben nicht wie sonst, sondern gratulierte ihm nur kurz und drückte ihm sein Geschenk in die Hand. Noch seltsamer war Svens Verhalten. Er schwitzte mehr als die anderen und wirkte wie jemand, der mit dem Bus in die falsche

Richtung gefahren ist und nun weder weiß, wo er sich befindet, noch wie er zurückkommen soll.

»Was hast du denn?«

»Nichts, ich … Nicht jetzt, Rebekka.« Er wich ihr aus, nicht nur verbal. Sobald sie versuchte, ein Vieraugengespräch mit ihm zu führen, flüchtete er sich zu den anderen Gästen, etwa zu Rebekkas Nachbarn.

Hanni Frohwein war zurückhaltender als an kühleren Tagen. Die meiste Zeit war sie emsig damit beschäftigt, möglichst nichts zu tun und alles, was zu tun war, ihren Mann erledigen zu lassen. Er versorgte sie mit Essen und Getränken, sie versorgte ihn mit ihren Wünschen. Zwischendrin wurde sie für wenige Minuten putzmunter und erzählte jedem, der ihr unvorsichtigerweise zu nahe kam, die gesamte Geschichte der Entstehung ihrer Pasteten. Sie giggelte laut, obwohl es nichts zu giggeln gab, und fiel kraftlos auf den Stuhl zurück, der sie aufnahm wie der Blätterteig die Hackfleischbällchen.

Ihre Schwester Birgit, sonst unscheinbar wie ein Spüllappen, hatte sich herausgeputzt, als wollte sie zum Opernball, weshalb Rebekka sie im ersten Moment beinahe nicht erkannt hätte. Obwohl sie mit ihrer aufgedonnerten Erscheinung am meisten auffiel, war sie letztendlich abwesend, da sie sich im Hintergrund hielt und die Tür beobachtete, während sie ihren Fingernägeln den Garaus machte und unentwegt nieste wie eine schwere Allergikerin.

Julia war allein gekommen, was Rebekka den letzten Beweis dafür lieferte, dass ihr Mann Ruben nicht leiden konnte. Natürlich ließ er Grüße übermitteln, aber die waren nicht mehr wert als die vorgedruckten Geburtstagswünsche der Versicherungsgesellschaft. Derfflinger war in Rebekkas Augen ein Mann ohne Seele, dem allein seine Frau und seine Krankheit menschliche Züge verliehen.

Die erste Stunde der Geburtstagsfeier war also geprägt von zurückhaltenden, ermatteten, nervösen Gästen, dem ausbleibenden Erbauer, einem schreienden, fluchenden Kind sowie einem weiteren Kind, das den halben Rasen mit Schüsseln, Besteck, Stiften, Besen, Weckern, Fliegenklatschen und zerknüllten Tischdecken in Beschlag nahm, außerdem verschwitzte Kleider und riesige Schwärme tanzender Mücken, die nicht selten im Punsch landeten.

Erst die zweite Stunde ab sieben Uhr brachte die Wende, allerdings nicht die letzte an diesem Abend. Ruben durfte endlich die Geschenke auspacken und sorgte dabei für Heiterkeit. Es war leicht, etwas zu kaufen, worüber er sich freute, da er bedruckte T-Shirts und Spiele sehr mochte. Nach jedem neuen T-Shirt ging er ins Haus und führte es einige Sekunden später den Gästen vor, wobei er sich jedes Mal freute wie ein Schneekönig und damit alle zum Lachen brachte. Womit die T-Shirts bedruckt waren, war nebensächlich, Hauptsache es waren Bilder. Rebekka schenkte ihm ein T-Shirt, auf dem ein *Mensch-ärgere-dich-nicht*-Spielbrett abgebildet war, sein Lieblingsspiel. Die größere Überraschung bereitete sie ihm allerdings erst um halb acht, als Majlinda eintraf. Er hatte sich so sehr gewünscht, dass sie an diesem Abend dabei sein konnte, und Rebekka hatte es möglich gemacht. Dabei war sie auf die Idee gekommen, Majlindas Bruder und ein paar Leute seiner Zirkustruppe für eine kleine Privatvorführung zu engagieren.

Es wurde nicht ganz das Highlight, das Rebekka sich vorgestellt hatte. Wegen der anhaltenden Trockenheit durften die Fackeln nicht entzündet werden, und als die Artisten bei ihrem

Auftritt den Kreis des autistischen Mädchens zerstörten, wurde es fuchsteufelswild und musste weggebracht werden. Aber das war ja das Liebenswerte an Ruben, dass ihm solche Zwischenfälle nicht die Freude an etwas nahmen. Er ließ sich immer ganz auf die Geste, auf die gute Absicht ein und nahm das unvollkommene Drumherum nicht wahr.

»Das ist lustig!«, rief er, applaudierte den Artisten und quietschte vor Freude.

Seine Aura war von solcher Reinheit und Schönheit, dass Rebekka vor Stolz über ihren Sohn überquoll und ihr Glück nicht fassen konnte. Diesem Jungen, der von heute an ein junger Mann war, hatte sie eine schwere Bürde mit auf den Lebensweg gegeben, aber er lachte sie einfach weg. Er war großartig.

Der Abend entwickelte sich immer besser. Bei den kühleren Temperaturen kam Hanni Frohwein in Schwung und brachte Ruben einen albernen Tanz bei, den sie angeblich von einem Karnevalsprinzen gelernt hatte. Ihr Mann hatte dem Sekt gut zugesprochen und fand, dass das auch alle anderen tun sollten. Mit der Flasche in der Hand lief er herum und hatte großen Spaß daran, wie eine Biene von einem Gast zum anderen zu schwirren. Ruben wurde von den Artisten herumgetragen, Majlinda verteilte Eis, Julia und Tom unterhielten sich angeregt. Schließlich tauchte der Erbauer Gernot Kessel doch noch auf, mit dem traurigen Blick eines Spaniels zwar, aber immerhin. Er übergab Ruben ein Geschenk und sprach kein einziges Wort mit seinem Sohn, sondern verließ die Party wieder, Birgit Loh im Schlepptau.

»Rebekka, ich … werde gleich eine Ansprache halten«, sagte Sven, den die gute Stimmung nur noch nervöser gemacht zu haben schien.

»Das ist ein bisschen spät, findest du nicht? Alle sind gerade so fröhlich, die Zeit für Reden ist vorbei.«

»Ja, aber ich muss.«

»Was ist denn bloß los mit dir? Man könnte glauben, du verlierst mit dem heutigen Tag deinen Job. Dabei bleibst du doch Rubens Betreuer, oder etwa nicht?«

»Ja, ich bleibe sein Betreuer.«

»Na also.« Sie sah ihn lange an, erwartete eine Antwort auf die Frage, warum er sich so seltsam benahm. »Also, wenn du unbedingt willst …«

»Ich will nicht, ich muss.«

»Wieso musst du? Ich verstehe nicht.«

»Nach dieser Rede wird nichts mehr so sein wie vorher.«

»Nun sag schon, Sven.«

»Du wirst mich hassen.«

15

Juni 2016

»Ziehst du dich etwa für deinen Sven so an?«, fragt Tristan und begutachtet vom Sofa aus skeptisch Ellens Modevorführung.

»Ja, *mein* Sven kommt in einer Stunde zum Abendessen. Besser gesagt, er wird für uns kochen. Cioppino, einen kalifornischen Fischeintopf. Na, wie findest du das Outfit?«

»Outfit würde ich es nicht nennen.«

»Hey, das stammt noch aus der Zeit, bevor ich deinen Vater kennengelernt habe. Passt immer noch wie angegossen, und Nietenjeans waren damals in Mode.«

»Das waren Schreibmaschinen auch.«

Ratlos kehrt Ellen vor ihren Kleiderschrank zurück. Vermutlich wird Sven wieder in zerknautschten Klamotten erscheinen, und diesmal will sie ihm wenigstens ein bisschen entgegenkommen. Sie kleidet sich zu schick, noch so ein Vermächtnis der letzten fünfzehn Jahre, die sie hinter sich lassen will. Vielleicht fängt sie mit der Kleidung an, arbeitet sich dann zu den Martinis vor, auf die sie zu verzichten beabsichtigt, und führt am Ende das typische Leben einer Frau auf dem Lande, inklusive Gartenarbeit. Im Moment erledigt das Malush, der fröhlich vor sich hin pfeift, während er den Zaun streicht. Ellen hat ein schlechtes Gewissen, weil er schon seit vier Stunden arbeitet.

Sie überlegt, ihm freizugeben und ihn bei der Gelegenheit zu fragen, was er von Nietenjeans hält.

Sie kommt nicht mehr dazu, weil jemand an der Tür klingelt. Zuerst denkt sie, es sei Sven, der zu früh dran ist, aber auf der Treppe erkennt sie die Stimme ihres besonderen Freundes Oliver Frohwein, der Tristan anmault.

»Was wird das hier?«, fragt sie.

»*Maman*, ich regele das schon.«

»Zu dir will ich gar nicht, du Pimpf. So, Oma, rück das Surfboard raus, dann gibt's auch keinen Stress.«

»Ihr habt das Surfboard, nicht wir«, entgegnet Tristan, bevor Ellen etwas erwidern kann.

»Wir hatten es, bis deine Alte es uns geklaut hat.«

»Lass nur, Tristan, er hat Recht, deine Alte hat es dahin zurückgeholt, wo es hingehört. Ich wollte es dir schonend beibringen.«

»Ach, *maman*.«

»Ach, *maman*«, äfft Oliver ihn nach. »Ich glaube, du schnallst nur die Hälfte, Oma. Ich hab das Board nicht geklaut. Ich hab's geschenkt bekommen.«

»Wie bitte?«

Tristan ist die Sache unendlich peinlich. »Ich erkläre es dir später, *maman*.«

»Nichts da. Auf der Stelle will ich wissen, was hier los ist.«

Was sie daraufhin erfährt, ist unglaublich. Tristan hat Ruben gebeten, auf das Board aufzupassen, und der hat es an die Rowdys vom Strand verschenkt. Wieso, weiß kein Mensch, vermutlich nicht einmal er selbst. Tristan denkt, Ruben wollte, dass die Jungs aufhören, ihn zu piesacken, was sie leider immer tun, sobald sie ihm begegnen. Doch für den Moment ist Ellen Rubens

Verhalten nicht weiter wichtig. Tristan hat sie angelogen. Das hat er noch nie getan, zumindest nicht in wichtigen Dingen. Er hat das zutiefst aufrichtige Wesen seines Vaters. Doch um seinen Freund vor Ellens Vorwürfen zu schützen, hat er sich eine andere Geschichte ausgedacht.

»Wo ist das Ding?«, fragt Oliver Frohwein.

»Ich denke nicht, dass Sie Anspruch darauf haben, nur weil Ruben es Ihnen geschenkt hat. Das durfte er gar nicht, außerdem wissen Sie, wie es um ihn steht.«

»Sülz nicht rum. Ich will das Board, und ich kriege es, so oder so. Du willst doch nicht, dass hier irgendwas kaputtgeht, oder?«

Oliver Frohwein geht einen Schritt ins Haus. Für einen Augenblick hat Ellen Angst, doch dann kommt Hilfe von unerwarteter Seite.

»Gibt es ein Problem?«, fragt Malush und baut sich vor dem Eindringling auf, der sofort zurückweicht. Der junge Albaner wirkt zu einem Kampf entschlossen und aufgrund seiner Physis jetzt schon wie der sichere Sieger. »Wenn du willst, ruf deine Freunde, du Großmaul. Nicht? Okay, das war's dann. Wenn hier in den nächsten Tagen irgendwas kaputtgeht, bist du dran.«

Er wirft dem Provokateur die Tür vor der Nase zu, und Ellen ist beeindruckt.

»Ich glaube«, sagt Malush augenzwinkernd, »jetzt brauche ich erst mal einen Drink.«

Das Gelächter ist auf seiner Seite.

Ellen hat Malush aus lauter Dankbarkeit spontan eingeladen, mit ihnen zu Abend zu essen, aber außer ihr hat er keine

Freunde am Tisch. Tristan ist misstrauisch, er scheint zu spüren, dass Rubens Angst und Scheu etwas mit Malush zu tun haben. Ruben ist gar nicht erst erschienen, zum ersten Mal, seit er bei ihnen wohnt. Und Sven ist zutiefst entsetzt, dass Ellen ausgerechnet denjenigen, der seinen Schützling bedroht, quasi für diesen Abend adoptiert hat. Auch wenn er sich vor den anderen nichts anmerken lässt, er weiß, dass sich die Schlinge enger zuzieht und dass Malush es ebenfalls weiß.

Allein Ellen ist arglos. Wieder und wieder thematisiert sie Malushs »Heldentat«, und der Wein macht sie immer euphorischer.

»Ich verstehe nicht, wie Ruben das Board verschenken konnte«, sagt sie. »Er hat doch genügend eigene Sachen, wieso musste es ausgerechnet etwas sein, das dir gehört, Tristan?«

»Ich hab's dir doch schon erklärt, *maman*. Bestimmt wollte er sich damit freikaufen.«

»Na, das hat ja mal überhaupt nicht funktioniert. Die machen sich doch ständig über ihn lustig.«

»Sie wollten das Board, er hat es ihnen gegeben. Ruben denkt nicht so weit wie wir. Er handelt nach Gefühl. Das ist ja das Tolle an ihm.«

»Was, wenn nicht?«, wirft Malush ein und hat mit einem Schlag alle Aufmerksamkeit. »Ich meine, wenn er von uns gar nicht so verschieden ist, wenn er Pläne macht wie wir. Sie kennen ihn von uns allen am besten, Herr Forbrich. Was meinen Sie, könnte Ruben absichtlich etwas Unanständiges oder Böses tun?«

»Das … Ich kann … Ich darf mich über seine Behinderung nicht äußern. Nur so viel: Arglist ist ihm völlig fremd.«

Etwas später, als Ellen und Tristan den Tisch abräumen und

in der Küche das Dessert zubereiten, sind Malush und Sven allein.

»Was für ein Lügner Sie doch sind!«, sagt Malush. »Das ist kein Vorwurf, nur eine Feststellung. Hier belügt doch jeder jeden. Sie belügen Ihre Freundin, Ruben belügt Sie, ich belüge alle … Immerhin habe ich einen guten Grund, vielleicht den besten: Gerechtigkeit. Welchen Grund Ruben hat, ist klar. Aber welchen haben Sie?«

»Das geht Sie nichts an.«

»Menschen, die das sagen, haben meistens einen ganz schlechten Grund.«

»Ich muss mich von Ihnen nicht beurteilen lassen.«

»Stimmt, Sie müssen mir nur das Geld geben.«

Gut gelaunt bringt Ellen den Kaffee. »Schon lustig, vor ein paar Tagen habe ich hier noch mit Tristan allein gelebt, und jetzt ist das Haus voller Männer.«

Als sie wieder in die Küche geht, flüstert Sven: »Mehr als fünfunddreißigtausend kann ich nicht besorgen, das würde auffallen. Es ist jetzt schon schwer genug … und ungesetzlich dazu.«

Malush nickt. »Schon erschreckend, wie schwer es das Gesetz in diesem Land hat. Ein ganzes Haus voller Leute, die sich nicht daran halten. Übermorgen, zwölf Uhr, Seebrücke, vierzigtausend Euro in einer Sporttasche. Wenn Sie nur fünfunddreißig zusammenkriegen, müssen Sie halt noch fünf von Ihrem eigenen Geld drauflegen.«

»Ich warne Sie, wenn Sie es übertreiben, fliegen wir alle auf, und dann sind auch Sie dran, wegen Erpressung.«

Malush grinst verächtlich. »Ich bin noch wegen wesentlich mehr dran als Erpressung.«

»Was meinen Sie damit? Ich verstehe nicht.«

»Mit dem, was Sie nicht verstehen, könnte man alle Mülltonnen Albaniens füllen. Je länger ich mit Ihnen zu tun habe, desto mehr denke ich, dass Sie der armseligste Wicht in dieser Angelegenheit sind. Eigentlich sollte Ihre Freundin das erfahren.«

Sven erblasst, und Malush kostet den Moment aus. Kurz bevor Ellen und Tristan den Obstsalat servieren, flüstert Malush: »Seien Sie froh, dass es für mich Wichtigeres gibt.«

16

Sommer 2010

Birgit holte Gernot auf halbem Weg zu seinem Haus ein, mitten im Park von Vineta. Sie hätte schon viel früher zu ihm aufschließen können, aber sie hatte gehofft, er würde von sich aus stehen bleiben und nachsehen, wer hinter ihm her lief. Genug Geräusche machte sie ja mit ihrem knisternden Rock und den eleganten Schuhen. Entweder war er zu vertieft, um sie wahrzunehmen, oder er wollte ein Gespräch mit ihr vermeiden.

Auf der Geburtstagsfeier war er nur kurz geblieben. Er hatte Ruben das Geschenk überreicht und war gleich wieder gegangen. Nur dieses blutjunge Zirkusmädchen, das Eis verteilte, hatte er kurz intensiv angeschaut, warum auch immer. Ein Wunder, dass Birgit den Mut gefunden hatte, ihm zu folgen.

Sie brauchte eine Minute, um sich den Ruck zu geben, ihn anzusprechen, eine Minute, in der sie physische und psychische Qualen litt. Physisch, weil sie Schuhe mit derart hohen Absätzen nicht gewöhnt war. Psychisch, weil jeder Schritt, den Gernot tat, ohne einen Gedanken an sie zu verschwenden, ihre Hoffnung ein wenig mehr sterben ließ.

»Gernot«, sagte sie und berührte ihn am Arm, »darf ich Sie kurz sprechen.«

»Ach, Birgit«, sagte er erstaunt. »Ich habe Sie gar nicht bemerkt.«

Ein Trost war das nicht gerade, aber wenigstens war sein Tonfall freundlich und offen.

»Waren Sie auf Rubens Geburtstagsfeier?«, fragte er.

»Ja.«

»Ich habe Sie gar nicht bemerkt«, wiederholte er.

Wenn er diesen Satz noch ein drittes Mal sagt, dachte Birgit, laufe ich weinend davon.

»Gernot, habe ich …?« Weiter kam sie nicht, da sie sieben Mal niesen musste, ausgerechnet in diesem Moment, der so wichtig für ihre Zukunft war.

»Gesundheit.«

»Entschuldigung. Habe ich etwas getan, das Ihnen missfallen hat? Dann sagen Sie es mir bitte. Wissen Sie, seit Tagen warte ich auf einen Anruf von Ihnen, einen Gruß, irgendetwas, und ich … Ich finde es nicht gut, dass Sie … Sie …«

Der Vorwurf lag ihr auf der Zunge wie Schleim, den man entweder hinunterschluckt oder ausspuckt. Birgit brachte jedoch weder das eine noch das andere fertig. Das Sekret blieb dort, wo es seit Tagen war, gespeist von Unsicherheit, Selbstmitleid und Enttäuschung.

»Mir ist klar, dass ich keinen Anspruch darauf habe, dass Sie mir andauernd Lebenszeichen senden«, fuhr sie fort. »Ich bin wirklich die Allerletzte, die andere Menschen verfolgt. Glauben Sie mir, ich bin nicht wie meine Schwester. Nur wenn man sich zwei Wochen lang jeden Tag sieht oder spricht und dann … Ich habe mir Sorgen gemacht. Natürlich haben Sie mich zu keinem Zeitpunkt darum gebeten, es liegt selbstverständlich an mir. Ich dachte, dass … Ich meine … Ich habe geglaubt …«

»Oh, Birgit, liebste Birgit«, unterbrach er ihr Gestammel, und sie verstummte auf der Stelle. »Ich habe Ihnen Unrecht getan, das erkenne ich jetzt. In den letzten Tagen war ich so sehr mit mir selbst beschäftigt, dass ich kein guter Kavalier gewesen wäre. Sie haben gar nichts falsch gemacht, bitte glauben Sie das keine Sekunde. Ich war ein Tor, weil ich Sie vernachlässigt habe.«

Der Stein, der ihr vom Herzen fiel, glich eher einem Berg. Mit einem Mal konnte sie wieder frei atmen, die Füße schmerzten nicht mehr, aller Kummer war vom Erdboden getilgt, und die warme Nacht bekam den Zauber, den sie verdiente.

»Übrigens sehen Sie bezaubernd aus«, sagte er und küsste ihre Hand.

»Tatsächlich?«, vergewisserte Birgit sich erstaunt, fand das Wort jedoch sogleich ziemlich blöd gewählt. »Ich meine, ich … Ich habe mir heute besonders viel Mühe gegeben.«

Das konnte man wohl sagen! Von ihrem letzten Geld, eigentlich eine weitere Rate für Hanni und Alfred, hatte sie sich den Rock und die Schuhe gekauft. Das luftige Cape hatte sie sich wenige Minuten vor der Feier von Julia Derfflinger geborgt. Ziemlich viel Aufwand für jemanden, von dem sie noch nicht einmal wusste, ob sie ihm überhaupt begegnen würde.

Birgit war sich bewusst, dass ihr Verhalten ebenso wie Gernots, dass ihrer beider Gespräche und Annäherungsversuche, kurz, dass dieses ganze Geplänkel etwas Viktorianisches hatte. Ein normaler, modern denkender Mensch würde sagen: Die sollen endlich mal zur Sache kommen. Immerhin waren sie beide nicht unerfahren. Birgit hatte, wenn auch vor etlichen Jahren, eine längere Beziehung geführt, Gernot war verheiratet gewesen und hatte einen Sohn, der irgendwie zustande gekommen sein musste. In den letzten Wochen hatte es Momente gegeben, in denen Birgit die Umständlichkeit, mit der sie sich aneinander herantasteten, peinlich gewesen war. Nun sah sie das ganz anders. Einem Mann, der schneller vorgegangen wäre, hätte sie nicht dieses Vertrauen entgegengebracht, das sie brauchte, um sich noch einmal auf eine Beziehung einzulassen. Gernot mochte sein, wie er wollte, und er mochte Manieren aus jenem Zeitalter haben, in dem die Elektrizität erfunden wurde, aber er würde ihr nie wehtun, niemals. Davon war Birgit von diesem Moment an fest überzeugt.

»Was hat Sie denn bloß derart beschäftigt?«, fragte sie. »Hat es etwas mit dem Gespräch bei Herrn Derfflinger zu tun?«

»Indirekt. Nun ja, schon auch direkt, aber hauptsächlich indirekt. Ich rede ziemlichen Unsinn, nicht wahr?«

Sie schmunzelte. »Wirklich erhellend ist es nicht.«

»Gehen wir ein Stück, während ich es Ihnen erkläre?«

»Gerne.«

Es war eine Nacht ganz nach Birgits Geschmack, warm und duftend, in der Ferne die Geräusche der heiteren Geburtstagsfeier, ab und zu eine Brise in den Haaren, ein wenig Mondglanz … In den Romanen, die sie las, kam all das vor, und sie hatte sich oft gewünscht, es möge auch für sie wahr werden. Doch sie war viele Jahre lang unfähig gewesen, derlei Schönheiten wahrzunehmen. So wie sie von der Liebe geträumt hatte und zugleich ihr gegenüber verschlossen gewesen war. So wie sie von einer großen Veränderung in ihrem Leben geträumt und nichts dafür getan hatte, dass sich etwas änderte. Alles war farblos gewesen, auch sie selbst.

Das war seit dieser Nacht nun anders.

»Würden Sie sagen, ich war neulich zu streng?«, fragte Gernot. »Ich meine zu Paul und zu Tom … und zu Herrn Vukasovic«

»Also zu dem ganz gewiss nicht«, entgegnete sie. »Was Herrn Derfflinger angeht, finde ich sogar, dass Sie äußerst großzügig waren, so wie er sich aufgeführt hat. Und Tom … wenn er wirklich getan hat, was ihm vorgeworfen wird, kann er sich kaum beschweren. Falls nicht …« Sie blieb stehen.

»Ja, Birgit? Sie wollten etwas sagen?«

»Ich habe mir überlegt … Es könnte doch sein … Nur mal angenommen, er hat die Rosen gar nicht abgeschnitten und später mit Salz bestreut. Irgendwie passt das nicht zu ihm. Ich würde ihm ganz andere Dinge zutrauen. Bitte verstehen Sie mich nicht falsch, ich habe nichts gegen Tom, aber ein tätowierter Rocker mit Ohrringen und löchrigen Jeans gibt sich doch nicht mit Rosen ab, wenn er jemandem eins auswischen will. Der demoliert Autos, schlitzt Reifen auf, sprüht Graffiti an Hauswände und solche Sachen.«

Sie gingen wieder ein Stück.

»Das soll nicht heißen, dass Tom so etwas tun würde, auf keinen Fall«, schränkte sie ein. »Nur, wenn er dergleichen tun würde, dann etwas Maskulines, meinen Sie nicht? Stattdessen werden die Reifen an seinem Motorrad zerstochen. Den Mercedes-Stern hat er übrigens nicht abgebrochen, sondern vorsichtig aus der Verankerung gelöst und ihn später unversehrt zurückgegeben. Gernot, da stimmt etwas nicht.«

Diesmal blieb er stehen. Er griff nach ihren Händen, und wenn sie sich nicht täuschte, lag ein feuchter Schimmer in seinen Augen.

»Ich hätte Sie sofort hinzuziehen sollen. Wie klar Sie die Dinge sehen.«

Sein Lob machte sie sprachlos. Klugheit hatte ihr noch nie jemand zugesprochen. Sie war eine geneppte Studienabbrecherin, bettelarme Untermieterin und ungelernte Metzgereigehilfin – nicht gerade die üblichen Verdächtigen, wenn von Intelligenz die Rede ist.

»O Gernot«, hauchte sie. »Ich habe einfach drauflosgeredet. Vielleicht liege ich ja völlig daneben.«

»Nein, tun Sie nicht«, erwiderte er mit einer Sicherheit, die er unmöglich aus zweiter Hand haben konnte, dafür wirkte sie zu entschieden.

»Sie haben etwas herausgefunden?«, fragte sie.

»Ja, das habe ich. Tom hat die Rosen tatsächlich nicht abgeschnitten. Er hat sie auch nicht mit Salz vergiftet. Und er ist auch nicht in Pauls Haus eingebrochen.«

»Sie wissen also, wer es war? Kenne ich die Person?«

»Oh ja. Was schätzen Sie?«

»Das ist nicht fair. Ich bin keine Detektivin.«

»Bitte, tun Sie mir den Gefallen und reden Sie noch einmal drauflos.«

»Wenn Sie darauf bestehen, meinetwegen. Ich vermute, dass jemand Tom in die Pfanne hauen wollte. Derjenige müsste natürlich die Gelegenheit, einen Schlüssel oder den Code für den elektronischen Öffner haben. Im Grunde …«

»Ja?«

Birgit zuckte zusammen, allerdings nicht wegen des Namens, den sie im Begriff war zu nennen. Gleichzeitig hörte sie ein Geräusch aus der Dunkelheit. Schatten verschoben sich, Äste wurden zur Seite gebogen, als bahne sich ein großes Tier den Weg. Auf dem Boden zuckte ein Lichtkegel, glitt über ihr Kleid, ihr Gesicht, erreichte ihre Augen. Instinktiv trat sie einen

Schritt zurück und wäre gestolpert, wenn Gernot sie nicht gehalten hätte.

Als sie sich wieder gesammelt hatte, traf sie Josip Vukasovics feindseliger Blick. Der Wachmann stand einen Moment reglos da. Fast hätte sie ihn nicht erkannt. Die Dunkelheit und das Mondlicht veränderten seine Gesichtszüge, machten sie kantiger. Aber das war es nicht allein. Früher war er immer glatt rasiert gewesen, jetzt trug er einen Dreitagebart und hatte die Mütze tief in die Stirn gezogen.

Er ging dicht an Gernot und ihr vorüber, rempelte sie dabei beinahe an und verschwand wieder in der Dunkelheit des Parks.

»Er macht mir Angst«, flüsterte Birgit und starrte auf die Stelle, wo er zuletzt gestanden hatte, so als erwartete sie, dass er noch einmal auftauchen und sie wie ein Raubtier anspringen würde. »Hat er uns belauscht, was meinen Sie? Ich hoffe, er ist bald weg.«

Gernot nickte. »Sehr bald. Aber nicht, weil er sich mit Paul gegen Tom verbündet hat.«

»Sondern?«

»Kommen Sie. Ich zeige Ihnen etwas.«

Als sie das erste Mal in Gernots Haus gewesen war, hatte sie es teils museal gefunden, teils protzig und nur zum kleinsten Teil wohnlich. Seither war sie nicht mehr dort gewesen, da er sie stets abgeholt und nach Hause gebracht hatte. Mit einem Mal kam ihr sein Zuhause gar nicht mehr so unpersönlich vor. Vielleicht lag es an ihrer Robe, die viel besser zu Gernots Stil passte als der knittrige Hosenanzug, den sie an ihrem ersten gemeinsamen Abend getragen hatte. Vielleicht verstand sie Gernot inzwischen aber auch besser.

»Ein Cognac gefällig?«

Normalerweise trank sie Cognac nur an kalten, stürmischen Wintertagen zum Kakao. Doch sie hätte an diesem Abend auch Lebertran aus Wassergläsern getrunken, wenn Gernot ihn ihr angeboten hätte.

Nachdem Gernot zwei Gläser eingeschenkt hatte, war er so in Gedanken versunken, dass er vergaß, mit Birgit anzustoßen.

»Ich habe meine Nachforschungen begonnen«, sagte er, »um Beweise für Toms Schuld zu finden. Ich habe ihm nicht geglaubt. Tom ist faul. Sobald er das Wort ›Pflicht‹ hört, zieht er ein Gesicht, als hätte ich ›Blutegel‹ gesagt. Sein Motorrad und seine Freunde sind sein Ein und Alles. Dagegen habe ich grundsätzlich nichts, aber wieso fängt er nichts mit seiner Neigung an, wird Motorradverkäufer, Mechaniker oder meinetwegen Rennfahrer? Aber nein, er lebt in meinem Haus von meinem Geld und tut den lieben langen Tag gar nichts, jedenfalls nichts, was ich als Tätigkeit bezeichnen würde.«

Sie setzten sich in große, braune genoppte Sessel, die Birgit nur aus Spielfilmen kannte, in denen stinkreiche Leute mit anderen stinkreichen Leuten wichtige Gespräche führten, ebenfalls mit Cognacgläsern in Händen.

»Wie gesagt, ich kann mich nicht in Tom hineinversetzen, er ist für mich wie ein dunkler Wald. Darin kann alles Mögliche passieren, ohne dass man es mitbekommt. Außerdem war es schön einfach, ihn für den Übeltäter zu halten, das ersparte allen Beteiligten größere Unannehmlichkeiten.«

»Er ist gar nicht der Übeltäter?«

»Als ich Tom bei der Unterredung mit Paul vor einigen Tagen dazu verdonnerte, die neuen Rosen einzupflanzen, und er sich weigerte, sagte ich Paul zu, sie selbst zu setzen. Ein Gedanke, an den ich mich nur schwer gewöhnen konnte, wie Sie sicher verstehen.«

»Auch ich hatte meine Schwierigkeiten, Sie mir im grünen Einteiler vorzustellen«, sagte sie schmunzelnd.

»Es war also nicht meine Neugier oder Wahrheitsliebe, die mich dazu brachten, nachzuforschen, sondern meine Abneigung gegen körperliche Arbeit. Ich habe mir die Bänder der Überwachungskameras vorgenommen, um Tom zu überführen.«

»Ich dachte, die Kameras innerhalb der Anlage sind noch nicht angeschaltet.«

Er brauchte eine gewisse Zeit, ehe er reagierte. »Doch, sind sie.«

»Aha«, murmelte sie und versuchte nicht zu zeigen, was sie dachte. »Wo befinden sie sich denn?«

»Hier und da und dort. Sie sind winzig.«

»Aha«, sagte sie ein zweites Mal. »Und wie viele sind es insgesamt?«

»Zweiundvierzig«, sagte er, als wäre es eine beliebige Zahl zwischen eins und hundert.

»Zweiundvierzig?«

»Keine Sorge, sie zeichnen nicht auf. Es sind im Grunde Augen, so wie Ihre und meine, die zeichnen ja auch nicht auf. Nur von den Kameras auf den Mauern gibt es Bänder, die erfassen aber nicht nur die Mauer oder das Tor, sondern wegen des größeren Bildausschnitts auch Teile der Anlage.«

Gernots Augen bekamen einen listigen Ausdruck, den Birgit bisher nicht kannte.

»Ich habe alle Bänder genauestens untersucht.«

»Und wie viele Kameras sind das nun wieder?«

»Sechzehn.«

»Es gibt sechzehn Kameras auf den Mauern plus zweiundvierzig auf dem Gelände?«

»Was erstaunt Sie daran?«, fragte er ehrlich verwundert.

»Äh«, würgte sie hervor. Und dann: »Nichts. Erzählen Sie bitte weiter.«

»Ich habe sechsundzwanzig Stunden dafür gebraucht und nur zwei Stunden geschlafen. Drei Kopfschmerztabletten habe ich genommen und neun Kannen Kaffee getrunken. Ich habe gezoomt und belichtet, immer wieder hin und her geschaltet, die Aufnahmen der einen Kamera mit denen einer anderen verglichen, und am Ende hatte ich es.«

»Sie wissen, wer die Rosen abgeschnitten, die Reifen zerstochen und den Duschvorhang gestohlen hat?«

Die List in seinen Augen erlosch. Sie wurde zunächst durch großen Ernst ersetzt, der innerhalb von Sekunden in jenen gequälten Ausdruck überging, den Birgit eine halbe Stunde zuvor bereits bemerkt hatte.

»Sehen Sie selbst.«

Ganz gegen seine Gewohnheit kippte Gernot den gesamten Inhalt des Cognacschwenkers herunter, bevor er aufstand und auf die Tür zu dem geheimnisvollen Computerraum zuging. Davor hielt er inne. »Liebste Birgit, ich habe kein Kind, dem ich vertrauen könnte, keine Ehefrau, keine Schwester, keinen Bruder und auch keinen Freund. Aber Ihnen, Birgit, Ihnen vertraue ich mich an.«

Nach diesen getragenen Worten öffnete er die Tür. Etwa ein Drittel der Computer waren eingeschaltet und erfüllten den Raum mit einem sonoren Summen. Auf dem Schreibtisch lag eine Tafel Schokolade.

Gernot betätigte einen blauen Knopf, und eine Sekunde später ging etwa ein Drittel der Bildschirme an.

Als Birgit näher trat, erkannte sie die Häuser von Vineta.

»Aber das … ist ja unser Garten«, sagte sie erstaunt. »Und dort der Vorgarten mit der Haustür.«

Gernot nickte und ergänzte: »Die beiden Terrassen der Derfflingers, der Blick auf Frau Marschalks Wintergarten, der Dorfplatz, die Eingangspforte. Wenn Vineta erst einmal fertiggestellt ist, werden es noch viel mehr sein. Dann überblicke ich die gesamte Anlage, an die zwanzig Häuser, die ganze Familie.«

Als er Birgits Hände ergriff, strahlte sein Gesicht vor Freude, Stolz und Rührung. Sie schluckte.

»Jede Familie braucht jemanden, der auf sie aufpasst, und derjenige möchte ich sein. Ich will euch alle beschützen, für euch da sein, an allen Bereichen eures Lebens teilhaben, will euch unterstützen, beschenken und bewachen. Im Winter sehe ich eure Kamine rauchen, die Fenster warm erleuchtet, im Sommer sehe ich euch grillen und Feste feiern, höre ich euer aller Gelächter. Per Knopfdruck kann ich bei jedem von euch sein, auch wenn ihr mich nicht seht. Sogar aus der Ferne kann ich so in eurer Mitte sein, denn ich kann die Bilder auf mein Tablet weiterleiten. Oh, denken Sie bitte nicht, dass ich jemand nachspionieren will. Ich möchte lediglich meine Familie im Blick haben.«

»Sie wollen niemandem nachspionieren?«, fragte sie nach.

»Keineswegs.«

»Sie wollen nur alles wissen?«

»Nun ja, nicht alles. In den Häusern sind keine Kameras installiert, wovon Sie sich überzeugen können.«

Er betätigte einen braunen Knopf, und die restlichen Bildschirme gingen an.

Birgit hatte so etwas schon geahnt. Wofür sonst installierte ein Privatmann Dutzende Computer, wie man sie sonst nur in Polizeihauptquartieren und Kraftwerken vorfand? Trotzdem traf die Wahrheit sie unvorbereitet, so ähnlich wie manche ihren ungesunden Lebenswandel erst dann wahrhaben wollen, wenn der Körper zusammenbricht. Wenn sie seine Worte und die glasigen Augen richtig deutete, hielt Gernot sich hier für das Familienoberhaupt. Man könnte auch Patron sagen. Wenn man es zu Ende dachte, fiel ihr noch eine weitere Bezeichnung ein. Die vielen Augen, die Allgegenwart, die Gernot anstrebte, seine Geschenke, die Fürsorge, der Schutzanspruch, den er erhob, und die Tatsache, dass er diese Welt, die er Vineta nannte, konstruiert und gebaut hatte – das war mehr, als ein Patron tun würde, das hatte etwas von einem Gott. Von einem spielenden Gott, der über seine Geschöpfe wacht.

Was für ein Irrsinn, geboren aus Traurigkeit, herangewachsen an unzähligen Abenden und Feiertagen, wenn er allein zu Hause war. So viel kann ein Mensch gar nicht arbeiten, dass er die Einsamkeit dauernd zu verleugnen vermag. Wenn man sie teilt, verdoppelt sich die Freude, behält man sie für sich, schwindet sie dahin. Wenn man dagegen Schmerz teilt, halbiert er sich, frisst man ihn in sich hinein, füllt er einen bald aus.

Wer wüsste das besser als sie. Und doch – die Verzweiflung ist ein Zustand der Anarchie, sie folgt keinen Gesetzen, und ihre Wirkung lässt sich weder vorhersagen noch nachträglich analysieren. Kein Mensch ist auf die gleiche Weise verzweifelt wie ein anderer. Daher war ihr, die sie gewissermaßen unter der gleichen Krankheit litt wie Gernot, sein Rezept so fremd wie nur irgendwas. Er hatte sich in den Kopf gesetzt, eine Familie der besonderen Art zu gründen, eine Freundesfamilie und

Dorfgemeinschaft, in deren Mitte er jene menschliche Wärme und Nähe suchte, die ihm sechzig Jahre lang versagt geblieben waren. Zugleich hinterging er sie, indem er sie auf Schritt und Tritt bespitzelte, erfreute sich an ihren Schwächen und Geheimnissen. Das war das Gegenteil von Fürsorge, nämlich deren Illusion.

Nur wie weist man einen Gott darauf hin, dass er sich am Rande der Legalität bewegt? Am besten gar nicht. Das wäre so vergeblich, wie einem Kleptomanen zu sagen, er solle bitte schön das Stehlen lassen. Und noch etwas verschweigt man einem Gott besser, nämlich dass seine Idee zum Scheitern verurteilt ist. Inzwischen kann man zwar Kinder im Reagenzglas zeugen, aber eine harmonische Familie lässt sich nicht künstlich herstellen. Noch weniger lässt sie sich steuern oder kontrollieren, und am allerwenigsten kann man beides miteinander in Einklang bringen.

Selbst wenn Gernots Überwachung ein Geheimnis bliebe, würde ihn keiner der Bewohner der Anlage jemals als Familienoberhaupt, Pate, Guru oder was auch immer akzeptieren. Da würden alle Geschenke, Grillabende und Freundlichkeiten nichts helfen. Unter dieser Prämisse war Vineta eine Chimäre ihres Erfinders.

So deutlich Birgit den Aberwitz des Unterfangens erkannte, so wenig war sie bereit, daraus Konsequenzen zu ziehen. Gernot hatte sie eingeweiht, niemanden sonst, nicht einmal seinen Sohn. Mit leuchtenden Augen stand er vor ihr, wollte geliebt und bewundert werden, und sie würde ihm geben, wonach er verlangte. Mehr noch, sie würde sich diesem Mann, der sie an seine Seite erhob, völlig verschreiben. Sie hatte Gernot zurück, hatte ihn im Grunde nie verloren. Das war das Wichtigste. Dass sein Traum zerplatzen würde, fand sie gar nicht so schlimm. So sehr ihr die Vorstellung gefiel, mit Gernot zusammenzuziehen, so sehr missfiel ihr die Tatsache, den Stiefsohn im Haus zu haben, einen Rocker ohne Arbeit, aber womöglich voller Antipathie gegen die zweite Frau seines Vaters. Außerdem bliebe sie für die anderen auf ewig die ehemalige Metzgergehilfin. Gernot hatte genug Geld. Wieso nicht woanders leben? Irgendwo im Süden, vielleicht in der Provence, auf Capri, Teneriffa …

»Nicht wahr, du glaubst mir doch, dass ich aus den besten Motiven heraus handele?«

Genau im richtigen Moment duzte er sie. Hätte er es früher getan, hätte sie sich selbstverständlich gefreut, aber es wäre nichts Besonderes gewesen. So viele Menschen duzten sich schnell. Aus Gernots Mund hingegen kam das Du einer Beförderung gleich.

»Natürlich, Gernot. Vineta ist dein Meisterwerk, und Meisterwerke kann man nicht oft genug betrachten.«

»Ich wusste, dass du es richtig einordnen würdest.«

»Vom ersten Augenblick an, als wir uns begegneten, gab es dieses besondere Verständnis zwischen uns«, log sie.

»Das habe ich auch gespürt. Ich war gleich von dir fasziniert.« Er wandte sich einem der Computer zu. »Dann wirst du auch verstehen, warum mich die Entdeckung, die ich gemacht habe, über die Maßen erschüttert. Ich weiß nicht, wie ich damit umgehen soll.«

Birgit war es im Grunde egal, was gleich auf dem Monitor erscheinen würde. Zu dominierend war die Tatsache, von jemandem begehrt und gebraucht zu werden.

»Ich kann nichts erkennen«, sagte sie, als ein verschwommenes Bild aufploppte.

»Du hast Recht, noch sind bloß Äste zu sehen. Es zeigt den Moment, als der Täter Pauls verstümmelte Rosenstöcke am helllichten Tag mit Salz bestreut und anschließend gießt. Kleinen Moment, ich verändere den Bildausschnitt oben links.«

Erstaunlich, was dieses Ding alles machte, sobald man ein paar Tasten drückte. Der Ausschnitt vergrößerte sich verschwommen, schärfte sich, vergrößerte sich erneut, schärfte sich erneut. Das Bild wurde von Sekunde zu Sekunde größer und deutlicher, bis es endlich ein untrügliches Ergebnis lieferte.

Birgit konnte es kaum glauben. »Aber das ist ja…« Sie beugte sich näher an den Bildschirm, sah Gernot an, danach den Monitor und noch einmal Gernot. »Ist das etwa…?«

»Ja«, sagte er. »Ich denke, liebste Birgit, jetzt verstehst du mein Problem. Wir dürfen das nicht zulassen, wir müssen etwas unternehmen.«

»Nein!«, schrie Rebekka in derselben Sekunde, in der die Schlafzimmertür krachend ins Schloss fiel. »Das kannst du nicht von mir verlangen. Ich soll meinen Sohn im Stich lassen? Niemals!«

»Ruben ist jetzt volljährig und…«

»Er braucht mich.«

»Er braucht *mich*. So ist das von Rechts wegen. Du bist…«

»Klar, ich bin ja bloß seine Mutter.«

»Du schreist den Falschen an.«

»Ich schreie denjenigen an, der vor zwei Minuten verkündet hat, dass Ruben von nun an allein leben wird, ohne seine Mutter. Noch dazu vor allen Gästen.«

»Das habe nicht ich mir ausgedacht.«

»Erzähl mir nichts. Was hast du vor? Willst du Ruben ausnehmen oder dir irgendwelche Vorteile verschaffen, du Lump?«

»Ich habe dir gleich gesagt, dass du mich hassen wirst.«

»Es macht einen Verrat nicht besser, wenn der Verräter einem die Erlaubnis gibt, ihn zu hassen.«

»Beschuldige nicht den Boten. Es ist Rubens Wunsch, dass du ausziehst.«

Sie verpasste ihm eine schallende Ohrfeige. »Ich habe nicht gewusst, was für einen niederen Charakter du hast. Jetzt schiebst du deine Intrige also meinem Sohn in die Schuhe. Lass ihn da raus, hörst du? Alles, was Ruben sich wünscht, sind T-Shirts und Brettspiele oder ein neues Handy.«

»Und ein Mädchen auf der Geburtstagsfeier. Vergiss das Mädchen nicht.«

»Lenk nicht ab. Du willst einen Keil zwischen meinen Sohn und mich treiben. Mit deiner ruhigen, einschläfernden, biederen Art, deinen Sandalen und der abgewetzten Aktentasche täuschst du mich nicht länger. Damit kommst du nicht durch. Ich werde mich über dich beschweren, du warst die längste Zeit Rubens Betreuer. Du wirst dich noch umsehen.«

»Es läuft alles korrekt ab. Natürlich hast du ein Einspruchsrecht, aber nach Rücksprache mit einigen Anwälten glaube ich nicht, dass deine Chancen gut stehen. Wie gesagt, Ruben darf von heute an seine eigenen Entscheidungen treffen, solange davon weder für ihn noch für andere eine Gefahr oder erhebliche Beeinträchtigung ausgeht.«

»Verschone mich mit deinem Behördendeutsch. Eine solche Entscheidung würde er nie treffen, niemals. Er liebt mich. Und überhaupt, wie soll er denn leben? Wie überleben? Natürlich wäre er erheblich beeinträchtigt, wenn er sich selbst versorgen müsste.«

»Ich habe selbst gesehen, wie er sich Brote gemacht oder Cornflakes gegessen hat. Wenn man ihm zeigt, wie man Spaghetti kocht, bekommt er auch das hin.«

»Du bist verrückt!«, rief sie. »Soll er sich etwa von Salamitoast, Maisflocken und Nudeln ernähren?«

»Das tun viele andere auch, die nicht geistig eingeschränkt sind, und trotzdem kommen sie zurecht.«

»Er kann nicht alleine einkaufen.«

»Sein Taschengeld hat er bisher auch immer ausgegeben. Früher achtzig Euro, jetzt achthundert. Das ist nur eine andere Zahl, eine Frage der Organisation.«

»Quatsch keinen Blödsinn. Ruben verbringt immer noch mehr als den halben Tag mit Herumwackeln. Allein das zeigt seine Unfähigkeit, sich selbst zu versorgen.«

»Andere Leute gehen jeden zweiten Tag shoppen, das ist auch Zeitverschwendung, nebenbei gesagt eine viel teurere als Herumwackeln. Manche spielen stundenlang Karten. Oder sie hängen von früh bis spät vor der Glotze und schauen sich Sendungen an, die sie am nächsten Tag schon wieder vergessen haben. Jeder verschwendet seine Zeit auf seine Weise.«

»Sag, was du willst, es ist meine Aufgabe, für Ruben da zu sein. Ich habe ihn schon einmal im Stich gelassen. Solange ich lebe, werde ich diese Schuld an ihm abtragen.«

»Oh, bitte, ich kann es nicht mehr hören. Das haben wir doch schon hundertmal durchgekaut.«

»Ja, und du hast hundertmal nicht zugehört, wie das bei Beamten so ist. Man redet und redet, aber ihr kennt nur eure Vorschriften, die ihr uns Bittstellern vorhaltet wie ein verknöcherter Priester die Bibel. Ein Zahnrad hat mehr Gefühl als du. Ich bin eine Mutter, ich habe Gefühl. Nicht nur das, ich habe eine ganz besondere Verantwortung, und zu der stehe ich.«

»Ruben will deine Verantwortung nicht mehr, kapierst du das denn nicht?«

Sie dämpfte ihre Stimme zum ersten Mal während des Streits und ordnete vor dem Spiegel ihre durcheinandergeratene Frisur. »Ach, das liegt bloß an diesem Mädchen, das ihm den Kopf verdreht hat.«

»Na, das ist doch ein echter Fortschritt in dieser Unterhaltung. Eben noch war ich derjenige, der einen Keil zwischen dich und deinen Sohn treiben will, und jetzt ist es die süße Majlinda.«

»Wenn es um Mädchen geht, stellen sich alle Söhne gegen die Eltern, das ist eine uralte Geschichte. Eigentlich sollte ich froh sein, dass bei Ruben die Hormone verrücktspielen wie bei jedem anderen Jungen in seinem Alter. In ein paar Wochen ist die Sache ausgestanden, spätestens wenn die süße Majlinda abreist.«

»Schön, dass du dich entspannst, Rebekka. Aber ich glaube, du irrst dich.«

»Wieso? Der Zirkus zieht bald weiter«, sagte sie und brachte ein paar letzte Haarsträhnen in Form. »Ich bezweifle, dass Majlindas Verwandte sie bei Ruben zurücklassen.«

»Ich meine, dass deine Analyse falsch ist. Es geht nicht um das Mädchen, jedenfalls nicht hauptsächlich. Ruben«, Sven setzte sich wie ein erschöpfter Dauerläufer auf die Bettkante, »meint es ernst.«

»Ruben meint gar nichts ernst.«

»Er bestraft dich oder vielmehr uns.«

Rebekka wandte sich ihrem Liebhaber zu. »Jetzt bist du vollends übergeschnappt.«

»Er weiß von uns. Du verstehst schon, von uns.«

»Was redest du denn da?«

»Er hat uns mal zusammen gesehen, hier im Haus, ohne dass wir es bemerkt haben. Das war schon vor Monaten. Er hat auch die Socke gestohlen, weißt du noch, die Socke, die ich neulich vermisst habe. Es war ein Spiel für ihn, schätze ich. Aber daraus wird jetzt Ernst. Gestern hat er mir gesagt, dass er dich weghaben will, und falls ich nicht mitziehe … Er hat ein Foto von uns, wie wir im Bett liegen, ein Handyfoto. Wenn er das meiner Behörde vorlegt … Mit der Mutter eines Anbefohlenen schlafen, das geht gar nicht. Dann bin ich meinen Job los, und damit meine ich nicht nur den als Rubens Betreuer. Wenn es blöd läuft, verliere ich meine Stelle im Jugendamt, meine Pension, alles futsch.«

»Willst du damit etwa andeuten, dass Ruben dich erpresst?«

»Ich will es nicht andeuten. Es ist sonnenklar, dass er mich erpresst.«

»Aber das ist ja lächerlich. Ruben ist … Er kann gar nicht … Das ist völlig unmöglich.«

»Wir haben ihn falsch eingeschätzt«, sagte Sven müde. »Nicht nur wir, die anderen auch. Von wegen harmloser, liebenswerter Junge. Natürlich brabbelt er immer noch seltsames Zeug und wackelt herum, das ist seine Natur. Aber hinter all der harmlosen Debilität, seinen Spielchen, seinen rührenden Mätzchen und lustigen Einlagen liegt etwas verborgen. Ich weiß nicht, wie ich es nennen soll. Kälte vielleicht. Oder Bosheit.«

Sie verpasste Sven die zweite Ohrfeige des Tages und begann

wieder zu schreien. »Lügner! Du gemeiner, abscheulicher Lügner! Wie kannst du nur so etwas über Ruben sagen!«

»Und wenn du mich noch zehnmal schlägst, das ändert nichts. Ich weiß, wovon ich rede. Mit mir hat er gestern gesprochen, nicht mit dir.«

Sie ging zur Tür. »Das lässt sich ändern.«

»Er hat sich in seinem Zimmer eingeschlossen, schon vor meiner Ansprache. Das hast du gar nicht bemerkt, wie? Der kleine Scheißer ist feige. Ich muss die Sache für ihn erledigen, soll dich noch heute aus dem Haus werfen. Er hat sogar darauf bestanden, dass ich es vor allen Leuten tue. So, und jetzt sag mir noch mal, dass er ein lieber Junge ist.«

Rebekka eilte zum Fenster und blickte hinunter in den Garten, wo die Gäste nach und nach die Feier verließen, irritiert von Svens überraschender Ankündigung und der plötzlichen Abwesenheit des Geburtstagskindes.

Sie lachte auf, doch es klang bitter und böse. »Du glaubst, ich lasse mich von dir aus meinem Haus werfen?«

»Es ist nicht dein, sondern Rubens Haus, gekauft vom Geld seines brasilianischen Vaters. Du hast es nur verwaltet… bis heute. Für seine Ausgaben bekommt er eine Rente, die ebenfalls sein Vater überweist. Dein Sohn braucht dich und dein Einkommen nicht. Genau das werde ich auch dem Gericht erklären.«

Sie fletschte die Zähne. »Was für ein mieser, kleiner elender Wicht du doch bist. Glaubst du im Ernst, wenn ich zwischen dir und meinem Sohn wählen müsste, würde ich mich für dich entscheiden? Deine blöde Beamtenstelle und deine Pension interessieren mich ungefähr so sehr wie ein Loch in einer abgetragenen Schmuddelhose. Ich werde selbst zu deiner Behörde gehen und denen sagen, was wir miteinander treiben.

Was glaubst du, wie lange es dauert, bis das Gericht dich als Betreuer absetzt und wen anders ernennt, der Rubens hormonelle Kapriole als das erkennt, was sie ist? Das geht so schnell, mein Lieber.« Sie schnalzte mit den Fingern. »Ich habe nichts zu verlieren«, ergänzte sie. »Du bist der Dumme.«

»Das schätzt du falsch ein.«

»Tue ich nicht.«

»Oh doch. Mütter, die sich jahrelang vom Rechtsbetreuer ihres Sohnes ficken lassen, stehen beim Familiengericht nicht sehr hoch im Kurs, vor allem wenn ihr Sohn nichts mehr mit ihnen zu tun haben will. Wer immer mein Nachfolger wird, und ich meine damit meine Tätigkeit, wird Rubens Wunsch erfüllen. Du bist raus, Rebekka, so oder so.«

»Du Schwein, du Bock, du …«

»Und wenn du die halbe Tierfarm aufzählst, das nutzt dir gar nichts. Ich glaube, du übersiehst das Wichtigste: Ruben will sich an dir rächen, nicht an mir, sonst hätte er das Foto längst der Behörde geschickt. Ich bin unwichtig.«

»Rächen?«, rief sie. »Wofür denn? Ich habe mich für ihn aufgeopfert.«

»Ja, du springst mit einem seiner besten Freunde ins Bett, du hintergehst ihn. Möglicherweise geht ihm aber auch deine Schuld auf die Nerven, die du vor aller Welt spazieren trägst wie eine Witwenkluft.«

»Hör sofort auf, so verächtlich zu reden.« Sie bekam einen Schreikrampf. »Darüber nicht.«

Dann stürzte sie aus dem Zimmer, hämmerte und rüttelte an Rubens Tür. »Mach auf. Komm da raus. Hörst du nicht, Ruben? Ich bin deine Mutter, und ich befehle dir herauszukommen. Auf der Stelle!«

Auf der anderen Seite der Tür hörte sie Ruben summen, wie er es immer tat, wenn er irgendwo herumwackelte. Alles Hämmern half nichts, und nach einer Minute kehrte sie in ihr Schlafzimmer zurück. Sven saß noch immer auf dem Bett.

»Ich habe es dir gesagt, Rebekka. Dein Sohn ist nicht nur boshaft, sondern auch ein Feigling, wie er im Buche steht.«

Sie holte aus, um ihn ein drittes Mal zu schlagen, doch diesmal hielt sie mitten in der Bewegung inne.

Sven machte keine Anstalten, sein Gesicht zu schützen. Mit müden Augen sah er zu ihr auf und sagte: »Du bist auch nicht die, für die du dich ausgibst. Möbel ohne Kanten, ein Leben in Harmonie und Einklang … Das anthroposophische Kloster, in das du dich eingeschlossen hast, ist doch bloß Fassade. Mag sein, dass du daran glaubst. Aber du bist so ausgeglichen und harmonisch wie eine Gefängniswärterin.«

»Raus«, erwiderte sie eiskalt.

»Seltsam, das wollte ich gerade zu dir sagen.«

»Ich gehe nicht.«

Sven blieb gelassen. »Ich könnte die Polizei rufen. Das hier ist nicht dein Eigentum, du hattest einen Tobsuchtsanfall und hast den Betreuer deines Sohnes tätlich angegriffen. Für einige Tage würde man dich auf jeden Fall des Hauses verweisen. Anschließend dürftest du von Rechts wegen für ein paar Wochen zurückkommen, um dir eine neue Bleibe zu suchen, aber danach … Ich gebe dir einen gut gemeinten Rat. Sei nicht trotzig. Tu, was Ruben verlangt. Nimm dir eine Wohnung in der Nähe und versuch, dein Verhältnis zu ihm langsam neu aufzubauen. Du bist immer noch seine Mutter. Vielleicht vermisst er dich schon bald.«

Rebekka wusste, dass Sven Recht hatte, und sie wusste auch,

dass es nicht seine Schuld war. Trotzdem, vielleicht aus Stolz, sagte sie: »Wir beide sind fertig miteinander.« Sie wischte sich die Tränen aus dem Gesicht, packte ein paar Sachen zusammen und verließ das Haus.

Eine Minute später klingelte sie bei Julia Derfflinger und bat sie, vorübergehend im Gästezimmer wohnen zu dürfen.

17

Juni 2016

Zum ersten Mal seit Tagen traut Ruben sich wieder aus dem Haus, wenn auch nur in den Garten, um auf dem frischen Grün hin und her zu wackeln und Selbstgespräche zu führen. Gelegentlich summt er Fantasiemelodien. Er ist ruhiger geworden, friedlich, und nachdem Malush derzeit nicht im Garten arbeitet, sieht Ellen keinen Grund, nicht endlich den Ausflug zu unternehmen, den sie schon eine Weile vor sich her schiebt.

Ganz sicher ist sie sich immer noch nicht, weshalb sie Rebekka Marschalk in dem Dorf an der Oder aufsuchen will. Natürlich, sie möchte wissen, was genau vor sechs Jahren vorgefallen ist. Zwar hat sie vom Notar schon einiges erfahren, aber er hat nicht in der Anlage gelebt. Tom Kessel und Birgit Loh fallen als Zeugen aus, da Ellen zu beiden keinen Zugang bekommt. Der ausschlaggebende Grund für die Fahrt an die Oder ist jedoch ein anderer: Ruben. Ellen kann es nicht in Worte fassen, aber das Gefühl sagt ihr, dass es etwas Wichtiges gibt, das Sven ihr über ihn nicht sagen darf oder will. Deswegen hält sie das Unterfangen auch vor ihm geheim. Falls es noch einen dritten Grund bräuchte, so ist es allerhöchste Zeit, dass Ellen mal rauskommt, und zwar im eigentlichen wie auch im übertragenen Sinn.

Die erste Hälfte der Fahrt ist weniger schön, weil es regnet, zeitweise wie aus Eimern gießt. Dann jedoch reißt der Himmel auf, und ein warmer Wind streicht über die Auen und sanften Wellen des breiten Grenzstroms. Kraniche trocknen ihre ausgebreiteten Flügel auf sonnenüberfluteten Wiesen, Zitronenfalter flattern durch die Luft, und der Geruch von Schilf liegt über allem.

Dorf Arche ist eigentlich gar kein Dorf, sondern eine Siedlung aus gut einem Dutzend Häuser, die so ursprünglich konstruiert und abgeschieden gelegen ist, dass sie frühzeitlichen Charakter hat, wofür auch der Name spricht. Ellen hat darüber im Internet recherchiert. Die Bewohner bilden eine kuriose Mischung aus Öko-Fundamentalisten, Paradiessuchern, Menschenflüchtern, Vollblutesoterikern sowie einigen sogenannten Reichsbürgern, die die Existenz der Bundesrepublik Deutschland bestreiten und sich demzufolge weigern, öffentliche Straßen zu benutzen und Steuern zu zahlen.

Zu welcher Gruppe Rebekka Marschalk gehört, ist Ellen nicht ganz klar. Sie weiß, dass Rubens Mutter früher Lebenshilfebücher geschrieben hat, was am ehesten für eine Esoterikerin spricht. Allerdings fehlen sämtliche Indizien, die diese These untermauern könnten. Das Haus, besser gesagt, die Hütte, in der sie wohnt, teilt sie sich mit vier anderen Frauen, die allesamt aussehen, als wären sie einem Mittelalterroman entsprungen. Die Dorfbewohner bemühen sich autark zu leben, betreiben Landwirtschaft, stellen Butter, Schafskäse und Säfte her, flechten Körbe, töpfern und gehen auf Märkte. Abgesehen vom Verkauf ihrer eigenen Produkte, halten sie nur durch ein Handy Verbindung zur Außenwelt, das einem der Bewohner gehört. Er nimmt für alle anderen Nachrichten entgegen, die er überbringt und beantwortet.

»Man hat mir gesagt, dass Sie kommen werden, und ich habe nichts dagegen. Aber sind Sie sicher, dass Sie das wirklich wollen? Wer die Wahrheit sucht, braucht gute Nerven.«

Rebekka Marschalk ist dünn und hat Augenringe, trotzdem geht etwas Optimistisches von ihr aus, sogar wenn sie finstere Prophezeiungen macht. Als einzige Frau trägt sie das strohblonde, grau melierte Haar weder zum Zopf gebunden noch kurz geschnitten, sondern lang und offen. Ihre Kleidung ist farbenfroh und etwas zu weit für ihre Figur.

Die beiden Frauen setzen sich am Rand der Siedlung auf einen gefällten Baumstamm. Das Holz und die Wiese sind noch feucht vom Regen, es ist ein bisschen schwül, Mücken tanzen um sie herum, und in der Ferne quaken Frösche.

»Sie wohnen also in dem Unglückshaus?«, beginnt Rebekka das Gespräch lächelnd, ein Gesichtsausdruck, an dem sie fortan eisern festhält. »Und jetzt wollen Sie wissen, was damals passiert ist.«

Ellen nickt. »Haben Sie den Brief erhalten, den der Notar Hofstadt im Auftrag von Herrn Derfflinger an Sie weiterleiten wollte?«

»Ja, er kam vorgestern. Ich habe ihn gelesen und sofort vernichtet.«

»Wieso haben Sie ihn so schnell weggeworfen, wenn ich fragen darf?«

»Er erhielt keine Neuigkeiten. Außerdem belaste ich mich nicht mehr mit Seelenmüll. Was geschehen ist, das ist geschehen, und nichts, was Herr Derfflinger sagt oder tut, kann daran noch etwas ändern.«

»Quasi auf dem Sterbebett hat er ein letztes Mal alles bestritten.«

»Offen gesagt, ist es mir egal, ob er es war oder nicht.« Sie rafft ihre vollen Haare im Nacken und lächelt beharrlich. »Drei Menschen sind tot, und Tote fragen nicht danach, wer oder was sie getötet hat, ob es ihr schwaches Herz war, ein Auto, ein anderer Mensch oder Gott. Ich verstehe, dass Sie sich dafür interessieren und dass Paul Derfflinger diese Briefe geschrieben hat. Aber für mich hat das alles keine Bedeutung mehr.«

Womit sie indirekt sagte, dass sie eine Tote sei, in gewisser Weise.

»Ich habe mit der Vergangenheit abgeschlossen, mit meinem Beruf, mit den Büchern, Vineta, den Konflikten und mit den Toten. Ich bin in meinem zweiten Leben angekommen. So wie wenn man sich kinderlos scheiden lässt, eine neue Ehe eingeht und eine zweite Familie gründet. Da ist die erste Ehe bald eine ärgerliche Episode, über die man nicht mehr spricht.«

»Sie sind nicht kinderlos, Frau Marschalk.«

»Ich habe es vorgezogen, Ruben in meinem ersten Leben zurückzulassen«, sagt sie mit großer Abgeklärtheit, als hätte sie sich mit ihrem Ex darauf geeinigt, wer den Hund bekommt. »Und ich denke, das kam auch seinen Wünschen entgegen.«

»Als Mutter muss ich Ihnen sagen, dass ich mich nicht entscheiden kann, welche dieser beiden Aussagen die erschütterndere ist.«

Rebekka Marschalk stützt sich mit beiden Händen auf dem Baumstamm ab, lehnt sich zurück und blickt in den Himmel, als erhalte sie von dort oben die Absolution. »Sie haben Recht, es ist erschütternd.«

Das ist alles, was sie dazu zu sagen hat, und Ellen ist nicht hergekommen, um mit ihr über Mutterpflichten zu diskutieren.

»Für Sie mag Ruben der Vergangenheit angehören. Dafür ist er für mich und meinen Sohn äußerst lebendige Gegenwart.«

»Ach ja, Sie haben am Telefon erwähnt, dass er derzeit bei Ihnen im Unglückshaus lebt.«

»Eigentlich möchte ich, dass es mein Glückshaus wird.«

»Und Sie denken, je mehr Sie darüber wissen, desto leichter können Sie Ihren Frieden damit machen?«

»Mit Gewissheiten kann man umgehen, auch wenn sie noch so schrecklich sind. Das Ungewisse hingegen löst abstrakte, unkontrollierbare Ängste aus. Ich hätte mich schon viel früher damit beschäftigen müssen.«

»An mir soll es nicht liegen, aber viel weiß ich nicht.«

»Wo waren Sie zur Tatzeit?« Ellen merkt zu spät, welchen Beigeschmack die Frage hat. »Entschuldigung, so war das nicht gemeint.«

Rebekka Marschalks lächelndes Antlitz zeigt keine Regung. »Das macht doch nichts. Ich saß auf einer Parkbank in Vineta, ziemlich abgeschieden am Ende eines Weges, nicht weit vom Haus der Kessels. Ich war so mit mir selbst beschäftigt, dass ich meine Umgebung kaum wahrgenommen habe. Man könnte sagen, ich war in einem beinahe meditativen Zustand. In den Tagen zuvor hatte ich zu einigen Menschen sehr unschöne Dinge gesagt, umgekehrt haben andere mir unschöne Dinge gesagt. Beides hat mich ziemlich mitgenommen.«

Für einen Augenblick schwindet ihr Dauerlächeln, sie blickt ins Leere, und erst eine Schwalbe, die wie ein Pfeil vorüberschießt, holt sie wieder ins Hier und Jetzt zurück.

»Wie auch immer«, fährt sie milde lächelnd fort. »Ich habe damals auf der Parkbank in Vineta in der Stunde, bevor der

Alarm losging, kaum etwas gesehen und gehört, mit Ausnahme von … Herrn Kessel, der aus dem Haus ging.«

»Gernot Kessel?«

Sie nickt. »Das erste Opfer, wie die Polizei später feststellte. Er wurde erstochen auf der vorderen Terrasse der Derfflingers aufgefunden, demnach ist er wohl gerade zu den Nachbarn gegangen, als ich ihn beobachtet habe.«

»Haben Sie eine Ahnung, was er dort wollte?«

»Er hat ständig herumgeschnüffelt. Offene Türen haben ihn magisch angezogen, und ich hatte die Terrassentür einen Spalt offengelassen, als ich das Haus der Derfflingers verließ. Also gut, eins nach dem anderen. Als Paul mit Julia vom Krankenhaus zurückkam, war ich bei den beiden. Paul und ich hatten gestritten, und er wollte mich vor die Tür setzen, als Julia zusammenklappte. Ich wartete also auf ihre Rückkehr, um zu fragen, ob ich etwas helfen könne. Paul war sehr müde, Julia sowieso. Sie boten mir an zu bleiben, doch ich hatte kein gutes Gefühl dabei. Als die beiden schliefen, packte ich meine Sachen. Dummerweise hatte Paul die Haustür abgeschlossen und den Schlüssel abgezogen, daher öffnete ich die vordere Terrassentür und verließ das Haus durch die Küche. Gut möglich, dass Herr Kessel die offene Tür bemerkt hat, aber das ist nur eine Vermutung. Das Seltsame ist, dass ich für einen kurzen Augenblick glaubte, ihm folge jemand.«

»Haben Sie eine Ahnung, wer?«

»Ich bin mir nicht einmal sicher, dass ich überhaupt etwas gesehen habe. Es ging alles ganz schnell, so als ob ein Schatten in einiger Entfernung vorbeihuschte. Es gibt nur zwei Möglichkeiten: Birgit Loh oder Gernots Sohn Tom. Na ja, vielleicht auch drei.«

»Wieso Birgit Loh?«

»Sie war mit Gernot liiert. Allerdings war sie nicht mehr die Jüngste, und irgendwie … Nein, das, was ich gesehen habe, war flink. Es würde viel eher zu Tom passen, er war kurz vorher mit seinem röhrenden Auto zurückgekehrt. Aber Tom trug immer Cowboystiefel. Ich habe ihn nie in etwas anderem herumlaufen sehen. Die Absätze hatten einen sehr charakteristischen Klang, um es mal vorsichtig auszudrücken, das hätte ich bestimmt gehört. Später erfuhr ich, dass er ausgesagt hatte, er sei in seinem Zimmer gewesen und habe Musik gehört. Letzteres kann ich bestätigen. Aus dem geöffneten Fenster drang grauenhaftes Geschrei, Heavy Metal. Ich war drauf und dran zu gehen, als die Musik verstummte … Kopfhörer. Trotz seines Äußeren war Tom ein sensibler, höflicher Mensch.«

Sie verzerrt das Gesicht und steckt den Finger in den Mund. Mit ihrem Bericht hat das nichts zu tun. Erst jetzt bemerkt Ellen, dass Rebekka Marschalk die ganze Zeit über mit der rechten Hand die morsche Rinde des Baumstamms abgekratzt und sich dabei einen Splitter eingefangen hat.

»Gehen wir ein Stück?«, fragt sie und deutet auf die Siedlung.

In Dorf Arche treffen die Bewohner erste Vorbereitungen für das Mittagessen, das sie an diesem Tag offenbar an mehreren langen Tischen im Freien einnehmen. Es werden Holzteller eingedeckt, ebenso wie Porzellan und die unterschiedlichsten Gläser und Krüge. Aus einigen Fenstern quellen Dampf und der Duft von Kräutern. Die Bewohner begegnen Ellen durchaus freundlich, ohne skeptische Blicke, und doch ist eine große Fremdheit zu spüren. Man ist Besucher gewohnt, so wie man in herrschaftlichen Häusern Lieferanten gewohnt ist, die bald wieder gehen. Tatsächlich machen die Leute auf Ellen den Eindruck, sich elitär zu fühlen. So wie andere stolz auf ihre Herkunft, ihr Vermögen oder ihren Beruf sind, sind sie stolz auf ihren einfachen Lebensstil.

Sie betreten einen Gemüsegarten, und Ellen verliert ein paar freundliche, ehrlich gemeinte Worte über die imposanten Tomatensträucher, bevor sie zum Thema zurückkehrt.

»Als Sie vorhin über den Schatten sprachen, erwähnten Sie eine dritte Möglichkeit«, sagte sie.

»Oh ja, Josip Vukasovic, der Wachmann. Ich habe an jenem Tag von der Parkbank aus gesehen, wie er gegen einen Baum urinierte. Das hat er ständig gemacht. Widerlich, als ob er sein Revier markieren müsste. Natürlich hatte er eine Toilette im Pförtnerhaus. Für die Reinigung war er allerdings selbst zuständig. Ab und zu hat seine Frau da gewischt. Meistens zog er es vor, in die Anlage zu pinkeln, so auch an jenem Tag. Ich habe ihn danach aus den Augen verloren, er könnte es also auch gewesen sein.«

»Haben Sie das der Polizei erzählt?«

»Alles. Verständlicherweise konnten die Beamten mit meiner Beobachtung nichts anfangen, da ich zugeben musste, dass es genauso gut ein Fuchs gewesen sein könnte. Sonst konnte ich nicht viel aussagen, außer dass ich einmal Hanni Frohwein habe lachen hören. Wissen Sie, sie hatte eine sehr spezielle Art zu lachen, ihre Stimme jaulte erst auf wie eine Sirene, fiel dann ab, und sie giggelte los. Wenig später war sie tot. Man fand sie erschlagen neben Gernot Kessel auf der Terrasse.«

»Wieso hätte Paul Derfflinger den beiden etwas antun sollen?«

»Mit den Kessels lag er im Streit. Mehrere Gegenstände waren verschwunden oder zerstört worden, und sie gaben sich gegenseitig die Schuld. Na ja, und Hanni Frohwein war zur falschen Zeit am falschen Ort. Ihre Schwester sagte, Hanni wollte den Derfflingers einen selbstgebackenen Kuchen bringen, und tatsächlich fand man den Kuchen neben ihrer Leiche. Wenn jemand von Sinnen ist, tötet er alles und jeden, sogar die Frau, die er liebt. Julia … er hat Julia … durchs Haus gejagt und dann … Mein Gott.«

Das ist das einzige Mal, dass Rebekka Marschalk ins Stocken gerät. Bisher hat sie gleichmäßig erzählt, als würde sie nur vom Hörensagen berichten.

»Natürlich war das ein Schock«, fährt sie fort und sammelt sich zunehmend. »Für mich noch mehr als für die anderen Bewohner von Vineta, denn ich hatte kurz vorher ein paar Tage in dem Unglückshaus als Gast verbracht. Wäre ich nur einen Tag später ausgezogen, wahrscheinlich wäre ich dann ebenfalls ermordet worden. Für mich war das wie ein Zeichen, mein Leben komplett zu ändern, ein Neuanfang, zumal mich mein Sohn eine Woche vorher mit Hilfe seines Rechtsbetreuers vor die Tür gesetzt hatte.«

»Meinen Sie Sven Forbrich?«

»Sie kennen ihn? Oh, er ist sicher noch immer im Amt und geht bei Ihnen ein und aus, jetzt wo Ruben bei Ihnen wohnt. Wie finden Sie Sven?«

»Er ist … sehr nett.«

Ellen hat versucht, beiläufig zu klingen. Vielleicht verrät sie genau das oder dass sie den Blick senkt. Jedenfalls weiß Rebekka Marschalk sofort Bescheid.

»Ich habe damals genau die gleiche Unschuldsmiene an den Tag gelegt wie Sie jetzt. Sie haben etwas mit ihm, oder?«

»J … ja«, gibt sie zu.

»Sie wissen aber noch nicht, wohin das führen wird.«

»Wer weiß so etwas schon?«

Rebekka Marschalk atmet tief ein und riecht dabei an einer Hagebuttenblüte. »Ist er noch Junggeselle? Und interessiert sich für japanische Kultur? Dann hat er sich nicht verändert. Obwohl … aus der Ferne kann man das nicht beurteilen. Damals war Sven ein Frauenheld. Nein, das ist das falsche Wort, denn soweit ich weiß, hatte er kein Verhältnis mit anderen Frauen. Er war auch kein Womanizer, den die Frauen umschwirrten wie Motten das Licht. Dafür sah er viel zu mittelmäßig aus. Seine Qualitäten lagen tiefer. Er brachte mich zum Lachen und zum Schreien, Sie verstehen? Geht es Ihnen auch so?«

Das Thema ist Ellen peinlich. Sie ist es nicht gewöhnt, so freizügig über Sex zu sprechen, zumindest nicht mit einer Fremden, mit der sie durch den warmen, von Bienensummen erfüllten Gemüsegarten wandelt. Glücklicherweise fällt Rebekka Marschalk gerade noch rechtzeitig ein, dass sie mit alldem abgeschlossen hat.

»Was soll's?«, seufzt sie lächelnd. »Ich habe das Gute vergessen, das Sven in mein Leben brachte, und ihm das Schlechte verziehen. Er war zwar mein Liebhaber, aber zugleich Rubens Anwalt und bedingungsloser Verbündeter. Letzteres nicht ganz freiwillig. Mein Sohn hat ihn erpresst, weil er Beweise für unser Verhältnis hatte.«

»Ruben hat Sven erpresst?«

Für einen Moment wird Ellen der Boden unter den Füßen weggezogen. Zum Glück stehen zwei rostige Metallstühle parat, auf die die beiden Frauen sich setzen.

»Aber wie kann er …? Ich meine, er wirkt so verspielt, so verletzlich, oft ängstlich. Was fehlt ihm denn?«

Rebekka weicht der Frage aus, wie vor ihr schon Sven, der immerhin seine Schweigepflicht vorschieben kann. Rebekka hingegen spricht so offen über alles, Sex, den Tod, dass Ellen nicht versteht, warum sie bei diesem Thema schweigt.

»Oh, er ist verspielt, ängstlich und verletzlich. Das ist ein Teil seines Charakters. Er ist aber auch niederträchtig und gemein.«

Ellen ist sprachlos. Sie weiß nicht, was sie mehr irritiert, die erschreckende Aussage an sich oder dass Rubens Mutter sie äußert.

Eine blecherne Glocke ertönt, und Rebekka steht auf.

»Mittagessen. Ich muss gehen, begleite Sie aber noch zum Parkplatz.«

»Warten Sie!« Ellen folgt ihr. »Bitte, ich muss das jetzt wissen. Ist Ruben … gefährlich?«

Rebekka wendet sich lächelnd zu ihr um, und Ellen kann dieses Lächeln langsam nicht mehr ertragen.

»Sie meinen, ob mein Sohn jemanden ermorden könnte? Ruben hat für den Tatzeitpunkt ein Alibi, na ja, wenigstens indirekt. Er hat ein Online-Computerspiel auf seinem Smartphone gemacht, offenbar zu Hause, sagt die Polizei. Bei diesem Spiel muss man agieren und reagieren, das läuft nicht von selbst, und man kann die einzelnen Spielzüge hinterher nachvollziehen. Oder denken Sie, er hat gespielt und nebenbei seine Nachbarn erstochen und erschlagen? Typisch, dass die meisten bei geistiger Behinderung gleich an Wahnsinn denken.«

Rebekka setzt ihren Weg lächelnd fort, und Ellen läuft ihr nach. Sie erreichen die Tische, an denen sich die ersten Bewohner niederlassen. In der Luft liegt der Geruch von Bohnensuppe und frisch gebackenem Brot. Niemand lädt Ellen ein, zum Essen zu bleiben.

»Verzeihung«, sagt sie in einem Tonfall, der nicht um Verzeihung bittet. »Sie selbst haben Ihren Sohn eben als niederträchtig beschrieben.«

»Außerdem war Sven bei ihm.«

»Sven war bei ihm, als es passierte?«

»Ja. Wussten Sie das nicht? Er war in meinem Haus, Pardon, Rubens Haus, und hat… Tja, ich weiß nicht, was er gemacht hat. Vielleicht wollte er an die Bilder kommen, mit denen Ruben ihn erpresste. Oder er hat die Zeit totgeschlagen. Hat er Ihnen Ärger gemacht?«

»Wer? Sven?«

»Nein, Ruben.«

»Meistens erfährt man erst hinterher, ob jemand Ärger macht, oder nicht? Und dann ist es zu spät.«

»Sie meinen, er könnte Ihnen ein Tranchiermesser in die Brust rammen wie einer Weihnachtsgans? Dann werfen Sie ihn raus.«

Ellen bleibt die Spucke weg. »So etwas… Das würde ich nicht mal denken.«

Die beiden Frauen sind auf dem Parkplatz angekommen, ein Schotterfeld zwischen den weiten Wiesen. Man kann den Fluss riechen, Algen, Moder, einen Hauch von Verwesung.

»Ach, wirklich? Das glaube ich Ihnen nicht. Meine Güte, wie verlogen Sie sind! Natürlich haben Sie daran gedacht. Geben Sie zu, dass Sie sich wie die meisten anderen in Rubens Nähe unwohl, unsicher und befangen fühlen. Aber nach außen hin tun Sie natürlich total korrekt. Wissen Sie, was? Ich kann dieses Unbehagen inzwischen nachvollziehen. Nur stehe ich dazu. Selbst wenn er mich brauchen würde, was er nicht tut, ich will ihn nie wiedersehen, nicht in diesem und auch nicht im nächsten Leben. Nennen Sie mich ruhig eine Rabenmutter. Diese Schuld nehme ich auf mich.«

Der ICE gleitet rauschend dahin, wie Blut im Körper. In einer langen weißen Kapsel schießen sie durch die norddeutsche Tiefebene, Meere aus Korn, grüne Weiden, abgeerntete Erdbeerfelder, ohne einen Duft, ohne ein Geräusch von außen, als wären sie in einem Schwebezustand gefangen.

»Die Fahrscheine, bitte. Drei Tickets nach Bochum, Sparpreis. Alles in Ordnung. Gute Fahrt.«

Im Abteil herrscht Grabesstille, obwohl alle sechs Plätze besetzt sind. Ein Mann liest Zeitung, studiert die politischen Seiten, die Wirtschaft, das Feuilleton, den Sport und wird für vierundzwanzig Stunden zu den am besten informierten Menschen des Landes gehören. Eine Frau liest einen Krimi und legt das Buch nur beiseite, um zur Toilette zu gehen. Eine zerbrechlich wirkende Greisin sitzt reglos da und umklammert die Tasche auf ihrem Schoß, als befürchtete sie, dass Malush nur auf den richtigen Moment wartet, um sie ihr zu entreißen. Sie scheint sich nicht sicher zu sein, von wem die größere Gefahr ausgeht, von dem jungen Albaner, von Majlinda, die wie eine Drogensüchtige vor sich hin lächelt, von dem Hund, der verlaust und sabbernd unter der Sitzbank schläft, oder von dem kleinen Jungen, der sich irgendwie sonderbar verhält.

Ab und zu laufen ein paar fröhliche junge Frauen auf dem Gang vorüber, schicken ihr unbeschwertes Lachen voraus, ziehen es wie einen Schweif hinter sich her und nehmen es wieder mit.

Man könnte meinen, es passiert nichts in diesem Abteil. In Malush geht es jedoch drunter und drüber, er ist erfüllt von Abschiedsschmerz und Traurigkeit, von Melancholie über die Verluste in seinem Leben, von Fragen, was das Leben unter anderen Umständen für ihn bereitgehalten hätte, von Reue wegen der Fehler, oder besser, des einen großen Fehlers.

Bis zu dem Moment hat er eigentlich alles richtig gemacht, er ist trotz seiner gebrochenen Jugend ein anständiger, sportlicher Mann ohne Bitterkeit geworden, mit einem Beruf, der ihn ernährte und ihm Spaß machte, dem Zirkus, der wie eine Familie für ihn war, und den üblichen Hoffnungen eines jungen Kerls auf Liebe und Geld.

Dann wurde Majlinda das abscheulichste aller Verbrechen angetan, und alles wandelte sich zum Schlechten.

Bielefeld. Der Mann mit der Zeitung und die Frau mit dem Krimi verlassen den Zug, woraufhin es der alten Lady mit ihrer Tasche zu mulmig wird und sie sich ins nächste Abteil flüchtet.

»Komm, Skanderbeg, steh auf, jetzt hast du Platz«, sagt Malush und krault den müden, alten Hirtenhund am Hals, für den diese Liebesbezeugung die letzte Freude ist. Bekim schläft auf seinem Sitz, Majlinda lächelt mit jener ewigen entsetzlichen Leere vor sich hin, die Malush schmerzt.

Eine Stunde später kommen sie in Bochum an. Der Onkel, der sie vor Jahren in Deutschland aufgenommen hat, holt sie am Bahnhof ab, und gemeinsam gehen sie in ein Stehcafé in der Halle. Innerhalb von fünf Minuten ist alles besprochen, sind zwei Leben entschieden. Majlinda wird die betagte, tyrannische Mutter des Onkels unterstützen, so gut es geht. Bekim wird irgendwie mitgeschleppt, was bedeutet, dass er im kinderreichen Haushalt des Onkels auf immer den letzten Platz in der Hierarchie einnimmt.

Malush übergibt dem Onkel fünftausend Euro, eingewickelt in eine Brötchentüte. Ob das Geld jemals wie versprochen Majlinda und ihrem Sohn zugutekommen wird, wird er weder erfahren noch kann er es beeinflussen.

»Mehr hast du nicht?«, fragt der Onkel skeptisch.

Glaubwürdig verneint Malush und besteht den prüfenden Blick. Was hat seine Mutter neulich über seine schwarzen Augen gesagt? Sie seien wie zugezogene Vorhänge. Natürlich hätte Malush dem Onkel mehr geben können, da er von Sven Forbrich die geforderten vierzigtausend Euro erhalten hat. Drei Viertel davon hat er umgehend einer Opferschutzorganisation gespendet.

Das war's. Malushs Zug geht in zwölf Minuten. Er hat alles für seine Schwester getan, was in seiner Macht steht. Damit findet die Liebe zu dem Mädchen, das er immer zu beschützen versucht, dem er tausend Geschichten erzählt, mit dem er unzählige Abende auf dem Baum neben ihrem Elternhaus in einem weit entfernten Land verbracht hat, ein Ende in der Bahnhofshalle von Bochum.

Malush erinnert sich nicht, ob er jemals geweint hat. Vielleicht in der Kindheit, als sie ihm die Freunde und die Freiheit nahmen. Er will nicht weinen. Daher gibt er seinem Neffen und Majlinda nur einen schnellen Kuss, reicht dem Onkel die Hand und geht mit dem alten Skanderbeg davon, der kaum noch laufen kann.

Er steigt in den Zug, der zurück an die Ostsee fährt, in das letzte Kapitel, die Nacht.

18

Sommer 2010

Endlich war er mal wieder mit Julia allein, auch wenn es nur eine Stunde am Frühstückstisch war. Rebekka Marschalk wohnte zwar erst wenige Tage bei ihnen, aber Paul kamen sie wie Wochen vor. Tagsüber wich der ungebetene Gast kaum einmal von Julias Seite.

Zugegeben, in mancher Hinsicht war Rebekka gut für seine Frau. Die Therapie zwang ihn oft mehrere Stunden in die Klinik, manchmal auch zwei Tage hintereinander. Julia war dank ihrer neuen Freundin nicht mehr so allein. Die Entspannungsübungen und Tees hatten sie ruhiger gemacht, die Kopfschmerzen waren verschwunden, und sie schlief besser, tiefer und länger. Aber war es wirklich nötig, dass sie nur noch Wasser aus Glaskaraffen mit Edelsteinen trank, die es energetisierten, wie Rebekka betonte? Oder dass Julia täglich eine Traumdeutung für Schwangere machte, wobei es eher Rebekka war, die das Geträumte deutete? Oder dass sie sich auf Rebekkas Anregung bis ins Detail vorstellte, wie ihr Kind mal aussehen würde, um es gewissermaßen zu formen?

Nach und nach nahm Pauls und Julias Zuhause eine andere Prägung an. Stets wurden nur Kleinigkeiten ausgetauscht, ein wenig hier, ein wenig dort, aber in der Summe veränderten sie den Charakter. Längst ging es nicht mehr bloß um die Cicero-Büste, an der Paul sehr hing – ein Geschenk seines Vaters zum bestandenen Examen – und die inzwischen auf der vorderen Terrasse stand. Hatten sie früher Schlager-, Pop- und Chanson-CDs in den Player eingelegt, waren es jetzt Schmuseklassik und Meditationsmusik. Im Prinzip hatte Paul nichts gegen Händel und Harfenzauber, von Zeit zu Zeit. Aber auf die Dauer war ihm dieses akustische Marzipan zu süß. Dazu der Schnickschnack, den Rebekka anschleppte, die kleinen Figuren, die Sträuße aus getrocknetem Unkraut, die Bücher über das Einswerden von Kind und Mutter im Kosmos – zum Verrücktwerden.

Unter normalen Umständen hätte Paul die Veränderungen ohne Bauchschmerzen hingenommen. So kategorisch war er nicht, vor allem wenn es um Geschmacksfragen ging. Und da Julia ihre Freude daran hatte…

Doch je tiefer die Sonne steht, desto länger werden die Schatten, die die wahre Größe der Dinge verzerren, und Pauls Sonne stand ziemlich knapp über dem Horizont. Die Therapie schlug nicht an, was nur bei acht Prozent der Patienten der Fall war. Sein Arzt fand keine Erklärung, und immer wenn ein Arzt keine Erklärung findet, gibt er der Psyche die Schuld. Nach einem langen Gespräch mit Paul war er zum Schluss gekommen, dass dem Patienten ein Hobby oder eine Aufgabe fehlte, die ihn von der Krankheit ablenkte.

An diesem Morgen hatte Paul es sich nicht nehmen lassen, Julias Lieblingssängerin Patricia Kaas als Frühstücksmusik auszuwählen, einen Kaffee zu kochen und das verdorrte Unkraut auf dem Tisch durch ein Veilchen zu ersetzen. Er genoss es, seine Frau Dinge tun zu sehen, die noch vor Kurzem selbstverständlich gewesen waren, zum Beispiel wie sie das Croissant in die Tasse tunkte oder zur gekauften Konfitüre griff, statt zu Rebekkas Spezialhonig aus einem griechischen Bergkloster. Sie sprachen über Alltägliches, weder über seine Krankheit noch den gemeinsamen Gast, der ihr willkommen und ihm verhasst war. Auch dass ihm übel war, verschwieg er ihr. In letzter Zeit behielt er kaum noch etwas bei sich. Nur hartgekochte Eier und Bananen waren unkritisch, in dieser Kombination aber nicht gerade ein Gaumenschmaus.

Tatsächlich dachte Paul fast nur noch über seine Krankheit nach, seit der Streit mit Tom mehr oder weniger beigelegt war. Viel tat er nicht mehr, außer zur Klinik und zurück zu fahren. Na gut, er hatte die von Gernot Kessel angeforderte Rosenliste geschrieben, doch obwohl er sich die schönsten und teuersten Sorten aussuchte, verschaffte es ihm keine Befriedigung. Es war, als wollte man das verkratzte Medaillon der geliebten Großmutter durch einen lupenreinen, geschliffenen Diamanten ersetzen. Er hatte seinem Haus den Namen »Sorrento« gegeben, den er sogleich schmiedeeisern neben dem Portal befestigte – alles nur, um den Erbauer zu ärgern, der für sein eigenes Anwesen mit diesem Namen geliebäugelt hatte. Doch auch das hatte Paul nur sehr kurz Ablenkung gebracht. Gerne gestand er es sich nicht ein, aber in gewisser Weise hatte er die Auseinandersetzung mit Tom genossen. Nein, das war nicht das richtige Wort, »gebraucht« traf es besser.

Vielleicht hatte er sich auch deswegen am Vortag ans Telefon und den Computer geklemmt, einige alte Kontakte aktiviert und ein bisschen über die »heilige Rebekka« recherchiert, wie er sie im Stillen nannte. Was er da alles in Erfahrung gebracht hatte … Liebend gerne hätte er es Julia erzählt, doch er hatte sich geschworen, es aus Liebe zu seiner Frau für sich zu behalten.

»Was hältst du von einer Hebamme?«, fragte sie und riss ihn aus seinen Gedanken.

Er überlegte. »Als Vor- oder Hauptspeise?«

»Ach, du«, erwiderte sie lächelnd. »Nein, sag mal im Ernst.«

»Im Ernst? Du weißt, wie ich darüber denke. Man findet einfach nicht den passenden Wein zu einer Hebamme.«

Julia verschluckte sich beinahe am Croissant, und gemeinsam lachten sie eine gute Minute lang. Paul hoffte, dass das Thema damit umgangen war, wurde aber enttäuscht.

»Rebekka hat mir dazu geraten, und ich hätte gerne deine Meinung gewusst.«

»Du meinst, ich darf mitreden? Oder werde ich nur, wie es so schön heißt, gehört?«

»So etwas darfst du nicht sagen. Deine Meinung ist mir immer wichtig.«

»Ich habe nichts gegen Hebammen, deine Eltern aber sehr wohl. Sie haben schlechte Erfahrungen gemacht, soviel ich weiß, und du hast immer auf ihre Ratschläge gehört.«

»Bis auf das eine Mal, als sie mir abgeraten haben, dich zu heiraten.«

»Ja«, erwiderte er und sah Julia in die Augen. Er trauerte den Zeiten hinterher, als sie sich maßgeblich auf ihn gestützt hatte und auf ihr eigenes Selbstbewusstsein. Jemand Drittes war hinzugekommen.

»Wenn dir an einer Hebamme liegt, dann bitte. Du musst das Kind gebären, nicht ich. Aber tu mir den Gefallen und verlass dich bei der Auswahl nicht auf eine einzige Empfehlung.«

»Du meinst Rebekka?«

»Ich finde, man sollte generell eine zweite Meinung einholen.«

»Fein, das hat Rebekka auch gesagt.«

»Freut mich, dass wir mal einer Meinung sind.«

»Sie hat es allerdings auf etwas anderes bezogen«, sagte Julia und ließ offen, worum es gegangen war.

Gut eine Minute lang war keine Rede mehr davon, was keineswegs bedeutete, dass das Thema sich aufgelöst hätte. Wie die Büchse der Pandora stand es mitten auf dem Tisch, während sich beide bemühten so zu tun, als wäre sie nicht da. Sie waren alle beide scharf darauf, die Büchse zu öffnen. Julia tat schließlich den ersten Schritt.

»Bitte sei mir nicht böse, Paul, aber ich muss dich das fragen. Hast du je an eine Alternative zu deiner Therapie gedacht?«

Er sah sie verwundert an. »Julia, Schatz, meine jetzige Kombinationstherapie ist bereits die Alternative, weil die davor nicht angeschlagen hat.«

»Ich meinte eine ganz andere Art der Behandlung. Sieh mal, es geht dir schlechter und schlechter, das kannst du nicht von der Hand weisen. Du weißt, es gibt Heiler, die sich auf das eine oder andere spezialisiert haben …«

»Du meinst Fachärzte.«

»Nein, keine Fachärzte. Geistheiler.«

»Geistheiler«, wiederholte er.

»Es gibt die unterschiedlichsten Ansätze, zum Beispiel Heiler, die die Quelle der Krebserkrankung …« Sie hob die rechte Hand und legte Daumen und Zeigefinger aneinander.

Paul widerstrebte es, das Wort auszusprechen. »Auspendeln?«

Julia nickte.

Er spürte, wie ihm gegen seinen Willen das Blut in den Kopf

schoss, und versuchte wenigstens Haltung zu bewahren. Langsam stand er auf, ging zu einem Board, öffnete die oberste Schublade und zog eine Mappe hervor. Mit zwei großformatigen Fotos kehrte er zum Tisch zurück.

»Hier. Und hier.« Etwas fester und häufiger als nötig tippte er auf die Röntgenaufnahmen. »Die Ärzte wissen, wo die Tumore sitzen. Du siehst, das muss niemand mehr auspendeln.«

Julia schluckte. Die Aufnahmen von den Krankheitsherden, die mit Pfeilen und Kreisen markiert waren, hatten etwas Furchterregendes, daher hatte Paul sie Julia bisher vorenthalten. Die Bösartigkeit der Schatten sprang jeden, der sie erblickte, geradezu an.

»Die Ärzte tun ihr Bestes, aber sie bekämpfen nur die Symptome, nicht die Ursache«, sagte sie. »Gleiches zieht Gleiches an. Da sind vielleicht irgendwo negative Energien in dir, die wiederum Negatives produzieren. Auf keinem Röntgenbild und unter keinem Mikroskop tauchen die auf, und dennoch sind sie da.«

»Wenn sie nirgendwo sichtbar werden, woher weißt du dann, dass sie da sind?«

»Gott ist auch nicht sichtbar, und alle glauben, dass er da ist.«

»Ja, aber nicht alle glauben dasselbe. Am Amazonas glauben sie an Waldgeister, in Indien an tausend Götter, und wenn du in Saudi-Arabien etwas von tausend Göttern erzählst, hängen sie dich auf. Ich bitte dich, Julia, das ist doch nicht auf deinem Mist gewachsen, die Idee stammt von dieser Eisheiligen.«

»Rebekka meint es nur gut und ich auch. Wenn dir alle Chemie und die Bestrahlungen nicht helfen, wäre es da nicht vernünftig, andere Möglichkeiten in Betracht zu ziehen und etwas Neues auszuprobieren?«

»Einen Geistheiler?«

»Er spürt die negativen Energien in dir auf und entzieht dem Krebs die Nahrung.«

»Entzieht dem Krebs die Nahrung«, echote Paul.

»Ich kann mir vorstellen, dass das funktioniert. Du nicht?«

Er nahm die beiden Fotografien wieder an sich und bemerkte erst jetzt, wie sehr seine Hände zitterten. Dem Ärger buchstäblich ins Gesicht zu blicken verstärkte ihn noch, ließ ihn zum Zorn werden. Von den Händen sprang er binnen Sekunden auf die Arme über, weiter in die Brust, ins Herz und schließlich in Pauls Kopf, wo etwas explodierte.

»Mir vorstellen!«, rief er ungehalten. »Wir sprechen hier von meinem Leben!«

Sein ganzer Körper zitterte. Er schleuderte die Röntgenaufnahmen quer durchs Zimmer, stürzte zum Tisch und donnerte mit den Fäusten auf die Platte.

»Meinem Leben, Julia, verstehst du das?«, schrie er aus Leibeskräften. »Ich habe nur dieses eine, ich kann mir kein zweites im Katalog bestellen oder mit irgendeinem druidischen Gebrabbel herbeizaubern. Es geht um alles, um meine Existenz, darum, dass ich mein Kind im Arm halte, dass ich nächstes Jahr noch die Sonne auf der Haut spüre, dass ich lieben und genießen kann. Man kann sich vorstellen, ob man auch in einem Wasserbett gut schlafen könnte. Solche Dinge probiert man aus und tauscht sie um, wenn sie einem nicht passen. Wir reden hier nicht von Probeliegen! Für mich gibt es kein Rückgaberecht, Julia, ich bin dann nämlich tot. Tot! Ich soll die Therapie abbrechen und mich auspendeln lassen? Du erwartest ernsthaft von mir, dass ich mein ganzes Dasein in die Hände dieser Verrückten lege, der Mutter eines Verrückten, der sie vor die Tür gesetzt hat? Soll sie doch selbst zum Geistheiler gehen, wenn sie das für eine gute Methode hält. Viel kaputtmachen kann der bei ihr nicht mehr.«

Julia stand auf. Sie war kreidebleich. »Ein Nein hätte genügt.«

Paul presste die Fäuste auf die Augenhöhlen. »Du verstehst es nicht. Du verstehst es einfach nicht«, sagte er kopfschüttelnd. »Jemandem einen solchen Vorschlag zu machen, und damit meine ich dieses Weib, nicht dich, ist ja quasi ein Mordversuch.«

»Das ist nun wirklich Unsinn, als Jurist solltest du das wissen.«

»Ich habe nicht als Jurist gesprochen, sondern als Patient.«

»Es bringt nichts, diese Unterhaltung fortzusetzen. Lassen wir es auf sich beruhen.«

»Oh nein!«, rief er. »So nicht! Deine Freundin hat unser ganzes Haus umgekrempelt, und ich habe nichts gesagt, danach hat sie dich umgekrempelt, und wieder habe ich geschwiegen. Aber diesmal ist sie einen Schritt zu weit gegangen, und das werde ich ihr ins Gesicht sagen. Wo ist sie?«

»Du kannst jetzt nicht mit ihr sprechen. Sie macht gerade Pilates.«

»Und wenn sie mit Buddha höchstpersönlich Zwiesprache hält, das ist mir scheißegal.«

Er eilte durchs Haus und die Treppe hinauf.

»Nicht, Paul. Du bist viel zu aufgeregt. Rebekka macht gerade genug durch«, beschwor Julia ihn. »Ruben öffnet die Tür nicht und nimmt ihre Anrufe nicht entgegen.«

»Dann hat der Junge mehr Verstand, als ich dachte.«

»Paul, bitte! Du …«

Als er ohne anzuklopfen in das Gästezimmer stürmte, befand Rebekka sich gerade in einer Position, die Frauen sonst nur einnehmen, wenn sie Kinder gebären. Sie trug ein knappes Höschen, ein offenes Hemd und darunter einen BH, doch nicht einmal das ließ Paul innehalten.

»So, Madame, bitte anziehen, zusammenpacken und dann nichts wie raus aus meinem Haus. Das dürfte Ihnen seit letzter Woche ja vertraut sein. Ach, und bitte vergessen Sie keins von Ihren Steinchen und Hölzchen, es wäre schade, wenn der Krempel nur noch den Hausmüll energetisch aufladen würde, anstatt Segen über die Menschheit zu bringen.«

Julia betrat nun ebenfalls das Gästezimmer. »Ich glaube, es wäre das Beste«, seufzte sie an ihre Freundin gewandt. »Paul ist leider … Er hat den Geistheiler nicht gut aufgenommen.«

Rebekka richtete sich auf. »Lieber Paul, mir ist klar, dass ein solcher Vorschlag für jemanden wie Sie, der extrem konservativ denkt, eine Zumutung ist. Aber ich will mir später nicht vorwerfen müssen, dass ich untätig war.«

»Vielen Dank für Ihren Optimismus. Möchten Sie Ihre gütigen Worte vielleicht in die Traueransprache zu meinem Begräbnis einbauen?«

»Was kann ich tun, um Sie von meinen ehrlichen Absichten zu überzeugen?«

»Sie haben schon genug getan, herzlichen Dank. Wenn ich Sie nun bitten dürfte, Ihre Kleidung, Kristallkugeln und Besen einzupacken.«

»Es macht Ihnen Spaß, sich über mich lustig zu machen. Sie merken es nicht, aber das verschlimmert Ihre Verfassung nur.«

»Meine Verfassung, wie Sie es nennen, geht nur mich und meine Frau etwas an. Also, bitte befreien Sie dieses Haus endlich von Ihrer Anwesenheit.«

»Es tut mir sehr leid, dass unsere Beziehung einen derart traurigen Verlauf genommen hat. Selbstverständlich gehe ich, wenn Julia das wünscht. Sie haben mein volles Mitgefühl.«

Das war eine Bemerkung zu viel für Paul. Er hatte sich geschworen, nichts zu sagen, doch die Kenntnis über die Geheimnisse anderer ist wie eine Flasche Château Petrus – verkorkt lässt sie sich nicht genießen.

»Was fällt Ihnen ein, in diesem Ton mit mir zu sprechen! Julia, du ahnst ja nicht, auf wen du dich da eingelassen hast. Diese Frau ist geistesgestört. Ich habe mich mal ein wenig umgehört. Vor achtzehn Jahren hat Rebekka Marschalk einem Sohn das Leben geschenkt, bei dem später eine leichte geistige Behinderung festgestellt wurde. Seither erzählt sie jedem, das sei die Folge von ein bisschen Sekt und Wein während der Schwangerschaft. Oder war es Wodka?«

»Fetales Alkoholsyndrom!«, rief Rebekka. »Ziehen Sie meine Schuld nicht ins Lächerliche.«

»Oh Gnädigste, was wären Sie bloß ohne das fetale Alkoholsyndrom, mit dem Sie herumstolzieren wie mit einem Ehrentitel im Namen? Madame Rebekka Ich-bin-schuld-Marschalk. Das Dumme ist nur, dass Sie sich diesen Ehrentitel zu Unrecht gegeben haben.« Er wandte sich wieder an Julia. »Das Gericht hat schon vor vielen Jahren festgestellt, dass Rebekkas Sohn an einer Galaktosämie leidet. Das ist eine angeborene erbliche Stoffwechselstörung, die schon im Kindesalter tödlich enden kann. Überlebt man sie, kommt es oft zu einer deutlichen Intelligenzminderung und motorischen Störungen.«

»Die haben sich geirrt«, sagte Rebekka.

»Zwei erfahrene medizinische Gutachter? Selbst wenn es zehn gewesen wären, Sie hätten die Realität nicht anerkannt.

Und weil Sie ein so konsequenter Mensch sind, haben Sie beschlossen, gleich sämtliche Realitäten für nichtig zu erklären und die esoterische Lebenshilfe an deren Stelle zu setzen. Nein, Madame, Sie tragen keine Schuld am Zustand Ihres Sohnes, nicht mal in genetischer Hinsicht, denn die Mutation des Chromosoms ist auf den Vater zurückzuführen. Das wissen Sie ganz genau, aber Sie wollen es nicht wahrhaben.«

»Ich habe meinem Sohn geschadet, weil ich während der Schwangerschaft getrunken habe«, beharrte sie.

»Sie haben vielleicht mal ein Glas Sekt getrunken, und dieses Schlückchen haben Sie nach der Geburt zum Syndrom erhoben. Sie sind eine Hochstaplerin, nur dass Ihre Lüge darin besteht, sich unentwegt als große Sünderin zu geißeln. Ich habe Ihr volles Mitgefühl? Vielen Dank, ich verzichte. Sie sind eine Neurotikerin im fortgeschrittenen Stadium oder vielmehr eine Irre im Frühstadium.«

In diesem Moment ertönte ein Röcheln, dann ein lautes Stöhnen. Gerade noch rechtzeitig konnte er seine Frau auffangen, die in seinen Armen zusammenbrach.

»Julia, oh mein Gott, Julia. Was hast du? Ist etwas mit dem Kind? Julia!«

Nach einer Schrecksekunde griff Rebekka zum Handy. »Ich rufe den Notarzt.«

19

Juni 2016

Ungeheuer – dieses Wort ist unverrückbar wie ein Fels, unbeweglich und überwältigend, man kommt nicht daran vorbei. Es ist schon erschreckend, wenn eine Mutter ihren Sohn als Ungeheuer bezeichnet und sich emotional völlig von ihm lossagt. Gewissermaßen hat Rebekka Ruben zu ihrem Ex-Sohn gemacht. Und alles nur, weil er sie aus dem Haus geworfen hat? Kaum zu glauben.

Ellen wollte eigentlich eine Nacht darüber schlafen, am Ende werden zwei daraus. Immerhin gibt es auch noch einige andere Baustellen: Tristan, Sven, die Rowdys in der Nachbarschaft, der Dreifachmord… Doch im Moment ist Ruben das vordringliche Problem, allein deshalb, weil es Ellen vorkommt, als gingen alle anderen Probleme davon aus oder hätten zumindest damit zu tun. Zudem ist Ruben äußerst präsent. Unermüdlich wackelt er im und um das Haus herum, führt laute Selbstgespräche, singt Lieder, die nur in seinem Kopf existieren, und isst wieder mit großem Appetit. Was immer ihn in Unruhe versetzt hat, es hat sich erledigt. Trotzdem macht er keine Anstalten, in sein Haus zurückzukehren.

Der Tag zwischen den beiden schlaflosen Nächten wird von einem weiteren Vorfall überschattet. Jemand hat den von Malush frisch gestrichenen Gartenzaun mit gelber Acrylfarbe verunstaltet. Der Übeltäter hat eine ganze Dose über dem Zaun ausgekippt, und weder Ellen noch Tristan oder Ruben hat etwas bemerkt.

Noch vor zwei Tagen wäre ihr erster Reflex gewesen, die Frohwein-Clique zu beschuldigen. Doch seit dem Gespräch mit Rubens Mutter denkt sie anders über die Vorfälle der letzten Zeit.

Sie ruft Sven im Büro an. »Können wir uns nachher treffen?«

»Heute ist es leider ganz schlecht, Ellen. Ich ersticke in Arbeit. Wir sehen uns morgen doch sowieso, wenn wir auf das Erdbeerfest gehen.«

»Ich habe mich mit Rebekka Marschalk getroffen.«

Drei Sekunden lang sagt er gar nichts. Im Hintergrund sind Geräusche behördlicher Betriebsamkeit zu hören.

»Okay, um sieben Uhr am Strand von Börgerende.«

Der Abend ist windig, wenn auch nicht stürmisch. Sand umweht die Beine der Spaziergänger, und am Himmel treiben starke Böen die wenigen Wolken auseinander, die wie zarte weiße Schleier durch das Blau treiben. Von Börgerende aus schweift der Blick einige Kilometer weit über zahllose Buhnen und hölzerne Wellenbrecher bis Heiligendamm, das wie ein sagenhafter Palast in der Abendsonne daliegt, umgeben von einem grünen Band aus Bäumen.

Jemandem in einer solchen Szenerie Vorhaltungen zu machen ist ein schwieriges, unbefriedigendes Unterfangen. Es wirkt wie eine Missachtung der Schönheit, ein Verrat an der

Natur, dem rauschenden Meer. Kaum anzunehmen, dass Sven einen Hintergedanken hatte, als er Börgerende vorschlug, doch das Ergebnis ist das Gleiche. Als sie gemeinsam loslaufen, ist Ellen schon nach ein paar Metern milde gestimmt.

»Es ist nichts dabei, dass du mir nicht sagen wolltest, wo Rebekka Marschalk wohnt. Hätte ich einen Ex von Bedeutung, würde ich ihn mit Robert auch nicht freiwillig zusammenbringen. Aber ich werde den Gedanken nicht los, dass es dir weniger um die Liebschaft ging als vielmehr um deine unrühmliche Rolle, was die Vertreibung aus ihrem Haus angeht.«

»Es war ihre Idee, sich dieser Kommune anzuschließen.«

»Ja, nachdem ihr sie rausgeworfen habt.«

»Ruben wollte es so, ich habe ihm nur geholfen.«

»Hättest du ihm auch geholfen, wenn er keine Beweise für eure Affäre gehabt hätte?«

»Vielleicht. Es kommt nicht oft vor, dass jemand die eigene Mutter loswerden will. Jedenfalls nicht, wenn sie sich so gut um ihn kümmert wie Rebekka. Da Ruben finanziell vom Vater versorgt wird, sprach nicht viel gegen seinen Wunsch.«

»Komm schon. Ich fand es von Anfang an merkwürdig, dass er allein lebt.«

»Es ist ungewöhnlich, aber nicht einzigartig.«

»Wie du meinst«, seufzt sie. »Mir geht es nur um eines: Gibt es noch etwas, das du mir verschweigst? Ich meine, außer der Tatsache, dass du vor Ort warst, als die Morde begangen wurden.«

»Vor Ort. Das hört sich an, als hätte ich daneben gestanden und Protokoll geführt. Dass etwas Schlimmes passiert ist, habe ich erst mitbekommen, als die Polizei anrückte. Ich war mit Ruben im Haus, mehr gibt es dazu nicht zu sagen.«

»Ruben hat ein Computerspiel gespielt?«

»Ja, und ich habe Rebekkas restliche Sachen gepackt. Das ist das ganze Geheimnis. Du denkst doch nicht, dass er mit Messer und Schürhaken losgezogen ist, um die halbe Nachbarschaft zu killen.«

»Ich will nur sicherstellen, dass ich alles über Ruben weiß, was ich wissen muss.«

Sven bleibt stehen. Der Westwind weht ihm die blonden Haare in die Stirn. So sieht er richtig sexy aus.

»Doch, da ist noch etwas.« Er zögert. »Die Sache mit dem Surfboard. Ich denke … Ich weiß es nicht hundertprozentig, aber vermutlich hat Ruben es absichtlich verschenkt. Damit will ich sagen, dass er sich der Konsequenzen bewusst war. Er hat so etwas schon mal gemacht. So, jetzt ist es raus.«

Ellen beginnt zu verstehen, was Rebekka Marschalk gemeint hat, als sie von Niedertracht sprach. Sie hat auch erwähnt, dass es im Vorfeld der Vineta-Morde zu Zwistigkeiten kam. Wenn Ruben durch sein Handeln Zwietracht gesät hatte, konnte das unabsichtlich geschehen sein. Weder seine Mutter noch Sven schienen allerdings an diese Möglichkeit zu glauben.

»Ist dir klar, was du da behauptest?«, fragt sie.

»Ich hätte früher mit dir darüber sprechen müssen.«

»Ja, hättest du. Aber das ist nicht der springende Punkt. Dein Schützling ist ein Fiesling, er hetzt andere gegeneinander auf. Was, wenn ich weniger besonnen mit den Diebstählen umgegangen wäre? Was, wenn Tristan sich an der Frohwein-Clique gerächt hätte, um mich zu verteidigen, und die sich dann wieder an mir gerächt hätten? Ich habe Ruben aufgenommen und verteidigt, und Tristan war mehr als freundlich zu ihm. Kennt er überhaupt so etwas wie Freundschaft, oder haut er alle in die Pfanne?«

»Deswegen habe ich es dir ja jetzt gesagt.«

»Was ist mit den Morden? Wenn wir davon ausgehen, dass Paul Derfflinger der Täter ist, dann hat Ruben dazu beigetragen, dass es so weit gekommen ist. Einem todkranken Mann derart zuzusetzen ist wirklich ungeheuerlich.«

»Juristisch ist das ohne Belang. Ruben müsste nur für die materiellen Schäden geradestehen, nicht für die indirekten Folgen. Ruben für das, was Derfflinger getan hat, verantwortlich zu machen ist ziemlich weit hergeholt.«

»Sven, wir reden hier über den Freund meines Sohnes, nicht über das Strafgesetzbuch.«

»Deswegen sind wir hier. Ich will ja auch, dass Ruben bei dir auszieht. Aber lass mich das regeln, bitte. Ich verspreche dir, morgen geht er.«

Sie sind dort angekommen, wo der Sandstrand in einen unwegsamen Steinstrand übergeht. Die Vernunft sagt Ellen, dass jede Art von Gemauschel nur Bockmist hervorbringen wird. Sven hat sich von einem geistig behinderten Jungen gängeln lassen, derselbe Junge hat nun wieder Unruhe gestiftet und Tristan betrogen, der auf seiner Seite war. Ellen war zwar die große Checkerin, unternahm aber bisher nichts. Das gefiel ihr gar nicht. Ihr Herz jedoch widersprach dieser Darstellung. Ruben überblickte demnach nicht wirklich, was er tat. Einerseits handelte er mit Absicht, andererseits im Rahmen seiner geistigen Grenzen. Möglicherweise war das alles für ihn bloß ein Spiel.

»Sieh mir in die Augen, Sven, und versprich mir, dass da nicht noch mehr ist.«

Er sieht ihr in die Augen und verspricht es ihr.

In der folgenden Nacht lässt Ellen sich alles noch einmal durch den Kopf gehen. Würde Tristan ihr die unglaubliche Geschichte glauben? Wie so viele Teenager tut er meist das Gegenteil von dem, was die Eltern vorschreiben. Würde sie ihm den Umgang mit Ruben verbieten, könnte sie auch gleich unfreiwillige Patin ihrer Blutsbrüderschaft werden.

Sie muss mit Robert sprechen. Online hat sie Zugriff auf den Kalender ihres Mannes, bei dessen Konferenzen es meist um neue Anbauflächen für Erdnüsse und Investitionen in die Infrastruktur geht. An diesem Tag steht eine Teegesellschaft beim indischen Botschafter an, doch davor gibt es eine Stunde, in der sie mit ihm sprechen kann.

Sie erreicht ihn in der Limousine. Das Videogespräch übers Smartphone verläuft in ihrem Sinne. Robert hält es ebenfalls für kontraproduktiv, Tristan die Wahrheit über Ruben zu sagen, und erinnert an eine Begebenheit vor einigen Jahren, als ihr Sohn eine Mitschülerin in Schutz nahm, die wegen ihres Aussehens gehänselt wurde. Sie vergalt ihm den Einsatz, indem sie ihm nur wenig später einen Spickzettel unterschob und ihn anschließend denunzierte. Die Intrige flog auf, aber Tristan beharrte trotz aller Indizien auf der Unschuld des Mädchens.

»Irgendwann wird er schon von selbst dahinterkommen«, lautet Roberts Resümee, und obwohl Ellen nicht glücklich mit der Entwicklung ist, fällt ihr keine praktikable Alternative ein. Sie kann ja nicht jedes Mal ein neues Haus kaufen, wenn ihr die Nachbarschaft nicht gefällt.

Gut sieht Robert aus, selbst auf dem leicht verwackelten, unscharfen Bild. Der akkurate Seitenscheitel, die perfekt sitzende Seidenkrawatte von Gucci, die glatte Rasur – das exakte Gegenteil von Sven. Ellen glaubt beinahe, Roberts Rasierwasser zu riechen, und ein bisschen fehlt ihr der harzige Duft, den sie früher nicht besonders mochte. Auch seine reife, maskuline Stimme zu hören tut ihr gut, und immer wenn die Verbindung für einen Moment abbricht, durchfährt Ellen für den Bruchteil einer Sekunde Panik.

»Ellen«, sagt er schließlich, und sie weiß ganz genau, was als Nächstes kommt, »du bist jetzt schon zwei Monate weg, und ich würde gerne wissen, wie … es weitergeht mit uns.«

Sie weicht der Frage aus. »Wann kommst du mal wieder nach Deutschland?«

»Wie üblich bin ich vom vierten Advent bis Dreikönig bei meinen Eltern und Geschwistern auf Gut Sankt Benthin. Das sind von euch aus nur drei Stunden mit dem Auto.«

»Natürlich bringe ich Tristan vorbei. Aber bis dahin hören wir uns ja noch mal.«

»Ellen, ich möchte wissen, woran ich bin.«

»Es gibt einen anderen.« Wann ist ihr zuletzt oder ist ihr jemals etwas so schwergefallen, wie diese paar Worte über die Lippen zu bringen? Gerade deshalb hat sie den Satz ganz schnell ausgesprochen. Vor zwei Monaten war das noch anders gewesen, damals teilte sie Robert Auge in Auge wortreich ihren Entschluss mit, dass sie nach Deutschland zurückkehren werde. Danach fühlte sie sich nicht annähernd so elend wie jetzt. Denn das war ja noch nicht das Ende. Sie konnten sich vormachen, dass es einen Ausweg aus ihrer Krise gab, und sie machten alle beide von der Illusion Gebrauch. Inzwischen ist sie zerbrochen.

In Roberts Leben gibt es auch jemand Neuen, das spürt Ellen. Er ist viel zu protestantisch, um mit dieser Frau bereits körperlich intim zu sein. Aber sie ist da. Wahrscheinlich begleitet sie ihn gleich zu der Teegesellschaft. Robert hasst es, Einladungen ohne Begleitung wahrzunehmen, allein deshalb, weil es in seinen Kreisen als sonderbar, wenn nicht bizarr gilt, allein zu leben, sofern man unter achtzig ist. Ellen ist sich sicher, dass Robert die richtige Balance gefunden hat – eine attraktive, bezaubernde Frau, zu der er eine Armlänge Abstand hält, gerade so viel, um den Anstand zu wahren, aber jederzeit in Reichweite, um sie an seine Seite zu holen, die nächste Freiherrin von Ehrensee.

»Danke, dass du so ehrlich bist«, sagt er.

»Es wäre nicht fair, nicht offen zu sein.«

Sie wird seinen Anstand vermissen, seine Moral, die festen Grundsätze, die Aufrichtigkeit … Robert würde nie und nimmer in eine solche Situation kommen wie Sven mit Ruben. Würde er einen Fehltritt begehen, stünde er dazu. Wie so oft geistert Ellen die Frage durch den Kopf, ob es richtig ist, Robert zu verlassen.

»Entschuldige, ich bin am Ziel, und du kennst die indischen Rajas. Sie hassen es, wenn der Darjeeling kalt wird.«

Ja, sie tut das Richtige.

Noch vor dem Frühstück fängt Ellen Tristan ab.

»Du hast in einer Stunde einen Termin.«

»Wo?«

»Vor deinem Computer. Dein Vater will mit dir skypen, und er wird dir ein paar Dinge sagen, die ich dir jetzt schon sagen werde.«

Tristan verdreht die Augen. »Oh nein!«

»Oh doch. Wenn man zweimal innerhalb einer Stunde dasselbe hört, verursacht das vielleicht einen winzigen Riss in deiner zementierten Resistenz gegen vernünftige Argumente.«

»Falls es um Ruben geht ...«

»Es geht nur noch um ihn«, sagt sie ein bisschen lauter. »So, und jetzt hör mir zu. Ich möchte, dass er heute noch auszieht.«

»Was? Wieso denn?«

»Tris, er kann nicht ewig hier wohnen. Ich habe schon mit Sven darüber gesprochen, und er stimmt mir zu.«

»Der Typ taugt nichts, der ist ein Griff ins Klo. Allein wie zerlumpt der aussieht.«

»Ihr Teenager seid echt seltsam. Zieht sich einer in eurem Alter so an, ist er cool, macht das ein Erwachsener, ist er zerlumpt. Aber Sven ist nicht das Thema. Es gibt keinen Grund, weshalb Ruben länger hierbleiben muss. Wenn es überhaupt jemals eine Gefahr gab, ist sie vorüber.«

»Aber er ist allein«, protestiert Tristan lautstark. »Er kann sich nicht selbst helfen, das sieht doch ein Blinder mit Krückstock.«

»Das ist ein ganz spannender Punkt. Behandle ich Ruben wie ein Kind, wirfst du mir vor, ihn zu unterschätzen. Behandle ich ihn dagegen wie einen Erwachsenen, machst du ihn zu einem hilfsbedürftigen Kind. Du musst dich mal entscheiden.«

»*Maman*, das ist scheiße, riesengroße, gequirlte Kacke. Ruben hat Angst vor Menschen, vor dem Frohwein-Typen, vor dem Gärtner, der hier neulich gearbeitet hat ...«

»Ja und vor dem schwarzen Mann. Tris, ich bin deine Mutter, nicht Rubens, und kann seine Probleme nicht lösen. Dafür hat er Sven, ob es dir passt oder nicht. Falls er sich in seinem Haus unsicher fühlt, steht es ihm frei, sich Alarmanlagen,

Sicherheitsglas und was weiß ich einbauen zu lassen. Meinetwegen auch einen Atombunker. Du darfst ihm das jetzt schonend beibringen, und in fünfundfünfzig Minuten darfst du dir die gleiche gequirlte Kacke noch mal von deinem Vater anhören.«

20

Sommer 2010

Die Tür zum Haus Sorrento öffnete sich.

»Was wollen Sie denn hier?«

Kein idealer Beginn einer Unterhaltung, dachte Birgit. Obwohl sie Rebekka Marschalk dieselbe Frage hätte stellen können, hielt sie sich mit einem billigen Konter zurück. Natürlich hatte Hanni ihr berichtet, was an Rubens Geburtstag geschehen war, und obwohl ihre Schwester auch nicht mehr wusste, als dass die Marschalk bei den Derfflingers Zuflucht gefunden hatte, hatte sie die Geschichte ausgeschmückt und ausgiebig kommentiert. Das sollte gar nicht Gegenstand des Gesprächs sein, wenngleich Birgits Thema nicht weniger unangenehm für ihr Gegenüber sein würde.

»Guten Tag. Ich hätte da etwas … Dürfte ich Sie mal unter vier Augen sprechen?«, fragte Birgit.

»Muss das sein? Ich bin gerade ziemlich aufgeregt. Julia ist vorhin zusammengebrochen und ins Krankenhaus gebracht worden.«

»Oh, wirklich? Wie furchtbar! Ich hatte ja keine Ahnung. Wie geht es ihr?«

»Paul hat noch nicht angerufen. Wird er wahrscheinlich auch nicht«, sagte sie knapp.

Birgit zweifelte, ob sie unter diesen Umständen mit Rebekka Marschalk sprechen sollte. Doch sie hatte es Gernot versprochen und wollte nicht ohne Ergebnis zurückkehren. Die Sache brannte ihm unter den Nägeln, irgendetwas musste passieren.

»Es wäre wirklich wichtig.«

»Wenn es unbedingt sein muss.«

Dass Rebekka Marschalk sich abwandte und die Treppe hinaufging, verstand Birgit als Aufforderung, ihr zu folgen. Eine Minute später stand sie im Gästezimmer, wo Koffer, Taschen und Kleider herumlagen.

»Oh, Sie packen? Ziehen Sie wieder bei Ihrem Sohn ein?«

»Geht Sie das etwas an?«

»Nein, ich … komme dann gleich zur Sache.«

»Wunderbar.«

Es war gar nicht so leicht, einer Mutter zu sagen, dass ihr Sohn es faustdick hinter den Ohren hatte, noch dazu wenn dieser Sohn behindert war. Doch es bestand kein Zweifel. In den letzten beiden Tagen hatten Birgit und Gernot weitere Videobänder in mühsamer Kleinarbeit ausgewertet und Ruben tatsächlich aller ungeklärten Vorfälle in der Anlage überführt, mit einer Ausnahme: Ins Haus der Derfflingers war er nicht eingedrungen. So anstrengend die Suche und schockierend die Erkenntnis waren, Birgit hatte die beiden Tage genossen wie nichts anderes seit sehr langer Zeit. Die intensive Arbeit mit Gernot war ihr sogar lieber als die Verabredungen mit ihm. Sie waren sich dabei nahegekommen. Zwar gab es zwischen ihnen noch immer kaum Körperkontakt – mal ineinander verschränkte Finger, mal ein Kuss auf die Wange –, aber außer Tom war Birgit nun der einzige Mensch, mit dem er Umgang hatte und den er duzte.

»Das ist der größte Nonsens, den ich je gehört habe«, entgegnete Rebekka, nachdem Birgit geendet hatte, und warf einen Stapel Pullover in den Koffer. Lavendelduft stieg auf. »Mein Sohn, der berüchtigte Rosenkiller … absolut lachhaft.«

»Gernot hat alles auf Videoband. Man muss sehr genau hinsehen, aber in der Vergrößerung ist es eindeutig.«

»Na und? Dann hat Ruben eben einen Streich gespielt. Vielleicht hat er auch nur seine neue Freundin beschenkt.«

»Das wäre eine Erklärung dafür, warum er die Rosen abgeschnitten hat, aber wieso hat er sie später ein zweites Mal malträtiert? Nur weil Paul ein … sperriger Mensch ist?«

»Das haben Sie schön ausgedrückt, ausnahmsweise bin ich mal einer Meinung mit Ihnen. Paul Derfflinger ist ein Ekel.«

»Selbst wenn, das ist noch lange kein Grund, seine Rosen zu vergiften.«

»Mein Gott, jetzt kommen Sie mal wieder runter. Ruben hat schließlich keine Streichelzootiere vergiftet.«

»Wieso hat er den Vorderreifen von Toms Motorrad zerstochen? Auch das haben wir auf Video.«

»Ich weiß es nicht«, sagte Rebekka ungeduldig und stopfte einen Schwung Unterwäsche in die Reisetasche. »Vielleicht hat er sich über etwas geärgert, das Tom gesagt hat, oder er war eifersüchtig. Lassen Sie meinen armen Jungen in Ruhe. Er hat es schwer genug, meinen Sie nicht?«

»Mütter sind immer parteiisch, das liegt in ihrer Natur.«

»Ach ja? Vielen Dank für die Expertise, *Fräulein* Loh.«

Birgit zuckte zusammen, beschloss jedoch, die Spitze zu ignorieren. »Laut Gernot steckt etwas anderes hinter Rubens Verhalten. Er denkt, Ruben hatte es auf eine Eskalation zwischen Tom und Herrn Derfflinger angelegt, und nachdem ich mich zunächst gegen diese Theorie gesträubt habe, leuchtet sie mir inzwischen ein.«

»Tatsächlich?«

»Ich weiß, es klingt abenteuerlich, ergibt aber Sinn. Nachdem Ruben die Rosen mit Salz vergiftet hat, zerstach er Toms Reifen und löste damit den Konflikt aus. Wir glauben übrigens auch, dass er ins Haus der Derfflingers eingedrungen ist. Josip Vukasovic hat zugegeben, dass er Ruben manchmal allein im Pförtnerhäuschen gelassen hat, obwohl das gegen die Vorschriften ist. Er hält Ruben für harmlos.«

»Was er auch ist.«

»Ihr Sohn kann Schlüssel und Codes ausgeliehen haben, um sich Zugang zum Haus zu verschaffen.«

»Um einen Duschvorhang zu stehlen? Absurd.«

»Gerade jemand wie Ruben würde so etwas Absurdes tun. Ihm ging es nur darum, die Eskalation voranzutreiben, er wollte keinen Wertgegenstand stehlen.«

»Meine Güte, dann hat er eben ein bisschen gespielt.«

»Ja, das sagte Gernot auch. Letztendlich hat Ruben nur gespielt, wenn auch äußerst planvoll. Er wollte Paul Derfflinger eins auswischen. Vermutlich hat er sich amüsiert, als sein Plan aufging. Paul erstattete Anzeige, Tom klaute den Mercedes-Stern, woraufhin Paul Toms Motorrad demolierte … Vermutlich hat Ruben ganz genau gewusst, was er da tut.«

»Ich bin schwer beeindruckt. Jungfer Loh und der Kamerafetischist Kessel stecken die Köpfe zusammen, und heraus kommen die neuesten Erkenntnisse vom Kongress der Küchentischpsychologen.«

»Sie müssen zugeben, dass es so gewesen sein könnte.«

»Na klar. Ich hätte aber noch einen anderen Vorschlag: Ruben ist mir vor achtzehn Jahren von Außerirdischen in die Gebärmutter eingepflanzt worden und hat die Aufgabe, die Menschheit gegeneinander aufzuhetzen.«

»Sicher, es ist schwer zu akzeptieren, dass Ihr Sohn über eine gewisse Hinterlist verfügt.«

»Unterstehen Sie sich, so über ihn zu sprechen.«

»Ihre momentane Situation ist der beste Beweis dafür. Ich mag Ruben, deswegen bin ich ja selbst verblüfft und schockiert. Aber um die Tatsachen kommen wir nicht herum.«

»Hören Sie mir doch damit auf, sogenannte Tatsachen hatte ich heute schon genug. Das sind Idiotien, nichts weiter.«

»Wie auch immer. Ich bin hier, um Sie in Gernots Namen zu bitten, Ruben ins Gebet zu nehmen und …«

»Sie begreifen es nicht, was? Mein Sohn ist im Grunde ein Zehnjähriger und wird es immer bleiben, weil ich damals einen schlimmen Fehler gemacht habe. Ich werde doch einen Zehnjährigen nicht dafür tadeln, dass er gespielt hat.«

»Dann informieren Sie wenigstens seinen Rechtsbetreuer.«

Rebekka griff in den Kleiderschrank und lachte verächtlich auf. »Der Schlappschwanz wird nichts gegen Ruben unternehmen, das garantiere ich Ihnen.«

Birgit gab es auf. Mit der Marschalk war nicht zu reden, womit Gernot nichts anderes übrig blieb, als sich den Jungen persönlich vorzuknöpfen. Zehnjähriger hin oder her, über Vandalismus und Diebstähle durfte man nicht hinwegsehen. Es war ein Schaden entstanden, nicht nur materiell, sondern auch ideell. Die Gemeinschaft von Vineta entpuppte sich als das Gegenteil von dem, was ihr Erbauer sich erhofft hatte. Jahrelang hatte dieser sanfte Mann über einer hübschen Idee gebrütet, und zum Vorschein kam nun ihr hässliches Gesicht.

Sie war bereits auf dem Weg nach unten, als Rebekka Marschalk am oberen Ende der Treppe auftauchte. In ihrem Gesicht stand so viel Häme, dass Birgit sich unvermittelt fragte, wo die besonnene, distinguierte Frau und Mutter abgeblieben war.

»Vielleicht hat Ruben ein paar unartige Dinge getan. Aber wissen Sie, was mir an dieser Geschichte am meisten stinkt? Das selbstgefällige, moralistische Getue ihres neuen Freundes, dieses albernen Erbauers.«

»Ich finde es ungeheuerlich, wie Sie über ihn sprechen. Gernot ist immer für alle da, er will nur das Beste.«

»Ich bitte Sie, der Mann ist ein Kontrollfreak, merken Sie das denn nicht? Ständig schleicht er herum, überall hat er Kameras installiert, ruft die Leute an, hinterlässt Zettelchen. Jedes Detail will er bestimmen.«

»Weil er sich nun mal gerne kümmert.«

»Besessenheit ist das, nichts anderes.«

Im Grunde ihres Herzens wusste Birgit, dass Rebekka Marschalk Recht hatte. Aber sie hatte den Moment des Zweifelns überschritten und war nicht mehr bereit zurückzukehren. Gernot war ihre Zukunft, und nur Dummköpfe und Schwächlinge verhalten sich gegenüber der Zukunft illoyal. Schwach wollte Birgit nie wieder sein, das war vorbei.

Empört wandte sie sich ab und ging die Stufen nach unten. Rebekka holte sie ein und hielt sie am Arm fest.

»Man braucht sich doch nur anzuschauen, wen er bisher in die Anlage geholt hat, und schon weiß man, wen er aufnehmen wird, sobald die anderen Häuser fertiggestellt sind. Vermutlich Leute mit einem Pflegefall in der Familie oder Großeltern, die ihr Enkelkind aufziehen, weil dessen Eltern gestorben sind, oder ein blindes Ehepaar. Lauter Menschen mit Handicap, um die er sich dann kümmert, wie Sie es nennen: Mit anderen Worten: die er zuschütten kann mit seiner erstickenden Fürsorge und sie so von sich abhängig macht.«

Birgit und Rebekka standen dicht voreinander auf derselben Treppenstufe und sahen sich in die Augen.

Atemlos hauchte Birgit: »Sie sind verrückt, völlig verrückt.«

»Ach ja, warum hat Ihr toller Erbauer dann ausgerechnet uns unter den vielen Bewerbern ausgesucht? Wussten Sie, dass ich ihm beim ersten Gespräch von meinem geistig zurückgebliebenen Sohn erzählt habe? Ich hatte die Zusage am nächsten Tag. Wussten Sie auch, dass Julia ihn über Pauls Krebserkrankung informiert hat, bevor er sich für die Derfflingers entschied?«

»Das beweist nur, dass Gernot ein großes Herz hat. Übrigens, bei uns zu Hause ist keiner krank«, sagte Birgit mit erhobener Stimme. »Hanni und Alfred haben kein Handicap.«

»Krank sind sie nicht, aber ein Handicap haben sie sehr wohl.« Rebekka grinste spöttisch. »Sie, meine Liebe.«

Birgit verschlug es die Sprache.

»Zufällig habe ich erfahren, dass Ihre Schwester im Bewerbungsgespräch Kessel von Ihnen berichtet hat, von ihrer mittellosen Verwandten, dem Klotz am Bein. So krass wird sie es sicher nicht formuliert haben, aber ein erfahrener Hotelier und Geschäftsmann wie Kessel hat sich alles Nötige zusammengereimt. Ich kann mir die Szene bildlich vorstellen: Wir brauchen ein zusätzliches Zimmer für die ledige, kinderlose Birgit, die nichts Anständiges gelernt hat. Die Ärmste ist auf uns angewiesen. Das wird Eindruck auf den Erbauer gemacht haben. Hat er sich Ihrer nicht rührend angenommen? Jemand wie Sie lässt sich im Handumdrehen beglücken, man geht mit Ihnen schick essen, chauffiert Sie ein bisschen im Bentley herum, und schon fressen Sie dem Wohltäter aus der Hand. Sie glauben doch nicht ernsthaft, dass Sie ihn mit Charme und Ihrem blendenden Aussehen erobert haben?«

»Hören Sie auf!« Birgit presste die Hände auf die Ohren.

In ihren Augen standen Tränen, sodass sie beim Versuch davonzulaufen auf der Treppe strauchelte. Im letzten Moment gelang es ihr, sich an einer Geländerstrebe festzuhalten, die dabei beinahe zerbrach. Irgendwie schaffte sie es nach unten, riss die Haustür auf und gelangte ins Freie.

Nicht Rebekka, aber die Bilder, die diese Person heraufbeschworen hatte, verfolgten Birgit: die mittellose Verwandte, die Ungelernte, die nichts kann, nach nichts aussieht, die nur von Mitleid getragen und geküsst wird. Weitere Bilder gesellten sich hinzu: Gernots geheimer Computerraum, die Anrufe, die Geschenke, die Zettelchen, das Essen im Fischrestaurant.

Im Park lief sie Gernot geradewegs in die Arme. Er war gespannt auf den Ausgang ihres Gesprächs mit Rebekka.

»Birgit, was ist geschehen? Wie siehst du denn aus? Du zitterst ja. Sag was, Birgit.«

Sie krallte sich an Gernots Sakko fest. Ihre Lippen bebten, sekundenlang brachte sie keinen Laut hervor.

»Gernot, bitte sag mir ganz ehrlich, dass … Bitte sag mir, warum du mich gernhast.«

21

Juni 2016

Wie sechs Jahre zuvor belauert Malush die Anlage Vineta, um Ruben zu fassen zu bekommen. Es ist die letzte Phase seines Plans, die Abrechnung mit dem Dreckskerl, der ihn damals belogen hat, um sich selbst zu schützen, mit dem Verbrecher, der Majlinda ihre Würde, ihre Freude, die Chance auf ein bisschen Glück und in gewisser Weise auch das Leben genommen hat. Nun ist er selbst dran. Ihm Angst einzujagen war nur das Vorspiel, sein Geld zu nehmen und ihn in Sicherheit zu wiegen der zweite Akt. Sterben soll er, nicht nur wegen Majlinda, sondern auch wegen des Mannes, der an seiner statt vor sechs Jahren das Leben verloren hat, da Malush ihn irrtümlich für den Vergewaltiger hielt.

Seit Malush in Albanien Bekim gesehen hat, der dieselben Verhaltensauffälligkeiten zeigt wie Ruben, weiß er, dass er betrogen wurde. Von einem Schwachsinnigen, einem Feigling.

Der Dialog von damals, als Ruben ihm auf der Seebrücke von Heiligendamm schluchzend in den Armen lag, geht ihm nicht mehr aus dem Kopf.

»Was ist los, Ruben? Warum weinst du? Ist es wegen Majlinda?«

»Majlinda«, schluchzte der Junge und weinte weiter.

Daher schüttelte Malush ihn an den Schultern. »Hör auf zu heulen. Ich will wissen, was passiert ist.«

Die Spaziergänger auf der Seebrücke schauten schon herüber, daher ließ Malush von dem Jungen ab, schob die Hände in die Hosentaschen und trat einen Schritt zurück.

»Ich tu dir nichts, versprochen. Aber du würdest nicht weinen, wenn du nicht irgendwas wüsstest. Das ist wichtig für mich, Ruben. Du magst Majlinda, also sag mir die Wahrheit. Tu's für sie. Der ihr diese Schande angetan hat, der kann was erleben, das verspreche ich dir. Der Kerl hat nichts mehr zu lachen, der hat so was zum letzten Mal getan.«

Es dauerte eine gefühlte Ewigkeit, bis Ruben imstande war ihm zu antworten.

»Malush, Malush, ich weiß«, jammerte er. »Ich hab's gesehen.«

»Was?«

»Majlinda. Ich weiß. Hab gesehen, mit wem sie ins Haus gegangen ist.«

»In welches Haus? Wer war das Schwein, Ruben? Wer?«

»Ist … Ist … Nein, kann nicht.«

»Ruben, du musst. Ist es Tom?«, riet Malush. »Willst du mir deswegen den Namen nicht nennen, weil er dein Freund ist?«

Ruben hatte ihn angesehen, zum ersten Mal während des Gesprächs auf der Seebrücke. Er hatte ihn angesehen und ihm ins Gesicht gelogen.

Schweinehund!, denkt Malush. Der Typ mag geistig zurückgeblieben sein, und vielleicht weiß er nicht mal, was richtig oder falsch ist. Aber er kennt den Unterschied zwischen Wahrheit und Lüge, außerdem weiß er, was ein schlechtes Gewissen ist, sonst wäre er nicht in Panik geraten, als er Malush nach sechs Jahren wiedersah. Als er log, wusste Ruben, was er da tat, was er anrichtete.

Jetzt holt die Lüge ihn ein.

Es ist gut, dass Ruben wieder zu Hause wohnt, wie das Licht beweist. Nicht ganz so gut ist, dass gegen elf, kurz bevor Malush bei ihm einbrechen will, Tristan klingelt.

»Meine Mutter schläft«, sagt er, als Ruben die Tür öffnet. »Wie versprochen, ich werde dich heute Nacht nicht allein lassen.«

»Guter Freund Tristan. Ruben ist ein lieber Junge.«

»Klaro. Was wollen wir spielen?«

Die Tür schließt sich.

Bevor Malush sich dem Haus nähert, vergewissert er sich noch einmal, dass keiner ihn bemerkt. Seine Sinnesorgane arbeiten bei Dunkelheit mit doppelter Intensität, er nimmt Bewegungen wahr und hört Geräusche, die vielen anderen Menschen verborgen bleiben.

Eine Plastikkarte, ein Ruck, und die Tür ist offen. Aus dem Obergeschoss sind Stimmen zu hören, die beiden Jungen spielen *Fang den Hut*.

Malush lässt sein Messer in dem Moment aufschnappen, als er die Tür zu Rubens Zimmer aufstößt.

Ruben schreit hell auf, als er Malush sieht, wie ein Mädchen, das man mit einer Nadel in den Hintern sticht. Die Plastikfiguren auf dem Spielbrett fallen herunter.

22

Sommer 2010

»Bleib!«

Das war eines der letzten Wörter, die Majlinda hörte. »Bleib«, immer wieder »bleib«. Ruben meinte damit, dass sie noch nicht gehen, sein Jugendzimmer, das Haus nicht verlassen sollte. Er wollte außerdem, dass sie für immer bei ihm blieb, als seine Frau. In ein paar Tagen würde der Zirkus weiterziehen, aber Ruben konnte das nicht verstehen. »Bleib, Majlinda. Majlinda, bei mir bleiben.« Wie ein Automat, ein Spielzeug, eine sprechende Puppe. »Bitte bleiben, Majlinda. Bitte, bitte bleiben.«

Sie glitt aus seinen Armen, vielleicht stieß sie ihn dabei auch zurück. Da verstummte er, erstarrte und sah sie an. Sah sie an und hörte nicht damit auf.

Als sie an ihm vorbeigehen wollte, schnellte sein Arm wie eine Python hervor, schlang sich um ihren Körper und zerrte sie ins Schlafzimmer. Es war nicht seines, sie war noch nie in dem Raum gewesen, er war groß, mit einem Doppelbett, einem Schrank und einem Spiegel, der das hereinfallende Tageslicht auf die Wände projizierte.

Ruben sagte kein Wort, als er sie auf das Bett legte. Aus einem Grund, den sie nicht verstand, war sie nicht imstande, sich dagegen zu wehren. Vielleicht lag es an der Art, wie er sie bettete. Es war nicht seine. Tom hatte es so gemacht, genau so, vor einigen Wochen.

Es war Abend gewesen. Aufsteigender Vollmond. Tom hatte sie zwischen zwei Zirkusvorstellungen abgeholt, zwischen der Abend- und der Spätvorstellung. Eine Überraschung, sagte er. Sie wartete mit ihm in seinem Zimmer. Toms Vater war geschäftlich verreist, und sie tranken. Was tranken sie noch gleich? Bier. Aus der Dose.

Der bittere Geschmack ließ sie den Mund verziehen. Da lachte er. Und sie war glücklich, dass er lachte. Tom, der so stark war, der das schönste Lächeln der Welt hatte, das schönste Auto fuhr und die schönsten Muskeln hatte, er lachte mit ihr zusammen. Sie fragte ihn nach der Überraschung, und er antwortete, dass es nicht seine Überraschung sei, sondern Rubens. Da war sie ein bisschen enttäuscht. Ja, so war es gewesen.

Später hatte er sie dann aus dem Haus begleitet und zu einer Tür gebracht. Er schloss sie auf, ließ Majlinda hindurchgehen, begleitete sie durch einen Wald, jenen Wald, der das Grundstück umschloss. Das Mondlicht schien über die Äste und Baumstämme zu fließen, es tropfte bis auf den Boden, über den sie gingen, auf das raschelnde Laub. Nach einer Weile standen sie vor einer Kuhle aus Moos, in der lauter Rosen verteilt waren.

»Ach, das ist deine Überraschung für Majlinda?«, sagte Tom. »Echt geil, ein Bett aus Rosen. Bist wohl ein Romantiker, was, Kumpel? Wo hast du die Blumen her? Von deinem Taschengeld gekauft?«

»Aus dem Garten vom bösen Mann.«

»Welchem bösen Mann?«

»Der hat mich heute ganz wütend angesehen, der neue Mann.«

»Derfflinger? Oh Mann, das gibt Ärger. Scheiße, Scheiße, Scheiße.«

Vielleicht hatte er dieses Wort noch ein paarmal mehr gesagt, so genau erinnerte sich Majlinda nicht mehr daran. Tom schimpfte mit Ruben, während sie ihre Schuhe auszog und sich wehtat, als sie einen Fuß auf die Rosen setzte.

»So geht das nicht, Kumpel. Die Stiele haben Dornen. Schau mal deine Hände an, die sind ja völlig verkratzt. Du musst die Blütenköpfe abschneiden und die Blütenblätter auf dem Moos verstreuen. Siehst du, so macht man das.«

»Danke, Tom.«

»Jetzt lässt sich an dem Schaden eh nichts mehr ändern. Rosenstiele kann man nicht wieder ankleben. Und in einem hast du Recht, Kumpel, der Derfflinger ist echt Panne.«

»Du verrätst mich nicht?«

»Nein, natürlich nicht. Also, Majlinda und ich gehen jetzt ins Haus und kommen in einer halben Stunde wieder, klar?«

»Klar, Tom.«

Noch ein Dosenbier. Eine halbe Stunde später kehrten sie zurück, und diesmal war die Kuhle weich, bunt und duftend. Tom hob Majlinda mit seinen starken Armen hoch und bettete sie auf den Mondschein, das Moos und die Rosenblüten.

»So, mein Job ist getan. Ich warte im Haus auf euch und fahre Majlinda dann zum Zirkus. Anständig bleiben, du hast es mir versprochen. Wir haben uns verstanden, Kumpel?«

»Klar, Tom.«

»Ich verlass mich drauf.«

Eine Stunde lagen Ruben und Majlinda dort. Sie redeten ein

wenig miteinander, aber die meiste Zeit sah Ruben sie nur an. Alle paar Minuten fragte er, ob es ihr gefalle, und sie sagte ihm jedes Mal, was für eine schöne Idee es sei. Allerdings verschwieg sie ihm, dass sie sich die ganze Zeit über wünschte, Tom hätte die Idee gehabt.

In jener Nacht hatte Ruben sie nicht angefasst, und in seinem Gesicht hatte sich etwas Weiches, Sehnsuchtsvolles gespiegelt. Jetzt lag er auf ihrem halbnackten Körper, eisenhart. Seine Augen waren Schlitze, zwischen denen die Pupillen wie kleine grüne Pfefferkörner leuchteten. Manchmal senkten sich seine Lippen zu ihr und übersäten ihren Hals, die Brüste und die Wangen mit winzigen, trockenen Küssen, wie wenn ein Huhn Samen pickt. Dann wieder hob er den Kopf und rief »Mutti!«, wenn er zustieß. »Mutti, Mutti!« Nicht freundlich und verlangend, sondern mit anschwellendem Zorn.

Nein, dachte sie. Nein, nein.

Ständig rief er: »Mutti, Mutti!«

Eine ätzende Flüssigkeit stieg in Majlindas Kehle auf, und Speichel floss aus ihrem Mund, als sie den Kopf zur Seite drehte. Da sah sie ihre Mutter am Fenster stehen, wabernd inmitten des Lichts, wie ein Gespenst. Sie hatte sie nicht gerufen, trotzdem war sie da. Zum ersten Mal hatte Majlinda keine Angst vor ihr, im Gegenteil, sie streckte die Hand nach ihr aus.

»Mutter«, flüsterte sie.

Ruben schrie: »Mutti, Mutti! Das ist lustig, so lustig.«

Ihre Mutter löste sich langsam auf, verschmolz mit dem gleißenden Sonnenlicht im Quadrat des Fensters und nahm auch die Erinnerung an sich mit. Majlinda wusste schon nicht mehr, welche Farbe ihre Augen hatten, von welcher Gestalt ihr Körper war, welchen Namen sie trug. Sie war gänzlich erloschen, hatte ihr weinendes Kind verlassen.

Immer mehr schwand Majlinda dahin. Sie versuchte, die Dinge festzuhalten, die an ihr vorübertrieben, Erinnerungen an Orte und Begebenheiten, an Menschen und Worte. Mit beiden Händen griff sie in den wilden Strom, der alles mit sich riss, fischte verzweifelt nach den Bestandteilen ihres Lebens. Bekam sie etwas zu fassen, entriss der Strom es ihr sogleich wieder.

Etwas, das Majlinda bisher am Ufer gehalten hatte, zerriss. Es tat weh, sehr weh sogar. Nun trieb sie selbst in der alles verschlingenden Gewalt.

Es war, als würde sie ertrinken. Sie kannte dieses Gefühl, das Entsetzen, die Panik. Mit sieben war sie in den Fluss gefallen, der damals Hochwasser führte. Nach allem hatte sie gegriffen, um sich über Wasser zu halten, nach gebrochenen Ästen, zerfallenden Strohballen, dem Kadaver einer Ziege. Malush hatte sie gerettet und wäre dabei beinahe selbst ertrunken.

Doch auch diese letzte Erinnerung ging unter, floss davon, unerreichbar.

»Malush«, murmelte sie, bevor sie von einer Art Tod umfangen wurde.

23

Juni 2016

Ellen erwacht mitten in der Nacht aus unruhigem Schlaf nach verworrenen Träumen. Sie fühlt sich, als hätte ihr jemand eins mit der Pfanne übergezogen. Vielleicht war es doch ein Gin Pahit zu viel. Wieder einmal nimmt sie sich vor, keinen Alkohol mehr zu trinken – einer jener Schwüre, die nicht länger leben als Eintagsfliegen. Sie will in die Küche gehen, um ein Glas Wasser zu trinken, als sie vor Tristans Tür innehält. Er redet manchmal im Schlaf, mal deutsch, mal englisch oder französisch. Doch in dieser Nacht herrscht absolute Stille auf der anderen Seite der Tür. Vielleicht öffnet Ellen sie nur, um ihren friedlich schlafenden Sohn zu betrachten. Vielleicht ist es aber auch ihr Instinkt, ein Verdacht, der sich bewahrheitet. Das Bett ist leer.

Eine Minute später hastet sie im seidendünnen Morgenmantel durch die Anlage. Sie ist sich sicher, dass Tristan bei Ruben ist, um ihm die Angst zu nehmen, und dabei außer Acht lässt, dass er damit seine Mutter ängstigt. Sie ist sauer auf Tristan und auf sich selbst. Seltsamerweise schaffen es der Vorwurf und der Selbstvorwurf nebeneinander zu existieren. Als Ellen die Tür zu Rubens Haus offen stehen sieht, lösen sich die schwelenden Gefühle in Luft auf. Plötzlich ist da nur noch jene undefinierbare Angst, die schon so oft von ihr Besitz ergriffen hat, etwa wenn ihr Sohn im Ausland in eines der unsicheren Viertel ging.

»Tristan?«, fragt sie so leise, dass nur sie selbst es hören kann.

Sie schiebt die Tür ein Stück weiter auf und blickt in den dunklen Korridor. Noch einmal will sie Tristans Namen rufen, lauter diesmal, stattdessen gurgelt sie nur ein ersticktes »Tr...«.

Es ist nichts Schlimmes passiert, versucht sie sich zu beruhigen. Tristan steht lediglich seinem verängstigten Freund bei und hat vergessen, die Haustür zu schließen. Da ist nichts dabei.

Der Balsam wirkt nicht. Von oben hört sie ein Schluchzen, beinahe schon ein Winseln, das sie durchdringt, auf sie übergreift, sie schüttelt. Es ist Ruben. Von Tristan kein Laut. Der Junge hört sich an, als weine er nicht über etwas, das ihm angetan wurde, sondern über etwas, das er jemandem angetan hat. Wer hätte gedacht, dass es da einen Unterschied gibt. Tatsächlich ist er so fein, dass ihn nur Menschen wahrnehmen, deren Sinne von einer Notsituation geschärft sind. Die Schluchzer kommen dunkel und gepresst aus Rubens Kehle, so wie man Reue hervorstößt.

Von Tristan noch immer kein Laut.

Ellen geht ein paar Stufen nach oben, dann bleibt sie stehen. Sie hat eine andere Stimme vernommen, gehaucht, kalt. Ein Schauer läuft ihr über den Rücken. Es ist noch jemand im Haus.

»Sag es, oder ich schneide dir die Kehle durch.«

Ellen hat das Gefühl, nur noch aus- und nicht mehr einzuatmen. Sie presst beide Hände vor den Mund, um bloß keinen Mucks von sich zu geben. Ein paar Sekunden lang steht sie reglos da, bekommt keinen Gedanken zu fassen, nicht einen, der ihr Halt geben könnte. Sie treibt an den Bildern vorüber, Szenarien, die ihre Furcht projiziert.

»Sag es!«, schreit die Stimme mit einer Schärfe, die das ganze Haus durchdringt, die Ellen durchdringt.

Malush, denkt sie. Das ist Malush.

Instinktiv greift sie nach ihrer Handtasche, um das Handy herauszuholen, als sie bemerkt, dass sie beides nicht mitgenommen hat.

Ruben hat kein Festnetztelefon.

Soll sie zurück nach Hause gehen und von dort Hilfe rufen? Nein. Was immer da oben vorgeht, hat seinen fatalen Höhepunkt erreicht. Soll sie schreien? Sie könnte damit eine Panikreaktion hervorrufen und das Gegenteil von dem erreichen, was ihr das Wichtigste ist: Sie will ihren Sohn.

Indem sie in Sekundenschnelle alle Möglichkeiten durchgeht, gewinnt sie ihre Fassung zurück, ein Gerüst.

Sie möchte nach Tristan rufen, doch dann entscheidet sie sich, die Treppe hinaufzugehen und langsam die Tür zu Rubens Zimmer aufzustoßen.

24

Sommer 2010

Paul erwachte aus einem tiefen, traumlosen Schlaf. Als er die verklebten Augen aufschlug und nach rechts blickte, zeigte der Wecker 15:09 Uhr, und als er nach links blickte, war das Bett neben ihm unbenutzt. Er kniff die Lippen zusammen, streichelte das kalte Kopfkissen.

»Julia.«

Ein paar Sekunden später war er sich nicht mehr sicher, ob er ihren Namen ausgesprochen oder nur gedacht hatte.

Es fiel ihm unsagbar schwer, auch nur einen klaren Gedanken zu fassen. Sogar die Erinnerungen an den gestrigen Tag, an den Streit, die Klinik, rannen ihm wie Wasser durch die offene Hand.

Gegen seine Gewohnheit hatte er getrunken, als er am Morgen mit Julia von der Klinik zurückgekommen war. Normalerweise genehmigte er sich Alkohol nur zur Verdauung, doch am Vormittag hatte er Schnäpse gekippt, als gälte es eine ganze Auflaufform Lasagne zu verdauen. Dabei hatte er gar nichts gegessen. Dazu das Schlafmittel. Er war todmüde und zugleich aufgekratzt gewesen. Allerdings hatte die erste Pille nicht gewirkt, deshalb hatte er eine zweite genommen. Gleich darauf hatte er Rebekka Marschalk gebeten, doch weiterhin bei ihnen zu wohnen.

Das war das Letzte, woran er sich erinnerte.

Als er sich Julias Kissen aufs Gesicht drückte, roch er den erhofften flüchtigen Duft, eine Mixtur aus ihrem Parfüm, einer Creme und dem individuellen Geruch ihrer Haut, nach dem er süchtig war. Nur etwas fehlte. Im Badezimmer summte Julia immer Chansons, auch in der Küche, wenn sie Frühstück machte. Doch es war still, so still, als lebe Paul allein auf diesem Planeten.

»Julia.«

Der Wecker zeigte 15:21 Uhr. Die Temperatur betrug 29,2 Grad. Ihm war heiß, und er hatte Kopfschmerzen. Das waren die einzigen Gewissheiten für Paul an diesem Nachmittag. Alles andere war undeutlich und weit entfernt, wie ein nebelverhangenes Ufer auf der anderen Seite der Bucht.

Um 15:29 Uhr fand Paul das Wort, das seinen Zustand am besten beschrieb – nicht den physischen Zustand, sondern den emotionalen. Er fühlte Demut. Ein ungewohnter Gast in seinem Herzen, so wie einst die tiefe Liebe für Julia neu und fremd gewesen war. Wer für das Gesetz im Dienst stand, für den war Demut hinderlich. Sie war allenfalls etwas für Richter und Justizminister, die wohlfeil von der Kanzel schwadronieren konnten, nicht für die Streiter an vorderster Front, die Polizisten und Staatsanwälte, denen die Brocken nur so um die Ohren flogen. Da er weder vom Himmel noch von einer Muse inspiriert war, kannte Paul auch als Privatmensch keine passive Ergebenheit.

Er hatte immer gekämpft, war nie müde geworden, etwas, das er auch als Pensionär und Patient beibehielt. Und wohin hatte ihn seine Sturheit gebracht? An den Rand einer Katastrophe. Julias Zusammenbruch war einer akuten Verkrampfung der Luftröhre geschuldet gewesen, einem stressbedingten Spasmus, wie sie im Krankenhaus erfahren hatten. Aber es hätte auch eine Fehlgeburt sein können. Es war allerhöchste Zeit für ein wenig Ergebenheit und Demut.

Sicherlich, Rebekka Marschalk war nicht diejenige, für die sie sich ausgab oder hielt, und der Vorschlag mit dem Geistheiler war indiskutabel, verstörend blauäugig. Aber in einem hatte sie Recht: Paul war tatsächlich bis oben hin voll mit negativen Gefühlen, mit Verbissenheit, Selbstgerechtigkeit und Starrsinn. Er warf Rebekka vor, einen schlechten Einfluss auf Julia zu haben, aber war seiner denn besser? Er hielt die Marschalk für eine Person, die sich selbst inszenierte, doch taten das nicht alle Menschen, zumindest manchmal? Er hatte bewiesen, dass diese Frau neurotische Anwandlungen hatte, doch wer hatte die nicht? Nun gut, sie war eine gewöhnungsbedürftige Person mit einem Schuldkomplex, doch hatte nicht jeder Ehemann Vorbehalte gegen die Freundinnen seiner Frau?

Julia war kein nachtragender Mensch, sie liebte die Harmonie. Wenn Paul ihr entgegenkäme und Besserung gelobte, würde sie sich mit weit ausgebreiteten Armen in seine stürzen.

16:04 Uhr. All die Reue und Demut, das viele Kreidefressen hatten Paul durstig gemacht. Er freute sich auf ein großes Glas kaltes Wasser und einen starken Kaffee. Darum wusch er sich schnell und trug etwas Rasierwasser auf, ohne sich zu rasieren, ehe er eine elegante dunkle Hose und ein hellblaues Hemd anzog, das ihn zwei, drei Jahre jünger machte. Julia zog ihn oft damit auf, dass er farblich unpassende Kleidungsstücke kombinierte, aber an diesem Tag sollte sie einen Paul à la mode erleben.

Als er auf den Flur trat, bemerkte er, dass die Tür zum Gästezimmer offen stand.

»Julia? Rebekka?«

Sie waren beide nicht darin. Halb fünf war durch, vermutlich saß seine Frau im Garten bei einem Eistee und versuchte ihre Eltern am Telefon zu beruhigen. Alles in Ordnung, falscher Alarm. Zumindest fand er Gefallen an dem Bild. Überhaupt stand ihm der ganze Tag vor Augen, die Aussöhnung, vielleicht eine gemütliche Fahrt nach Rügen, zu der er auch Rebekka Marschalk einladen würde – womöglich sogar ihren Sohn? Warum nicht? Julias Liebe zu Kindern hatte sie von Anfang an zu dem behinderten Jungen hingezogen, während seine Neigung für Ordnung und Klarheit Paul den Zugang zu dem unberechenbaren Jungen unmöglich gemacht hatte.

Paul lächelte. Er konnte Julias Shampoo riechen, eine leichte Kokosnote, die durchs Haus zog. Es lag jedoch noch etwas anderes in der Luft, eher unangenehm.

Kaum hatte er einen Fuß auf die Treppe gesetzt, fiel ihm auf, dass eine der weißen Sprossen angeknackst, eine weitere sogar gebrochen war. Jemand hatte ein paar Tropfen Rotwein verschüttet. Hatte er gestern noch eine Flasche aufgemacht? Nein, und Julia gewiss auch nicht.

Noch bevor er erkannte, worum es sich handelte, hatte seine Nase bereits den metallischen Geruch identifiziert: Blut.

Er berührte einen der Tropfen – sämig, leicht schmierig, so als würde man eine Chilischote auf dem Daumen zerreiben, und er roch eisenhaltig. Das bisschen Blut konnte unmöglich einen derart intensiven Geruch entwickeln.

Weiter unten entdeckte er weitere Tropfen, daneben noch mehr, bereits eine kleine Lache.

Und dann … Julia.

»Julia!«

Seine Frau lag am Fuß der Treppe, mit dem Gesicht nach unten, ihre Stirn und die blonden Haare waren in einen dunkelroten Kranz getaucht.

»Julia!«

Als er sich neben sie kniete und sie umdrehte, traf ihn beinahe der Schlag, nicht äußerlich, eher wie eine Explosion mitten in seinem Gehirn.

Ihr Gesicht war bedeckt von Blut.

»Oh mein Gott, oh mein Gott!« Er presste sie an sich. »Julia, sag etwas! Nicht gehen, Julia, bitte geh nicht, verlass mich nicht.«

Paul hielt ihren Kopf, als sein Zeigefinger in etwas Weiches eindrang. Julias Schädel wies einen Bruch auf.

Vor Schreck ließ er den Kopf der Frau, die er liebte, fallen. Hektisch kroch er rückwärts, starrte sie an, starrte und starrte. Er spürte etwas Kaltes in seinen Händen, nahm es auf, betrachtete es wie etwas, das er noch nie gesehen hatte. Es war ein Schürhaken, sein Schürhaken.

Er hätte es nie für möglich gehalten, aber er dachte eine Sekunde, vielleicht auch nur einen Bruchteil davon, an die Möglichkeit, dass er selbst … Wie oft hatte er schon Angeklagte überführt, die sich angeblich oder tatsächlich nicht an die Tat erinnern konnten.

»Nein!«, schrie er, stürzte sich erneut auf den reglosen Körper und weinte.

Waren zehn Sekunden vergangen, eine Minute, fünf Minuten, als er beschloss, zum Telefon zu greifen? Die Ladestation stand neben dem Sofa, das Telefon fand er nicht.

Rebekka, wo war Rebekka? Als er mit Julia vom Krankenhaus gekommen war, war sie noch im Haus gewesen.

»Rebekka?«

Er sah sich quasi selbst dabei zu, wie er auf der Suche nach dem Telefon und Rebekka durchs Haus tappte, Blut auf dem hellblauen Hemd, Blut an den Händen, Blut sogar in den Haaren. Auf die Idee, den Alarmknopf der Sicherheitsanlage zu drücken, kam er nicht. Noch nicht.

Die vordere Terrassentür stand offen. Er stürzte hinaus, trat in Scherben, schrie auf vor Schmerz, wankte zurück und stolperte. Er stöhnte laut auf, ging erneut rückwärts, stützte sich auf der Tischplatte ab, griff nach dem Hörer – und blickte im selben Moment in die weit aufgerissenen Augen einer weiteren Leiche, die auf dem Gartenstuhl saß.

Wenige Sekunden später löste er den Alarm aus.

25

Sommer 2016

Das Bild, das sich Ellen in Rubens Zimmer bietet, hätte schrecklicher kaum sein können. Einige Sekunden lang ist es tatsächlich eine Art Bild, ein eingefrorener Augenblick. Ruben sitzt mit verzerrtem Gesicht auf einem Stuhl, Malush steht hinter ihm und hält dem Jungen ein Messer an die Kehle. Zwei Meter von den beiden entfernt hockt Tristan auf dem Boden, an die Wand gelehnt, die Beine angewinkelt, einen Arm in einer abwehrenden Geste in Ellens Richtung ausgestreckt. Er will, dass sie den Raum sofort wieder verlässt, doch sie wäre auch dann nicht gegangen, wenn Malush sie nicht längst bemerkt hätte.

Der junge Albaner scheint sich an ihrer Anwesenheit nicht zu stören, im Gegenteil, sie spornt ihn sogar an. Sein Griff um Rubens Hals wird fester, die Finger, die das Messer umfassen, werden weiß. Noch kälter, noch drängender als zuvor fordert er: »Spuck es endlich aus! Alle sollen es hören, alle!«

»Malush, bitte«, haucht Ellen. In einer Situation, in der die angeborenen Reflexe nach Flucht verlangen, macht sie einen Schritt nach vorn. »Was immer Sie von Ruben wollen, wir bekommen das auch ohne Gewalt hin.«

»Ohne Gewalt?«, ruft er. »Das sagen Sie mir? Ohne Gewalt? Ich habe nicht damit angefangen, sondern der hier.«

In seiner Wut fügt er Ruben unabsichtlich einen kleinen Schnitt zu, woraufhin dieser aufschreit. Blut färbt Malushs Hand und die Klinge rot.

»Halt die Klappe!«, schnauzt Malush ihn an, und tatsächlich presst Ruben die Lippen zusammen und wimmert nur noch wie ein Geknebelter.

»Wir können über alles reden«, sagt Ellen.

»Lassen Sie den Psycho-Quatsch«, entgegnet Malush. »Der Einzige, der reden soll, ist der da. Was glauben Sie, warum ich das hier mache? Weil wir Albaner gerne mit Messern spielen? Der Mistkerl hat vor sechs Jahren meine Schwester vergewaltigt.«

Ellen wechselt mit Tristan einen bestürzten Blick, ungläubig, doch dann zweifelt sie am eigenen Unglauben. Immer mehr setzt sich der Gedanke in ihr fest, dass Malush Recht haben könnte. Tristan schüttelt stumm den Kopf.

Plötzlich fängt Malush an zu weinen, so als stünde ihm jetzt erst der Grund seines Überfalls vor Augen. Er wischt die Tränen von den Wangen, zuerst mit der freien Hand, dann mit jener, in der er die Waffe hält. Dabei hinterlässt die Klinge einen dunkelroten Streifen auf seiner Stirn.

Ellen geht auf Ruben zu und kniet sich vor ihm auf den Boden. Blutstropfen rinnen ihm über den Adamsapfel auf das Brustbein, der Kragen seines Hemdes saugt sich damit voll.

Sie ergreift Rubens Hände, die ihr weich vorkommen wie Knetmasse. Sie braucht ein paar Atemzüge, um sich mit der Situation auseinanderzusetzen, sich einigermaßen darin zurechtzufinden. Die ganze Zeit über ist sie sich des Messers und des jungen Mannes bewusst, der dabei ist, vor ihren Augen einen Mord zu begehen.

»Stimmt das, Ruben?«, schafft sie es zu fragen. Nur diese drei Wörter, mehr bekommt sie nicht heraus.

»Natürlich stimmt das nicht!«, schreit Tristan und fängt sich von Malush einen zornigen Blick ein.

»Halt die Klappe, Kleiner, du hast keine Ahnung.«

»Ruben würde so etwas niemals tun!«

»Zum letzten Mal, halt dich da raus, oder du bist gleich mittendrin. Überleg dir das gut.«

»Bitte«, geht Ellen dazwischen und runzelt in Richtung ihres übermütigen Sohnes mahnend die Stirn. »Das führt doch zu nichts. Malush, haben Sie Beweise für Ihre Behauptung?«

»Das hier ist keine Gerichtsverhandlung. Er hat es getan und Punkt. Ich hätte ihn längst killen können, aber ich will, dass er gesteht. Mir wird das hier zu blöd. Deine letzte Chance, Mistkerl.«

Bevor Malush das Messer erneut ansetzen kann, wirft Ruben sich in Ellens Arme. Er blickt sie aus kindlichen Augen an, sein Mund verzieht sich noch stärker als zuvor, schließlich presst er hervor: »Schlimmes Liebemachen.«

Ellen schluckt. »Heißt das …?«

»Aber Ruben ist ein lieber Junge.«

»Ruben, du … du hast getan, was Malush behauptet?«

»Ja, aber Ruben hat es wiedergutgemacht. Ruben hat Majlinda einen Softball geschenkt. Ruben ist ein lieber Junge.«

Für einen Moment schlägt Ellen die Hände vors Gesicht. Sie löst sich von Ruben und steht auf. Als sie Malush anblickt, weiß sie nicht, was sie sagen soll. Er wollte ein Geständnis, und er hat es bekommen, dennoch sieht er nicht aus, als verschaffe es ihm Genugtuung.

»Wenn Sie ihn …«, beginnt sie, unterbricht sich und setzt

noch einmal an. »Wenn Sie ihn jetzt umbringen, werden Sie sich danach nicht besser fühlen. Sehen Sie ihn doch an. Er ist nicht …«

»Sprechen Sie das Wort nicht aus«, warnt er. »Auf diese Debatte lasse ich mich nicht ein.«

Er meint die berühmt-berüchtigte Zurechnungsfähigkeit. Darf man einen geistig Behinderten, der ein Verbrechen begeht, nur deswegen nicht verurteilen, weil er geistig behindert ist? Gehört zu einem Monster, oder einem Mistkerl, wie Malush ihn bezeichnet, eine gewisse Zurechnungsfähigkeit? Soll es etwa ein Trost sein für die Opfer und ihre Liebsten, dass der Täter es ja gar nicht böse gemeint hat?

Ellen ist weit davon entfernt, eine Antwort auf diese Fragen zu haben, schon gar nicht in ihrer momentanen Situation.

»Ich versuche doch nur, das Schlimmste zu verhindern«, gibt sie ehrlich zu. »Mein Sohn ist hier im Raum, ich bin hier im Raum, und Sie wollen einem behinderten Jungen die Kehle aufschlitzen. Ich würde alles sagen oder tun, um Sie davon abzubringen.«

Vielleicht ist es ihre Offenheit, mit der sie zu Malush durchdringt. Nach einem langen Blick klingt seine Stimme nachdenklich, beinahe hoffnungslos, als er weiterspricht.

»Da ist noch etwas, das Sie wissen sollten, bevor …«

Ein Augenblick vergeht, ein weiterer.

»Bevor was?«, fragt sie.

Er macht eine Kopfbewegung zur Zimmertür, will draußen weiterreden. Bevor er Ellen folgt, wirft er Rubens Handy an die Wand, wo es krachend zerschellt.

Er setzt sich auf die oberste Treppenstufe und sieht versonnen hinunter, wie in einen Abgrund, in den er sich jeden Moment zu stürzen gedenkt. Das blutige Messer, das zwischen seinen Fingern tänzelt, wirkt präsenter und lebendiger als er selbst, als seine Stimme, die von einem kalten, öden Ort zu erzählen scheint.

»Tagelang habe ich damals in der Nähe von Vineta rumgehangen, um Ruben zu fassen zu bekommen. Er hatte einen besonderen Zugang zu Majlinda, er war ihr ein bisschen ähnlich, und ich habe gehofft, er würde den Namen des Täters aus ihr rausbekommen. Sie redete ja nicht mehr, mit keinem. Einmal ging ein Gewitter nieder, der Regen peitschte mir ins Gesicht, am nächsten Tag schlotterte ich in dem kalten Wind von der See, abends fraßen mich die Stechmücken auf. Aber ich wartete geduldig. Am dritten Tag verließ Ruben dann endlich die Anlage, er ging auf die Seebrücke und wackelte hin und her, von ein paar Spaziergängern beobachtet und bemitleidet. Als ich ihm von hinten die Hand auf die Schulter legte, zuckte er vor Schreck zusammen. Im nächsten Augenblick passierte etwas, das ich nie vergessen habe: Er fiel mir schluchzend in die Arme. Für eine Sekunde hielt ich für möglich, woran ich vorher nicht mal gedacht hatte, nämlich dass Ruben der Vergewaltiger war. Er und Majlinda waren in etwa gleich alt, beide mental speziell. Ruben fühlte sich zu ihr hingezogen, eins war zum anderen gekommen. Sofort schimpfte ich mit mir. Nur weil jemand behindert und deshalb schwer einzuschätzen ist, ist er noch lange nicht gefährlich. Ich bin als Albaner selbst Opfer von etlichen Vorurteilen, ich sollte ihr Feind, nicht ihr Sklave sein. Das ging mir damals durch den Kopf, deshalb habe ich die Wahrheit nicht gesehen, obwohl ich ihr ganz nah war.«

Das Messer gleitet Malush aus der Hand, und er lässt es zwischen seinen Füßen liegen. Ellen fasst sich ein Herz und setzt sich neben den jungen Mann, sodass sie sich beinahe berühren.

»Ich habe Ruben gedrängt, mir einen Namen zu nennen, und am Ende hat er es getan. Mein Gott, ich war so was von blind und blöd.«

Unvermittelt sieht er Ellen an. Wut und Schmerz sind aus seinen schönen schwarzen Augen verschwunden, in die nun fast gar nichts mehr geschrieben ist, wie bei unbedruckten Buchseiten. Eine riesige Leere, die mit einem Tropfen Traurigkeit versehen ist.

So wenig sie in seinen Augen lesen kann, so gut weiß er in ihren zu lesen. Und dann?, will sie fragen. Was ist dann passiert?

Malush redet einfach weiter. »Vor ein paar Jahren habe ich mit Albanien gebrochen, es aus meinem Herzen gerissen. Mit meiner alten Heimat verband ich nichts als Enge, Engstirnigkeit und Blutfehden. In Deutschland habe ich in Frieden gelebt, eine Ausbildung zum Koch gemacht und bin dann beim Zirkus gelandet. Albanien war unendlich weit weg, so als würde es in einer anderen Zeit existieren. Majlinda wollte ich ein guter großer Bruder sein, kein strenger, mehr ein Freund als ein Wächter. Sie sollte nicht von einem Macho unterdrückt werden, sondern ihre Freiheit in Deutschland auskosten, gerade weil sie in ihrer eigenen Welt wandelte. Ich liebte Majlinda viel zu sehr, um sie einzusperren. Eines Tages kam sie zerrupft und verstummt im Zirkus an, gar nicht mehr sie selbst, mal lachend und mal weinend. Da ich wissen wollte, was passiert war, bat ich eine Artistin, mit meiner Schwester zu reden. Sie hat mehr als das getan, sah nach und überbrachte mir die Hiobsbotschaft. Zig Männer standen um mich herum, Landsleute, Mazedonier,

Kreter, Sizilianer, Montenegriner, Bulgaren. Alle Blicke ruhten auf mir, alle erwarteten, dass ich handele, dass ich … Sie wissen schon … *das* tue. Die Erwartung kam auch noch aus einer ganz anderen Richtung, mit der ich am wenigsten gerechnet hatte, nämlich tief aus mir selbst. Ich hatte gedacht, ich sei immun gegen die Rache, die meine Kindheit und meine Familie zerstört hatte. Doch an jenem Tag stellte ich fest, dass ich mit ihr per Du war, wie ein Kranker mit seiner Krankheit. Verstehen Sie, was ich meine?«

Ellen atmet tief durch, denkt nach, nickt. »Nicht nur, was man liebt, auch was man fürchtet und hasst, wird irgendwann Teil von einem selbst.«

Die Situation ist surreal, gespenstisch. Mitten in der Nacht sitzt sie im Morgenmantel auf der Treppe des Nachbarhauses und tauscht mit einem Mörder Kalendersprüche aus.

»Welchen Namen hat Ruben Ihnen genannt?«

»Gernot Kessel. Ich habe mich am Falschen gerächt, habe einen unschuldigen Menschen umgebracht.«

»Wie sind Sie …? Wann haben Sie den Irrtum bemerkt?«

»Als ich meinen Neffen in Albanien sah. Er hat Rubens Behinderung geerbt. Deswegen bin ich hergekommen und habe Ruben tyrannisiert, und das bereue ich nicht. Zugegeben, ich wollte ihn heute umbringen, habe es aber nicht getan, und auch das bereue ich nicht. Keine Ahnung, ob es wegen seines Geheuls war, weil Tristan dabei war oder weil Sie dazugekommen sind, weil er nicht normal im Kopf ist oder weil ich gemerkt habe, wie sinnlos das alles ist.«

»Sie haben richtig gehandelt, Malush. Jedenfalls gerade eben.«

»Ach ja? Da bin ich mir gar nicht so sicher.«

Sein Blick streift das Messer auf der Stufe unter ihm, und für einen Moment fürchtet Ellen, er könnte danach greifen. Auch deswegen redet sie schnell weiter.

»Ich kann mir gut vorstellen, dass für Ruben heute die Welt untergegangen ist, nicht weniger als für Sie vor sechs Jahren. Jemand weiß nun, dass er kein lieber Junge ist, und bald werden es sehr viele Menschen wissen. Nichts fürchtet er mehr.«

»Da haben Sie wahrscheinlich Recht. Er hat mir über seinen Betreuer Schweigegeld angeboten, und ich habe es angenommen, aber nicht für mich, sondern für Frauen wie meine Schwester.«

»Sven hat Ihnen Geld gegeben?«

»In Rubens Namen. Ziemlich viel sogar.« Malush lächelt und fügt hinzu: »Lassen Sie die Pfeife bloß sausen.«

Ellen lacht auf und weiß gar nicht, wieso. Der Junge, mit dem ihr Sohn Federball und *Mensch ärgere dich nicht* spielt, ist ein Vergewaltiger, ihr Gärtner ist ein Mörder und ihr Liebhaber ein Mitwisser. Es wimmelt nur so von Tränen und Toten, die alle mit ihrem Haus, dem Garten und Vineta zu tun haben, jener Anlage, in der die Zikaden so schön zirpen und die Luft erfüllt ist vom Duft des Meeres und der Blumen. In der Menschen Geborgenheit gesucht haben. In der der Frieden zu Hause sein sollte, geschützt von Mauern und Stacheldraht, aber der Unfrieden aus der Mitte ihrer Bewohner entsprang. Es ist, als läge ein Fluch über Vineta.

Aus den Augenwinkeln bemerkt sie, dass Tristan in einer dunklen Ecke kauert. Vermutlich hat er alles mitgehört. Auch Malush nimmt ihn wahr. Er wirft einen Blick über die Schulter, ohne den Vierzehnjährigen anzusehen, und kommt noch einmal auf den Tag zu sprechen, an dem das Unglück seinen Lauf nahm.

»Ich habe Gernot Kessel umgebracht. Auf Ihrer Terrasse. Mit einem Messer, einem gewöhnlichen Küchenmesser, das man in jedem Haushaltswarengeschäft kaufen kann. Ein präziser Wurf in den Rücken, genau zwischen die Schulterblätter. Alle hatte ich in Verdacht, jeden verdammten Mann auf dieser Welt, nur nicht Ruben, den lieben, bekloppten Ruben, der Majlinda nicht mal angefasst hat, wenn ich dabei war, der gelacht und geblödelt hat und … Ich war so ein Idiot. Aber es schien alles zusammenzupassen. Tom hatte ein paar Wochen vorher angedeutet, dass er es besser fände, wenn Majlinda und Ruben sich nicht mehr in der Anlage sehen. Nachdem Ruben mir sagte, dass er Gernot Kessel und Majlinda am Tag ihrer Vergewaltigung zusammen gesehen hat, ergab Toms Warnung einen Sinn. Er hatte mich schließlich nicht vor Ruben gewarnt. Am Abend von Rubens Geburtstagsfeier, bei der ich als Artist auftrat, sah ich Gernot Kessel, der kurz vorbeikam und Majlinda einen seltsamen, geradezu intimen Blick zuwarf. Das waren alles nur Kleinigkeiten, aber sie passten ins Bild, und ich habe sie völlig überbewertet. Ich habe nur das gesehen, was ich sehen wollte: einen Schuldigen, den ich massakrieren konnte. Es macht einen echt fertig, wenn man niemanden bestrafen kann.«

Eine steife Brise vom Meer stößt die Haustüre auf und erreicht sogar die Treppe, auf der sie immer noch sitzen. Zikaden untermalen die Abendstille und das Geständnis des Mörders.

»Ich musste unbemerkt in die Anlage kommen, immerhin war sie damals bewacht. Ich sagte Tom, dass ich jemanden kenne, der ihm Zubehör für sein Auto besorgen könnte. Es dauerte nur ein paar Stunden, bis er zum Zirkus kam. Ein Kollege lenkte ihn ab, ich versteckte mich im Kofferraum und manipulierte das Schloss so, dass ich es von innen öffnen konnte. Der Rest war ein Kinderspiel. Ich wartete, bis Gernot Kessel aus seiner Villa kam, und folgte ihm bis zu Ihrem Haus, das damals den Derfflingers gehörte. Zuerst wollte er klingeln, dann bemerkte er, dass die Terrassentür offen stand. Bevor er nach jemandem rufen konnte, sackte er mit dem Messer im Rücken zusammen. Die Lunge war durchbohrt, er röchelte. Ich zog das Messer heraus, wischte es ab und warf es ins Gebüsch. Dann drehte ich seinen Körper mit dem Fuß um. Ich sah ihn an und er mich. Ich glaube, er wollte noch etwas sagen, aber er kam nicht mehr dazu. Das Letzte, was er hörte, waren albanische Schimpfwörter.«

Ellen bedeckte ihr Gesicht mit den Händen. »Grauenvoll.«

»Ja, grauenvoll. Sogar ich habe das so empfunden, obwohl ich der Verursacher des Grauens war. Abwechselnd überkam mich ein Gefühl von Befriedigung, Ekel, Erschrecken und Euphorie. Später kam noch eine riesengroße Leere dazu, weil die Rache vollendet war und mir nichts mehr zu tun blieb. Danach war ich nicht mehr derselbe. Das ist, wie wenn man versucht, einen verlorenen Menschen durch einen anderen zu ersetzen, ihn zu kopieren. Das klappt nie.«

»Was ist unmittelbar danach passiert? Hat einer der Bewohner Sie gesehen?«

»Nein, ich habe mich im Gebüsch versteckt und wollte in dem Tumult, sobald jemand die Leiche entdeckt haben würde, unbemerkt verschwinden. Genau so kam es dann auch. Als ein Alarm ertönte und der Wachmann zu den Derfflingers lief, schlich ich mich ins Pförtnerhaus, schaltete die Kameras aus und rannte davon. Ich war längst über alle Berge, als die Polizei anrückte.«

»Aber Malush, das kann nicht sein, da fehlt etwas. Es hat damals drei Tote gegeben.«

»Das habe ich erst Monate später erfahren. Der Zirkus ist gleich am nächsten Tag weitergezogen, sehr früh am Morgen. Zeitung lese ich nicht, die meisten Artisten sprechen ja kaum Deutsch. Irgendwann habe ich einen Bericht darüber im Fernsehen gesehen, Paul Derfflinger war angeklagt, aber nicht prozessfähig. Ich dachte mir, er ist vielleicht durchgedreht, als er die Leiche auf seiner Terrasse entdeckte, und hat die beiden Frauen ermordet. Ich habe sie gesehen, als ich mich im Gebüsch versteckte.«

»Welche Frauen?«

»Sie hatten einen Kuchen in der Hand und gingen zu Ihrem Haus.«

»Sind Sie sicher?«

Malush nickt. »Ich habe Gernot Kessel ermordet, weil ich dachte, dass er meine Schwester geschändet hat. Nennen Sie mich deswegen einen Deppen oder einen brutalen albanischen Messerstecher, was auch immer. Aber die beiden Frauen habe ich nicht umgebracht. Das könnte ich nie. Ich schwöre es.«

Ellen glaubt ihm. Wer einen Mord gestanden hat, der hat keinen Grund, die Verantwortung für zwei weitere Morde abzustreiten, vor allem da sie privat miteinander sprechen. Doch das bedeutet: Es gibt einen zweiten Täter.

Ellen ist ein paar Sekunden in Gedanken versunken, Malush ebenso, sodass sie die Gefahr nicht bemerken, die sich von hinten nähert.

»Achtung!«, ruft Tristan.

Im nächsten Moment stürzen Ruben und ein Holzstuhl die Treppe hinunter. Tristan hat seinem Freund, der keiner mehr ist, ein Bein gestellt und so verhindert, dass er mit dem Stuhl auf Malush einschlagen konnte.

Reflexartig eilt Ellen die Treppe hinab, um ihm zu helfen, doch auf halber Höhe hält sie inne. Ruben hat sich offenbar nicht ernsthaft verletzt. Er weint wie ein kleiner Junge, der sich das Knie aufgeschlagen hat.

»Aua!«, jammert er und humpelt im Kreis. »Aua, aua!«

Mitleid ruft er damit bei keinem hervor. Tristan beobachtet das Spektakel eine Weile, dann rennt er an seiner Mutter und Ruben vorbei aus dem Haus.

Ellen ruft hinter ihm her.

»Geben Sie ihm einen Moment«, sagt Malush. »Er muss jetzt allein sein. Wissen Sie, was er vorhin gesagt hat, als ich mit dem Messer in Rubens Zimmer kam? ›Bitte tun Sie ihm nichts.‹ Er hat nicht gesagt: ›Bitte tun Sie *mir* nichts.‹ So einen Freund wünscht man sich. Ein toller Kerl. Er gibt immer alles. Umso größer ist seine Enttäuschung.«

Ellen stellt fest, dass sie den jungen Mann mag, trotz allem, noch immer. Er ist ein Mörder, und doch …

Gemeinsam verlassen sie Rubens Haus. Die Luft ist kühler geworden. Unzählbar viele Sterne leuchten am fast vollkommen dunklen Himmel.

Sie stehen etwa eine Armlänge auseinander und sehen sich an.

»Was haben Sie jetzt vor, Malush? Werden Sie sich der Polizei stellen?«

»Nein, ich stelle mich einer anderen Instanz. Keine Sorge, wir werden uns nicht wiedersehen. Leben Sie wohl.«

»Machen Sie's gut.«

In seinem letzten Blick, bevor er sich abwendet und in die Nacht eintaucht, spiegeln sich eine endlose Vergangenheit und das Ende der Zukunft.

Ellen sieht auf die Uhr: fünf vor vier. »Malush«, ruft sie, als sie ihn schon nicht mehr sieht. »Ich möchte Sie um einen Gefallen bitten. Haben Sie noch etwas Zeit?«

Eine halbe Stunde später betritt Ellen seufzend das Zimmer ihres Sohnes. Er liegt angezogen und mit angewinkelten Beinen auf dem Bett, die Augen sind gerötet. So niedergeschlagen hat sie ihn noch nie gesehen.

»Ist Malush weg?«, fragt er, und sie ist froh, dass er nicht die Sprache verloren hat.

»So gut wie. Ich habe noch etwas mit ihm vor.«

»Willst du ihn in eine Falle locken?«

»Bin ich der Sheriff von Heiligendamm? Sag mir lieber, was ich wegen Ruben unternehmen soll. Einerseits sind wir es dem armen Mädchen und irgendwie auch Malush schuldig, dass wir den Vorfall den Behörden melden. Aber wenn wir das tun, müssen wir beide vor Gericht aussagen, anders werden sie Ruben nicht drankriegen.«

»Vielleicht will ich gar nicht, dass sie ihn drankriegen«, erwidert Tristan trotzig.

Ellen kennt ihren Sohn jedoch zu gut, um das für bare Münze zu nehmen.

»Das kannst nur du entscheiden. Würdest du ihn denn drankriegen wollen, wenn er mir etwas angetan hätte?«

Sie öffnet das Fenster, nicht nur weil es stickig im Zimmer ist, sondern um ihrem Sohn Zeit zum Nachdenken zu geben.

»Dieses Mädchen, das Ruben … das er …«, stammelt Tristan, der sonst nicht um Worte verlegen ist. »Er hat ihr sehr wehgetan, oder?«

»Ja«, antwortet Ellen bestimmt.

»Du würdest Ruben also hart bestrafen? Trotz seines … Zustandes?«

»Selbstverständlich hat er nicht alles, was er tut, unter Kontrolle. Aber wer hat das schon?« Ellen atmet die milde Nachtluft tief ein, ehe sie einschränkend hinzufügt: »Dein Vater würde sicherlich ganz anders darüber urteilen. Er glaubt fest an den Grundsatz der Justiz, nicht die Tat zu rächen, sondern den Täter auf den Pfad der Tugend zurückzuführen, und sei es, indem sie ihn für Jahre mit seinesgleichen auf engem Raum zusammenpfercht.«

»Lass mal Papa beiseite. Ich hab dich gefragt.«

Das war eine erstaunliche, geradezu revolutionäre Aussage für einen Vierzehnjährigen, der seinen Vater ständig als Referenzgröße benutzt.

»Sag mal ehrlich, *maman*, du findest Malushs Methode gut?«

»Ob ich sie gut finde? Das Resultat ist ein toter Hotelier, der völlig unschuldig war.«

»Ich weiß noch immer nicht, wie du darüber denkst.«

»Dann sind wir schon zu zweit.«

Von draußen dringen die Geräusche eines hupenden Autokorsos herein. Es ist vier Uhr vierzig, und die jungen Bewohner von nebenan kommen von der Disco zurück. Reifen quietschen. Nur wenig später grölen die Twens rücksichtslos herum, lachen, tanzen, johlen, fluchen, stoßen mit Flaschen an …

Nach einer Weile sagt Ellen: »Vielleicht möchtest du lieber bei deinem Vater leben?«

Tristan richtet sich auf. »Was soll denn das jetzt?«

»Ich weiß nicht, es ist nur … Wir haben nie darüber gesprochen.«

»Wir haben auch noch nie über den vom Aussterben bedrohten venezolanischen Grünohrpfeifvogel gesprochen.«

»Du versuchst abzulenken.«

»Ausgerechnet jetzt willst du ein Mutter-Sohn-Gespräch führen?«

»Wir sind doch schon mittendrin, oder? Gerade heute, gerade in dieser Scheißnacht, in der ich mir wie eine Idiotin vorkomme, weil ich Sven vertraut habe.«

»Ach so, du hast bei der Wahl eines Typen ins Klo gegriffen, und jetzt willst du dich selbst bestrafen, indem du mich wegschickst. O Mann, *maman*, welcher Sohn wünscht sich nicht, dass seine Eltern sich vertragen? Aber ich finde es echt ätzend, wie schnell du aufgibst. Kaum passiert was Ungewöhnliches, und schon …«

»Was Ungewöhnliches?«

»Okay, geschenkt. Aber *maman*, echt, du kannst doch nicht bei jedem Stein auf dem Weg zurück nach Hause rennen, wo keine Schwierigkeiten warten, wo es schön gemütlich ist, wo Flaschen rumstehen … Angenommen, ich gehe zu Papa. Wo ich bin, da bist du auch bald, und …«

»Eingebildet bist du gar nicht.«

»Was willst du in Manila den ganzen Tag machen? Das Gleiche wie in Jakarta, Kuala Lumpur, Dakar und Abidjan? Dich zu Tode langweilen und saufen?«

»Also bitte!«

»Ist doch wahr. Denkst du, ich habe es nicht mitbekommen? Gin Pahit klingt tausendmal besser als endlose, gähnende Langeweile.«

»Ich dachte, du freust dich über mein Angebot.«

»Ach, Mensch! Natürlich würde es mich freuen, wenn ihr

beide euch wieder vertragt, ist doch klar. Aber ich finde, jetzt ist Papa mal dran.«

»Dran?«

»Fünfzehn Jahre lang bist du immer mit ihm quer durch Afrika und Asien gegondelt. Hat er dich nach der Hochzeit auch nur ein einziges Mal gefragt, ob du das willst? Ob ich das will? Als du dich vor zwei Monaten von ihm getrennt hast, ist er dir da auch nur einen Schritt entgegengekommen? Er hat in den letzten Jahren doch auch gesehen, wie beschissen es dir geht, und hat er auch nur einen Finger gerührt, um etwas zu ändern? Nix da, jetzt machst du mal dein Ding.«

»Welches Ding?«

»Logisch, dass du keinen Plan hast, wenn du immer nur hier rumhängst. Geh arbeiten oder engagier dich für Gott weiß was, für saubere Strände oder Obdachlose, und zieh nicht gleich den Schwanz ein, wenn mal ein Hund bellt.«

Ellen muss auflachen, und zugleich kämpft sie mit den Tränen. Dass ihr vierzehnjähriger Sohn seiner vierzigjährigen Mutter Ratschläge gibt, ist neu für sie, aber amüsant, und dass er auf ihrer Seite steht, ist eine Auszeichnung, die ihr bisher nie zuteilwurde. Die Schwere des Abends, die auf ihr lastete, ist mit einem Mal aufgehoben. Vielleicht ist genau das Tristans Methode, den eigenen Schock zu verarbeiten.

»Tris, ich muss sagen, du hast den Abend gut verdaut.«

»Das täuscht. Mir geht's scheiße.«

»Scheißescheiße?«

»Scheißescheißescheiße.«

»Wegen Ruben?«

»Nein, weil Deutschland beim Eurovision Song Contest neuerdings immer auf den letzten Plätzen landet. Natürlich wegen Ruben! Ich hab ihn gemocht, ihn verteidigt, ich hab ihm blind vertraut, einem Vergewaltiger, einem Mistkerl!«

Von draußen sind laute Rufe zu hören, menschenverachtende Beschimpfungen der Frohwein-Clique, die ihrem Nachbarn Ruben Marschalk gelten: »Spast, Vollidiot. Greif doch mal in die Steckdose, da ist 'ne Überraschung für dich drin.«

Schwer erträglich, das mit anzuhören.

Ruben entgegnet verzweifelt: »Weggehen. Ruben ist ein lieber Junge. Ganz lieber Junge. Geht weg. Ich hab keinem was getan. Bitte weggehen.«

Doch die Clique stachelt das nur zusätzlich an. Und mit solchen Leuten muss Birgit Loh den Sommer über in einem Haus zusammenleben, eingequetscht in ihrem winzigen Zimmer. Die reinste Tortur.

Ellen ist sich sicher: Wüsste Tristan nicht, was er kurz zuvor erfahren hat, würde er sofort die Polizei anrufen, um seinen Freund zu beschützen, oder den Pöblern selbst entgegentreten, die in der Überzahl und im Schnitt sechs Jahre älter sind als er. Doch er unternimmt gar nichts.

»Weißt du«, sagt sie, »ich bin stolz auf einen Sohn, der für Schwächere eintritt. Mir ist es lieber, wenn du anderen Menschen vertraust und ab und zu enttäuscht wirst, als dass du so wirst wie die da.« Sie deutet auf das Fenster. »Ruben sollte nach dem beurteilt werden, was er getan hat, nicht nach dem, was er ist.«

Als Ellen die Terrasse betritt, sind die Rufe der Frohwein-Clique verstummt, die Liebesgesänge der Zikaden werden leiser, und am Horizont durchbricht eine Melange aus Orangerot und Silbergrau die Dunkelheit. Auf dem Tisch liegt, wie vereinbart, Malushs Aussage, er selbst ist verschwunden. So plötzlich, wie er in ihr Leben getreten ist, hat er es auch wieder verlassen und lässt sie mit dieser Geschichte von Schuld und Rache zurück, die ihrem Ende entgegengeht.

Zwei Stunden später öffnet ihr Birgit Loh in einem abgetragenen Morgenmantel die Tür.

»Ach, Sie sind es. Ich dachte, es wäre die Post.«

»Nachrichten bringe ich Ihnen auch. Guten Morgen. Darf ich Sie sprechen?«, fragt Ellen.

»Ich weiß nicht. In einer Stunde muss ich zur Arbeit. Und hier sieht es schlimm aus.«

»Ich schaue nicht hin.«

Das ist natürlich nur so ein Spruch. Man kommt gar nicht darum herum hinzusehen, wenn männliche und weibliche Schnapsleichen, Kartoffelchips, Socken, T-Shirts, Jeans und vereinzelt auch Unterwäsche auf dem Sofa, den Tischen, Böden und Treppen herumliegen. Alkohol, volle Aschenbecher und muffige Kleidung verbünden sich zu einem unangenehmen Gemisch, dem man möglichst schnell entkommen will.

In der Küche kommt Ellen vom Regen in die Traufe. Schmutziges Geschirr stapelt sich auf allen Arbeitsflächen. Eine Schwadron Stubenfliegen freut sich über Pizzateigränder, verkrustete Spaghetti und abgenagte Koteletts, und die Gläser mit Resten von Wodka, Bier und Rotkäppchen-Sekt sind ein Festschmaus für die Fruchtfliegen.

Birgit Loh taucht die Hände ins Spülwasser und schrubbt einen Topf mit eingebrannter Soße. Sie ist bemüht, das Haus sauber zu bekommen, wäscht und putzt, so gut sie kann, wie der leichte Geruch von Essigwasser und Orangenreiniger beweist, der gegen den Gestank nicht ankommt. Inmitten dieses sich ständig erneuernden Chaos, in dem täglich mindestens so viel Schmutz entsteht, wie sie mühevoll beseitigt, wirkt sie wie eine Nachfahrin von Sisyphos.

»Ich habe Ihnen schon einmal gesagt, dass ich keinen Einfluss auf meinen Großneffen und seine Freunde habe, wie Sie unschwer erkennen können. Wenn Sie sich belästigt fühlen, müssen Sie zur Polizei gehen.«

Sie rückt dem Topf mit einem Zorn zu Leibe, der vermutlich nicht allein ihm gilt, sondern auch ihrem Großneffen und vielleicht der morgendlichen Störerin.

»Erinnern Sie sich an Malush?«, fragt Ellen. »Er ist vor sechs Jahren als Artist auf Rubens Geburtstagsfeier aufgetreten.«

Birgit Loh wirft ihr einen Blick über die Schulter zu. »Kann sein. Sucht er einen Job? Tut mir leid, ich habe leider nichts, es sei denn, er schrubbt ehrenamtlich die Böden oder bricht meinem Großneffen die Nase, damit hier endlich Ruhe ist.«

»Frau Loh, Malush ist der Mörder Ihres früheren Freundes Gernot Kessel.«

Der Topf fällt zurück ins Spülbecken, Wasser schwappt über. Fassungslos starrt Birgit Ellen an, den Mund weit geöffnet, doch unfähig, auch nur einen Laut hervorzubringen.

»Ich habe hier sein Geständnis.«

Ellen händigt ihr eine Kopie des Schreibens aus, das Malush auf ihrer Terrasse zurückgelassen hat. Birgit ergreift es, ohne sich die Hände abzutrocknen, und ihre Augen huschen wie Suchscheinwerfer über die Wörter.

»Seine Schwester wurde vergewaltigt, Majlinda, Sie sind ihr damals bestimmt begegnet. Ruben beschuldigte Herrn Kessel, um von seiner eigenen Schuld abzulenken, und Malush hat … Er hat gehandelt. Falsch gehandelt.«

Nach dieser Erklärung hätte es eine Menge Fragen gegeben, Dutzende, vielleicht Hunderte. Was ist mit Paul Derfflinger, der war es also nicht? Wieso glaubte Malush einem geistig zurückgebliebenen Kind? Warum schaltete er nicht die Polizei ein? Hätte er vorher nicht wenigstens mit Gernot sprechen können? Warum kam er nach sechs Jahren zurück und legte ein Geständnis ab? Wieso war der Zirkus nicht schon weitergezogen? Wieso war er überhaupt an die Ostsee gekommen? Wieso musste es ausgerechnet Gernot treffen? Wieso, wieso, wieso?

Birgit Loh hat keine einzige Frage. Spülwasser tropft von ihren Händen auf die Hausschuhe und den Boden, während sie die versifften Teller anstarrt, die kreisenden Fliegen, ihre faltigen, abgearbeiteten Hände.

Man kann ihre Gedanken beinahe sehen. Sie wohnt auf engstem Raum, das Haus ist von einer Horde Wilder okkupiert, und sie arbeitet noch immer in der Metzgerei, obwohl sie bereits Ende sechzig ist. Ihre Rente reicht hinten und vorne nicht, und sie wird immer nur geduldeter Gast und Spülmädchen sein, bis sie nicht mehr kann. Und das alles – weswegen?

Schluchzend bricht sie zusammen. Ellen gelingt es mit einiger Mühe, Birgit auf einen Küchenstuhl zu setzen. Auf dem mit Schmutzgeschirr beladenen Tisch daneben ist nicht einmal genug Platz, um das Gesicht in den Armen zu vergraben, sodass die Greisin minutenlang vornübergebeugt in ihre Hände weint. Es ist unmöglich, kein Mitleid mit ihr zu empfinden.

Vielleicht würde sie noch eine Stunde lang so dasitzen, hätte Ellen nicht ihre Schulter berührt. Wie eine Kobra schnellt Birgit Lohs Körper hoch. Trost ist nicht gewünscht.

»Ruben«, presst sie hervor. »Dieses Scheusal! Gernot hat ihn wegen Pauls abgeschnittenen Rosen zur Rede gestellt, wegen der Diebstähle, der zerstochenen Reifen und … und … Gernot hat ihm drei Tage Zeit gegeben, seiner Mutter, Paul und Tom die Wahrheit zu sagen, sonst wollte er es selbst tun. Und dieser Junge, dieser verhätschelte Junge hat … hat … Oh mein Gott.«

Innerhalb von Sekunden überblickt Birgit Loh das ganze Drama, ihr Körper strafft sich, die Augen glänzen hellwach. Danach fällt die Empörung in sich zusammen wie ein Strohfeuer und mit ihr alle Kraft. Müde sinkt sie zurück, der Rücken gebeugt, die Lider schwer. Sie hat eine Antwort erhalten. Das Warten darauf war vielleicht das Letzte, was sie am Leben erhalten hat. Ihr Dasein ist nur noch Mühsal, Alltagstrott, Ereignislosigkeit, sinnloses Schuften am Rande der Armut, und irgendwie wirkt es beendet.

»Malushs Aussage geht aber noch weiter«, sagt Ellen. »Sehen Sie, dort steht es. Er hat damals zwei Frauen gesehen, die mit einem Kuchen zu Derfflingers rübergingen. Die eine Frau war Hanni. Die andere …«

In diesem Moment wankt die Freundin des Großneffen herein, greift sich eine Pizzakruste und schiebt sie sich in den Mund. Sie trägt nur ein Höschen.

»Hey, Birgit, das Klopapier ist alle«, lallt sie. Dann erst bemerkt sie Ellen und hält sich den linken Arm vor die Brüste. »Besuch? Okay, also, was ist jetzt mit dem Klopapier?«

»Gehen Sie raus«, sagt Ellen.

»Suchen Sie wieder Ihren Schürhaken? Oder geile Männerärsche?«

»Raus!«

»Aber ich brauche Klopapier.«

»Nehmen Sie meinetwegen die Stinkesocken, die hier überall rumliegen.«

Ellen ignoriert die Flüche, die die junge Frau ausstößt, und schließt die Tür.

Die kleine Episode ist kaum zu Birgit Loh vorgedrungen. Sie sieht zum Fenster hinaus, wendet sich dann der dreckigen Küche zu und blickt Ellen direkt an.

»Wie ich das alles hasse«, murmelt sie. »Nach Hannis Tod ist Alfred krank und depressiv geworden. Er hat mir erlaubt, hier wohnen zu bleiben. Er selbst kommt kaum noch, aber seine Kinder und Enkel machen mir neun Monate im Jahr das Leben schwer. Und selbst wenn ich alleine bin …« Sie unterbricht sich und betrachtet ihre derben Hände. »Mir kommt es vor, als wäre ich schon immer eine alte Frau gewesen. Gernot hat mich … er hätte mich …«

Mit einer einzigen machtvollen Armbewegung schiebt sie das Geschirr vom Tisch, das unter ohrenbetäubendem Lärm zerschellt.

Sie richtet den Blick nach innen. »Vielleicht«, murmelt sie, »ist es Zeit zu gehen.«

26

Sommer 2010

»Er ist tot.«

Hanni kniete neben dem noch warmen Körper, der ausgestreckt auf der Terrasse der Derfflingers lag, so friedlich, als hätte er sich lediglich ein ungewöhnliches Plätzchen zum Schlafen ausgesucht. Seine Augen waren geschlossen, der Anzug war tadellos sauber. Nichts schien dagegen zu sprechen, dass Gernot im nächsten Moment erwachen und aufstehen würde. Hanni, die eine Ausbildung zur Krankenschwester absolviert hatte, befühlte erst das Handgelenk, dann die Halsschlagader und zog Gernot schließlich ein Lid hoch.

»Er ist tot«, wiederholte sie.

Drei Wörter, die alles veränderten. Gestern erst, als die Marschalk Birgit so heftig angegangen hatte, da war es Gernot gewesen, der sie mit drei Wörtern aus dem Jammertal ihres Lebens holte: »Ich liebe dich.«

Hanni stieß sie nun dorthin zurück. »Da beißt die Maus keinen Faden ab. Tot. Vermutlich Herzinfarkt. Oder Gehirnschlag.«

Mühsam rappelte sie sich auf, zog sich am Tisch hoch. Die Schwergewichtige atmete für zwei, wohingegen Birgit die Luft anhielt. Ihr war, als würde die Zeit stehenbleiben, die Erde sich auftun, als würde sie fallen, fallen, fallen, sich in einem endlosen Sturz auflösen. Es war das Ende allen Lichts und aller Wärme, jeder Hoffnung. Es war eine Sternenexplosion. Es war die Stille nach dem Schrei. Es war schwarze Nacht. Es war der Einbruch des Schreckens in das eben erst entdeckte Paradies. Es war nicht wahr.

Sie sank zu dem Körper hinunter, behutsam, so wie man sich einer schlafenden Katze nähert, berührte das Revers des Anzuges, berührte die Krawatte und rückte das Einstecktuch zurecht. Ihr Mund schwebte über Gernots Gesicht.

Ihre Finger verharrten an seinen Schultern und bohrten sich in den weichen Stoff, unter dem in der Mittagshitze das weiche Fleisch bereits faulte, im Verborgenen, unmerklich.

Sie hob den Körper leicht an, zog ihn ein paar Zentimeter zu sich herauf, zog ihn etwas höher, noch ein bisschen, und dann schüttelte sie ihn. Komm zurück, schrie sie, ohne dass ein Laut über ihre Lippen kam. Komm zurück und steh auf.

»Was machst du denn da?«, fragte Hanni. »Lass das! Es bringt nichts. Wenn ich es dir doch sage, er ist tot.«

Birgit schüttelte Gernot wieder und wieder im Rhythmus ihres Herzschlags. Steh auf, du Mistkerl. Schlag die Augen auf. Beweg dich. Sag was. Du Betrüger. Du Schuft. Was habe ich alles für dich getan? Austern gegessen, Cognac getrunken, Ginmarken auswendig gelernt, das letzte Geld für Kleider und Frisur ausgegeben, geredet wie eine Figur von Jane Austen. Ich habe selbst zu dem Irrsinn geschwiegen, dass du dich für den Gottvater von Vineta gehalten hast. Habe dich sogar verteidigt und mich dafür beschimpfen lassen, schlimmer noch, ich war bereit, mich dem Irrsinn zu unterwerfen und anzuschließen. Das alles nur für dich. Ich war bereit, eine andere zu werden. Jetzt bin ich eine andere, und du verdrückst dich einfach so.

»Birgit!«, rief Hanni. »Also wirklich, nun reiß dich mal zusammen, das grenzt ja schon an Leichenschändung. Birgit!«

Abrupt gab Birgit den Körper frei, Gernots Hinterkopf schlug mit einem dumpfen Knall auf dem Boden auf. Ruckartig erhob sie sich. Sie fühlte nichts, gar nichts, auch kein Mitleid. Als Toter hatte Gernot seine Funktion eingebüßt, sie zu lieben, sie glücklich zu machen, sie zu retten aus der Ödnis ihres Daseins, das einem ausgetrockneten Salzsee glich, in dem nichts wuchs und alles starb, bevor es spross.

Sie presste die Fäuste auf die Augenhöhlen.

Hanni verstand das falsch. »Wein nur, Schätzchen«, seufzte sie und glitt keuchend auf einen Stuhl. »Arme Birgit. Du hast aber auch Pech. Nicht zu fassen, wie viel Pech du hast. Damals der Schuldenmann, und jetzt … eieiei. Wie das wohl passiert ist? Warum liegt er denn bloß hier auf der Terrasse? Und wo sind die Derfflingers? Die Schiebetür steht offen. Geh doch mal rein, Schätzchen, ich habe keine Puste mehr. Diese Hitze … Und dann der Schreck. Mein Herz, mein Herz. Birgit, Liebes, wir müssen einen Krankenwagen rufen, auch wenn die Sanitäter nichts mehr für ihn tun können. Machst du das? Ich kann nicht. Ob er an einem Hitzschlag gestorben ist? Aber er war doch gut in Form für sein Alter. Wie alt war er überhaupt? Nicht älter als fünfundsechzig. Und dann das! So schnell kann das gehen. Hat er geraucht? Zigarren, oder? Er hat manchmal nach Zigarren gerochen. Siehst du, Birgit, ich habe dir schon so oft gesagt, dass du zu viel rauchst. Das kommt dabei heraus. Aber ich bin ja auch nicht besser, müsste dringend Sport machen und abnehmen. Birgit, Schätzchen, sieh drinnen bitte mal nach dem Rechten, ja? Als hätten die Derfflingers nicht schon genug um die Ohren, er mit seiner Krankheit und sie mit der Schwangerschaft. Jetzt liegt auch noch ein Toter auf ihrer Terrasse. Herrje, wir müssen es der lieben Julia schonend beibringen. Sie darf die Leiche auf keinen Fall sehen, sonst landet sie gleich wieder im Krankenhaus. Und ich mit ihr. Mein Gott, ich bin völlig kaputt.«

Wenn ich wenigstens die Erinnerung auslöschen könnte, dachte Birgit. Wenn es die letzten Wochen nicht gegeben hätte. Wenn ich nicht mit Gernot ausgegangen wäre. Gott war grausam.

»Birgit, Liebes, wir müssen endlich den Derfflingers Bescheid sagen und den Krankenwagen rufen. Mach dich nicht so fertig. Sieh mal, so lange hast du ihn doch gar nicht gekannt. Ach, ich hatte gleich ein ungutes Gefühl. Du erinnerst dich? Aus irgendeinem Grund hab ich geahnt, dass das kein gutes Ende mit euch nehmen wird. Aber dass er stirbt, nein, damit hätte ich nicht gerechnet. Ach Gott, jetzt gehört die Anlage Tom. Das wird Paul nicht gefallen. Birgit, bitte such nach dem Telefon. Ich ruf ja gerne an, aber ich kann mich nicht von der Stelle rühren. Mein Herz ist eine Zeitbombe. Fühl mal. Ach Birgit, Birgit, wie furchtbar für dich, wie tragisch. Aber du wirst sehen, wir bringen dich schon auf andere Gedanken, der Alfred und ich. Wir lassen dich nicht hängen. Schön gemütlich machen wir es uns, und in ein paar Wochen bist du wieder ganz die Alte.«

Ganz die Alte.

Ja, genau. Die alte Birgit in ihrem alten Leben. Nach Bratfett stinken. Hanni bedienen. Mit Hanni über ihre dämlichen Kinder sprechen. Der eine war Steuerprüfer – was für ein wichtiger Job und wen und was er alles schon geprüft hat und wie intelligent man dafür sein muss und was für tolle Kinder er hat, die eine Tochter mit Einser-Abi studiert jetzt Design, das ist doch mal was Außergewöhnliches, die andere geht auf eine

Economy School mit einem amerikanischen Doppelnamen, die ganze Welt steht ihr offen, und ihr Cousin Oliver ist eine richtige Sportskanone, der will mal Profi-Fußballer werden und ist schon mit seinen dreizehn Jahren der erfolgreichste Stürmer der Schulmannschaft, ein Pfundskerl wie sein Vater, Hannis zweiter Sohn, ein Koch, aber nicht irgendein Koch, sondern einer mit tausend Zertifikaten, mit denen er zu Hause die Wände tapeziert, und das mit dem Stern, das klappt schon noch, und der Dritte arbeitet beim Wasser- und Schifffahrtsamt, eine unglaublich bedeutende Behörde, ohne die in diesem Land nichts gelingen würde, ja das sind großartige Kinder und Enkel, die alles schaffen, was sie sich vornehmen, und seit jeder Einzelne von ihnen als Baby das erste »Dadada« von sich gegeben hat, hört Birgit sich die Erfolgsgeschichten dieser Erfolgsfamilie an, die an jedem Tag irgendeinen Erfolg verbuchen kann, und sei es nur, dass jemand den Führerschein geschafft hat. Behaupte bloß nichts anderes, denn was weißt du schon, arme Birgit, die du dich von einem Schönling und Tunichtgut hast hereinlegen lassen und die wir dich seither mitschleppen wie ein liegen gebliebenes Schrottauto, die wir deinen Fettgestank aus all den Schlachthöfen, Fabriken, Großküchen ertragen haben, die du froh sein kannst, dass die Erfolgsfamilie dich nicht hängen lässt, und wir erwarten noch nicht einmal einen Dank dafür, nein, das ist doch selbstverständlich, wir tun gerne Gutes, wir *sind* die Guten, in allem sind wir gut, wir geben nicht damit an, aber so ist es, nun gib es schon zu, wir sind erfolgreich, gewieft, unterhaltsam, beliebt, intelligent, und du bist die arme Birgit, die es nicht leicht im Leben hat, tja, da kann man nichts machen.

Birgit musste niesen, sieben Mal, wie üblich, und gleich darauf weitere sieben Mal.

»Also, wie man jetzt niesen kann, ist mir schleierhaft«, sagte Hanni. »Brauchst du ein Taschentuch? Ich verstehe das nicht. Wenn man so oft niesen muss, sollte man immer ein Taschentuch einstecken haben, findest du nicht?«

Noch etwas, das du nicht fertigbringst, arme, dumme Birgit. Nicht einmal ein Taschentuch kannst du einstecken, wie sollst du da Glück bei Männern haben? Ich habe dich gleich gewarnt, ich habe dir gesagt, dieser Mann ist nichts für dich, er ist zu reich, zu kultiviert, zu gebildet, zu weltmännisch für dich. Sein Tod ist kein Zufall, er ist auch nicht grausam, nein, Gott hat ihm nur eine Enttäuschung, einen Irrweg erspart.

»Birgit, Liebes, worauf wartest du? Dass jemand den Kuchen anschneidet? Wäre doch bloß Alfred hier, der hätte alles im Griff, aber er musste ja ausgerechnet heute auf diesen Automarkt. Männer und Autos, sage ich nur, das ist wie Frauen und Schuhe. Geh jetzt bitte rein und such die Derfflingers, damit wir hier mal vorankommen.«

Tatsächlich schaffte es Birgit, die vorübergehende Lähmung ihrer Glieder zu überwinden, einen Fuß vor den anderen zu setzen, ein paar Schritte nur, und die Terrassentür aufzuschieben. Doch als sie sich noch einmal Gernot zuwandte, der nur zwei Meter von ihr entfernt lag, explodierte der Zorn in ihrem Herzen. Zorn auf das Schicksal, die Ungerechtigkeit, auf Gott, Zorn auf Gernot, auf alle Lebenden, Glücklichen, Erfolgreichen. Ein gewaltiges Dröhnen erschallte in ihrem Kopf, so laut, dass sie vor Schmerz zusammenzuckte und das Gesicht zu einer Grimasse verzog.

»Bring mir bitte ein Glas Wasser mit und vielleicht was, um den Leichnam zuzudecken. Und denk bitte daran, was ich gesagt habe, und sei äußerst behutsam mit Jul …«

Ein Bersten. Danach war es still. So wunderbar still, dass Birgit für einen Augenblick lächelte. Der untere Teil der Cicero-Büste war abgebrochen und lag in großen Scherben auf dem Boden, einige davon waren in Hannis Schoß und in ihr Dekolleté gefallen. Dort, wo Birgit die Büste ergriffen hatte, zerbröselte der Gips unter dem Druck ihrer Finger, sodass nur Pulver und kieselgroße Brocken übrig blieben.

Mit weit aufgerissenen Augen, zur Seite geneigtem Kopf und schlaff herabhängenden Armen leistete Hanni Gernot im Tod Gesellschaft. Ja, der Tod machte sich breit in Vineta.

Birgit kicherte leise und konnte nicht mehr damit aufhören, so als hätte der Flügel des Wahnsinns sie berührt. Sie musste die Hand vor den Mund halten, um sich Einhalt zu gebieten, und erst da bemerkte sie, dass ihre Wangen feucht von Tränen waren. Sie spürte nicht die geringste Trauer, und doch weinte sie.

Wie lange stand sie dort? Eine Minute, zehn Minuten, eine halbe Stunde? Zeit bedeutet nichts im Wahnsinn, der nur eine Spielart des Traumes ist.

Als sie von drinnen ein Geräusch hörte, war ihr erster Impuls, wegzulaufen, ihr zweiter, einfach stehen zu bleiben und darauf zu warten, entdeckt zu werden, und der dritte, ins Haus zu gehen. Die Küche war leer, das Wohnzimmer ebenfalls.

Das Erdgeschoss war so konstruiert, dass man durch die Zimmerfluchten im Kreis gehen konnte, und als Birgit im Wohnzimmer stand, hörte sie Geschirrklappern in der Küche, aus der sie gerade gekommen war. Sie wusste, wer die Geräusche verursachte. Es lag am Parfüm in der Luft, einem ausgesprochen blumigen, femininen Duft, zu dem sich fast jeder, auch ohne die Trägerin zu kennen, eine Frau wie Julia vorgestellt hätte. Der Duft versinnbildlichte Zuversicht, Schönheit,

Leichtigkeit, alles, was Birgit nie besessen oder vor langer Zeit verloren hatte.

Wenn sie vor vierzig Jahren nicht in dieses Café gegangen wäre, wenn es dort nicht so überfüllt gewesen wäre, dann hätte sich dieser gutaussehende Mann nicht an ihren Tisch gesetzt, dann hätte sie sich nicht in ihn verliebt, und dann wäre ihr Leben völlig anders verlaufen. Und wenn es völlig anders verlaufen wäre, dann würde sie jetzt nicht mit leeren Händen und einem Mord am Bein im Wohnzimmer der Derfflingers stehen.

Im Rückwärtsgang, ganz langsam, Schritt für Schritt, zog Birgit sich in Richtung der Terrassentür zurück, in ihr normales Leben. Julia hatte sie nicht bemerkt. Sie kochte Kaffee und war völlig ahnungslos, dass nur wenige Meter von ihr entfernt zwei Tote lagen. Niemand hatte Birgit gesehen, die Kameras innerhalb der Anlage waren ausgeschaltet. Wenn das Schicksal gnädig war, würde es sie davonkommen lassen.

Da stieß sie mit dem Fuß an die Kamingarnitur, die wie ein Glockenspiel schepperte.

»Birgit! Sie haben mich vielleicht erschreckt. Was tun Sie denn hier?«, fragte Julia, die mit einer Tasse Kaffee in der Hand aus der Küche kam. »Was ist denn mit Ihrer Schwester? Sind das Scherben? Oh mein Gott, wir müssen den Notarzt rufen.«

Seit Hanni Gernots Tod festgestellt hatte, war Birgit verstummt, so als wäre ihr unbewusst klar geworden, dass es von diesem Tag an nichts mehr für sie zu sagen gab, was sich lohnte. Der Himmel war eingestürzt, es gab ihn nicht mehr, und an seine Stelle war das Nichts getreten.

Dass sie nun nach dem Schürhaken griff und zum Schlag ausholte, war ein von ihrem Willen unabhängiger Vorgang.

27

Juni 2016

»Der erste Schlag ging daneben«, schildert Birgit Loh so nachdenklich, als versuche sie sich an den Traum der letzten Nacht zu erinnern. »Er zerschmetterte die Vitrine des Küchenschranks, die Scherben flogen herum. Vor Schreck fiel Julia zu Boden. Auch dem zweiten Schlag konnte sie ausweichen. Der Fluchtweg über die Terrasse war abgeschnitten, also rannte sie ins Wohnzimmer und von dort zur Haustür. Die war verschlossen, und der Schlüssel steckte nicht. Sie rüttelte an der Klinke. Keine dumme Idee von ihr, alle möglichen Knöpfe des Sicherheitssystems zu drücken. Wenn sie den Alarmknopf erwischt hätte… Hat sie aber nicht. Der Türöffner summte, das war alles. Beim dritten Schlag reagierte sie zu spät, der Schürhaken traf sie an der Schulter. Auf allen vieren krabbelte sie die Treppe hinauf, aber der Schürhaken erwischte sie am Bein. Sie drehte sich auf den Rücken und strampelte, um den Haken abzuwehren, dabei gingen einige Sprossen des Geländers zu Bruch, und der Schürhaken verkeilte sich. Julia nutzte die Zeit, um erneut ein paar Stufen nach oben zu gelangen, doch der Schürhaken war schneller und traf sie am Rücken. Sie wand sich, rutschte nach unten, ein weiterer Schlag brach ihr die Rippen, sie stürzte die Treppe hinunter und blieb benommen liegen. Der letzte

Schlag traf sie auf den Hinterkopf, als sie sich aufzurichten versuchte. Etwa eine halbe Stunde später kam Alfred zurück, er fragte nach Hanni, na ja, sie war nicht da, sie brachte Julia einen Kuchen. Keine fünf Minuten danach ging der Alarm los. Das war's.«

Ellen verzichtet auf Fragen. Erklärungen von Paranoikern haben etwas zutiefst Deprimierendes an sich. Außerdem, wie hätte Birgit Loh wahrheitsgemäß antworten können? Sie hat ihre Tat ja noch nicht einmal vollends verstanden. Immerzu hat sie vom Schürhaken gesprochen, als wäre es ein denkendes Wesen, und von Schlägen wie von einer brutalen Bande. Sie selbst kam gar nicht vor.

»Wollen Sie einen Kaffee?«, fragt Birgit Loh. »Ich brauche jetzt einen.«

Während sie die nötigen Handgriffe mit der Langsamkeit und Präzision einer Maschine ausführt, ruft Ellen die Polizei an.

»Du hast einen Mord aufgeklärt?«, fragt Tristan und verschluckt sich beinahe an dem Müsliriegel, der nun auf den Küchentisch bröselt. »Wie cool ist das denn! Wie bei *Rizzoli und Isles*. Wow! Kommst du jetzt in die Zeitung? Endlich hab ich mal ein Elternteil, mit dem ich angeben kann. Hat ja lange genug gedauert.«

»Na, schönen Dank auch. Ich dachte, du würdest mit deinem Vater angeben. Alter Adel und so.«

»Zu Ihrer Information, Frau von Ehrensee. Der Adel ist seit gut einhundert Jahren abgeschafft. Außerdem ist es blöd, mit jemandem anzugeben, dessen Leistung darin besteht, geboren worden zu sein. Ich habe lieber Detective Rizzoli zur Mutter.«

»Ich glaube, ich muss mir die Serie mal anschauen, um mitreden zu können.«

»Das muss ich Papa erzählen, wenn ich ihn gleich anskype.«

»Vergiss es, dein Vater hält Rizzoli für das neueste Modell von Fiat.«

»Nein, das mit dir, *maman*. Echt der Hammer. Und mitten im Haus der Frohweins. Ollis Gesicht hätte ich gerne gesehen.«

»Ich schätze, gut zwei Promille im Blut haben verhindert, dass er die Verhaftung mitbekommen hat. Grüß Papa von mir, ja?«

»Magst du auch kurz mit ihm sprechen?«

»Später vielleicht. Ich will erst noch einen Brief fertig schreiben.«

»Musst du dich beeilen, um ihn rechtzeitig zur Postkutsche zu bringen? *Maman*, keiner schreibt heute noch Briefe. Wir leben im digitalen Zeitalter.«

»Er geht nur nach nebenan.«

Eine Woche später ist Vineta nahezu verwaist. Die Frohwein-Clique ist abgereist, nachdem sie zwei Tage lang nur mit Putzen und Aufräumen beschäftigt war. Von Menschen verursachte Geräusche hört man hier kaum noch – höchstens Kindergeschrei in großer Ferne oder den jauchzenden Ruf der Bäderbahn Molli. Ansonsten ist alles Natur. Zwei Tage lang geht ein Landregen nieder, fast melodiös in seinem Wispern. Tristan ist auffällig still, er verarbeitet das Geschehene. Ellen wartet auf einen

Anruf oder das Erklingen der pompösen Türglocke. Doch als es so weit ist und Sven tatsächlich vor der Tür steht, versteht sie nicht mehr, warum sie auf diesen Augenblick gewartet hat.

»Ruben ist in einer psychiatrischen Anstalt, gegen ihn läuft ein Ermittlungsverfahren, man bewertet seine Schuldfähigkeit«, sagt er im Ton eines Berichterstatters, der mit den Ereignissen nichts zu tun hat.

Der Regen hat die Luft abgekühlt, aber es hat auch mit Svens Nähe zu tun, dass Ellen die Weste enger um die Brust zieht.

»Ich weiß. Als sie ihn abgeholt haben, hat er wie am Spieß geschrien: ›Ruben ist ein lieber Junge.‹ Leider ist er das nicht.«

»Nein, ist er nicht«, erwidert er nur und sieht Ellen an, so lange und intensiv, dass sie ihre Entscheidung kurz in Frage stellt.

»Sie haben mich als Leiter des Jugendamts abgesetzt, ich soll wegen Strafvereitelung angeklagt werden. Ich finde, damit bin ich geschlagen genug. Darf ich hereinkommen?«

»Warum, Sven?«

»Es ist feucht und zugig hier draußen.«

»Für das Wetter kann ich nichts. Nenn mir einen besseren Grund.«

»Um dir mein Verhalten zu erklären.«

»Genau das habe ich befürchtet. Das ist ja das Schlimme. Übeltäter haben immer eine plausible Erklärung, sie sind alle irgendwie da hineingeschlittert. Du hast die falschen Entscheidungen getroffen, Sven, und dafür musst du geradestehen. So einfach ist das. Was mich angeht: Du hast mich in einer wichtigen Frage belogen. Ich kann dir nie wieder vertrauen, und damit hat es sich. Es tut mir leid, wenn ich dir das ins Gesicht sage, aber Malush und mein Sohn hatten Recht, als sie dich als Pfeife und Griff ins Klo bezeichnet haben.«

Sie schließt die Tür und kocht sich einen starken Kaffee. Seltsamerweise fühlt sie sich gut. Irgendwie frei. Ellen hat gedacht, sie brauche einen Mann, um in ihrem neuen Leben anzukommen, doch jetzt, da sie ganz alleine dasteht, ist es das Haus, das sie im neuen Leben willkommen heißt. Vor einer Woche noch war es nicht wirklich ihres. Sie hat es sich gewissermaßen erobert, indem sie sein Geheimnis entschlüsselte. Hier will sie bleiben, alles andere wird sich finden.

Eine Stunde später steht Tom Kessel vor der Tür. Er hat einen ungepflegten Bart, glasige Augen und stinkt nach Bier, aber zum ersten Mal seit langer Zeit verlässt er tagsüber die Villa, die sein Vater erbaut hat.

»Danke für den Brief«, sagt er.

»Ihr Streit mit Paul Derfflinger hat nichts mit dem Tod Ihres Vaters zu tun. Ich wollte, dass Sie das wissen. Und Malush wollte das ebenfalls. Was damals geschehen ist, war nicht im Mindesten Ihre Schuld.«

»Ich habe … ich habe …«, stammelt er und wischt sich mit dem Ärmel über die Nase. »Ich habe meinen Vater geliebt, egal was die Leute sagen. Wir waren uns so fremd wie irgendwas, aber verdammt noch mal, er war mein Vater. Er hat mich großgezogen. Ich hatte nie wirklich eine Mutter, immer nur ihn.«

Ellen nickt. »Wollen Sie hereinkommen?«

»Nein, nein, ich … Lieber nicht.«

»Schade, mein Sohn steht auf Rocker, glaube ich, und Sie könnten ihn wegen eines Tattoos beraten, mit dem er mir schon seit Monaten in den Ohren liegt.«

Tom Kessel lächelt, was ihn selbst zu erstaunen scheint. Wer weiß, wann er das letzte Mal gelächelt hat?

»Wenn nicht jetzt, dann vielleicht in den nächsten Tagen?

Tristan und mir ist mein Führer durch die Region abhandengekommen. Das Erdbeerfest haben wir verpasst, aber es gibt bekanntlich noch andere Obstsorten. Einverstanden? Großartig. Nur eine Bitte … ich fahre, ja?«

Die Hölle, denkt Ellen, als er gegangen ist. Unter der Hölle auf Erden stellen die meisten sich ein Kriegsgebiet oder eine verdorrte Ödnis vor. Aber auch ein Herz kann ein Kriegsgebiet sein, Toms Herz beispielsweise, in dem sechs Jahre lang die Schuld gewütet hat. Oder Birgits winziges Zimmer, in dem sie der Leere ihres Daseins Tag für Tag ausgesetzt war. Hatte sie, Ellen, nicht selbst in einer Ödnis gelebt, an einem Ort, an den sie nicht gehörte? Die Hölle, nur ein anderes Wort für Angst, war so vielschichtig wie ihre Bewohner, und die Rezepte, ihr zu entkommen, reichten von Sinnsuche über Fitnesswahn bis auf den Boden eines Martiniglases.

Als sie sich auf eine Liege im Garten legt, in den Schatten des gelben Sonnenschirms, bemerkt sie, dass eine der Blumen blüht, die Malush gepflanzt hat.

Es ist eine weiße Rose.

Am selben Tag

Er ist zurückgekehrt in den Schoß der Heimat, die ihn exkommuniziert hat. Wie schon einige Wochen zuvor, steigt Malush an derselben Stelle aus demselben klapprigen Bus, nur dass diesmal die Sonne auf seinem Gesicht brennt.

Die albanische Sonne ist etwas Besonderes. Sie bringt Gerüche hervor, die es in dieser Zusammensetzung nur dort gibt, ein

Gemisch aus Gehölz und Gestein, Ziegeln und Tieren, Staub und Tod. Wer die Luft als Kind eingeatmet hat, der will auch im Alter dort seinen letzten Atemzug tun. Das Dorf ist nur ein Punkt in einer Falte der Erde, in einem Land, von dem die Leute so gut wie nichts wissen. Aber es ist sein Land und darum unvergleichlich und das Beste.

Malush hat sein Dorf noch nie im Tageslicht gesehen, jedenfalls nicht als Erwachsener. Kinder betrachten die Welt mit anderen Augen. In den wenigen Jahren ihrer Kindheit haben sie kein Verhältnis zu Geld noch zu dessen Fehlen, weder zur Zeit noch zu deren Verrinnen. Alles ist, wie es ist, und nicht, wie es sein könnte. Selbst die armseligste Straße hüllt das Kind in den Kokon der Geborgenheit.

Die Realität ist gnadenlos. Es gibt fast nur noch alte Leute mit krummen Stöcken. Witwentrachten. Ausgebeulte Hosen. Die Agonie macht sich nicht mehr die Mühe der Tarnung, sie grüßt und grinst.

Immerhin, aus dem einzigen Café in der einzigen Straße dringt verführerischer Mokkaduft. Als Malush sich setzt, hören die vier zahnlosen Greise am Nachbartisch auf Karten zu spielen. Unverhohlen und befremdet starren sie ihn an, so als hätte sich ein Rhinozeros in den Ort verirrt.

Malush bestellt einen Mokka, Skanderbeg bekommt eine Schale Wasser. Der Wirt erkennt ihn nicht sofort, man muss ihn erst aufklären, und keine Minute später steht einer der Alten auf und eilt humpelnd davon.

Malush zahlt und gibt ein fürstliches Trinkgeld. In der Nachmittagshitze hat Skanderbeg bergauf schwer zu kämpfen, doch Malush hat Zeit, sehr viel Zeit. Sie machen Rast und blicken gemeinsam über die Berge, das Tal und den grünen Fluss, so wie in alten Zeiten, als sie beide noch blutjung waren. Ein halbes Leben hat Malush auf diese Stunde gewartet.

»So, mein Freund, du weißt, wie es nach Hause geht. Na, mach schon. Lauf! Lauf heim!«

Vergeblich. Nichts kann Skanderbeg dazu bringen, den restlichen Weg ohne Malush zu gehen, dem er das Gesicht so lange leckt, bis er nachgibt.

Sie kommen bis zur Biegung, zweihundert Meter vom Hof der Mutter entfernt. Malush hört seine Verfolger, bevor sie ihn einholen. Sie gehören zur gegnerischen Familie, zu den Siegern, sie haben sich nie verstecken, nie in der Finsternis verbergen müssen. Sieger poltern, deswegen halten so viele Menschen zu den Verlierern.

Skanderbeg erwischen sie zuerst, schneiden ihm die Kehle durch. Malushs Körper wird von vier Messerstichen durchbohrt. Er fällt mit dem Gesicht nach unten. Mit dem letzten Atemzug atmet er die von der Sonne erwärmte Erde ein, nach der er sich so sehr gesehnt hat.

Danksagung

Ein herzlicher Dank an Petra Hermanns, Wiebke Rossa, Angela Troni und die vielen Helfer im Verlag.

Und natürlich an Christian Igel, auf dessen Rat ich immer zählen kann.

Leseprobe
aus »Die Mörderinsel«
von Eric Berg

Frühsommer: Der Hotelbesitzer Holger Simonsmeyer, angeklagt des Mordes an einer jungen Frau aus seinem Heimatdorf Trenthin, wird freigesprochen. Er und seine Familie hoffen, damit sei nun endlich alles überstanden. Doch im Dorf herrscht Misstrauen, nur wenige glauben an die Unschuld des Hoteliers. Dann wird erneut ein junges Mädchen ermordet aufgefunden …

Spätsommer: Schockiert steht die Journalistin Doro Kagel vor den Ruinen eines ausgebrannten Hauses in Trenthin. Vor Monaten hatte Bettina Simonsmeyer sie inständig gebeten, ebenso ausführlich über den Freispruch ihres Mannes zu berichten wie zuvor über den Mordprozess. Doro hatte abgelehnt. Nun hat die Familie einen schrecklichen Blutzoll bezahlt. Von Schuldgefühlen geplagt beginnt Doro, den Fall neu aufzurollen …

I

Noch 34 Tage bis zum zweiten Mord

»Im Namen des Volkes ergeht folgendes Urteil: Der Angeklagte wird freigesprochen. Die Kosten des Verfahrens sowie die notwendigen Auslagen des Angeklagten hat die Staatskasse zu tragen. Bitte setzen Sie sich.«

Wie ein Fallbeil sausten die Worte durch die Luft, grell und scharf, und beendeten, nein, töteten mit einem einzigen Schnitt. Sie töteten das Ungeheuer – so hatte Bettina den Prozess gegen Holger getauft. Das Ungeheuer hatte ihr fast ein Jahr lang den Mann genommen, den Schlaf geraubt, es hatte ihre wirtschaftliche Existenz, ihren guten Namen, die Zukunft ihrer Familie bedroht. Daher mischte sich in den Sekunden nach dem Urteilsspruch in die Erleichterung, die Dankbarkeit und die Freude, die wohl jeder an Bettinas Stelle empfunden hätte, auch eine finstere Genugtuung über das elende Ende des Ungeheuers.

Vorbei, dachte sie, es ist vorbei! Sofort sprudelte der Gedanke in die Welt, wurde hör- und sichtbar, als sie die Arme in die Höhe reckte, zur Bank des Angeklagten lief und gleich danach ihren Mann an sich drückte.

»Holger, es ist vorbei! Wir haben es geschafft.«

»Ja, wir haben es geschafft«, wiederholte er lächelnd.

Gefühlsausbrüche waren nicht seine Art, daran war sie nach fünfzehn Jahren Ehe gewöhnt, und es machte ihr nichts aus. Aber dieses eine Mal fand sie es schade, dass Holger immer gefasst, immer ausgeglichen war.

»Ich bin so froh, so unfassbar glücklich. Holger, Holger, Holger«, wiederholte sie seinen Namen wie eine Beschwörungsformel. Dann fiel ihr Finn ein, ihr Sohn, den sie zu sich rief und an dem sie sich festhielt, während er seinem Vater die Hand gab.

»Glückwunsch, Papa. Aber eigentlich Formsache, oder? Die Freaks mussten dich freisprechen. Alles andere wäre ein Skandal gewesen.«

Bettina wischte sich die Tränen aus den Augen, und dabei fiel ihr Blick auf die erfahrene Staatsanwältin, eine Frau Ende fünfzig, Anfang sechzig im schicken dunkelblauen Kostüm. Während des Prozesses hatte Bettina ihr kaum Beachtung geschenkt, war ihren Ausführungen ferngeblieben. Sie hatte all die Lügen über Holger, die mühsam konstruierten Fantastereien des Polizei- und Justizapparats nicht hören wollen.

Die Staatsanwältin war monatelang das Gesicht des Monsters gewesen, und Bettina hätte allen Grund gehabt, den Triumph ihr gegenüber am deutlichsten zu zeigen. Doch seltsamerweise geschah genau dies nicht. Alles, was Bettina im Gesicht dieser Frau las, war Entsetzen, ehrliches, ungläubiges Entsetzen, mit dem sie zur Richterbank blickte. In diesem Moment wurde Bettina klar, dass es mindestens einen Menschen auf dieser Welt gab, der allen Ernstes fest daran glaubte, dass ihr geliebter Holger ein grausamer Mörder war. Bisher war sie davon ausgegangen, dass die Polizei, und später die Staatsanwaltschaft, mehr aus Verlegenheit gegen Holger vorgingen, weil sie keinen Besseren gefunden hatten und deshalb ein paar lose Indizienfäden zu einem irrsinnigen Gespinst zusammenwoben. Ihrer Meinung nach glaubten die Vertreter des Staates gar nicht an den eigenen

Unfug und hätten den Freispruch daher mit einem bedauernden Achselzucken abtun müssen. Doch die Staatsanwältin war kein junges, hungriges Ding mehr, das sich einen Namen machen wollte. Sie stand kurz vor der Pensionierung, hatte schon Hunderte Fälle gewonnen, Dutzende verloren, und doch wirkte sie aus allen Wolken gefallen. Ihr Blick schien den vorsitzenden Richter zu fragen: *Was soll das? Wie können Sie nur?* Und er schien ihr auf demselben Weg zu antworten: *Sehen Sie nicht mich an. Ich wollte ja, aber …*

»Bitte nehmen Sie Platz für die Urteilsbegründung«, sagte er, zunächst an den ganzen Saal und dann noch einmal an Bettina und ihren Sohn gewandt. Die drei Richter und zwei Schöffen ließen sich nieder.

Leicht irritiert, schon fast ernüchtert, ging sie zurück zu ihrem Platz. Im Saal war es nun mucksmäuschenstill, die Zuschauer murrten weder noch applaudierten sie. Ein paar junge Leute, Studenten vermutlich, legten sich Zettel und Stift auf die übereinandergeschlagenen Beine, um sich Notizen zu machen. Noch bevor der vorsitzende Richter mit seinen Ausführungen begann, durchstieß ein einzelnes verzweifeltes Schluchzen die Stille.

Die Eltern der ermordeten jungen Frau, um die es bei diesem Prozess ging – gegangen war! –, saßen nur wenige Stühle entfernt. Genau wie Bettina hatten sie keinen Verhandlungstag versäumt, nur dass sie den Ausführungen der Staatsanwaltschaft naturgemäß aufmerksamer gefolgt waren als denen von Holgers Verteidiger. Bettina hatte die räumliche Nähe zu den Illings stets als unangenehm empfunden, und umgekehrt war es dem

Ehepaar sicherlich nicht anders ergangen. Man hatte sich immer mit einem kurzen Nicken begrüßt und war sich ansonsten aus dem Weg gegangen. Mit Äußerungen während des Prozesses hatten sich beide Parteien zurückgehalten. Sowohl Bettina als auch Frau Illing waren als Zeuginnen aufgerufen worden, und Bettina musste zugeben, dass Frau Illing bewundernswert sachlich geblieben war, sobald es bei der Befragung um Holger ging, und nur dann emotional wurde, wenn die Sprache auf ihr totes Mädchen kam – was allzu verständlich war.

Die Urteilsverkündung brachte dieses aus Höflichkeit gebaute Konstrukt zum Einsturz. Hier der deutlich gezeigte Triumph, dort die furchtbare, immer noch ungesühnte Tragödie und dazwischen ein Raum voll Akademiker und Journalisten, für die dieser Fall entweder ein Studienobjekt oder eine Meldung war – diese Spannung war einfach nicht mehr auszuhalten. Der Richter hatte erst ein paar Sätze gesprochen, als Mareike Illing sich laut wimmernd an die Brust ihres Mannes warf, was dieser nur wenige Momente aushielt, ehe er aufsprang und mit dem Finger auf Holger zeigte. Sein Mund öffnete sich, als würde gleich ein gewaltiger Schrei, ein böser Fluch daraus entweichen. Doch kein Laut kam ihm über die Lippen. Stattdessen rann ihm eine einzelne Träne über die Wange. Sie tropfte zu Boden mit dem Gewicht seines stummen Vorwurfs.

Betroffen senkte Bettina den Blick und bemerkte, dass sie sich den linken Zeigefinger blutig gekratzt hatte. Jene Bilder kamen wieder in ihr hoch, die sie beharrlich zehn Monate lang erfolgreich verdrängt hatte. Es waren dieselben Bilder, die sicherlich auch die Eltern des toten Mädchens unentwegt verfolgten, beim Einschlafen und Aufwachen, beim Warten an einer roten Ampel, im Supermarkt, beim Essen. Die Fotos aus den Medien wurden angereichert durch die eigene Fantasie, die sich wiederum aus Kriminalfilmszenen speiste, immer wieder unterbrochen von den Erinnerungen an eine fröhliche, hübsche, vor Tatendrang strotzende junge Frau, die es nun nicht mehr gab. Ein Schnitt von links nach rechts, an ihrer Kehle entlang, ausgeführt von hinten, überraschend, entschlossen und tief, hatte ihr Leben binnen einer Sekunde ausgelöscht. Röchelnd ging sie zu Boden, mit zuckenden Gliedern, die Augen weit aufgerissen, benetzte Laub und Farn mit ihrem Blut.

Einige Tropfen liefen über Bettinas Fingerkuppe, doch sie war außerstande, ein Taschentuch hervorzuholen. Voller Entsetzen und Mitleid wanderte ihr Blick zu den Illings, schnellte zurück zu ihrem pulsierend schmerzenden Finger, wurde erneut angezogen von dem Elend, das nur wenige Meter weiter aus zwei Menschen herausbrach.

Der vorsitzende Richter schritt ein, und nachdem sich die Gemüter dank der Gerichtsdiener beruhigt hatten, empfahl er dem Ehepaar, den Saal zu verlassen, was die beiden auch taten.

Bettina sah ihnen hinterher. Wie würde es ihr ergehen, wenn sie an Stelle der Illings wäre? Konnte man inmitten von Leid und Wut überhaupt noch klar denken? Ernüchtert stellte sie fest, dass es unmöglich war, sich in die Lage der Illings zu versetzen, auch wenn man es noch so sehr versuchte.

Bettina bemühte sich gar nicht erst, der seitenlangen Urteilsbegründung des vorsitzenden Richters zu folgen. Dazu war sie viel zu erregt, und das Juristendeutsch machte die Sache nicht besser. Seltsamerweise hörte sie die Ausführungen wie durch einen Schleier, wohingegen ihre übrigen Sinne wie von einem Schleifstein frisch geschärft waren. Tausend Dinge nahm sie auf einmal wahr, die ihr während der vielen Prozesstage entgangen waren: die Täfelung des Gerichtssaals, das Holzkreuz an der Wand, das Wappen von Mecklenburg-Vorpommern, die Bundesflagge, die weiten Roben der Richter.

Wie vor einer Prüfungskommission hatte sie die Tage und Stunden bei Gericht erlebt, ganz fokussiert auf die Hoffnung, alles werde gut ausgehen. Nun fragte sie sich, wer von den drei Richtern und zwei Schöffen der großen Strafkammer des Landgerichts wohl gegen ihren Mann gestimmt hatte? Seinem Gesichtsausdruck nach zumindest der Vorsitzende. Wie knapp war die Abstimmung ausgefallen? Hatten die beiden Schöffen, ein Mann und eine Frau wie du und ich, für Holger votiert? Der eine sah aus wie ein Sozialarbeiter, die andere wie eine Supermarktkassiererin – das waren natürlich nur Klischees, aber Bettina war total aufgedreht von ihren Gedanken und Gefühlen, die sie nicht alle mochte und von denen einige ihr sogar Angst machten.

Die Tragödie der Illings war furchtbar, und als Mutter verstand sie nur zu gut ihre Verzweiflung. Aber scherte sich in diesem Saal irgendjemand auch nur einen Deut um ihre eigene Verzweiflung? Wie sie sich herausgewunden hatte, wenn Stammgäste des Hotels fragten, wo denn Holger sei und wie es ihm gehe. Und dann die Blicke derer, die von Holgers Inhaftierung wussten: der anderen Kunden beim Bäcker, der Kassiererin im Supermarkt, des Paketboten, von Spaziergängern … Überall Blicke, mitleidige, skeptische, irritierte, verstohlene, anklagende, durchdringende Blicke, denen man entweder widerstehen oder unterliegen konnte. Es war ebenso beschämend wie anstrengend, die Ehefrau eines vermeintlichen Mörders zu sein, selbst wenn ihm die Medien immer brav das Adjektiv »mutmaßlich« zubilligten.

Bettina schloss die Augen. Die Welt um sie herum erlosch. Sie atmete tief durch, versuchte, die Hände ruhig zu halten, versuchte, nicht zu weinen vor Freude, versuchte, sich nicht vom Glück überrollen zu lassen. Als sie die Augen wieder öffnete, beendete der Richter gerade die Urteilsbegründung.

»Holger Simonsmeyer ist umgehend auf freien Fuß zu setzen. Die Verhandlung ist geschlossen.«

Geschlossen.

Während Holger noch einige Formalitäten mit seinem Rechtsanwalt erledigte, wartete Bettina mit Finn auf dem Flur vor dem Gerichtssaal. Die Illings waren zum Glück schon gegangen, die Staatsanwältin war mit fassungslosem Blick an ihr vorbeigerauscht, und auch die meisten Jurastudenten hatten, munter diskutierend, das Gebäude verlassen. Nur ein paar Medienvertreter lungerten noch herum, kritzelten ihre Blöcke und Notebooks voll, riefen die verpassten Handynachrichten ab oder reservierten Tische fürs Mittagessen in angesagten Rostocker Fischrestaurants. Die meisten Gesichter kamen Bettina aus dem Gerichtssaal bekannt vor, einigen Reportern hatte sie zu Beginn des Prozesses kurze Interviews gegeben; zwei, drei Antworten, in denen sie den Fragenden ihren unerschütterlichen Glauben an Holgers Unschuld diktiert hatte.

Nur eine Journalistin kannte Bettina etwas besser. Vor einigen Monaten hatte sie sich ihr für ein ausführlicheres Gespräch zur Verfügung gestellt. Ganz wohl war ihr zunächst nicht gewesen. Doch die *Freie Journalistin*, wie auf ihrer Visitenkarte stand, hatte einen guten Eindruck gemacht. Sie wirkte kompetent und verständnisvoll, nahm sich Zeit und wohnte sogar zwei Nächte in Bettinas und Holgers Hotel auf Usedom. Unter der Bedingung, dass weder ihr Name noch der des Hotels oder des Ortes in dem Artikel auftauchte, hatte Bettina kooperiert. Die Journalistin war mit Hotelangestellten ebenso ins Gespräch gekommen wie mit Bürgern aus dem Dorf. Dann reiste sie wieder ab, und Bettina vergaß das Ganze.

Als der Artikel schließlich erschien, hatte sie ihn dreimal lesen müssen, um sicherzugehen, dass sie keine Albträume hatte.

»Guten Tag, Frau Kagel. Sie erinnern sich an mich?«

»Natürlich, Frau Simonsmeyer. Schön, Sie wiederzusehen. Hallo, Finn, nicht wahr? Gratulation zum Freispruch Ihres Mannes und Vaters.«

Sie gaben sich die Hand.

»Danke«, erwiderte Bettina. »Ich muss Ihnen leider sagen, dass mich Ihr Artikel sehr unglücklich gemacht hat.«

»Oh. Das ist schade. Darf ich fragen …?«

»Allein der Umfang … sechs Seiten!«, unterbrach sie die Journalistin. »Und nicht etwa in einer Regionalzeitung, sondern in einem der bekanntesten deutschen Wochenmagazine. Sie haben sich zwar an die Absprachen gehalten, aber ich frage Sie: Wie viele Bettinas, deren Nachname mit S beginnt, gibt es schon auf Usedom? Und wie viele von denen wohnen in einem Dorf, dessen Anfangsbuchstabe ein T ist? Etwas wirklich Falsches haben Sie nicht geschrieben, das gebe ich zu. Sie haben halt sehr viel über Susann geschrieben, das Opfer, aber wissen Sie, wir sind auch Opfer, meine Familie und ich, vor allem mein Mann.« Sie holte tief Luft. »So, das musste einfach mal raus. Nichts für ungut. Ich hoffe, Sie nehmen es mir nicht übel.«

Das war typisch für Bettina. Erst ging sie lange mit ihrem Frust spazieren und rang sich irgendwann dazu durch, Vorwürfe zu erheben, um sie im nächsten Atemzug selbst zu entkräften und sich schlussendlich zu entschuldigen. Bettina konnte einfach niemandem böse sein, weder Angestellten, die allzu oft die Snooze-Taste ihres Weckers benutzten, noch Lieferanten, die sich seltsamerweise immer zu Ungunsten der Kunden verrechneten. Im Nachhinein ärgerte sie sich stets, erneut nachgegeben und Verständnis geäußert zu haben, doch kurz darauf war alles wie gehabt.

Wenn sie ehrlich war, hatte es schlimmere Artikel über ihre Familie gegeben als den von Doro Kagel.

Bettina ging einen Schritt auf die Journalistin zu und berührte sie an der Schulter. »Ich hoffe sehr, dass Sie jetzt noch einen Artikel schreiben und den Freispruch meines Mannes kommentieren werden. Das sind Sie uns schuldig, finden Sie nicht?«

»Ich verstehe Ihre Sichtweise, Frau Simonsmeyer. Aber …«

»Sie werden natürlich keinen zweiten Artikel schreiben. Weil man ja jetzt auf niemanden mehr zeigen kann. Weil es plötzlich keinen Mörder mehr gibt. Und weil die Angehörigen eines brutal ermordeten Opfers mehr hermachen als die Angehörigen eines freigesprochenen Angeklagten. Als eine Ihrer Leserinnen würde es mir wohl genauso gehen, nur dummerweise lese ich die Geschichte nicht, sondern ich bin die Geschichte. Sehen Sie mir also bitte nach, dass ich anders darüber denke.«

»Natürlich«, antwortete Doro Kagel leicht irritiert.

Bettina fasste ihr an den Ellbogen. »Habe ich recht? Sie schreiben nicht mehr darüber.«

Die Journalistin wich zurück. »Ich finde, Sie haben die Gründe dafür gut zusammengefasst, Frau Simonsmeyer.« Damit wandte sie sich zum Gehen.

Vorbei. Das Wort schwebte über der Heimfahrt nach Usedom wie die Sonne, der sie entgegenfuhren. Ein Glück, dass gerade kein Wildschwein über die Straße rannte und die Strecke zumeist über gerade Alleen führte, die man schlafwandlerisch durchfahren konnte. Als Verkehrsteilnehmerin war Bettina an diesem Tag untauglich, denn sie war mit ihren Gedanken überall, nur nicht vor Ort.

»Hast du das Gesicht der Staatsanwältin gesehen, Holger, als das Urteil verkündet wurde? Der ist die Kinnlade heruntergefallen, dass es nur so gekracht hat. Geschieht ihr ganz recht.«

»Muss der Staat in solchen Fällen keine Entschädigung zahlen?«, fragte Finn.

Bettina jauchzte. »Ha! Ich habe mich schon erkundigt, die Summen sind echt lachhaft. Selbst wenn ich der verlorenen Arbeitszeit deines Vaters nur den Mindestlohn zugrunde lege, dann komme ich schon auf den doppelten Betrag, den die uns bewilligen wollen. Dass einem Hotelmanager wie dir, Holger, mehr als der Mindestlohn zusteht, steht ja wohl nicht zur Debatte. Also ehrlich, wir sollten dagegen klagen.«

»Ja, warum nicht?«, rief Finn. »Wir gehen bis vors Verfassungsgericht.«

»Dein Sohn hat recht. So dürfen die nicht mit uns Bürgern umspringen. Vierzigtausend Euro, so viel schulden die uns mindestens.«

Eine Stunde, die Bettina wie wenige Minuten vorkam, und gefühlt zehntausend Wörter später hatte sich ihr Zorn halbiert, und das ganze Thema war erledigt. Ihr war klar, dass es keine Klage geben würde. Holger war nicht der Typ dafür und sie selbst noch weniger. Dennoch hatte es gutgetan, darüber zu reden.

Ein Moment der Stille genügte, damit Bettina ein neues Thema fand.

»Die Journalistin, die diesen unsäglichen Artikel geschrieben hat, war auch da, und ich habe ihr gehörig die Meinung gegeigt.«

Holger lächelte kurz. Er war mit ihrer speziellen Art vertraut, anderen Leuten die Meinung zu geigen, und hatte sie schon oft damit aufgezogen.

»Diese Frau Kagel weigert sich, über den Freispruch zu schreiben. Zuerst war ich sauer, aber wenn ich es mir recht überlege, ist das eigentlich ein gutes Zeichen.« Sie wartete darauf, dass er sie fragte, von welchem Zeichen sie sprach. Sie wartete eine halbe Minute. »Du bist keine Story mehr. Wir sind keine Story mehr. Die Sache ist endlich und endgültig vorbei.«

Da war es wieder, dieses Wort, das ihr an diesem Tag honigsüß auf der Zunge lag. Vorbei.

Erneut wurde es ruhig im Auto, und wie immer hielt Bettina es nicht lange aus. Sie brachte Holger, was Hotel und Restaurant anging, auf den neuesten Stand, der sich allerdings nur wenig von dem einige Tage vor der Urteilsverkündung unterschied, ebenso von dem eine Woche, zwei Wochen, zwei Monate vorher … Die Stille hatte für sie etwas Beängstigendes. Vielleicht hing es mit dem Ende des Prozesses zusammen – oder mit dem Beginn eines ganz anderen Prozesses, denn sie hatte vor vier Tagen mit dem Rauchen aufgehört.

Mit aller Kraft kämpfte Bettina gegen die Tränen an, die ohne Vorwarnung in ihr aufstiegen – und verlor. Holger versuchte, sie in den Arm zu nehmen, aber sie bedeutete ihm, dass sie einen Moment allein sein müsse. Sie hielt an, ging ein paar Schritte um eine Pappel herum und gab Finn ein Zeichen, dass er nicht aussteigen solle, ehe sie kommentarlos mit geröteten, aber trockenen Augen auf den Fahrersitz zurückkehrte.

Als Holger fragte, ob er fahren solle, lehnte sie ab. Nur ungern war sie Beifahrerin, das war immer schon so. Es lag wohl daran, dass sie die Dinge gerne unter Kontrolle hatte. Genau deswegen – mal von allem anderen abgesehen – waren ihr die letzten zehn Monate auch unerträglich gewesen. Nicht anders, als wenn Holger gestorben wäre, war er ihr von einem Augenblick zum anderen genommen worden. Morgens hatten sie noch zusammen gefrühstückt, eine Stunde später holten sie ihn ab. Doch um einen toten Mann konnte man trauern, man konnte sich all die schönen Augenblicke mit ihm in Erinnerung rufen, um sich irgendwann auf sich selbst zu besinnen und über die Zukunft nachzudenken. Ein Mann im Gefängnis, noch dazu unter Mordverdacht, das war wie Klebstoff an den Füßen, der einen nirgendwo hingehen und an nichts anderes denken ließ.

»Du weißt ja gar nicht, wie schwer das alles für mich war«, blubberte es wie überkochende Milch aus ihrem Mund. Sie wollte es gar nicht aussprechen, es passierte einfach.

»Was hast du gesagt?«

»Ach, nichts.«

Ihr siebzehnjähriger Sohn begann: »Mama hat gesagt, dass es auch für sie …«

»Bitte nicht, Finn.« Ein kurzer Augenkontakt genügte, und er gab klein bei. Der Junge wusste, wie schwer es für sie gewesen war und umgekehrt, doch nur selten hatten sie den Fall thematisiert. Finn hatte seinen Fußball, sie ihre Arbeit – das war ihnen Gesprächsstoff genug gewesen.

Erneut wurde es beängstigend ruhig.

Holger war ganz anders als sie. Weder jetzt noch während der Untersuchungshaft hatte er wie jemand gewirkt, dem man den schwersten Vorwurf des Strafgesetzes zur Last legte. Allenfalls war er noch in sich gekehrter als sonst, und er wirkte erschöpft. Bettina hatte sich hingegen zehn Monate lang schrecklich aufgeregt. Von Erschöpfung war jedoch auch jetzt keine Spur, neben überschäumender Erleichterung empfand sie nur Wut und Empörung darüber, dass das Schicksal ausgerechnet ihrer Familie so hart ins Gesicht schlug.

Sag was, sag irgendetwas, dachte sie.

Holger redete weniger als andere Leute – weniger als Bettina sowieso –, doch das Gesagte hatte stets Hand und Fuß, so als entspringe es langem Nachdenken und tiefer Überzeugung. Er war immerzu konzentriert, fasste stets nur eine Sache an und brachte sie zu Ende. Auch darin unterschied er sich von ihr, die zwanzig Dinge anfing und an allen ein bisschen herumbastelte. Man musste sie beide nur ansehen und hätte fast alles über sie gewusst: sie zappelig und mit geröteten Augen hinter dem Steuer, er fast reglos auf dem Beifahrersitz, seine warme Hand in ihrem kalten Nacken, seine Augen so braun und kraftspendend wie zwei eichene Krücken, an denen sie sich aufrichtete.

Perfekt spiegelte Holgers Gesicht sein Wesen wider – geschmeidig, ohne Kanten, symmetrisch. Wie sehr sie sein Lächeln vermisst hatte, diese leichte Ironie auf seinen Lippen, mit der er sich über ihre Emotionalität, die Sprechdurchfälle, die Ruhelosigkeit und die vielen Wiederholungen amüsierte. Oft hatte allein dieses Lächeln es geschafft, dass sie innegehalten und mit Holger herzlich gelacht hatte.

»Ich bin froh, dass du wieder da bist«, sagte sie. Nach diesem Satz, so unscheinbar er auch war, fühlte sie sich deutlich besser, so als sei erst damit sichergestellt, dass alles wieder wie früher war.

Am Hotel angekommen, ging Holger nicht sofort ins Foyer, auch nicht ins benachbarte Cottage, in dem sie wohnten, sondern verharrte eine Minute vor dem Eingang. Gut Trenthin lag auf einem Hügel, links und rechts Mischwald, dazwischen eine Schneise von siebzig, achtzig Metern mit Pferdekoppeln, die den Blick auf Peenestrom und Achterwasser freigaben. Die Mischung aus Grasduft, spielenden Fohlen und dem Bodden, der mal wie geschmolzenes Blei, mal wie flüssiges Gold unter dem weiten Himmel Usedoms ruhte, war das Geheimnis, der Zauber, der die Ruhe suchenden Gäste wiederkommen ließ. Es gab schickere, aufregendere Orte auf Usedom, aber Bettina und Holger hatten damals voller Überzeugung entschieden, das ererbte Hotel im stillen Achterland weiterzuführen.

Bettina stammte nicht aus der Region, sie war in der Pfalz aufgewachsen. Doch die Landschaft hier, in der das Wasser allgegenwärtig war, wo es nach Schilf, alten Stegen und Bootsrümpfen roch, wo man keinen Spaziergang machen konnte, ohne auf das Meer, einen See oder einen Kanal zu stoßen, diese Landschaft hatte sie vom ersten Tag an in ihren Bann gezogen.

Und Holger ebenfalls. Wenn sie ihn in diesem Augenblick betrachtete, während sein Blick über die Landschaft schwebte und er eine Buchecker vom Boden aufhob, die er langsam öffnete und aß, dann war sie nicht nur in ihren Mann verliebt. Sie war auch in seine Gesten verliebt, in seine Haare und die Art, wie er sich kleidete, halb Junge vom Land und halb Landedelmann, bodenständig, mit einem Touch zum Eleganten. Sie hatte seinen Stil kopiert, damit sie auch optisch perfekt zusammenpassten.

Im Foyer, zugleich Café und Bar, hatte sich nichts verändert. Es war ganz und gar Holgers Schöpfung. Wie eine Gralswächterin hatte Bettina seit seiner Verhaftung über die stilvoll-legere Melange gewacht, die sich in jedem Detail ausdrückte. Natürlich war ihr gar nichts anderes übriggeblieben, als am laufenden Band Entscheidungen zu treffen, angefangen damit, welches Begrüßungsherzchen sie aufs Kopfkissen legen sollte bis hin zur Ausgestaltung des Wellnessbereichs. Allerdings hielt sie sich nicht für besonders talentiert, ein Hotel zu leiten, zu schnell wurde sie unruhig, wenn ein Plan nicht aufging. Die Übersicht verlor sie dagegen nie, ganz einfach deshalb, weil sie keine Übersicht hatte.

Das war ihr weder in die Wiege gelegt noch anerzogen worden. Ihrem Vater, einem Physikprofessor, war die Ordnung des Universums stets weit wichtiger gewesen als die Ordnung zu Hause, und ihre Mutter war bereits damit überfordert, einen Terminkalender zu führen. Ihre Eltern waren sehr herzliche Menschen – auf ein Leben an der Seite eines besonnenen, vorausschauenden Unternehmers hatten sie Bettina jedoch nicht vorbereitet.

Für Holgers Heimkehr war sie über sich selbst hinausgewachsen und hatte alles picobello herrichten lassen, ein i-Tüpfelchen ans andere gereiht. Aus unsichtbaren Lautsprechern tröpfelte Wohlfühlmusik, neue Deckenventilatoren verbreiteten den Duft frischer Blumensträuße, und die Hotelgäste saßen eingesunken in von Bettina ausgewählten Designersesseln bei Longdrinks und Prosecco. Die Keramiken und aus Schilfrohr gefertigten Skulpturen einer ortsansässigen Künstlerin hatte noch Holger ausgesucht. Alles zusammen prägte den Saal, dessen Eleganz mit der Schlichtheit der Region korrespondierte.

Durch das Foyer rannte ihr jüngerer Sohn Patrick auf seinen Vater zu und stürzte sich in seine Arme. Der Rezeptionist begrüßte Holger mit ausgestreckter Hand und einem formvollendeten Glückwunsch zum Freispruch, gerade so laut, dass es nicht genuschelt und trotzdem für die Gäste unhörbar war. Neugierige Fragen waren das Letzte, was sie jetzt gebrauchen konnten. Er war ein erfahrener Hotelangestellter, der seinen Beruf von der Pike auf gelernt hatte und seit vierzig Jahren ausübte, trotzdem bemerkte Bettina den Zweifel in seinen Augen, ob er nicht gerade einem Mörder die Hand schüttelte.

Wie ein Blitz traf sie die Angst, dass ein solcher Zweifel aus ihrem tiefsten Innern irgendwann auch in ihre Augen wandern könnte.

Das lasse ich nicht zu, dachte sie mit einer Entschiedenheit, dass sie einen Moment lang nicht wusste, ob sie den Satz laut ausgesprochen hatte.

Energisch stellte sie sich der Angst entgegen.

Es ist vorbei. Es ist vorbei. Es ist vorbei.

Am liebsten hätte sie sich auf der Stelle eine Zigarette angezündet. Stattdessen tat sie, was sie sonst nie tat. Vor den Augen des Personals, ihrer Söhne und einiger Gäste umarmte sie ihren Mann und küsste ihn.

Einige Monate später, September

Ich stand vor Trümmern, und dies gleich in zweifacher Weise. Die einen waren physisch, unübersehbar lagen sie mir schwarz und stinkend zu Füßen. Die sieben steinernen Stufen zum Eingang waren so gut wie das Einzige, was von dem Gebäude intakt geblieben war. Das alte Fachwerkhaus, in dem bis vor einhundert Jahren die Bediensteten der Gutsherren untergebracht waren, hatte in der Stunde seines Endes vier Menschen mit in den Tod genommen. Etwa ein halbes Jahr zuvor war ich an diesem Ort zum ersten Mal auf Bettina Simonsmeyer getroffen. Genau an der Stelle, wo wir uns zur Begrüßung und zum Abschied die Hand gegeben hatten, verlief nun das Absperrband der Feuerwehr.

Ich ignorierte es, tauchte darunter hindurch und befand mich mitten in der Hölle. Über mir verkohlte Holzbalken, die nichts mehr zusammenhielten, vor mir ein entzweites Treppengeländer, auf dem vielleicht jemand in die Tiefe gestürzt war. Hier ein Handy, mit der Hülle verschmolzen, dort eine Programmzeitschrift, in der jemand eine Dokumentation über die Bretagne angekreuzt hatte und nicht mehr dazu gekommen war, sie anzuschauen. Jeder Gegenstand bekam in diesem erloschenen, erstarrten Inferno eine tragische Note – der zerplatzte Fußball mit den Unterschriften darauf ebenso wie die von Brandlöchern übersäte Spitzenbluse oder der selbstgebastelte Pferde-Bildband mit der Widmung: »Für Papa von Patrick – alles Gute zum Geburtstag.«

An die Einrichtung des Cottages, wie die Familie Simonsmeyer ihr Haus nannte, konnte ich mich noch gut erinnern. Es kam tatsächlich meiner Vorstellung von einem englischen oder irischen Landhaus nahe. Sehr gemütlich, gedeckte Farben, ein Karomuster hier und da …

Ein Windstoß wirbelte Asche auf und trieb sie in meine Richtung. Instinktiv wandte ich mich ab, um meine Augen zu schützen, in Wahrheit wohl eher angeekelt von der Vorstellung, welche Überreste sich da gerade in meinen Haaren verfingen. Das Lieblingsbuch eines der Opfer oder ein Kissen zum Knuddeln?

Ich streifte die Asche von den Armen. Wenn es nur genauso leicht gewesen wäre, die Selbstvorwürfe abzustreifen, die mich inmitten dieser Zerstörung noch stärker plagten als in den Tagen zuvor.

»Sie dürfen sich hier nicht aufhalten«, sagte eine Stimme aus dem Off.

Ich drehte mich in alle Richtungen, aber da war keiner. Wieder wirbelte der Wind Asche auf, eine graue Wolke stob um den Ziegelkamin herum, der früher in der Mitte des Wohnzimmers gestanden hatte. Ein Mann kam dahinter hervor.

Ich blinzelte. Wer auch immer das war, einen theatralischeren Auftritt konnte man nicht hinlegen.

»Falls Sie den Wind unter Kontrolle haben«, rief ich ihm noch immer blinzelnd zu, »könnten Sie ihm bitte befehlen, sich zu beruhigen?«

Er kam näher. »Es wird meine Vorgesetzte freuen, dass Sie unserer Behörde so viel Macht unterstellen.« Als er direkt vor mir stand, sagte er: »Was tun Sie hier?«

In meinem Job ist man besser darin, Fragen zu stellen als Antworten zu geben. »Wer sind Sie?«

Dem Körperbau nach zu schließen, gehörte er einer Soko der Polizei an, und dem hellgrauen Anzug, dem nachtblauen Hemd und der karminroten Krawatte nach in eine höhere Charge. Er war knapp einen Meter fünfundachtzig groß, etwa so alt wie ich und hatte nur noch ein paar Haare auf dem Kopf, die einen Millimeter lang waren. Ich fand, mit diesen Augen und dem Kinn hätte er glatt einen toughen Fernsehkommissar abgeben können.

Statt eines Dienstausweises überreichte er mir eine Visitenkarte.

»Carsten Linz, Staatsschutz«, murmelte ich. »Das heißt, die Generalbundesanwältin in Karlsruhe hat den Fall an sich gezogen?«

»Die Pressemitteilung ist vor einer Stunde raus.«

Bereits einen Tag nach dem Brand bei den Simonsmeyers war der vorläufige Bericht der Feuerwehr durch alle Medien gegangen. Man hatte Brandbeschleuniger am Tatort gefunden. Es handelte sich also um ein Verbrechen, und da der Staatsschutz sich eingeschaltet hatte, ging es vermutlich um mehr als einfache Brandstiftung.

»Sie vermuten demnach ein staatsgefährdendes Delikt? Lynchjustiz? Wutbürger?«

»Alles, was Sie da aufzählen, wäre geeignet, einen Anschlag auf die Grundfesten der Bundesrepublik darzustellen. Aber Sie müssen zugeben, dass Sie sehr viel mehr von mir wissen als umgekehrt.«

»Ja, das gebe ich zu.« Ich überreichte ihm meinerseits eine Visitenkarte. »Presse.«

»Wie überraschend«, entgegnete er ironisch. »Und ich dachte, Sie wären eine normale Gafferin. Dabei sind Sie eine mit Lizenz.«

Ich atmete tief durch. »O ja, ich war ein böses Mädchen und habe das Absperrband der Feuerwehr ignoriert.«

»Ich kenne Sie irgendwoher. Doro Kagel, Doro Kagel. Aus dem Fernsehen. Sie tingeln regelmäßig durch die Talkshows.«

»So wie Sie das ausdrücken, hört es sich an, als ginge ich auf den Strich.«

»Dies ist ein freies Land. Sie dürfen gehen, auf was Sie wollen. Hauptsache, Sie machen dabei nichts kaputt.«

»Verlassen Sie das Haus immer ohne Ihren Charme?«

»Meinen Charme habe ich in einer Kiste im Keller eingelagert und lasse ihn nur einmal im Jahr zu Weihnachten raus. Wollen wir zusammen essen?«

Mir verschlug es drei Sekunden lang die Sprache. »Natürlich nicht. Ich bin verheiratet«, sagte ich, was ich gleich danach ein bisschen blöd fand.

Er wohl auch, denn er erwiderte: »Ich bin mir nicht bewusst, Ihnen einen Heiratsantrag gemacht zu haben. Mir ist nur gerade eingefallen, dass ich Ihren Namen nicht bloß aus dem Fernsehen, sondern auch aus den Ermittlungsakten kenne, und ich dachte, in einem Restaurant spricht es sich besser als in einer rauchenden Ruine.«

Ich vermied es, auf sein Angebot einzugehen, nicht etwa, weil ich keinesfalls mit ihm in einem Restaurant sitzen wollte. Vielmehr wollte ich das Gespräch nur schnellstens hinter mich bringen.

»Ich stehe in den Ermittlungsakten, weil mich Frau Simonsmeyer zwei Tage vor ihrem Tod angerufen hat.«

»Bettina Simonsmeyer?«

»Ja. Sie hat sich bedroht gefühlt und …«

»Von wem?«

»Namen hat sie, glaube ich, keine genannt. Sie hat von Leuten aus dem Dorf gesprochen …«

»Welchen Leuten?«

Ich weiß es nicht. Sie hat eine Minute lang ohne Punkt und Komma geredet. Ich bin fast überhaupt nicht zu Wort gekommen.«

»Mich interessiert nicht weiter, was Sie erwidert haben, Frau Kagel, sondern was Frau Simonsmeyer gesagt hat. In einer Minute wird man eine Menge Information los. Sie muss doch in irgendeiner Weise konkret geworden sein.«

»Das habe ich alles schon den Herren von der Kripo erzählt. Sie wurde nicht konkret, zumindest erinnere ich mich nicht.«

»Das Telefonat war vor vierzehn Tagen, nicht vor vierzehn Jahren.«

»Was ich meine, ist, dass ich nicht … nicht …«

»Was?«

»Nicht richtig … hingehört habe.«

»Sie haben ihr nicht zugehört?«

»Ich weiß, wie das klingt, aber …«

»Ich weiß auch, wie das klingt. Eine verzweifelte Frau ruft Sie an, eine Person, die Sie kennen und die wenige Wochen zuvor ihr Innerstes vor Ihnen ausgebreitet hat. Jemand, von dessen Informationen Sie sehr profitiert haben, nehme ich an.«

»Ja.«

»Angeklagt im Paradies«, zitierte Linz den Titel meines Artikels über den Fall Simonsmeyer.

»So ist es.« Ich vermochte seiner Stimme nicht zu entnehmen, ob da Ironie mitschwang, und auch ein kurzer Blick in sein Gesicht half mir nicht weiter. Stand der Titel einfach nur in den Akten? War die ganze Reportage beigefügt? Oder hatte er sie gelesen, als sie Ende Januar in einer Auflage von mehr als einer Million Exemplaren erschienen war?

Angeklagt im Paradies. Ich war sechs Monate zuvor genau dort, wo ich nun stand, auf der Schwelle des Simonsmeyer-Hauses, darauf gekommen, und zwar gleich nachdem ich aus dem von behaglichem Kaminfeuer erwärmten Wohnzimmer in die windstille Kälte getreten war. Einen schöneren Januartag konnte es in diesen Breiten nicht geben – verzaubert von einer weißen Sonne, die starr über dem milchig schimmernden Bodden schwebte, starr wie ein Gemälde, von dem man die Augen nicht abwenden konnte. Mir war noch warm vom Früchtetee, mit dem die Hausherrin mich bewirtet hatte, und der Geschmack des Kandis lag mir noch im Mund. Es war still. Ein paar Möwen schrien, das war alles. Nirgendwo ein Windrad oder ein Strommast, der daran erinnerte, dass wir das einundzwanzigste Jahrhundert schrieben. Zwischen den kahlen Ästen schimmerte eisblau das einstige Gutshaus, das die Simonsmeyers als Hotel führten. Stolz und nobel, familiär und heimelig ruhte es zwischen den Stallungen, den winterlichen Weiden und Wassern.

Angeklagt im Paradies. Meine Augen suchten den Apfelbaum

mit dem Vogelhäuschen, fanden jedoch nur den verkohlten Stamm.

Bei meinem ersten Besuch hier kam der jüngere Sohn der Simonsmeyers hinter mir aus dem Haus gerannt, sagte »Hallo«, streute Sonnenblumenkerne und Haferflocken in das Häuschen und hängte einen Knödel dazu. Anschließend rief er mir ein fröhliches »Tschüss« zu und schloss glücklich die Tür. Ich glaube, das war der Moment, als ich mir ein paar Sekunden lang wünschte, der Vater des Jungen würde freigesprochen.

»Und Sie haben Bettina Simonsmeyer nicht zugehört, als sie Sie nach dem Prozess noch mal anrief?«

»Sie hatte einfach einen blöden Moment erwischt, okay?«, blaffte ich, entfernte mich ein paar Schritte von ihm und wandte mich ab, da ich mit den Tränen rang. Dreckig und nackt, so fühlte ich mich. Wie eine ertappte Kaufhausdiebin, nur zehnmal so schlimm. Man schaute auf mich. Man schüttelte den Kopf. Man zeigte mit dem Finger auf mich.

»Wir haben etwas gemeinsam«, sagte Linz, und als ich ihm einen befremdeten Blick zuwarf, ergänzte er: »Wir sind beide hier, weil wir unserer inneren Stimme gefolgt sind.«

Eine halbe Stunde später saßen wir in einem Imbiss am Ostseestrand in Bansin. Mein Mittagessen bestand aus einer Tasse Cappuccino, seines aus einer lokalen Spezialität, zwei Rauchwürsten, die er mit der Hand aß, sowie einem alkoholfreien Insel-Bier, mit dem er die Würste hinunterspülte. Um uns herum herrschte reges Treiben, denn der Septembertag war mild.

Ich lächelte. Seit jeher war mir die Hochsaison verhasst,

wenn sich an den Stränden Europas von Schweden bis Portugal die Menschen drängten. So sehr ich den Hoteliers, Gastronomen und Ladenbesitzern diese Phase gönnte, in der sie sich die Taschen füllen konnten, um die kargeren Monate zu überstehen, so wenig trug ich selbst dazu bei. Mich im Juli oder August in Urlaub zu schicken, wäre eine Strafe, keine Erholung. Der September hingegen war mein Monat. Die größte Hitze war vorüber, aber es war noch nicht kühl, das Licht war schon leicht blässlich, doch noch nicht herbstlich, die Küsten und Landschaften waren nach wie vor belebt, jedoch nicht mehr überfüllt. Fast überall bekam man einen Platz, auch ohne zu reservieren, die Preise fielen leicht, und in den Hotels atmete das Servicepersonal auf und widmete sich den Gästen mit größerer Aufmerksamkeit. Doch verglichen mit Trenthin war Bansin sogar im September ein Rummelplatz.

Meines Erachtens bestand Usedom im Grunde aus drei Inseln. Nicht im geografischen Sinn, natürlich. Die Orte an der Ostseeküste von Peenemünde bis zur polnischen Grenze bei Ahlbeck waren im Sommer quirlig und vergleichsweise mondän – Seebäder eben, denen die Gemütlichkeit trotz des Touristenansturms zum Glück nicht verloren gegangen war. Besonders die drei »Kaiserbäder« Bansin, Heringsdorf und Ahlbeck präsentierten sich herausgeputzt. Entfernte man sich allerdings von der Küste und fuhr ein paar Kilometer nach Süden ins sogenannte Achterland, war man in einer anderen Welt. Die Landschaft war besprenkelt mit Waldschlösschen, alten Steinhäusern, idyllisch gelegenen Gehöften, Mühlen, schilfgesäumten Kanälen sowie Mohn- und Rapsfeldern, an denen man auf scheinbar endlosen Alleen vorbeiglitt. Die Küsten des Achterlandes waren der offenen See abgewandt, und die Wasser dieses Boddens waren glatt und friedlich, sie rochen grasig, erdig und schwer.

Die »dritte Insel« bestand aus dem Lieper Winkel, benannt nach der Ortschaft Liepe. Alles, was man am Achterland schätzte, war auch dort reichlich vorhanden. Doch die Gezeiten und die Zeit hatten es so gewollt, dass der Lieper Winkel sich von der übrigen Insel fast abgelöst hatte und wie eine große grüne Blase in den graublauen Bodden ragte. War das Achterland ländlich, so war der Lieper Winkel abgeschieden, war das Achterland malerisch, so war der Lieper Winkel romantisch. Bei Spaziergängen kam man an Katen vorbei, vor denen die Fischer ihre Netze zum Trocknen spannten. Vor einsam gelegenen Reetdachhäusern wuchsen riesige Hortensienbüsche, und man wäre kaum überrascht gewesen, hätte die Goldmarie aus dem Fenster gewunken. Die Waldwege waren noch idyllischer, die Obstbäume noch älter, die umherwandernden Störche noch zahlreicher als anderswo auf der Insel.

Und genau dort waren binnen eines Jahres sechs Menschen eines gewaltsamen Todes gestorben – zwei hatte man mit durchtrennter Kehle im Wald gefunden, vier waren einem Brandanschlag zum Opfer gefallen. Einige deutsche Medien hatten dem betulichen Usedom daraufhin den Titel »Mörderinsel« verliehen, was ich ungerecht fand.

»Wollen Sie wirklich nichts essen?«, fragte Linz und unterbrach meine Gedanken.

»Nein, danke. Ich esse recht wenig und mittags gar nichts.«

»Das sieht man«, sagte er, und ich wusste nicht, auf welchen Teil meiner Antwort sich seine Bemerkung bezog.

Tatsächlich hatte ich in den vergangenen Jahren kontinuierlich abgenommen und passte inzwischen problemlos in italienische Designerklamotten, die ich mir dann doch nicht kaufte. Yim sagte manchmal, andere Frauen würden für meine Figur morden und ich würde noch nicht einmal einen Finger dafür krumm machen. Tatsächlich trieb ich weder Sport noch zählte ich Kalorien. Ich arbeitete einfach nur höllenmäßig viel. Immerhin ließ ich mir regelmäßig für teures Geld hellblonde Strähnen in die schulterlangen Haare machen. Und ich war auf den Trick mit dem Etuikleid gekommen: morgens einfach eines dieser schlichten Kleidungsstücke überstreifen, es durch ein schickes Accessoire wie eine Weste oder einen Schal ergänzen, und fertig ist die mondäne Frau von heute. Yim gefiel es. Er sagte, mit dem Look könnte ich sowohl die Happy Hour in New York bestreiten wie auch den Mekong auf einer Dschunke überqueren. Na, wenn er meinte …

Linz, der ein Gesicht machte, als interessierten Kleider ihn nicht sonderlich, wischte die Finger an der Papierserviette ab, trank einen großen Schluck Bier, lehnte sich über den Tisch und sah mich ziemlich direkt an, ohne etwas zu sagen.

Ich wusste auch so, welche Frage ihm auf der Zunge lag.

»Sie wollen immer noch wissen, wieso ich Frau Simonsmeyers Anruf nicht die nötige Aufmerksamkeit geschenkt habe?«

»Das haben Sie ganz wunderbar formuliert. Darüber hinaus wäre ich Ihnen zutiefst verbunden, wenn Sie so freundlich wären, die Behörden bei der Mordermittlung zu unterstützen. Aber nur, wenn es Ihnen keine allzu großen Umstände macht.«

Er machte sich offenbar gerne über mich lustig.

»Frau Simonsmeyer war nicht in meinen Kontakten gespeichert, daher habe ich nur eine Handynummer auf dem Display gesehen.«

»Heißt das, Sie hätten das Gespräch weggedrückt, wenn Sie vorher gewusst hätten, wer dran ist?«

»Ist das von Belang für Ihre Ermittlungen?«

»Nein«, sagte er und fuhr mit der Zunge über die Zähne. »Ich würde nur gerne verstehen, wie Sie ticken.« Er zögerte. »Sie ticken doch, oder? Ich meine, wir alle ticken … irgendwie.«

»Ich weiß nicht, worauf Sie hinauswollen.«

»Ich auch nicht.« Er holte seinen Notizblock hervor und notierte etwas. Zwei weitere Würste und ein Bier hätte ich ihm ausgegeben, um zu erfahren, was er da kritzelte. Dann legte er den Stift auf den Tisch und sagte: »So, Fall gelöst.«

Ich schaute ihn an wie ein Hund, der keine Ahnung hat, was Herrchen von ihm will.

»Kleiner Scherz.« Er lachte kurz und wurde gleich wieder ernst. »Ich möchte, dass Sie eines verstehen. Sie waren die letzte Person von außerhalb der Insel, mit der Bettina Simonsmeyer gesprochen hat.«

»Ich? Sind Sie sicher?«

»Zumindest soweit wir wissen.«

Das war mir nicht klar gewesen, und selbstverständlich fühlte ich mich in dieser Rolle äußerst unwohl. Krampfhaft versuchte ich, mich an Details zu erinnern – vergeblich. Der

Anruf war ja kein expliziter Hilferuf gewesen. Sie hatte weder geweint noch geschrien, sondern einfach nur sehr schnell gesprochen, mit zunehmender Vehemenz.

»An eine Bemerkung erinnerte ich mich dann doch noch. Im Hinblick auf den Titel meines Artikels im vergangenen Winter sagte sie, aus *Angeklagt im Paradies* sei inzwischen *Angeklagt vom Paradies* geworden.«

Kommentarlos kritzelte Linz in seinen Block.

»Das ist alles«, sagte ich.

»Wie sind Sie mit ihr verblieben?«

»Ich sagte ihr, dass ich sie zurückrufen würde.«

»Und? Haben Sie sie zurückgerufen?«

Wenn Sie wissen möchten, wie es weitergeht, lesen Sie

Eric Berg
Die Mörderinsel

ISBN 978-3-8090-2661-7 / ISBN 978-3-641-16921-3 (E-Book)
Limes Verlag

Was geschah in der »Blutnacht von Hiddensee«?

416 Seiten. ISBN 978-3-442-38403-7

Seit Jahren haben die Studienfreunde Timo, Philipp, Yasmin und Leonie sich aus den Augen verloren. Als sie sich im Internet wiederbegegnen, verabreden sie sich für ein Wiedersehen auf Hiddensee. Doch das Treffen endet in einem grauenvollen Verbrechen: In einer stürmischen Septembernacht werden drei Menschen erschossen, eine Frau wird schwer verletzt und fällt ins Koma.
Zwei Jahre nach dem Massaker beginnt die Journalistin Doro Kagel, den Fall neu aufzurollen. Nach und nach kommt sie den tatsächlichen Geschehnissen jener Nacht auf die Spur und bald keimt in ihr ein schrecklicher Verdacht auf …

Lesen Sie mehr unter: **www.blanvalet.de**